新 潮 文 庫

謀将　石川数正

南原幹雄著

新 潮 社 版

7978

謀将　石川数正　目次

謀将　石川数正

寝返り

岡崎城は夕闇につつまれ、つめたい狭霧が一帯をおおっている。霧はこの時季の朝夕、城の西をながれる矢作川と、南へくだる菅生川の水面から湧きでてくる。十一月十三夜の月がのぼるころには、霧は上流へとながされてゆく。

まだ月がのぼる前、岡崎城の大手門が音をたててひらいた。そして騎馬を先頭にし、鉄砲や槍をかついだ徒士、乗物などの一団、百数十人が城内からぞくぞくと姿をあらわした。先頭をゆく騎馬の主は岡崎城代石川伯耆守数正であり、それにつづくは数正の嫡男玄蕃頭康長と三男半三郎康次である。

さらに家老天野又左衛門、おなじく渡辺金内、佐野金右衛門らがおり、側役大藪十郎次はぴたりと数正に寄り添うように馬をつけている。城内の番士たちは一体何事かとおもいながらも、城代をはじめ家老、重臣、さらに数正の妻女の乗物までつらねた一行をただ呆然とおくりだした。

一行は矢作川にかかる大橋を粛々とわたり、西へむかった。夕闇と狭霧にまぎれて一町（約百メートル）ほど後からこの一行を徒歩で尾行してきた二人の武士がいる。二人とも面構えといい、腰のすわりといい、武芸に熟達した者であることはあきらかだ。

「ご城代一行はいずれへ？」

「よもや上方ではあるまいな」

二人はひくい声でささやきかわした。

「噂どおり上方だとしたら、何とする？」

「まず岡崎城、さらに吉田城へも報じねばなるまい」

彼らは家康が数正にあずけている馬上同心八十騎のうちの二人である。天正十三年（一五八五）当時、徳川家の本城は遠江浜松城であり、三河は西の岡崎城と東の吉田城を、石川数正と酒井忠次がまもっている。

一行が池鯉鮒にちかい今村のあたりまできたとき、月はだいぶ高くのぼっており、二人は最後尾の半町ほど後ろまでせまっていた。今村の手前には森が黒々と横たわっている。一行は森の中の道をとおり、急ぎ足で池鯉鮒をめざしていった。

尾行していった二人の同心が森にさしかかったとき、不意に夜鳥がキキイッと声を発し、足もとから飛びたった。瞬間、同心の足がとまり、鳥のいたところと、飛びたった方向をたしかめた。

そのとき、不意に二人の背後に三つの人影があらわれた。一行が尾行者に気づいて、腕のたつ三人を伏せておいたのだ。

同心二人が気配に気づいた一瞬、

「やっ」

裂帛の気合がほとばしり、白刃が電光のように月光にきらめいた。

同心の一人は背後から袈裟掛けの一太刀をうけてたおれ、もう一人はやはり後から胴を存分に抜かれ、いずれも一刀のもとに地に這った。二人は何度か立ちあがろうと必死でもがいたが、その努力は無駄であった。間もなく両人ともうごかなくなった。

「やはり尾行が二人ついておりました。馬上同心にちがいありません。城内でもおそらく異変に気づいて、大騒ぎになっているでしょう。早鐘を打ち鳴らしておるやもしれませぬ」

若手の家老、渡辺金内が数正につたえると、

「捨ておけ。上方へいそぐが先だ」

数正はそう命じて馬をすすめた。

「追手がせまることは確かだ。まず尾張領へ出ねばならぬ。いそげ！」

渡辺金内は後からくる一行に命じた。

一行は長年住みなれた岡崎城を後にし、累代の主君徳川家からの離脱に踏みきったの

だ。しかも数正が向かおうとしている先は当面の大敵関白秀吉である。徳川家臣団のなかでいえば安祥七譜代の一家で、酒井忠次とともに家中で〈双璧〉とみとめられ、西三河の旗頭といわれる立場にたつ数正が主君徳川家康を見かぎって、秀吉の懐にとびこむのであるから、徳川家にとっては一大事だ。痛手ははかり知れぬほど甚大である。

昨年、徳川家は秀吉と小牧・長久手において対戦し、局地戦では勝利したものの、織田信雄をたすけるという名分でたたかったにもかかわらず、信雄が勝手に秀吉と和睦してしまったために、徳川家としても兵を引かざるをえなくなった。しかもその後秀吉は紀伊を征伐し、四国の長宗我部を降服させ、さらに上杉景勝をも従わせ、佐々成政を征伐し、その猛威を止める者は一人もいなくなった。天正十年、山崎の合戦で明智光秀を討っていらい、翌年には賤ヶ岳の合戦で柴田勝家を破り、秀吉はわずか三年のあいだに覇者への道をまっしぐらに駆けあがっていったのだ。

小牧・長久手の合戦で徳川が勝利したとはいうものの、全体の形勢では秀吉が断然有利だった。外交、政治面でも秀吉の優勢は誰の目にもあきらかであった。それで昨年、家康は数正を秀吉のもとに派遣して信雄との和議の成立を祝賀させたが、家康とも和議をはかろうとする秀吉にたいして、それに応ずることはなかった。が、家康の子を養子にしたいという秀吉の熱心な申し入れだけはやむなく承諾し、二男於義丸（のちの秀康）を秀吉の養子にし、それに数正の二男勝千代（のちの康勝）と本多重次の子仙千代を同行させたのである。

一昨年、賤ヶ岳の合戦の勝利を祝うために天下の名器〈初花〉の茶壺を秀吉のもとへとどけにいったのは数正であった。秀吉はその返礼として大坂城から家康のもとに使者をよこし、不動国行の名刀をおくり、数正にもあつく返礼をした。このように当時の徳川家にあって、他国へ使者におもむいたり、他国との交渉にあたるのはもっぱら数正の役目であった。

三河武士といえば、剛直無類の命知らずな頑固者がおおく、他国との外交にあたれるような柔軟で大局的な頭脳をもった武士がほとんどいなかった。そんな中にあって、数正は武勇にもひいでていたが、世上のうごきもよく見え、弁舌もたくみで、他国との交渉は数正の一人舞台であった。かって桶狭間の合戦で織田信長が勝利し、徳川が今川家の支配を脱したときも、織田家から攻守同盟をもとめられたときも、もっとも積極的に推進役にまわったのが数正だった。この織田家との清須同盟は三年前、本能寺の変で信長がたおれるまでの二十一年の長きにわたってつづき、家康は今川家の客将の立場から信長の同盟者として強固な地位を保持しつづけた。

けれども今度は秀吉が信長にかわる立場に近づいてくると、三河武士たちは秀吉が卑賤の出であること、信長の一部将にすぎなかったことをもって、和議をむすぶことに猛烈に反対した。数正が和議に賛成の立場をとると、数正にたいして誹謗、中傷があつま

った。なまじ小牧・長久手の合戦で勝利しているだけに三河武士たちの、

『秀吉何するものぞ』

の声は大きくなるばかりだ。総合的な戦力、政治力で秀吉のほうが家康をおおきく上まわっていることを認識しようとしなかった。数正には世間がよく見えるだけに彼等との溝は深まるばかりであった。数正は徳川家中でしだいに孤立感をふかめていった。

秀吉は稀代の政治巧者であり、曲者である。数正が家中で孤立するような工作を仕掛けたり、情報をながした。たとえば数正を必要以上にもちあげ、小牧の陣に際して、徳川の本陣をまもっていた数正の部隊の、金の馬藺の馬印を秀吉が望見して、それを見事であると称賛し、使者をおくってきて、

「ぜひ譲ってほしい」

と所望した。

数正はそれを家康に報告したうえで、秀吉の望みどおり贈ってやったこともある。

ともかく秀吉という人物は人心収攬の名人であるから、いろいろな手をつかってよその大名の有力家臣に手をのばした。秀吉は数正のいかなるところを気に入ったのか、それとも家康を臣従させるために数正が必要だったのか、しきりに執心を見せた。そのために安祥譜代の有力者で、西三河の旗頭の重職をつとめる数正でさえも、家中にいづらい雰囲気が生まれた。数正がでかけるところに尾行者がついたり、屋敷内に密偵とおぼ

しき者が潜入したりした。

数正は当初、よもや自分がそのような状況にたちいたろうとは想像もしていなかった。数正は誰よりも自分や祖先の来歴、家中における地位、立場をよく知っていたし、自分の実力を信じていた。秀吉からどのような好遇をうけようが、徳川家を捨てて、秀吉のもとへ走ろうとは夢にもおもっていなかった。

が、秀吉の処世術、人を誘惑する術には想像していた以上のものがあった。鬼神のごとき信長でさえ、ある面で秀吉の手に乗せられたのは事実である。当初数正は秀吉からの誘惑にほとんど警戒をおぼえていなかったが、たびかさなるうちに数正の周囲が警戒したり、あまつさえ数正をうたがうようになった。これは数正にも計算外のことだった。こうおもわせてしまうところに秀吉の心理戦の罠がかくされていたのだ。

於義丸にしたがって大坂城におもむいたときなど、

「貴殿ほどの知勇兼備の士ならば、わが方にきたれば十万石の知行はとれようものを」

とさりげなく秀吉に言われて、数正は心中どきりとするものをおぼえた。これまでも秀吉はたびたび似たような言葉を数正に投げかけたが、数正がそれに動揺したり、すこしでもこころをうごかしたことはなかった。何度か会い、何年かたつうちに、数正の立場、心境にいくらかずつ変化が生じていたということであろう。

今年七月、秀吉はとうとう関白の地位をきわめたが、そのわずかのあいだに数正の心中は大きな変化をとげていた。

（石川家をまもり、今後とも存続させていくには、自分が秀吉の臣下になることがもっとも有効な策ではないか。それによって徳川家を守りたてていける）

余の者はともかく、主君家康だけはかならず自分の真意をわかってくれるだろう。そうする以外に徳川家と石川家をまもっていく道はないと確信するにいたったのだ。ここを徳川に残しながら、身は秀吉に臣従するといったきわめて至難な手段をとることを決断したのだ。

けれどもそんな心中のカラクリを見抜かれれば、秀吉が数正の臣従をゆるすはずがない。あくまでも時世に暗い徳川家中に愛想をつかし、出奔を決断したという筋道をとらなければならなかった。とりわけ勘のすぐれた秀吉だけに見抜かれる可能性はきわめて高い。それをふせぐには徹底した秀吉への忠誠しかない。そのため、今は家康にすら真実を明かさずにおかねばならない。数正にとってはきわめて至難な賭けであった。しかし家中でこのような放れ技のできそうな者がいないかぎり、数正がみずから裏切者の汚名を着て、この賭けに挑む以外はなかった。汚名は終世、あるいは後世まで晴れぬにしても、今徳川が秀吉とたたかえば、家中の意気込みとは裏腹に手痛い敗北を喫するのはあきらかであった。

「この川のむこうは尾張だ。ここまでくれば追手の心配はないが、川の西岸一帯を縄張にする野伏がいる。尾張の米野から案内の者がきているはずだ」

境川の岸辺ちかくまできて、数正は馬上から対岸を見すかすように言った。

「よくここまで無事にこられた。大掛りな追手の追撃がなかったのは幸でした。今ごろ深溝の松平家忠が手勢をつれて岡崎に駆けつけておるはずです。酒井どのが吉田から到着するのは明日の朝になりましょう」

家老天野又左衛門も対岸の様子をじっとうかがいながら答えた。

尾張愛知郡の米野は境川から五里ほど西にある地で、織田信雄の臣で数正の妻女内藤義清の娘まさ江の親類中川三四郎の屋敷がある。中川は数正一行のために馬百頭と笠百蓋を用意してくれており、今夜は中川の屋敷に一泊する予定であった。三河の西隣りが信雄の領土だったことは、数正にとってまことに好都合であった。信雄は秀吉と和睦をしているため、数正が攻撃をうける心配はなかった。

月光にすかしてみると、境川の対岸に人影がいくつか見えた。境川の川幅はさして広くはない。月はほぼ真上にのぼっている。

ヒュー

側役の大藪十郎次が指を口に入れて吹き鳴らすと、対岸からおなじく指笛が返ってきた。野伏ではなく、中川家の郎党だ。

数正一行は安心して境川をわたった。

「石川どの、よくご無事でこられた。追撃を心配いたしておった」

数正が川をわたると、その対岸に姿をあらわしたのは、中川三四郎自身であった。

「おお、中川どの、わざわざのお出むかえ、かたじけない」

「なんの、石川さまのほうこそご苦労でござりました。よくご決断なされたもの。よほどお考えふかく、勇敢な方でなければ、このような難事に挑戦いたしませぬ」

中川は数正の近年の苦衷をよく知り、このたびの行動にふかい理解をしめし、協力してくれているのだ。

「一夜の宿をお願いいたしたい。徳川勢が米野まで追撃してくることはまずない。わしの脱走で明日からは当分のあいだ徳川家中はてんてこ舞いであろう」

「左様でございましょうなあ。徳川家の陣法、軍略、城の縄張などはあちらに筒抜けになりますから。軍陣の備えも一変しなければなりませぬ」

「ただちには変えられまい。それに手をとられているあいだに、他を攻められよう。殿、いや家康はそれにどのように対応するか、見ものじゃ」

「両家両人のきそい合いは見ごたえのあるものになりましょう」

一行は中川とその配下にみちびかれて、米野へとすすんでいった。

未明、米野に着くと、松崎九左衛門、伴三左衛門、荒川惣右衛門がすでに前日、米野に先行してきており、一行を出むかえた。双方は無事をよろこび合い、松崎、伴、荒川らは中川がそろえてくれた馬百頭と笠百蓋を一同にくばった。数正の脱出計画は綿密にしくまれていた。

中川三四郎の屋敷で一行は休息、仮眠をとり、払暁のころには米野を後にし、庄内川、木曾川、揖斐川などをわたり京都をへて、大坂城へとむかった。

徳川方では、まず深溝の松平家忠が未明のうちに武装した手勢約百人をつれて岡崎に到着した。ついで岡崎から近い松平重勝も急報をうけて、

「城代が脱城いたすとは前代未聞。徳川家の大恥だ」

信じかねた顔つきで家来をひきつれ、馬で駆けつけた。

吉田城から酒井忠次が驚きと半信半疑で約三百の兵をひきいて岡崎に到着したのは、十四日の辰の刻（朝八時）をだいぶ過ぎたころだった。岡崎城としては、天正七年、城主で家康の嫡男三郎信康が信長から武田氏への内通を疑われ、城をでて二俣城で切腹をしていらいの大事件であった。忠次らは数正一行を追跡することはなかった。時間的にいって、これから追っても数正一行に追いつけるはずはなく、数正も出奔をするからにはそれ相当の準備や手立をしているとかんがえられたからだ。

一同はそれよりも浜松から家康が到着するのを待った。

家康は本多忠勝や榊原康政、井伊直政ら〈徳川四天王〉と呼ばれる武将たちをしたがえて、岡崎城にくるなり、

「やはり数正が……」

と洩らした。

「殿には石川どのの出奔がわかっておられたのでございますか」

本多忠勝が噛みつかんばかりの形相で家康に問うた。

「予想などいたしておらぬ。しかし数正が悩み、くるしんでおったことは知っておった」

「石川どのはかねてから秀吉に目をかけられ、いろいろと誘いをうけておったのでござろう。石川どのだけが和睦をとなえておった。秀吉と暗黙の約束があったのかもしれません。和睦の見通しがなかなか立たず、脱出の機会をうかがっていたにちがいありませぬ。あたら譜代の名家で〈双璧〉とまで呼ばれた武将が、とんだことをしでかしたものだ」

忠勝はとても怒りがおさまらぬのだ。

「岡崎城を改築いたさねばならん。西尾城の海への備えも変えねばならぬ」

家康が重苦しくいうと、

「それぼかりではありませぬ。徳川家の陣法、軍略を一新いたさねばなりますまい。大変なことでござりますぞ」

榊原康政が応じた。

「よもや石川どのが九仞の功を一簣に欠くとは……」

井伊直政も言った。石川家歴代の数々の功績を数正がすべて無にしてしまったというのだ。

「ううむ、譜代名門であったにもかかわらず。これで歴代の功績はすべてうしなわれた」

忠勝は斬って捨てるように言った。

石川氏は鎮守府将軍源義家の五男陸奥五郎義時の血をひく。第二代武蔵守義基が河内石川郡を領したので、石川氏を称した。石川氏が安祥城主松平親忠につかえたのが、石川氏十三代親康のときで、その二代後の清兼は清康、広忠、家康の三代に宿老としてつかえ、天文十一年（一五四二）十二月、家康が生まれたときに御蟇目役をつとめた。貴人の出産のときなどに妖魔を降伏するために蟇の目に似た鏑矢を射る役目である。そして清兼は家康の幼年のあいだ、乳人のように近侍した。

清兼には康正と家成の二人の男子がいたが、弟の家成のほうが石川家の本系をなした。数正は康正の嫡男である。天文十八年松平広忠が死に、竹千代（家康）が今川家の人質になってゆくとき、清兼は供奉人の筆頭に与七郎（数正）を指名した。与七郎は竹千代の四歳年上だった。そして今川家におもむいた竹千代にたいして、与七郎はもっとも献身的につくした。

一方、岡崎にとどまった清兼は竹千代の衣食雑具の調達につとめた。そして刈屋城主水野忠政の女（のちの妙西尼）をめとって家成をもうけたことによって、家康との姻戚関係が生まれた。家康の母お大の方は妙西尼の妹にあたる。

成人してからの数正の武勲は赫々たるものがあった。けっして外交、政治力だけの数正ではなく、武勇においても勇猛果敢な三河武士を代表する綺羅星のごとき存在であった。桶狭間の合戦で今川義元が戦死して家康が人質の身分から解放された後、岡崎城にもどって織田家とたたかったとき、数正は勇将の誉れたかい敵方の物頭高木主水と槍を合わせ、討ち取る寸前まで追いつめた。

織田家とは間もなく清須同盟がむすばれたが、これを今川氏真（義元嫡男）がよろこぶはずがなく、徳川家と敵対関係に入った。今川家にはいまだ家康の嫡男竹千代（信康）、築山御前（家康妻）、亀姫（家康長女）らが人質として留めおかれていたが、両家は三河西郡上ノ郷城で攻防戦を展開した。上ノ郷城は氏真の従兄弟鵜殿長照のまもる城である。徳川軍は城に猛攻をくわえ、豪勇をうたわれた城主長照、長忠兄弟を討ちとり、落城に追いこんだ。数正は長照の子氏長と氏次の兄弟を生け捕りにした。

数正は氏長と氏次の兄弟をつれて、駿府城に乗りこんだ。そして竹千代、築山御前、亀姫との人質交換を申しでたのである。当初氏真をはじめ今川家重臣団はこれを拒絶したが、辛抱づよく説得をつづけ、ついに人質交換に成功した。説得を根気よくつづけた

数正の心中は、

（いとけない若君がただ一人ご生害なさったのでは悲惨この上ない。今川家がどうしても説得に応じなければ、自分が竹千代君のご最期のお供をつかまつろう）

という必死なおもいであった。その説得が功を奏し、到底無理だとおもわれた人質交換に成功した。そして数正は大きな八字髭をピンと反らせ、竹千代を鞍の前輪に乗せて、威風堂々と念じ原をとおりぬけて岡崎城にもどってきた。見物していた老若男女は歓声と拍手喝采で数正をむかえた。数正が徳川譜代の臣としてもっとも喜びをおぼえていた瞬間である。たんなる武勇の士であるばかりでなく、外交、政略のやり手として数正は世間に実力をみとめさせた。

これまで徳川家には数正のような外交上手はいなかったため、彼の評価はうなぎ上りとなり、家成が掛川城主に任命されたとき、数正は西三河の旗頭に任じられた。酒井忠次とともに、文字どおり徳川家の〈双璧〉と呼ばれるようになったのである。それ以後の数正の武勇、外交両面での活躍は徳川家中において出色のものとなった。

数正一行が大坂城に着いたのは十六日である。そのとき秀吉は四国、長宗我部征討をおえ、堺にいて数正の寝返りを聞いた。

「関白の威力はなかなかのものであるぞ。これからは戦わずして、ぞくぞくとみな降ってまいろう」

と豪放に近習たちに笑いとばした。これは秀吉の実感であったろう。それに数正は脱出に際して、信州松本の小笠原貞慶からあずかっていた人質の幸若丸をも手土産がわりに連れてきていた。これで小笠原も降ってくる可能性がつよくなった。

秀吉はこの月二十三日、禁裡への献上物の件で大坂城におもむいたついでに、数正と対面することになった。

数正は家老天野又左衛門、渡辺金内とともに秀吉自慢の城内の接見所において対面した。秀吉は異父弟の大和守秀長とともに、両側にずらりと名のある重臣、近臣たちをならべて、引見した。

「上様におかれましては、このところ天下平定への道をひたはしられ、まことご同慶のきわみに存じあげます。拙者、殿をはじめ家中の者たちに天下政道のおさまる道を説得いたしてまいりましたが、はかばかしい効果がなく、ほとほと三河武士の頑迷さに嫌気がさし、三河を退転いたしてまいりました」

数正はとりたてて高ぶったり、気落ちした様子も見せず、淡々と秀吉に挨拶した。

「数正、ようやくその気になったか。わしは以前から申しておったではないか。人にはそれぞれ自分に合ったはたらき場がある。はたらき場を間違えると、どれほどすぐれた器量をもつ者でも、それを発揮できぬままにおわる。残念ながら徳川家は数正のはたらき場ではなかったということじゃ。ようやく気づいて退転いたしてまいったのは、よろこばしい」

秀吉は今度は笑いとばすこともなく、存外真面目に数正をむかえた。それだけ胸中の喜びをおさえている感じだ。

以前から何度か秀吉に会い、言葉もかわしているが、近年いちじるしく威勢を増し、実力を身につけていることは風貌、眼光、物腰からも察することができた。全身からかがやきでるものに数正はつつまれていくような気がした。

「よろこばしいかどうかは分りません。しかし面目や意地にこだわり、世のうごきが見えなくなっておりますのは、徳川家の悲劇と申すべきでしょう。拙者、今日までいろいろ説得をこころみ続けてまいりましたが、受け入れられませんでした。三河武士は忠実、勇猛、我慢づよさなどよいところを持っておりますが、一方で頑固一徹、他をかえりみるところがなく、一人よがりに陥る欠点がどうしてもなおりませぬ。上様との和睦も徳川家のため、また天下のためということが分りませぬ」

「それでとうとう数正の家中にいる場所がなくなったわけだ」

「おる場所はございます。されどそこに安住いたしておっては、徳川家の不為。天下のためにもよいことではござりませぬ。したがって殿や頑固な宿老たちの目をさまさせるためにも、数正おもいきった賭けにでました」

数正は秀吉に気圧されることなく主張した。

両側にずらりと居ならぶ家臣たちは、数正を値踏みするようにながめている。秀吉のとなりにすわる秀長は兄を補佐する名参謀であり、けっして表だつことはないが、秀吉を裏からしっかりとささえている。その一人となりにいるのは、

〈秀吉に官兵衛(かんべえ)あり〉

と称される軍師黒田官兵衛孝高(よしたか)である。数正とは面識もあり、とくに変った様子もなく、来たるべくして来たなといった表情で数正を見ている。

数正がいくらか気になったのは、近習集団のなかで、近年めきめきとその名を高めている石田佐吉三成(さきちみつなり)である。近江(おうみ)の寺で小坊主(こぼうず)をしているときに秀吉にみとめられて近侍するようになって吏僚(りりよう)の才を買われている、若いながらも切れ者の名が高い男である。この三成とも数正はかつて言葉をかわしている。その三成がチラリチラリと数正にむけている視線がやや気になった。

「数正に逃げられて、さぞ家康はこまっておろうな」

笑みをこぼしながら秀吉は言った。

「さ、どうでありましょうか。拙者がいなくなって、せいせいいたしておる者も多かろうと存じます」

「数正がわが臣となれば、徳川の陣法、軍略はこちらに筒抜けとなる。岡崎城の縄張や、西尾城の海への備えなども至急変えねばなるまい」

「おおせのとおりでございましょう。徳川家ではもう早速その支度にかかっておることとおもわれます」

「家康は用心ぶかいからの」

言われて数正は徳川家の陣法、軍略をしるした巻紙を秀吉に差しだした。これが秀吉の手にわたれば、徳川家の戦法、戦略は丸裸同然になってしまう。早急に変更し、あらたな陣法にあらためねばならぬが、それを使いこなすには半年や一年では無理であろう。この陣法を詳細にえがいた図や物資の輸送法までしるした図面や説明文を秀吉の手にわたしたとき、数正は裏切者としての自覚、認識をふたたび強くおぼえた。

（もう戻ることのできぬ道をきてしまった。自分の名は裏切者としてあまねく天下に知られ、ふたたび徳川家にかえることはない）

とおもったが、すでに感傷は捨て去っていた。

「しかしよく決心をいたしたの。わしは数正にはここまでは実行できぬとおもうていたが、見事にしてのけた。あっぱれじゃ。これで三河武士も目がさめれば結構じゃが」

「なかなか……。そう簡単にはまいらぬものと存じます」

「そうじゃろうの。数正だけが裏切者として憎しみを買うことになるだろうの」

秀吉にはこの行く末も予想できていたのである。

数正は無言でうなずいた。

「これだけの犠牲をはらって数正は大坂にやってきた。世の中がよく見える者はときに悲劇を背負うことになる。が、一族の家成にまで累がおよぶことはなかろう」

秀吉は数正をかばうように言った。

数正にとっては長いような短いような秀吉の引見であった。このあいだ数正は同席する秀吉の家臣たちの誰にたいしても負い目はおぼえなかった。が、ただ一人、昨年、自分が秀吉の養子として徳川家からつれてきた、家康の二男於義丸の顔を見るのだけはつらかった。於義丸は今年まだ十二歳であるが、数正が徳川家から寝返って大坂城にきていることがわからぬはずはない。秀吉の養子になっているとはいえ、人質としての意味もふくまれているので、於義丸の心中がどのようなものか、数正には明確に判断することはできなかった。

於義丸はすでに関白家のなかに溶けこんでいる様子ではあるが、心中の微妙なところはわからない。闊達にそだっているところを見ると、数正のこころはいくらか安らいだ。とはいえ、於義丸のまっすぐな視線に合うと、数正の心中にはどうしても揺らいでしまうものがあった。純粋でまじりけのないこころを持つ少年だけに、名だたる英雄、豪傑と視線を合わせるよりも、数正には荷が重かった。

城中には昨年数正が於義丸とともにつれてきた自分の子勝千代と本多重次の子の仙千代がいる。まだ対面は遠慮しているが、やがて近いうちに会うことになるだろう。自分の息子であっても数正は大坂城内で会うのは気が重かった。こういう気持は岡崎脱出の前には想像していなかった。

凶

数正はとりあえず、大坂城三の丸の外に屋敷をあたえられた。

俸禄としては秀長の領地のうちから和泉に、堺などをふくめて十万石を拝領することになった。徳川家のころとくらべると何倍かの加増であるが、万一家康の神経を逆撫でするかもしれぬことに配慮し、当分のあいだは二万石分の食禄をうけることにし、それで家臣や家族をやしなわなければならなかった。

大坂城はもともと本願寺の証如上人が石山に八町四方の城陵をきずいたのをもとにしている。淀川の南にのぞんだ丘陵地帯で、東を大和川がながれて淀川と合し、西は海という、三方をまもられた要害の地である。秀吉は石山本願寺を紀州にうつし、その跡地に本丸、二の丸、三の丸の石垣の長さだけでも三里八町という巨大にして贅をつくした城をきずいた。関西三十余国の諸大名が動員されて三年半の年月を要してつくられ、石垣、堀、五層八階の天守閣が空にそびえたった。内部は金箔でかざられ、軒瓦はすべて金張りで、秀吉の桐の紋がかがやいているという豪華さである。

この大城郭に北陸、上方から西の諸大名が大行列をつらね、臣下の礼をとって来城するさまはいかにも壮観である。たとえ徳川が三河、遠江、駿河、甲斐、信濃の五ヶ国を領有し、海道一の弓取りと称されていようとも、比較にはならない。この大坂城で住み暮していると、一ヶ月もたたぬ間に、否応なく秀吉の巨大な権勢を知らされることになる。本能寺の変後、家康が甲斐、信濃を平定したといっても、秀吉はおなじ期間にほぼ天下の半ばを制したのである。すでに関白という位人臣をきわめ、天下人の座に片手をかけていた。

その秀吉の前に立ちはだかっているのが家康であるが、今まで宿老として徳川家をささえてきた数正から見れば、両者の力の差はいちじるしい。しかもこれほどまでに秀吉が力をつけたのは、昨年の小牧・長久手の合戦以後のことである。徳川家が局地戦で勝利をおさめ、〈秀吉何するものぞ〉と過信しているときに、秀吉は政治力を一気にひろげ、尾張、北陸以西をほぼあっという間に制圧してしまった。そのわずかな期間に勢力、権勢を拡大した秀吉の実力は、家康も信じかねるほどのものであった。

中国大返しで明智光秀をやぶり、清須会議をへて、賤ヶ岳の合戦で柴田勝家をほろぼしてからの秀吉はまるで巨大な魔力がのりうつったような勢いで実力を拡大していった。その秀吉の最大の敵が家康であることは、間違いない。秀吉にとっては主君信長の同盟者であり、運次第によっては明智光秀を討ちほろぼしたかもしれない人物だ。だとすれば今の秀吉はなかったかもしれない。たまたま家康が信長の招きによって、わずか数十人の手勢をつれて、安土、京都、大坂、堺を遊覧にきていたときだけに、家康に武力がなく、信長の弔い合戦をすることができなかった。秀吉と家康との運命の岐れ道はここであった。

たしかに秀吉は運のいい風雲児である。しかし運だけではここまで伸びるわけがない。独得の勘をはたらかせた処世術、機を見るに敏な決断力と大胆さ、人のこころを読みとる頭脳。これだけのものがくわわれば、ここまで伸しあがってくることも可能かと数正はかんがえた。

秀吉は信長のもとでも、最下級の足軽から出発して、ついに家中屈指の武将にまで伸しあがっていった。多くの人々は秀吉の抜け目のない要領よさ、世故にたけた世渡りのうまさ、人に取り入るずうずうしさだけを取りあげて、秀吉の実力を見ようとはしなかった。しかし当時から秀吉は戦場においても危険な殿軍や先陣の役にすすんでついて成功をかさねてきた。人を見るに冷徹な信長が、抜け目なさや要領のよさだけで取り立てていくはずがなかった。

秀吉は好運をひき寄せる運の強さを持ち、人や世のうごきを読みとる洞察力のふかさ、恐怖や困難をものともしない決断力、忍耐力、先を見通す明敏さなどを兼ねそなえた稀に見る出来物なのである。それをいちはやく見ぬいたのが信長だった。家康は秀吉に接することが稀で、すぐには秀吉のすぐれたものたるところを見抜けなかった。それにはっきりと気づいたのは、見事信長の弔い合戦に勝利したあたりからである。その後につづく清須会議でも信長配下の武将間の外交戦に勝利して、頭ひとつ抜けでた。賤ヶ岳の合戦の勝利はもう秀吉と勝家との勢いの差であった。その後は秀吉の一人勝ちといってよかった。

その秀吉と勝負できる者といえば、家康以外にはなく、両者は小牧・長久手の合戦でぶつかった。このとき徳川が局地戦で勝利したことは、逆にいえば徳川家の不幸であったかもしれない。徳川家臣団は秀吉の実力を過小評価し、家康が和睦を拒否しているあいだに、秀吉は政治力と外交戦で諸国の強敵をつぎつぎに攻略、降服させていった。気がついたとき、のこるは徳川、北条、伊達、島津くらいのものとなっていた。

この間にも秀吉は家康にたいして、和睦、上洛をもとめつづけてきた。けれども上洛するということは家康が秀吉にたいして臣従する証であり、それは頑固者ぞろいの徳川家臣団にとって吞めぬものであった。たびたび秀吉のもとへ使者にいって、秀吉の実力、器量の大きさ、将来性をいやというほど見せつけられている数正だけが家臣団から浮きあがる結果になってしまったのだ。

家康はすでに秀吉の大器を知って、和睦の時機をはかっていた。もっともよい時機に、よい条件で和睦をしたかったのだ。これは幼ないときから人質生活をおくり、忍従にたえてここまで生きのこり、伸しあがってきた家康の勝負の勘である。家康自身は異常に巨大化した秀吉の政治力や、何度か秀吉に会っている数正の言葉から、もはや自分が秀吉の力に敵せぬことに気づいていたのだった。だから家康だけは、かねて数正の気持がわかっていたのだ。しかし強い相手にたいして簡単に頭をさげるのは、家康のやり方ではなかった。強い相手にたいしては存分に自分のつよさも見せつけておいて和睦するのが、家康の流儀である。かつての清須同盟のときもおなじである。その直前まで三河、尾張のあいだで、執拗（しつよう）に織田方とたたかっている。

「家康は今、ギリギリの勝負に耐えているところでしょう。むろん対応、防備には奔走しておるでしょうが、きっと内心では和睦の時機を見はからっているところとおもう」

数正の屋敷をたずねた織田長益（ながます）（のちの有楽（うらく））、滝川雄利（かつとし）、土方雄久（ひじかたかつひさ）など秀吉陣営にある織田信雄の重臣たちに数正はこたえた。このとき数正はすでに旧主家康を呼び捨てにしている。

「左様に考えてかまわぬかな」

織田長益が半信半疑の表情を見せると、

「絶対にそうだとまでは申せぬ。しかし拙者の見るところ家康は和睦の時機を模索いたしておるとおもう。だから今精いっぱい突っ張っておるところと拙者はかんがえる」

数正はあくまでも彼等と対等の立場、気位にたって答えた。

「ううむ、そうとも考えられるな。今までの家康の流儀だ」

滝川雄利がうなずいた。

「今、家康はいちばん辛いところにいる。そこを乗りこえねば和睦には応じますまい」

「どうすれば、家康はその山を乗りこえられますかな」

「こちらから手助けをしてやらねば、今回は家康は乗り越えられぬかもしれない。それだけ家康も切羽つまっておるところであろう」

「手助けが必要か？」

土方雄久が言った。

「上様に顔を丸つぶしにされての和睦は家康のけっしてとらぬところでござろう」

それは自身の寝返りもふくんでいる。

「ではいかなる手立があるのか？」

「上様が精いっぱい家康の顔をたてることでござろう」

織田長益は思案顔だ。この三人は家康を上洛させ、和睦をむすばせる使命をおびている。彼等が数正にいろいろ質問し、助言をうけようとしているのは当然なのである。

「どんな顔の立てようがある？」

「うむ……」

数正はかんがえこんだ。

「尋常なことでは駄目であろう。家康は幼ないころからの人質暮しにかかわらず、頑固なことでは家臣たちに負けぬ」

「主君も頑固、家来も頑固では手がつけられんな。それに尋常でない譲歩となると、上様がご承知なさらんだろう」

三人は思案顔だ。

「なかなかむつかしい。拙者、種々説得をこころみたが、容れられず、それでついに三河を退転せざるを得なくなった、という理由もある」

数正の表情もおもたい。

三人からも具体的な案はでなかった。

「しばらく考えさせてもらいたい。石川どのにも妙案が浮かんだら、お教えねがいたい」

「拙者ももう一度かんがえてみよう」

数正は今秀吉が苦慮している徳川家の内情についてもっとも詳しい人物として、関白家での存在価値をみとめられているのだ。

三人はこの日、むなしく帰っていった。

数正のなかにはいくつかの案があったが、今日はそれを口にしなかった。三人や秀吉の胸中もわからぬうちに自分から言う必要はなかったからだ。

数正は徳川から寝返って秀吉の臣になったが、けっして卑下しながら関白家で生きていく気はなかった。家康はじめ三河武士たちに愛想をつかして、やむなく退転したという立場をとった。おのれを卑下すれば、秀吉が自分を見る目も変ってくるであろうし、そうすると石川家の家臣一同が日蔭者の暮しをずっとおくっていかねばならぬ。それは避けねばならないと自分をいましめていた。

数正は日ごろ、つとめて闊達にくらし、闊達に意見を言って過した。それは家臣たちによい影響をあたえていた。関白家にとけこむもっともよい道でもあった。家族も夫婦と子供二人にくわえて、於義丸についてきていた勝千代とおなじ城内で暮らせる状況になった。立場上、生活は別ながら、どちらかがのぞめばいつでも親子は会うことができるのだ。勝千代にとっては大層こころ丈夫なことだった。

幼ないながらも、勝千代のこの一年間の心境と生活は微妙なものをはらんでいた。於義丸が秀吉の養子と人質という両側面をもっていたので、勝千代もそれに影響された。両面をつかい分けねばならないこともあった。それは少年にとって、かなりこころに負担をしいられることであった。いつわりの態度、いつわりの心中を見せねばならないこともあったろう。それが両親、兄弟、家臣たちとおなじ城内にいることでほっとこころ癒されることになった。

それにたいして於義丸が数正をどのように見ているか、これはなかなか分らなかった。於義丸が日ごろ数正にたいして見せる顔は秀吉の養子としての顔だ。間違っても人質としての顔は見せなかった。したがって数正にたいしても、あくまでも主筋の態度をとっている。徳川家を脱走してきた裏切者という態度は見せなかった。於義丸は信康につぐ家康の二男で、五歳下の長松(ちょうまつ)(のちの秀忠(ひでただ))にくらべると気性ははげしく、負けん気がつよい。嫡男(ちゃくなん)信康が自刃(じじん)した今は、於義丸が嫡男の立場になってよいはずなのだが、家康は三男長松を徳川家にのこし、於義丸を秀吉へ差し出した。そこのところを十二歳の於義丸がどのようにかんがえているのか、数正には読むことができなかった。数正をあえて無視しているような態度も感じられた。徳川家の恥としているのかもしれぬ。

数正のほうからはしばらく静観の態度をとった。相手がまだ少年であるだけに、こちらからいろいろ推量することにあまり意味はなかったのだ。数正に会っても、於義丸はとくに言葉もかけてこなかったし、表情にもあらわさなかった。が、少年だからといって数正は油断はしなかった。少年の真っすぐな視線は大人とちがって、数正をたじろがせるところがあったのだ。

数日後。くだんの三人、織田長益、滝川雄利、土方雄久がふたたび面会にやってきた。三人とも前回の不首尾にかんがみて、さして自信のある態度ではなかった。

「じつは前回申しあげた徳川どのの顔のたて方であるが」

客室に入るや、挨拶(あいさつ)もそこそこに織田長益が切りだした。

「何かよい手立てをお考えになられましたか」

数正はうながした。

「ときに、徳川どのは独身者でござりましたな」

長益の言葉は数正がまったく予期せぬものだった。

「そういえば、築山御前が亡くなられていらい、家康に正妻はおりませんな」

家康は若いころから好色の質で、築山御前を遠ざけ、数おおくの婦人を身に近づけていた。そのため数正なども家康を男鰥などとはおもっていなかった。今は長松を産んだ西郷の局、於義丸を産んだお万の方、お竹の方、西郡の方などが家康の側につかえており、ほかにもあちこちの女をつまみ食いしていて、家康の身辺はにぎやかだった。それで独身者という印象はなかったのだ。

「左様、独身でござるな」

「ならば正妻をむかえる気はござらぬかな」

言われて、数正は虚をつかれた気がした。

「誰を嫁にむかえるのでござる？」

「上様の妹御でござる」

長益がすぐさま答えた。

「上様に未婚の妹御がおられたかな？」

「離縁をいたせば、独身になるではござらぬか」

滝川雄利の言葉に数正はおどろいた。

数正は徳川家中でこそ、外交に慣れ、政略にも通じていると自任していたが、数正の知る政略が子供欺しのものにすぎぬことを今知らされた。

「どなたでござる?」

「朝日どのじゃ」

「左様か、朝日どのな……」

数正は言葉につまって、それ以上続けられなかった。

「朝日姫は佐治日向守にとついでおられるが、上様のご意向によっては離縁もある。徳川どのも二度めであられるし」

長益のその言葉を聞いて、これは三人の中からでてきた政略ではないなとおもった。秀吉の妹の離縁、再婚のことであるから、それを口にできるのは秀吉自身だけであろう。

「縁組がおこなわれれば、両家は親戚であるから、家康が和睦、上洛してもおかしくないと言われるのだな」

「左様」

雄利は澄まして答えた。

「どうであろう、朝日どのと家康との縁組については拙者、何とも言えぬ。しかし両家が縁組いたせば、家康が上洛しやすくなることは確かだ。和睦のために上洛いたしても、家康の面目はたもたれる。上様はとてつもないことを考えられる」

数正がそう言うと、

「武家の縁組はすなわち政略であろう。離縁も政略のうちとかんがえる」

長益は自分の考えのように言った。

「存外、うまくいくかもしれぬ。家康もおなじく政略家だ。しかし肝心の朝日どのは承諾いたすのであろうか。相手は何といっても夫持ちにござる」

数正には朝日どのがどのような性格の女性なのか分らぬ。夫の佐治日向守と夫婦仲がうまくいっているのかどうかもわからない。わからぬままでの再婚話については、まったく何とも言えぬ。年は家康より一歳下の四十三である。しかし家康も縁組を政略以外の何物でもないとかんがえているので、秀吉のほうから縁談をもってくるのだったら、天秤にかけていろいろ考えるだろうとおもった。

「かりに縁談がととのえば、徳川どのは和睦、そして上様に臣従なされるであろうか」

長益はここのところが気がかりなのである。仮りに家康が臣従しないのならば、朝日どのを徳川家に人質として取られただけの間抜けな話となる。

「縁組まですすめば、上洛、臣従という道をたどるのではなかろうか。しかし家康がただのこのことやってくるともかんがえられぬ。何かの要求があるやもしれぬ」

「この上の条件でござるか？」

雄利が訊いた。

「家康も幼ないころから成人いたしてまでも、さんざん苦労をなめておる。なかなか用心ぶかい上に、天下にたいしおのれの面目をかんがえておる。条件の内容についてはわからぬ」

数正はあたかも軍師のごとく言った。幼少の人質時代から家康とともに過しているから、家康のかんがえ方が大体わかるのである。家康がもし上洛するとするならば朝日どののほかに秀吉に人質を要求するとおもった。何故（なぜ）なら朝日姫が家康と再婚してしまえば、徳川家の者になってしまうからだ。秀吉はいざとなれば朝日姫を犠牲にすることもかんがえられる。秀吉にもそれくらいの冷酷さはあるからだ。

「上様が縁組以上の条件をご承諾なさるかどうか」

長益にはあくまでもその心配がある。

「大和守（秀長）どの、黒田官兵衛どのなどはそのあたりをいかがおかんがえであろうか。上様は天下の半ば以上を統一なされておるが、家康もいろいろな対抗すべき手段（てだて）をかんがえておるだろう」

「大和守どの、官兵衛どのの胸中はわからぬ。あるいは秘策があるやもしれぬ。それよりも徳川どのの対抗の手段が分れば、おしえていただきたい」

「それは家康心中にあることで、拙者にもよくは読めぬが、徳川の背後には北条、さらにその背後に奥州の覇者伊達がおる。その両家との連携、密約を意中に入れておるやもしれぬ」

数正が言ったことは、当然といえば当然のことだ。が、実現できるか否かはわからぬ。すくなくとも、数正が出奔する以前、北条家との同盟がもちあがっていたことは事実である。北条家でも秀吉の破竹の天下平定戦を目前にして、対策をかんがえていたところだった。けれどもまだ同盟はむすばれていなかった。そのころ北条氏が北の伊達とむすぶ策をもかんがえていたとしても、きわめて自然なことである。

「それは十分かんがえられること。ことによると、ただ今徳川、北条、伊達の三国同盟がすすんでおる恐れもある。上様も十分その懸念をもたれておることであろう。すでに対策をとられておるかもわからぬ。その一つが、関白と徳川の和睦じゃ」

「北条、伊達に使者をおくっていることはかんがえられる」

数正が言うと、三人はうなずいたり、納得したような表情であった。

「上様が、北条、伊達を視野に入れていないはずがなかろう。また北条、伊達は徳川家のうごきを注意ぶかく見まもっておるだろう」

「もう一つ大切なことは、徳川の対応をよくさぐってみることであろう。拙者、大坂にまいったとき、徳川家の陣法、軍略、および岡崎城の縄張、西尾城の海防の図面を差しだしたが、その対策がどこまですすんでおるかたしかめてみるのも肝要じゃ」

数正自身たしかめておいてほしかったのだ。それは秀吉政権の強大さを知ることにおいて、まだ自分と家康とのあいだに隔りがあると信じていたからである。

「わかり申した。上様に申し上げておこう」

こたえて、三人は辞去していった。

その夜、数正は深更まで思案、思索をつづけていた。子の刻（午前零時）をまわったころ床に就くべく、厠に立った。

ここちよく放尿しながら、ふと小窓の桟のあいだから暗い裏庭をながめた。裏庭にはちいさな竹藪があり、その前に植込がひろがっている。竹藪の後ろには離れの茶室がたっている。さらに裏庭は中庭につながり、中庭から茶室に通じている。

数正の視線がそのとき、植込にそそがれた。植込と植込とのあいだを這うようにはしる人影が感じられたのだ。

「曲者っ、曲者だ！　裏庭に曲者が潜入しておる」

数正は放尿をつづけながら叫んだ。

屋敷の門には番士がつめているし、不寝の番もいるからだ。

しばしおくれて、厠を飛びだすなり、いちばん端の雨戸を一枚繰って、裏庭に身をひるがえした。丸腰ではあるが、腕には自信がある。しかも幸いに厠には装飾用あるいは隠し武器としてもちいる木身刀がかけてあった。数正は無意識のうちにその木身刀をにぎっていた。木身刀は一尺余寸の樫棒で、円形あるいは六角にけずられ、漆で仕上げられているものが多い。居間や寝室などにさりげなく飾り紐でかけてあるものだ。

曲者は植込や庭石、樹木などを縫ってすばしこく逃げた。

月光をたよりに数正は曲者を追った。

間もなく中門をあけて番士が二人、中庭から飛びこんできた。番士は両刀を帯びている。数正は番士と挟み討ちにすることができるとおもった。

が、曲者は急に方向を変え、裏門のほうへはしった。

数正には余裕があった。裏門にも番所があり、番士がつめているからだ。むしろ裏門のほうへ追いつめればよいとおもった。曲者は袋の鼠だ。中門から追いこんできた番士もそうおもったようだ。

ところが、曲者はおもわぬ行動にでた。あくまでも裏門へむかうと見せて、不意にふたたび方向を転じた。曲者はとくに屈強とは見えず、むしろ小柄な体つきだ。その曲者は一段と速度をあげて番士のほうへむかっていった。

番士のほうが一瞬戸惑った。追う立場が急に敵をむかえ討つ立場に変ったからだ。

曲者はためらわず、体の大きなほうの番士に突撃し、とつぜん空中へ翔ぶなり、身軽に片足を飛ばし、番士の顎を正面からするどく蹴上げた。

番士は不意をくらって、太刀を抜く暇もなく、ぐらりと背後にゆらいだ。なんとか踏みとどまったとき、ふたたび曲者の体が軽々と空中に舞い、反対側の足が今度は回転しながら番士の側頭をはげしく蹴りつけた。番士の体は横転し、意識をうしないかけた。もう一人の番士はとっさになんの掩護もできなかった。見事な格闘術を身につけた者である。

数正は木身刀をかまえて、曲者を突き伏せようとせまった。相手は短刀をにぎっている。木身刀は相手の懐に飛びこんで腹部、胸部、喉、顎などを突くのに有利な武器である。しかし、相手はなかなか数正に飛びこませない。

もう一人の番士も太刀を抜いたが、容易には斬りこんでゆかれない。二、三度踏みこんだが、そのたびにかわされた。

数正も相手と対峙し、なかなか飛びこむ隙を見つけられなかった。

「曲者だっ、出会え！」

番士がするどく叫んだとき、相手は短刀をかざして数正に突きかかると見せ、それに応じようとした数正の虚をついて、横っ飛びに逃走した。じつに驚くべき俊敏さだ。まるで飛鳥をおもわせた。

数正も番士たちも、曲者がつかう格闘術と対峙したのははじめてだった。従来の組打ちと格闘術に蹴り技、飛び技などをくわえた複合技である。

曲者は裏門へむかうと見せて、屋敷の築地塀に身軽に飛びうつった。数歩つたいばしって屋敷の外へ飛びおり、大名小路をまっしぐらに駆け、たちまちのうちに闇のなかに姿を消してしまった。

「追えっ」

数正はその場にいる番士や裏門につめる番士たちに命じたが、すぐに見失なった。

「無念にござる。逃げられた」

「まったく逃げ足のはやいやつ。一体何者でござろう」

「面目ない。行方をくらまされた。曲者が屋敷に侵入した理由は何でござろう」

むなしくもどってきた番士たちは不思議そうに言った。

「分らん」

というのが数正の答えである。が、大まかに想像するならば、数正の動静をうかがう関白家につかわれている間者か、あるいは出奔した数正の命をねらう徳川家の刺客のいずれかであろう。

「この件は口外無用じゃ。今後屋敷の警備をきびしくいたすよう」

と数正は命じた。

いつの間にやら側役大藪十郎次、近習の豊田左馬助、安城松三郎、郎党の太郎太、次郎太がその場に姿を見せていた。太郎太と次郎太は双子の兄弟である。彼等はいずれも武芸達者であり、戦場ではいつも数正をまもっている。曲者を取り逃したことを悔しがっていた。

「きっと又、侵入してくるであろう」

数正が言うと、

「そのときこそ、かならず」

彼等はたがいに決意をしめした。

つぎの夜、またつぎの夜、数正も番士や近習たちも曲者の侵入を待ち受けていたが、曲者は姿をあらわさなかった。けれどもしばらくのあいだ、厳重な警戒をつづけた。

関白家中でも、数正の屋敷に曲者が侵入し、いらいきびしい警戒をおこなっていることが話題になったが、特別な防禦策はとられなかった。旧主を捨てて権力者の側に脱走してきたのであるから、それくらいのことはあっても仕方がないという考えであろう。

数正自身もそうかんがえていた。また覚悟もしていたのである。もっときびしい事態が待ちかまえているかもしれぬ。これこそ裏切者の掟であろう。誰にたよることもなく、自分で対処する以外はなかった。

しかしその後、曲者が侵入してくる気配はなかった。屋敷内ばかりでなく、路上や城中のいたるところで数正はひそかに警戒をしていたが、ずっと何事もなく過ぎた。

年の瀬をむかえ、関白家と徳川家の外交上の駆け引きは熾烈をきわめたが、大事は来年にもちこし、今年は何事もなく過ぎ去りそうだった。

大晦日を数日先にひかえた夜。数正は睡眠中に胸騒ぎをおぼえ、無意識に神経をとぎすました。

神経にさわるものが邸内にあった。今度は中庭のあたりだ。数正の脳裡を過日の曲者の姿がよぎった。

(うぬ!)

数正は今度は音もなくおきあがり、床ノ間の刀架けから大小をつかみとり、腰にぶちこむなり、声を発することなく、しずかに寝所を抜けだした。廊下にでて、音のせぬよう雨戸を引いて、素足のまま庭におりた。

はたして、中庭の一角に人影がうごめいていた。屋敷の夜廻りでないことはたしかだ。体つきも先夜の曲者とよく似ている。

(やつだ……)

数正は今夜は何としても勝負をつけてやろうとおもった。番士を呼ぶ必要もない。自分一人で捉えるか、仕留めるかしてやろうと決意した。

人影は屋敷の軒下で何事か細工をしている。屋内に侵入しようとはかっているのかとおもったが、そうではなさそうだ。先日発見されて逃走したにもかかわらず、ふたたび邸内に潜入するとは大胆な曲者だ。

数正はなるべく近くまで接近して取り押えようとおもった。しずかに近づいていった。曲者はまだ気づかぬ様子だ。

数正は数間先まで近づいた。

そのとき、数正の斜め後ろにあわただしい足音がした。

（しまった）

とおもったとき、

「曲者だっ、曲者！」

番士の大声が背後にあがった。

数正は相手が逃走しそうな方角へはしった。

曲者はとっさに数正が想像したとおりの方角に逃げた。

「待っておったぞ！」

一声かけるなり、数正はやや腰をかがめて抜刀し、一閃させた。

瞬間、手応えをおぼえた。が、手応えにしてはいささか軽い。数正が抜き打ったのは、相手が投じた短刀の鞘であった。一瞬の後、逃げる相手をめがけて再度刀をふるった。

今度はむなしく空を斬った。

三刀めをふるおうとした瞬間、数正の前に不意に濃い闇がひろがった。これで数正は目標をうしなった。曲者は自分の着ていたと見える黒い衣をふわりと投じたのである。

数正は三度びしくじった。相手はしたたか技に長じている。

曲者は中庭を突っ切って走った。

そのとき、二つの人影が中門の陰から飛びだしてきて、曲者を追った。二人とも疾風のような速さだ。

太郎太、次郎太の兄弟であろうと数正はおもった。

（あるいは、あの二人ならば……）

数正自身は追跡を断念しながらもおもった。この兄弟の武芸は尋常でないものを秘めている。

二人が追い、一人が逃げた。が、距離はちぢまらない。ちぢまらぬまま、三つの影は疾走していった。

先頭の影が跳躍して塀を越えるのがわかった。つづいて二つの影も、塀を飛び越えた。

そして三つの影は闇の中に消えた。

（二人だけでもどってくるか、それとも曲者をひっとらえてくるか）

数正はそういう思いでしばらく待っていた。太郎太と次郎太はかつて三河高原に巣食っていた野伏（のぶせり）の子供であった。それを数正が拾ってそだてたのである。自分たちの名前を知らぬ兄弟に数正が名をつけてやった。兄弟は数正を父のごとく慕い、主君として尊敬していたのである。そして双子の兄弟は武芸をきそい合い、体を鍛えぬいて、今や石川家中屈指の強者（つわもの）になっていた。

もどってくるのを待つあいだ、数正には興味ひかれることがあった。曲者が何をしに屋敷に潜入したかということである。今回は屋内に侵入する目的ではなかったような気がした。軒下に取りつくようにして何かをしていた。その何かが気がかりであった。

やがて、二つの人影が中庭にもどってきた。

「太郎太と次郎太が捕り逃すとは、なかなかの相手じゃな」

数正は声をかけた。

「腕をみがきあげた達人にござります。面目ござりませぬ」

太郎太が頭をさげた。

「わしも捕り逃した。いずれ又あらわれるであろう」

言いつつ数正はさいぜん曲者がひそんでいた軒下に近づいていった。

軒下になんの仕掛けもされていなかった。火薬玉でも仕込まれているかと注意してみたが、それもなかった。

が、その場をはなれようとした数正の目に妙なものが入ってきた。それは一枚の紙切れである。それが軒下の柱に貼りつけてあった。今まではなかったものだ。紙切れには文字のようなものが書きしるしてある。

数正はそれを柱から剝ぎ取った。剝いだ感じからして、しばらく前に貼りつけられたものに間違いない。月の明りだけでは、紙切れに何が書いてあるかわからなかった。

大藪十郎次、豊田左馬助、安城松三郎らがやってきて、その紙切れに興味をしめしたが、数正は何食わぬ顔で懐に入れた。

「当分のあいだ警戒が必要だな」

数正はそう言って、寝室にもどった。

寝室の明りに懐のなかから取りだした紙切れを照らして見ると、

〈凶〉

の文字がまがまがしく浮かびあがった。しかもその下に葵（あおい）の紋の朱印が押してある。曲者はわざわざ数正に何らかの凶事を予告しにきたのであろう。通り一遍にかんがえれば、徳川家が派遣した使者だ。

「殿、大事ありませぬか」

大藪が心配して寝室の前まできて、外から声をかけた。

「大事ない。心配いたすな。わしに遺恨をいだく徳川家の者のいたずらであろう」

数正は答えた。

翌朝、数正ははやめに起きて仕度をし、本丸に出仕をした。そして秀長の部屋へむかった。

秀吉自身に面会をもとめてもかまわないのだが、重大事以外は秀長に相談しておいたほうがよいという数正の判断であった。秀長は秀吉の信頼を一身にあつめて家中をとりしきっており、きわめて多忙の身である。

秀長の部屋は本丸のなかにある。控ノ間には秀長に用向きのある者がすでに三人ひかえていた。秀長は時によっては秀吉の身替りをもこなす。事柄によっては秀吉にかわって決裁をくだすこともある。

数正が控ノ間に入ろうとしたとき、

「出雲守どの、何用でござる？」

丁度廊下をとおりかかったやや細身だが、気鋭颯爽とした若い武士が呼びかけてきた。数正は徳川家では伯耆守と呼ばれていたが、関白家に投じてからは出雲守を名乗っている。

「おお、石田どの、ちと秀長どののお耳に入れておきたきことがあって」

気鋭潑剌とした武士は、近年秀吉のもとでめきめきと頭角をあらわし、今年秀吉が関白に任じられたとき、二十六歳の若さで従五位下治部少輔に任じられた石田三成である。だから正式には、治部少輔どのと呼ぶべきなのである。

しかし三成は一向気にしていない様子で、

「秀長どのはご覧のようにご多忙じゃ。さしつかえなかったら、拙者がうけたまわっておこうか」

と言った。

数正は一瞬、戸惑った。三成の言葉がいきなりだったからである。

数正は昨夜の一件を三成につげてもよかったのだ。どうしても秀長でなければならなかったわけではない。しかしはじめから秀長につげるべく、秀長の控ノ間にきたので、

「あいや、秀長どのにお話いたすので結構でござる」

数正はさほどの意味もなくことわった。それは関白家に投じていらい、何事においても秀長の世話になっていることにもよる。さらに明年には、秀長の領地内から十万石を拝領することになっていることを、秀吉から聞かされてもいたからだ。

「左様か、拙者では不足でござるか。ならば秀長どのに申し上げられるがよかろう」

予期もせぬ刺(とげ)のある三成の言葉であった。しかも三成の顔はあきらかに不機嫌であった。

「不足などとはとんでもない。秀長どのにお話すべき筋のものでござれば」

数正はあまり気にすることもなく言った。

相手は倨傲(きょごう)、尊大な切れ者とはいえ、二十六歳の若者である。二十歳以上も年上の数正が相手を軽んじたわけではなかったが、三成にしてみれば、自分から言いだしたことを簡単にことわられて、気持を害したのであろう。まして三成はこだわりの強い性格である。

「それは出過ぎたことを言って、申し訳なかった」

人に頭をさげることを何よりも嫌う三成が、故意とも受けとられるように謝まった。

「いや、今後いろいろとお世話になろうかと存ずる」

数正はやんわりと受けた。数正のようなむつかしい立場で、面倒はご免だからだ。

「拙者にお世話をいたすことがあろうかな」

三成はそう言って、その場を立ち去った。

(今後、面倒なことになるかもしれぬ)

一瞬そうおもったが、さして気にもしなかった。

しばらく控ノ間で待っていると、

「石川出雲守どの、どうぞ中へ」

近習に呼ばれたので、秀長の部屋へ入っていった。

「朝のおいそがしいところにお邪魔をいたし、申し訳ありませぬ」

数正は秀長にたいし丁重に礼をした。なにせ相手は秀吉が全幅の信頼を寄せている権力者である。

「遠慮はいらぬ。用があれば何でもうけたまわる」

秀長の口からでるのはこんな言葉である。あえてへりくだっているわけでもない。権威、権力、栄耀栄華(えいようえいが)を一身にあつめている秀吉とはあまりな違いである。

「申し上げます。じつは昨夜、わが屋敷の軒下の柱にこのような貼り紙がなされておりました。貼り紙をした曲者は昨夜が二度めの侵入でございます。念のために持参いたしました」

数正はそう述べて、懐から昨夜はがした貼り紙を秀長に見せた。

「……」

秀長はそれを手にとってしばらくながめていた。

「凶の文字に葵の朱印は徳川家から寝返って関白家に身を投じた拙者への脅迫でござりましょう」

「やったのは徳川方か、こちら方か」

秀長は思案顔を見せた。

「いずれかでありましょうが、今のところはっきりとは……」

「しかし二度も屋敷内に侵入いたすとは、威しだけではあるまい。実行の意図があるのは確かだと見るべきであろう」

言葉をにごす数正にたいし、秀長は生真面目に対応した。

「同感にござります。見せしめのために拙者を血祭りにあげようと意図するものであろうかと」

「数正どのを血祭りにあげられては、こちらが困り申す。これから数正どのには大いにはたらいてもらわねばならぬ。もし徳川家と戦になれば、こちらは大怪我を覚悟いたさねばならぬ。その意味では島津や北条とはことなる。大儀のすえ石川どのにこちらに来ていただいた。人数が不足ならば、こちらからも警備の者をだしてもよい。数正どのにはよくよく注意をしていただきたい」

「拙者もむざむざと命を落すわけにはまいりませぬ。関白家のためにひと働きいたすつもりでまいりましたのですから」

数正はここで一つ自分を売っておいた。

和泉拝領

この年（天正十三年）十二月、家康は浜松城から明年駿府城にうつる儀式をとりおこなった。これで徳川家は岡崎城から浜松城へ、ついで駿府城にうつることになった。しかし駿府城はまだ完成途上で、城郭が完成したわけではなかった。未完成の部分が多々あり、とくに城下の整備や侍屋敷ができていなかった。したがって仮移転というまでもなく、古例、吉日をうらなって、儀式だけを前もっておこなったのだ。今の政庁はむろん従来どおり浜松である。

しかしともかく、これによって関白家をさらに意識した徳川家の政治・軍事体制が従来と変ろうとしていることは間違いなかった。

天正十四年（一五八六）になった早々の朝。数正は秀長に呼ばれ、側役（そばやく）の大藪とともに面会した。

「旧冬から、徳川家にあわただしいうごきが見えるの」

秀長はあくまでもしずかに言った。

旧冬からというのは、数正が徳川家を脱走してからという意味であろうとおもった。

「表向きはともかく、内部（うち）ではいろいろなうごきがありましょう。とくに関白家への対策、準備がいそがれておるようです」

数正はまず当りさわりのない返事から入った。

「駿府の築城がはじまったのは昨年であろう。そして儀式のみとはいえ、年内の移転というのはあまりに早い。まだ城の壁もかわいてはおるまい。徳川家の政策がはげしくうごいておるのであろうかの」

事柄の重大性にくらべて、秀長の言葉はあくまでも穏かだ。

「時期が時期ですから、徳川家中がのんびりといたしておるはずはありません。場合によっては関白家との戦（いくさ）もかんがえの中に入れておるでしょう。家康はともかく、四天王をはじめとする武将たちは関白家との戦を恐れてはおりませぬ。駿府城への移転も、関白家ばかりでなく、今後の天下のうごきにたいする大きな視野によってのものとかんがえます。すくなくとも拙者が徳川家にいたころからの移転計画でござりますから。しかし、本城移転については急いでおるようなうごきが感じられます」

数正はさまざまなことを考えながら答えた。

「それは石川どのの一件があった故（ゆえ）でござろう。徳川家の陣法、軍略は従来とは変っておるはず。岡崎城や西尾城などはずいぶん改築、修築がおこなわれておるだろう。とくに西尾城は三河湾、知多湾に近いだけに、海防工事が大がかりにおこなわれておろう。一度、石川どのにもたしかめてきてもらいたいものだが」

秀長は徳川家の対策がどのようにすすんでいるのか大いに気になっているのだ。

「拙者いつでも御家中のしかるべき人物とともに西尾城、岡崎城に近づくのはかまいませぬ。どのように防備が変ったか、拙者にも興味のあるところです」

数正にとっても、それは望むところなのだ。関白家の者にも、徳川家がどういう対策、対応をとろうとしているのか知ってもらいたかった。それによって数正の出奔が真実のものであると見てもらえるからだ。

「こちらは、できることなら徳川家と和睦いたしたい。そのためにはできるかぎりのこともいたすつもりだ。関白はすでに朝日姫に離縁について打診いたしておる。しかし当然のことながら、和睦のみを頭においておるわけではない。すなわち和戦両様。戦の場合の準備もいたしておかねばならぬ」

「それは当然のことにござります」

「正月十三日に、織田長益どの、滝川雄利どのがふたたび徳川家へおもむいて和睦をすすめる準備をいたしておる。できればその前に、西尾城、岡崎城の様子をさぐっていただきたい」

秀長はそう言った。秀長も徳川家にたいする関心は当然のことながらつよい。

それともう一つは、数正への警戒だ。数正ほどの譜代の宿老が寝返るということは、反覆の多い戦国時代においても稀である。まして主君への忠誠心のつよい徳川家にあっては、ほとんど前例が見られぬ。

（わしを試そうとしておるのか）

数正はそう推測した。秀長ほどの立場の者は人間性とはかかわりなく、軍事や機密にたいして疑い深くなくてはならない。関白家には他にも数正に疑いをいだく者は恐らくいるだろう。

「承知つかまつりました」

数正はこころよく応じた。けっして気分のよいことではないが、猜疑の目で見られることは仕方ないと考えたからだ。

「できるだけ早く出発いたしてもらいたい。同行いたすのは、黒田家の者となろうかとおもう。石田家の者も同行するやもしれぬ」

「石田様の家臣にござりますか？」

先日のことをおもいおこして数正は訊いた。黒田家はもともと秀吉の参謀、軍師として名を売った官兵衛の家であるから探索役には不足はないが、石田家から探索役がでるというのはやや不可解である。

「うむ、左様」

秀長はあっさりと答えた。石田三成は今や秀吉にもっとも近い臣といってもよい。吏務に長じた人物であるが、軍事上の機密にふかくかかわっているとしても不思議はない。

「どのご家中であっても結構にござります。拙者みずから、西尾城、岡崎城の近くまでご案内いたしましょう」

数正はふかくこだわるのは止めて、承諾した。

数日後。三河と尾張の国境い境川の乗合船に乗って高浜までくだってきた三人の行商人がいた。

三人は背にかなり大きな荷を負っていた。

高浜に着いたのは午後であったが、彼等はそこから別れわかれになり、おもいのままの方角へ物売りにでかけていった。

そして夕方になって、ふたたび矢作川ぞいの桜町というところの辻の地蔵堂の前で落ち合った。最年長は風呂敷包を肩に背負い、頬かぶりをした上に菅笠をかぶり、合羽を着た数正である。

もう一人は数正よりも十歳くらい若い男で、売り荷をつめた籠を背にかついでいる。中肉中背で、容貌や肉体的特徴はあまりうかがわれない男だ。この男は黒田家の貝塚兵庫助という侍で、探索方をつとめている。

あと一人はどちらかといえば小柄で、色の黒い男である。石田家で探索掛りをつとめる久我山和平という人物である。この二人も菅笠に合羽を引きまわしている。この時季、寒さしのぎと面体をかくす両方の意味がある。

三人は地蔵堂からつれだって南へくだっていった。桜町は西尾への北の入口である。南の入口は矢作川と菅生川の下流方面である。すなわち西尾城は両川にはさまれてきずかれ、三河湾、知多湾への海防の役目をなしている。したがって城門は南と西にむいている。西と南に面して、三の丸、北の丸、二の丸、本丸、東の丸と鉤形につらなっている。

西尾城は酒井重忠のまもるところで、目下、城の大改築がおこなわれており、大工、石工、人足らが大勢あつまり、にぎわっている。しかも工事をいそいでいる模様で、宵になっても篝火をたいて突貫工事をつづけている。

「予想にたがわぬ、いそぎの大工事だ。とくに海と川からの攻撃にそなえている」

数正は西尾城附近まで近づいていった。

西尾城はいわば岡崎城の出城の役割もなしている。西尾城を敵に突破されると、岡崎城の南面と西面は弱さを露呈せざるをえぬ。それだけに西尾城の海防は大きな意味を持っているのだ。

宵闇が三人の姿をかくしてくれている。それでなくても数正にとっては知りつくしている地理であり、縄張である。数正が先頭にたってすすんだ。

城に近づくにつれ、

（……？）

数正は首をひねった。どの道をすすんでも、すぐ突き当りにぶつかったり、袋小路にまよいこんでしまう。道が鉤形にまがっていたり、脇道が途中からでていて、そこを行かなければ、前にはすすめない。かってはこんなことはなかった。数正が出奔してから、西尾城の海防のために、道を複雑で分りにくくしたのである。そして迷路のような道ができあがったのだ。

「これは〈西尾百曲り〉というほかはない。外から攻めこんできても、手引のないかぎり、容易に城まで到達できまい」

数正自身も驚いた。

「城に攻めこんでも、出てくるときにも道に迷う。各辻に伏兵をおかれたら、一網打尽にされてしまう。さすがは徳川。よく考え、いち早く工事をやったものだ」

貝塚兵庫助も、徳川家の防衛工事に感心した様子だ。

「これで石川どのが本気で寝返ったことが明らかになった」

石田家の久我山和平もそう言ったが、まだいくらかの疑惑をのこしている様子だ。

三人はついに城に到着した。

「おや……？」

まず数正がおどろいた。従来はなかったところに城門や櫓がもうけられている。しかも周囲には深い堀と高い城壁がめぐらされているではないか。石垣の高さも従来よりずっと高くなっている。

「わずかな期間に大改造をしたものだ」

そう言って、数正は闇にかくれ、物陰に身をひそめながら、工事中の城内に侵入していった。番所や木戸があるところは大体わかっていたので、そこは避けた。

もし城方に見つかったとしても、簡単に討ち取られることはない。三人の背後には太郎太、次郎太をはじめ、両人をつうじて数正が捨て扶持をあたえている三河高原の野伏十数人が、危険なときにはいつでも飛びだしてこられるよう、ひそかに背後を警固していたのである。彼等は騎馬、半弓、槍、飛翔、格闘などに長じており、一人で敵方の十人くらいに匹敵する。しかも隠遁や逃走などの術にもすぐれている。

三河の野伏に警固されているからこそ、数正は大胆に工事中の城内を侵すことができたのだ。三の丸、北の丸、二の丸、東の丸はおろか本丸の一部にも侵入していった。

「さすが勝手知ったる他人の城じゃ」

貝塚兵庫助はそう言ったが、城内の各郭も大事なところにはかならず手が加えてあった。おもわぬところに番所、空堀、柵、池などがもうけられ、石垣、土塁なども以前より高く、堅固になっていた。

「拙者が差しだした図面、縄張とはずいぶんことなっておろう。徳川家にはごくわずかのうちにこれだけの仕事をする力がある」

数正は敵情視察を貝塚兵庫助や久我山和平にさせてやることができた上、みずからの寝返りを証明することもできた。

「これで西尾城の今の有様がわかったはずだ。深入りは禁物。どこに敵がひそんでおるものやら拙者にもわからぬ」

と言って、数正は引きあげにかかった。

久我山和平は自分なりに工事の様子や縄張を納得のいくまで調べあげていた。

「水路から西尾城へ攻めこむのは大変むつかしくなった」

貝塚兵庫助は嘆くがごとく言った。

「いくら要害鉄壁とはいっても、攻め口や攻撃法はかんがえ抜けばかならず見つかるものだ」

数正はそう言ったが、それは今川家の人質時代から現在までの実体験にもとづく考え方である。

「城下をもうすこし見廻って、明日は岡崎へまいろう。戻り道も危険だ」

と数正は言った。が、陰の護衛がついているので、数正は恐れることはなかった。兵庫助と久我山はそれなりの警戒をしているようだ。

「岡崎まで侵入しても大丈夫であろうか」

久我山がそう言うので、

「われらは関白家の探索者ではない。呉服、太物(ふともの)、古着などを売る行商人だ。西尾であろうと、岡崎であろうと、変るところはないはず」

数正はこたえた。

「いや、まことにそのとおり」

兵庫助が同調した。

「岡崎では石川どのは顔を知られておいでであろう」

それでも久我山が言うので、

「菅笠、合羽と頰かむり、それと荷物で行商人になっておれば、よもや石川数正とはおもわれまい。心身とも行商人になりきれば、恐(こわ)いものはない」

数正が自信をもって言うと、

「いかにも」

兵庫助は納得した。

西尾城下の旅人宿で三人は一泊し、翌朝、岡崎へむかった。矢作川を乗合船でさかのぼるのがもっとも便利で安全だ。

矢作川には木材や石材をつみこんで上下する船がひっきりなしに見られた。

「岡崎城も、大がかりな修築、改築をいたしておるようでございますよ」

兵庫助がそれらの船を見ながら言った。

「岡崎城はふるい城であるから、修築、改築するところはいくらでもある。それにこの城は徳川家の西の守りだ。相当気合いを入れておるのであろう」

「何といっても昨年までの城代が先導して攻めてくるかもしれぬのですから、よほどの修改築をせねばならぬでしょう。西尾城以上の大工事をおこなっている様子です」

「わしが城代でもそうする。今の城代は本多作左（重次）じゃ。水も洩らさぬ要害堅固な修改築をいたすであろう」

岡崎城の近くの船着場は工事用の船が出たり着いたりしており、一般の船はもっと上流か下流で乗り下りがおこなわれている。徳川家の船は船着場で、さかんに木材、石材、土砂などの荷揚げをおこなっている。空になった船はふたたび船着場をはなれて、上流や下流へむかって漕ぎだしていく。岡崎城の修改築工事は今たけなわの様子である。

数正、兵庫助、久我山の三人は、その手前の船着場でおりた。が、船着場の近くには、徳川家の番所があり、乗り下りする船客を見張っていた。

「おれたちは呉服、太物、古着をあつかう行商人だ。それを忘れまい」

数正は下船するとき、兵庫助、久我山に再度言った。みずからそうおもいこめば、本当にそのような気分になり、言葉も振舞いもそうしたものになる。

「わかった、おれたちは旅の商人だ」

久我山も復誦するように答えた。

三人は商売物の荷の入った包みや箱を背に負って船をおりていった。気分はまったく行商人である。物腰も同様だ。徳川家の船番士に声をかけられることもなかった。

三人は岡崎城下のほうへむかったが、道にも木材、石材、土砂をつみあげた車や空車がさかんに行き来をしている。

「西尾城の比ではありませんな」

兵庫助が感心したように言った。

「城をきずきなおすくらいの気持で工事をしておるのだろう。人夫たちにも気合いが入っている」

徳川家ではこのほかに駿府にも築城をおこなっている。まるで合戦をする気分で城づくりに従事しているのだろう。

城下町が近づくと城の櫓や石垣が見えてきた。

「今まで東に見えていた櫓や石垣が、北になったり、また西にむいたりする。そして今度は南に見える」

兵庫助が首をまわしながら言った。

「以前、『岡崎二十七曲り』と言った。城下の道がくねくねとまがり、入りくんでいるのだ。下手な者ではなかなか城にたどりつけぬ。西尾城は今度それを真似たのだ」

「そうか、『岡崎二十七曲り』。それが元祖か」

「だから岡崎城に攻めこむのは至難の業だ。下手をすれば、手元まで引きつけられて一網打尽にされる」

「今回、検分にきてよかった。徳川家の守りの固さが西尾城、岡崎城を見ただけでもよく分る」

兵庫助が感心した。

「諸国どこの城でも守りのためにさまざまな知恵をしぼっているが、徳川家の城はとくに道にさまざまな工夫をこらしておる。半日もぐるぐる城のまわりをまわってしまう者もいる」

数正は岡崎城、西尾城の守りの秘訣についてかたった。

「ううむ、これほどとはおもわなかった。徳川の城攻めにはとくに気をつけねばならぬ。これが難関だ」

「慣れぬ者では、大変な難儀をする。これを真似たのが真田昌幸だ。真田は上田城下に曲り道、袋小路、抜け道、鉤の手道を多くつくり、徳川の大軍を翻弄し、追いはらった」

数正は昨年閏八月における徳川の真田攻めの敗北の真因について打ちあけた。

「元祖がその手にはまるとは、よほど効きめのある防備だ。関白軍が攻めてきたら、今度こそその手を存分に発揮するつもりであろう」

言いながら、三人は岡崎城の周囲をめぐった。今回はあえて城に近づかぬように城の外周をあるいて、岡崎二十七曲りの秘密に触れたのである。

「夜になったら二十七曲りをまがってみよう。途中に落し穴やら、隠し柵、隠し池など面白いものが数々見られる」

数正は兵庫助と久我山に、徳川家の秘密戦術の数々をおしえた。

西尾城、岡崎城の探索からもどって数日後、数正は秀吉に呼ばれた。

数正は側役の大藪十郎次一人を供にして、大坂城本丸の小書院で秀吉と対面した。秀吉はにこにことして機嫌よさそうである。

「出雲守大儀、西尾城、岡崎城の様子を見てまいったそうだの。両城は化粧なおしに大わらわだそうではないか。家康もその方の出奔には大いにあわてたじゃろう。もしわしが家康の立場であってもおなじこと。家中の飛車、角、いずれかを引き抜かれたにひとしい。しかも数知れぬ重要な機密ごとな」

秀吉は家康のあわてぶりを想像して大喜びしているのである。西尾城、岡崎城の修築ぶりをたしかめて、数正が持参した機密が本物であったことの確認もできた。それも秀吉を上機嫌にしているのである。

「拙者、もう二年も三年も前から、家康に関白殿下とことを構えぬこと、和睦いたすべきことを進言してまいりました。けれども残念ながら、家康は拙者の申すことをとりあげませんでした。あまり拙者が申すと、『その方いつから秀吉のまわし者になった』とお叱りをこうむりました。しかも同僚ともいうべき酒井忠次や、本多忠勝、榊原康政らの面々も、『いつか伯耆守は秀吉方へ寝返ろうぞ。警戒いたせよ』と陰口をきく有様に、とうとう拙者が徳川家中にいる場所がなくなり申しました」

数正は感情をあらわさずに言った。

「出雲守がはじめてわしの陣をおとずれたのは、賤ヶ岳の合戦で勝利した折、〈天下三肩衝〉と称されておった〈初花〉の茶壺を家康からの祝い物として、近江坂本に持参いたしてくれたときであったな。あのときのことは余もようおぼえておる。田舎者ぞろいの家康家来のなかにも、天下のよう見える者がおるではないかと感心いたしたものじゃ。あのときの数正、余を成り上り者と見るでもなく、また恐れることもなく、余裕綽々と祝儀の口上を述べた。口もなめらかならば、言葉にも含蓄あり、徳川家にこのような家来がおるとは余もおもうてはおらなんだ」

秀吉は三年ほど前のことをよくおぼえていた。

「拙者もあのときのことは、ようおぼえております。上様には日の出の勢いがあり、まばゆいほどでござりました。つぎの天下人はまさにこのお方と内心おもうたことをおぼえておりまする」

「だが、徳川四天王らをはじめ三河武士は誰もそうおもうてはおらなんだ。秀吉が勝ち運に乗じて、山崎の合戦、賤ヶ岳の戦と勝ってしもうた。まあ祝儀に茶壺くらいくれてやれといった具合で数正を使者にたてたのじゃ。数正くらいの口上を口にできる三河武士はほかにおらなかったからの」

秀吉はそう言って笑みを見せた。

「当時、〈天下三肩衝〉を手中におさめた者は天下をわがものにできると言われておりましたことを徳川家中で知る者はおりませんでした」

それを知っていたのは数正一人であったのだ。〈初花〉のほか〈新田（にった）〉〈楢柴（ならしば）〉もやがて秀吉が手にするだろうと、数正は予想していたのである。秀吉もこのとき数正の態度、品格、風姿を気に入り、厚くもてなしたのである。

「数正との縁はその後も切れることなくつづいたの。小牧山の陣の際、余はそちの金の馬藺（ばりん）の馬印（うまじるし）を遠目に見て、どうしても欲しゅうなってな。敵陣に使者をおくって懇望したものよ。当然嘲（わら）ってことわられるとおもうたところ、意外にも余にゆずってくれた。戦場において稀（まれ）なることよ。まことにうれしかったぞ、あのときは。おそらく数正も家康の許しを得てのことだろうゆえ、余は家康もなかなかの者とおもうたもの。できるならば家康は敵にしたくないとおもうたのが正直なところじゃ。それで家康との和睦をかんがえはじめた。そのために信雄とまず和睦したのじゃ」

秀吉はとんだ肚（はら）のうちを明かした。

「左様でございましたか。順序は逆でございましたか。それにつきましては家康もまったく気づいておりませんでしたでしょう」

数正は秀吉の手の内を聞いて感心した。それを後になってかたってみせるところなどは、何ともこころ憎い。

「しかし余が提案した和睦を、家康はそちをわしの許におくって謝絶いたした。信雄との和睦は祝すが、自分は和睦をいたす気持は毛頭ないというものだったな」

秀吉はそう言い、すこし意地悪そうな目をして数正を見た。

「あの節はまことに申し訳ないことでございました。拙者は上様との和睦を終始主張いたしましたが、家康はじめ宿老、功臣までことごとく和睦に反対でございました。拙者が徳川家中で異端の輩として誰からも見られるようになりましたのは、あのときからでした」

「目の見える者は、見えぬ者たちのなかにあっては異色の分子じゃ。それは致し方なき運命よ」

秀吉は数正をとくになぐさめるわけでもなく、淡々と言った。

秀吉をきんきらの成上り者、権力亡者と見る目は今もって世間にあるが、数正はこうして一対一で対座したときの秀吉に余人にまったくない正直さ、天真爛漫さ、気宇の壮大さをおぼえるのであった。

さらに数正を秀吉に近づける決定的要因になったのは、一昨年十二月におこった於義丸養子の件である。家康は秀吉との和睦を断固としてことわったが、養子を一人のぞまれて、ついにそれを断わることができなかった。やはり家康も秀吉の真の実力をそのころから肌身に感じはじめていたのである。実子のいない秀吉から、

「是非に」

と言われて家康は断れなかった。それで数正は於義丸に自分の子勝千代と本多重次の子仙千代をつれて大坂へおもむいたのであった。そのときの秀吉の喜びようは大変なものだった。数正にも大坂での長逗留をもとめ、これ以上はないというもてなしをした。このころ秀吉は今まで敵対していた大名らをつぎつぎに討ちしたがえ、目をみはるほどの急成長をとげていた。おもえば、この長逗留が後に数正の徳川家への裏切り、関白家への随臣を思いつく伏線となったかもしれない。

しかし今回の数正は客人ではなく、随臣である。したがって秀吉の待遇は前回のように甘いものではなかった。家来になった数正にたいして、秀吉が絶対的な主君としてのぞんだのは当然であった。むろんそのことへの覚悟は数正のほうにも十分あった。仕事の報告なども数正は秀長にたいしておこなっていた。

「ところで、数正。以前から申しておったとおり、本日をもってその方に和泉十万石をあたえる。その方、今日から和泉国の主人じゃ。和泉はとりたてて大切な国じゃ。それ

ゆえ数正に裁量をたのむ」

　秀吉の口からとつぜん口をついてでてきたのがその言葉である。十万石拝領はかねてからの約束だが、今まではそのうちから二万石だけ受け取っていた。

「ご厚志、まことに有難うございります。拝領いたしました上は、かならず上様のおこころにかなうよう統治いたすつもりにござりまする。和泉をおさめるにつきまして、注意いたすべきところがござりましたら、うけたまわっておきとう存じます」

　数正は感謝の気持をのべるとともに、統治の要諦でもあれば聴いておこうとおもったのだ。

「それを申すなら、堺じゃな。やはり堺はただの町ではない。かっての力、繁栄はうしなったが、今でも海外貿易の中心地であることに変りはない。鉄砲の製造もさかんにおこなわれており、茶の湯を中心にした文化の香りただよう都市としての面もそなえておる」

　と秀吉は言った。

　秀吉が大坂城をきずいていらい、堺の勢いはおとろえたが、室町中期以降つちかってきた経済的、文化的な底力がまったくうしなわれたわけでもない。一向宗とのつながりも切れたとは言えぬ。かっての堺といえば、日明貿易の根拠地として発展し、納屋衆によって自主的に運営される自由都市であった。しかし信長にたいして果敢にたたかったが、敗北し、かっての隆盛はうしなっていたのである。

「やはり和泉をおさめるには堺でございましょうか」

数正とてそれは十分わかっていることであった。

「堺を根拠地にいたしてはどうか？」

秀吉が意外なことを口にした。

「堺に城をきずくので？」

数正にはかんがえてもいないことだった。

「堺ならば城をきずくこともあるまい。大坂城の膝元であるからな。館くらいをもうけてはどうか」

やはり秀吉のかんがえは余人とはちがう。

「なるほど。堺には館か屋敷くらいのものをつくって、ふだんは大坂城の屋敷に常駐いたすというわけでございますか」

数正ほどの者がはじめは秀吉の肚が読めなかった。

「そうでなければ、そなたを引きぬいた意味があるまい」

「はっ、左様で……」

目下、最大の敵というべき徳川の内情に精通した数正を秀吉はつねに膝元においておきたいのだ。

「城をきずく手間もはぶけよう。堺から大坂にかようのも面倒であろう」

「委細承知いたしました。上様のおっしゃることはまことに当を得ていると存じます。堺には領地をおさめるだけの設備、役人をおき、中枢は大坂屋敷にのこしておくのがよいかと存じます」

数正はそれだけ自分が秀吉に必要とされているのだとおもった。まことに時宜を得た秀吉の言葉であり、あつかいである。

「遅かれ早かれ、家康は和睦をむすぶことに同意いたすであろう。それはこちらがだす条件による。家康も頑張ってはおるが、内心では余との和睦をのぞんでおる」

「左様かもしれませぬ。それには上様はいかなる条件をだすおつもりでござりますか」

間髪を入れず数正は訊いた。

「それを今話すは時機ではない。それよりも、そちが明かしてくれた徳川家の陣法、軍略。徳川家は今それをまったく変えようといたしておるはず。陣法、軍略がこちらに筒抜けとあらば、戦をする以前に勝負はきまっておるといってよい」

秀吉は簡単に数正の質問をはね返して、まったく別の方角から数正に問うてきた。

「それを目下、全力をあげてしらべておるところにござります」

その答えどおり、数正が今もっとも力を入れているのは、徳川家の陣法、軍略がどのように変っていくのかという問題である。これが分明にならなければ、数正が寝返りの土産として関白家に持参した最大の目玉が無になりかねないのである。

「しらべると申しても、これはなかなかむつかしいことじゃ。徳川の内部(なか)からしらべておるのか、それとも外部(そと)から探索いたしておるのか」

さすがに秀吉はただ者ではない。数正の言葉を聞くだけではなく、その言葉の中からもっと大事なものを引きだそうとする。秀吉は数正が徳川家の内部に一味をのこして出奔してきたのか、それとも家中に同志ともいうべき者はいないのか、数正にカマをかけて訊いているのだ。

「双方からしらべておりますが、今のところ戦がおこなわれておりませんので、たしかなことは申しあげられません。けれどもそのうちにはっきりいたしてまいりましょう」

数正はいくらかの自信のほどを見せて、秀吉に期待をいだかせた。徳川家の重臣であったとはいえ、関白家において新参の数正にとって、ただ秀吉の言いなりになっているだけでは足元をまったく見すかされてしまうのだ。秀吉のみならず、秀長、ほかの家臣たちにたいしてもさまざまな駆け引きはある。

「たのしみにいたしておこう。それともう一つ。数正の屋敷に曲者(くせもの)が侵入いたした一件。とくに〈凶〉という文字と葵(あおい)の朱印をのこして去った曲者のことはどうなったのじゃ」

数正はその件を秀吉につたえてはいなかったのだが、秀長から耳にしたのであろう。

「その一件、こちらも厳重に警備、探索をいたしておりますが、その後音沙汰(おとさた)もなく、探索の手掛りも今のところ見つかっておりませぬ」

「二度までも屋敷内に侵入いたした者ならば、ここで簡単にはあきらめはすまい。よくよく注意をいたせ」

「ご心配をおかけいたし、申し訳ございませぬ」

数正が言うと、

「いやいや、その方だけを心配いたしておるわけではない。こちらに火の粉が飛んでくるやもしれぬ」

そう答えて、秀吉は、呵呵とわらった。自信と余裕がうかがえた。

乳房

京都の呉服商、茶屋四郎次郎の屋敷に徳川家の使者がおとずれたのは、天正十四年正月の半ばであった。

茶屋四郎次郎清延は朱印船貿易家であり、京都屈指の豪商である。あつかう商品は呉服、太物が主だが、家具、調度、刀剣・槍・鎧、鉄砲にまでおよぶ。しかも茶屋四郎次郎は世間に知られぬもう一つの顔をもっていた。すなわち、

〈徳川家の隠密〉

である。隠密といってわるければ、御用商人である。御用商を手びろくおこないながら、これぞといった上方の情報があれば、それを徳川家にながす。古くからそういう関係がつづいていた。

今回、茶屋家にやってきた徳川家の使者はとびきり豪華な品々を注文した。すなわち、当時最上の敷物である虎の皮五枚、豹の皮五枚、猩々緋二枚、しじら三百反、楽墨、御太刀守家、腰の物菊一文字、そのほかに御長刀、脇差、新式元ごめの南蛮筒、その他いろいろな贅沢品である。

「大層なご注文でございますな。一と月たらずでこれだけの品をおそろえし、駿府へお

はこびいたすのは大変なことでございますが、徳川さまのご注文ならば、いかなるものといえども期日内にお届けいたしましょう」

　四郎次郎はともかくも注文をうけた。が、これだけ豪華な品々を一体なにに使用するのか見当がつかなかった。相手が口にしない以上、四郎次郎のほうからたずねることはない。

　家康はじめ徳川家重臣たちは質素、倹約が習いであるから、家中での使用目的であるはずがない。想像するならば贈答用品だ。が、これほどの贈答となると、その相手はきわめて限定される。

（関白どのといよいよ和睦（わぼく）を決心なされたのか）

と四郎次郎はかんがえてみた。

（関白家との和睦は近い？）

　かねて四郎次郎はそう推測していたのである。四郎次郎ほど顔がひろく世間通の者ならば、目下、関白と家康との関係がどうなっているか、大体想像はできるのである。

「やはり、おさまるべきはそんなところでございましょう」

　四郎次郎はおもわず独言（ひとりごと）をもらしたが、徳川家の使者の反応はなかった。四郎次郎も家康はほどよい時期に秀吉と手をにぎったほうがよいとおもっていた。秀吉とふたたび対決するとなると、今度は小牧・長久手の合戦のような具合にはいかない。秀吉は当時とくらべると十倍もの力を身につけていた。それにたいして家康の力は当時とほとんど変らぬ。

四郎次郎はともかく徳川家の注文を請け負うや、全力でことごとくととのえて、期日までに駿府城におくりとどけた。

当時、徳川家はまだ浜松城を主城としていたので、駿府城に品物を納入したとき、

(はて……?)

四郎次郎は自分の考えが誤まりであったと気づいた。和睦のために秀吉へおくる品ならば浜松城でよいのだから。

「殿様、これらの品々はどちらへまいります」

四郎次郎は家康にたいし、滅多に訊いたことのない行先を訊いた。四郎次郎は上方方面の情報役として、家康の重臣なみのあつかいを受けていた。

「四郎次郎の予想ははずれたのであろう。これらの品々は、小田原北条家にはこばれる」

家康がそううち明けたとき、

「ううむ。北条家にございますか。たしかに当てがはずれました」

四郎次郎は腑におちぬ顔を見せた。

「手をむすぶ相手がちがうと申すのであろう」

家康は四郎次郎の予想がはずれたのをたのしむように言った。

「北条家なら、会盟の手土産として豪華過ぎはいたしませぬか」

「いや、北条家なればこそ、これくらいはせねばならぬ。関白家ならばもっと簡単ですんだものを」

家康はわらって言った。

「わかりました。殿は関白家とも手をむすぶおつもりですな」

はじめて晴れた顔で四郎次郎はこたえた。

「ようやく読めたか。残念ながら、わが家中ではそこまで読んでおる者がいるかどうか、あやしいものじゃ」

「まず北条と同盟した上で、関白と和睦される。さすがは殿ならではの攻撃的な和睦にござります。殿と北条がむすびつけば、伊達との三者同盟もかんがえることができましょう。これは関白にとっても脅威にござります」

「同盟というが、わが娘督姫（とくひめ）は氏政（うじまさ）の嫡男（ちゃくなん）氏直（うじなお）にとついでおる。政略とはいえ、すでに親戚（しんせき）縁者だ」

「けれども北条は喜びましょうなあ。四分六の同盟をいたしたとおもうやもしれません」

「しかし関白にたいしては、あくまでも五分と五分じゃ。四郎次郎、どちらが大切だとおもう」

家康の顔にはしだいに真剣さが増してきた。

「言わずもがなでござりましょう」

「わしはな、黄瀬川をこえて三島で北条と会盟をいたすつもりじゃ」

家康がそう言うと四郎次郎が驚いた。

「黄瀬川をはさんで、両者対岸において顔合わせされるのでは？」

「こまかなことを言いだすと、同盟はなかなか成り立たぬものじゃ。大事なことだけにこだわればよい」

と家康は爽やかにわらった。

家康の笑顔で四郎次郎は納得した。そして翌日、京都へ旅立っていった。

三月九日朝、家康は酒井忠次、本多忠勝、榊原康政、井伊直政の徳川四天王、大久保忠世、鳥居元忠、本多正信、正純、牧野康成、阿部正勝らの徳川軍団をひきいて駿府城を発した。徳川、北条両軍が今まで同盟の約をむすぶことができなかったのは、双方対面の場所で意見の一致を見なかったからだ。それで今回、国境いの黄瀬川をはさんで両岸にて対面することが話し合われたのだが、直前になって、徳川方が黄瀬川をこえて北条領の三島までおもむくことを通知し、それで決定した。

北条方の喜ぶまいことか。

「徳川がわが軍に降った！」

「関白との和睦にも応じぬ徳川が、関東の覇者北条には頭をさげにきた。三河武士などと誇っておっても、北条五代の軍門にはかなわぬと見たのだ」

北条方では氏政、氏直の父子さえ歓喜して、徳川方をむかえた。

徳川勢はいったん黄瀬川の沼津側の岸に勢ぞろいし、対岸に居ならぶ北条の軍勢をながめわたした。北条方ではあたかも勝者のごとくやんやの歓声をあげる兵たちもいた。実際、両岸に立つ軍勢のさまを見れば、北条方に歓声があがるのもあながち無理ではなかった。

そうした空気のなか、徳川勢はしずしずと黄瀬川をわたりはじめた。先頭は井伊直政、本多忠勝の両軍であり、ついで家康が旗本集団にかこまれて川の中をすすんだ。そのすぐ後を酒井忠次、榊原康政の軍がつづいた。あくまでも粛々と川をわたる徳川軍は、対岸で歓喜する北条軍とは対照的である。

川をわたりきった徳川軍は、岸辺の北条軍に顧慮することなく三島へすすんでいった。その厳粛きわまりない徳川軍の進軍ぶりに、しだいに北条軍の歓喜もやんだ。そしてしずかに徳川軍の進軍を見まもっていった。

その北条軍の中から、馳走役に任じられた山角紀伊守がすすみでて、家康一行を三島の北条館に案内していった。

会見の場に、家康は酒井忠次、本多忠勝、榊原康政、井伊直政の四天王と小姓だけをともなってのぞんだ。

北条方は氏政、氏直の父子のほか左右に一族の北条氏照、氏規、大道寺政繁、松田憲秀などをはじめずらりと重臣、功臣らが広間に居ならんで家康一行をむかえた。このときはじめて家康はわが娘督姫の婿氏直の顔を見た。

(これがわが婿か……)

家康のこころにひびく印象を氏直はなにも持ち合わせていなかった。

「徳川どの、わざわざお越しくださって大儀じゃ。本日はまことに目出たい両軍の会盟の日じゃ。ごゆっくりなされていただきたい」

氏政は喜びを満面にあらわして家康に声をかけた。

「縁者親戚の両家がようやく同盟を実現いたすことができ、まことに目出たきかぎりに存ずる。今後よしなにお願い申しあげる」

これで背後の守りはととのった。関白と五分五分の和睦ができようと心中おもいながら、家康は挨拶をかわした。これによって実質的な両軍会盟はすんだのである。あとは退屈な会談とその後の酒宴、余興がのこるばかりである。家康は会談中、こころは対北条から対関白秀吉へとうつっていた。

ただ一つ、家康は、

「両軍会盟の証しとして、領界のわが方の沼津城を取りこわす所存にござる」

と言って、北条父子をはじめ一族、重臣たちを驚ろかせた。

北条父子は家康から虎の皮、猩々緋、しじら、楽墨、御太刀守家、菊一文字、南蛮筒などを贈られた上に沼津城の破却まで申し出られ、いわば虚をつかれた状態であった。

それで仕方なく北条方では三島、あるいは韮山の城を取りはらおうかという意見がでたが、

「いや、その件はおかまいなく。お家にはそれぞれ事情もござろう」

家康があっさり言うと、北条方はその言葉に乗じて、領界の城砦の破却については口をつぐんでしまった。

両家会盟の宴もおわり、その夕、徳川軍は駿府城へと引きあげていった。ところが駿府城には一夜宿泊をしただけで、家康は翌朝、一行をひきい、浜松城へかえっていった。一行の者たちはいぶかったが、家康の心中には帰りの黄瀬川をわたったときから、北条父子のことは念頭から去っていた。あるのは、

(関白——)

のことのみであった。いよいよ秀吉と和睦する時機が到来したのである。

浜松城にもどってくると、案の定、深溝の松平家忠のもとに秀吉の重臣滝川一益がきて、正式の縁組の申し込みがおこなわれたというのである。今までは秀吉家臣ではなく、

織田信雄の臣、織田長益、滝川雄利、土方雄久が代理で打診にきたのだ。

「左様か、関白もようやく痺れをきらしてきたか。ならばこちらも本気で返事せねばならぬ」

北条父子にたいしては唯々諾々とほとんど言いなりになっていた家康が、今度は真剣勝負とばかり秀吉には一歩もゆずらぬ気魄をたぎらせているのだった。

「天野三郎兵衛を縁組の打ち合わせに大坂城へおくれ」

天野三郎兵衛康景は徳川譜代の功臣で、はじめ家康の小姓となり、その後、高力清長、本多重次とともに岡崎三奉行に任じられた一人である。

「天野でよろしゅうございましょうか」

酒井忠次がそのとき口にだした。家康と関白妹の婚儀であるから、徳川家を代表するような人物のほうがよいという配慮である。

「天野でなんの不足があろう。縁組するのはわし自身じゃ」

家康は意地になって忠次の言葉をつっぱねた。それは関白にたいする家康の意地であった。

ところが、天野が大坂城をおとずれてみると、酒井忠次の不安が的中した。

「天野康景？　あいにくながら徳川家中で聞いたことのない名前じゃ。家康めそのような者を余の妹の縁組の使者に寄越したか」

秀吉はまったく機嫌をわるくして、天野に会おうとしない。これでは話し合いもできぬ。

かといって秀吉はここまできたら一日もはやく縁組を実現させたい。世間にもすでに公(おおやけ)にしてしまっている。それで秀吉は数正を呼んだ。

「徳川家中で誰が適役だとおもう」

訊かれて、

「やはり徳川四天王でなければこの役には不足でござりましょう。本多忠勝、榊原康政が適任だとおもわれます」

と数正は答えた。

「やはり、その両人じゃろう。天野とやらに、本多平八郎、榊原小平太がかわってくるようにと申しつけよ」

秀吉は家康の心中をよく知るだけに、めでたいはずの使者をつっかえした。

家康も秀吉が本気で怒っていると聞いて、さすがに閉口した。

「すこしやり過ぎであったか。関白にも面目があろうからな」

苦笑して、本多忠勝、榊原康政に縁組打合せの使者を命じた。

一方、そのころ秀吉は、再度、数正を呼んだ。

「使者の一件にござりますか」

数正が秀吉の前にでて言うと、

「その件はすんだ。今日は別件じゃ」

秀吉は数正を正面から見つめた。

「ではあの件、でござりますか」

数正が言いなおすと、

「左様」

内容も訊かずに秀吉はこたえた。

「目下、着々と調べをつづけております。徳川家は従来の陣法、軍略を廃止いたし、甲州郡代鳥居元忠(もとただ)、甲州奉行成瀬正一(まさかず)、日下部(くさかべ)定好(さだよし)に命じ、武田(たけだ)信玄がつくった国法・軍陣にかかわる書をあつめる一方、武田遺臣折井次昌(つぐまさ)、米倉忠継(よねくらただつぐ)らに軍令や掟書(おきてがき)、陣法・戦略の書などをあつめさせております。そして本多忠勝、榊原康政、井伊直政らに研究させ、武田家の軍法を十分加味いたした徳川軍法なるものを目下編成しつつあります」

「それはどのような内容のものかまだ分らぬか」

秀吉はやや具体的なことを聴いて、その先を知りたがった。

「目下、探索中でございまして、はっきりしたことまでは申し上げられませぬ。されど分っておりますことは、従来東三河の旗頭、西三河の旗頭を両備えとし、旗本備えを合わせた軍制をあらためる方針だとか。もっとも有力な武将である八人の侍大将による先(さき)

手・後備と、大番六組の旗本備えに拡大強化いたし、人数も三河武士団に駿、遠、甲、信四ヶ国の給人をくわえた厖大な軍団に発展させようという意図であるやにおもわれます」

数正が言うのを秀吉はだまって聞いていたが、

「何やら大層なことだの」

と答えた。

「しかしこれはあくまでも今までのところの机上の陣法にござります。実戦としてすぐにつかえますかどうかは、きわめて疑問だとおもわれます」

「いかにも、そうじゃ。しかし従来の陣法、軍略を廃し、あらたな軍法を採用するとなると、そのようなところに落着くのではないか」

秀吉は実戦者としての勘でそう言った。

「徳川軍が一度どこかで合戦をしてくれると、よく分るのでござりますが」

数正は困ったように言った。

「しかしよく調べてくれた。今後一層たしかな陣法、軍略をつきとめてもらいたい。近々のうちに、本多平八郎、榊原小平太がやってくるが、さぐりを入れるわけにもいかぬからのう」

秀吉は余裕を見せて言った。当面の強大国徳川家とは和睦が決定している。実際に相闘う場面は今のところまずないとおもっているのだ。が、相手国の重大な機密を知っているのと、知らぬのとでは、双方の力関係にも影響することである。秀吉があくまでもこだわるのは無理からぬことなのだ。

秀吉の部屋をさがった数正にも、相当の満足感があった。

(これでかなりの信用もついた。今後とも関白家に役立つようはげむことが肝要だ)

数正は今自分があたらしい家中でおかれているむつかしい立場をよく知っていた。数正自身には数々の軍功や外交上の成果があるが、それはすべて徳川家であらわしたものだ。

(戦人たるもの、家中で功名、手柄をたてなければ、何の価値も認められない)

数正はそれをみずからの肝に銘じているのだ。

それに数正は新参の身で、和泉十万石の領土を拝領している。それが家中の一部で批判の種になっていることも承知していた。領地拝領が武功をあげたことにたいする恩賞だとすれば、数正は何の武功もなくして十万石を得ていることになる。武士の本質にかかわる事柄だけに、家中の者もこうしたことには敏感である。

「石川どのは徳川家が潜入させた間者ではないかという噂もある。なかなか面白い噂だとはおもわぬか」

そんな噂が当初から関白家の一部にながれていたのである。

数正はそれを聞いて、

「うむ、そうした噂もながれるであろう。なんというてもわしは徳川家譜代の〈双璧〉であったからな。わしが寝返ると予想した者は徳川家中にはほとんどおるまい」

と大藪につぶやいた。

「しかし関白さまが殿をひきぬこうとしたのは、殿に十万石の価値があると判断なされたためでございましょう」

「けれども人というものは口さがない。気にせぬことが一番じゃ」

数正も世間の常識に反した寝返りをあえておこなう以上は、それにたいする撥ね返りの覚悟はあった。今その試練をひしひしと身に受けているのだ。

夜になって数正は大藪と近習の豊田左馬助、安城松三郎をともなって本丸御殿を退出した。三の丸外の大名小路にある数正の屋敷までは少々の距離がある。

あたりは春の闇だが、ほのぼのとした月がかすむような光を照らしている。三の丸の櫓や石垣がおぼろな闇のなかに墨をながしたように見える。

自分たち一行の前か後ろを太郎太、次郎太の兄弟がひそかに警固しているのを数正は感じていた。この兄弟は数正のいる所、行くところにはかならず誰に知られることもなく警固をしているのである。数正は知っていながらも意識はしていない。それほど兄弟の警固の技は入神の域に達していた。

「佳い月じゃな」

数正が言うと、何かほかのことを考えていたかに見えた大藪が、

「まことに佳い月にござります」

と言葉を合わせた。

「何を思案しておった」

数正はたずねた。

「例の曲者のことでござります。〈凶〉の文字と葵の朱印の貼り紙をしていった曲者。その後音沙汰がありません。どういたしたのかと考えておりました」

「よもや忘れておるのではあるまい。きっと凶事をもたらしにわが屋敷にまいるであろうよ」

「まいるのでしたら、そろそろではありませんか？」

「忘れたころにくる手もある。予測することは不可能じゃ。予測をいたせば、裏をかかれる」

数正は大胆不敵な曲者にたいしては、その場に応じて対処するしかないとかんがえている。対策を講じたとしても、相手はけっしてこちらの思惑どおりにはうごかぬからだ。

「ともかく殿のお命はたった一つしかありませぬ。大切になさってくださりませ」

「言わでものことよ。家中のみなにもこれだけ苦労をかけて寝返ったのじゃ。関白家に

おいてなすべきことをなさねばならぬ」

一行はおぼろな月の光に照らされて、三の丸外の石川家の屋敷に到着した。

数正が床についたのは亥の刻（夜十時）をまわったころだ。

間もなく眠りのなかに入っていった。眠りのなかで、数正は黒い影を見た。

しばらくたって二度めに見たとき、黒い影は馬に乗っていた。手綱さばきも堂に入っている。

その黒い影は大坂城に近づいてきた。濃い藍色の装束をまとっているので、周囲から見てそうあきらかではない。さらに三の丸外の大名小路に入ってきた。そこには道の左右に諸大名の屋敷がたちならんでいる。それぞれ諸大名が秀吉から拝領した屋敷である。屋敷は石塀や築地塀でかこまれ、門の脇には門番小屋があり、番士が昼夜を問わずつめている。附近で異常があれば、各屋敷の番士たちが飛びだしてくる。

しかし黒い人影は各屋敷の番士たちを顧慮するわけでもなく、大名小路を悠々と馬ですすんだ。

どの屋敷の番士も誰何するわけでもなく、門番小屋からでてこようとする番士の姿もない。

（はて……？）

眠りつづけながら数正は異常をおぼえた。

(どうして番士たちは、曲者の姿に気づかぬのだろう)

　といぶかしんだが、すぐに納得した。

(ああ、これは夢なのだ。だから曲者は悠々と番士の警戒をくぐりぬけることができるわけだ)

　とおもうと謎がとけ、数正はより深い眠りにおちていった。

　そのころ藍装束の曲者は音もなく馬をすすめて、数正の屋敷に近づいた。蹄の音がしないのは馬の足に草鞋をはかせているからである。

　その者は背にしていた半弓をはずした。数正が夢の中に、現実を見たのである。ついで曲者は馬の背から築地塀の上に軽々と飛びうつった。数歩、築地塀の上をはしると、ひらりと屋敷内に飛びおりた。その地点ならば門番小屋から死角になっている。つつつ……とはしって、曲者は玄関脇の桐の大木の陰に身をひそめた。そこからしばし屋敷内の様子をうかがった。すでに二、三度、下見してあるらしく、行動はすばやく、うごきに躊躇がない。

　桐の大木のむこうに玄関の前庭と中庭とを分ける中門がある。中門はいわば庭の飾りや仕切りであり、警備用ではない。中門の戸は細い黒竹が一寸ほどの間隔で編んであるだけだ。

　曲者は腰の太刀を抜き、音のしないよう黒竹を斬りはらっていった。中門に人間のくぐれるだけの穴があいた。

曲者はその穴をくぐって中庭にでた。

春の月が中庭を照らしている。玄関からつづく母屋が奥へひろがり、その前には山水をもちいた庭がある。そのむこうには家来たちの住む長屋が二列に何棟かずつならんでいる。

曲者はしばし長屋の方を警戒した。異常がないと見るや、半弓に火矢をつがえた。そしてかねて目標にしていた母屋の軒下の柱にむかって火矢をはなった。

シュッ
音をたてて火矢は飛び、吸いこまれるように標的に命中した。そこはかつて、〈凶〉の文字と葵の朱印の貼り紙のあったところである。

ついで第二の火矢をつがえ、母屋の屋根に射こんだ。さらに第三、第四の火矢を屋根に射つづけ、さらに長屋めがけて射こんだ。

そのころには軒下の柱が炎と煙をあげはじめた。時をおかず屋根の木造部分が燃えていった。

その者はなおも火矢を射つづけ、炎は燃えひろがっていった。

「火事だっ」

「曲者の侵入だあ！」

「出会え、出会えっ、火付けでござる」

番小屋や長屋からこのときつづけざまに叫びがあがった。

母屋の屋根や長屋の各所からうつくしいまでに赤く燃える炎が立ちのぼり、音をたてて焼けひろがっていった。と同時に番小屋や長屋からおっ取り刀の侍たちが飛びだしてきた。

番士たちが駆け寄ってくるのを見て、曲者は身をひるがえした。敏捷な身のこなしは優雅にさえ見えた。侵入したとおりの経路をたどって、中門の穴から玄関へ出た。一気にはしって築地塀に飛びうつり、待たしていた馬の背にひらりと乗りうつり、音もなく大名小路を疾走していった。

番士たちは曲者の逃走経路も行方にも気がつかなかった。まだ屋敷内に潜伏しているとおもって右往左往しながら探していた。

そのとき、月光のなかを疾風のごとくはしる二つの影が見えた。二つの影は曲者の後を追って築地塀に飛び乗った。

曲者は大名小路を疾駆している。

二つの影はそれを追って築地塀の上を、身を前屈させるように突っぱしっていった。

馬と人との競走である。

築地塀がとぎれようとした瞬間、前方の人影が闇の中を高く翔んだ。そして馬上の曲者の鞍の後輪に飛びうつった。もう一つの影は築地塀から地上に降り立ち、二人を乗せて疾走する馬を追ってはしった。

馬に乗りうつったのは太郎太である。地上を追走するのは次郎太だ。

太郎太はしばらく馬上で曲者と揉み合ったが、背後からしっかりと曲者の体を抱きすくめたので、曲者は身うごきがとれなくなった。必死にもがいても後ろの男の力がつよく、微動もできなかった。

二人を乗せたまま、馬は大名小路を通りぬけた。大名小路の先は松並木のつづく小路で、さらにその先は草原である。

太郎太は背後から曲者の体を抱きすくめた当初から意外な発見をしていた。曲者の体は弾力に富んでいて、しなやかである。女であることはすぐにわかった。

松並木の小路に入ったとき、太郎太はむんずと背後から女の胸をつかんだ。予想したとおりたわわに熟れた果実の手ごたえを得た。

曲者は両肩と両腕をはげしく揺すって、太郎太の手をふりほどこうとするが、男の手はしっかりと片方の胸をつかんではなさない。ばかりか、さらに片方の手がのびてきて、もう一つの乳房もつよくにぎられた。

「女、素姓をあかせ。でないとひん剝くぞ」

太郎太は両乳房を乱暴に揉みしだきながら問いつめた。

「言うわけがないだろ。お前なんかに」

女はあくまでも強気だ。何とか危地を脱する方法をかんがえているのだ。

「では、裸になるか」

太郎太は言うなり、女の両衿をつかんで、おもいきり左右に衣をひき裂いた。

文字どおり絹を裂く音が二度、三度したと同時に、真っ白な形のよい乳房が二つ引きだされた。そしてなおも肩から衣をはがすと上半身のほとんどがむきだしにされた。

「まだ言わぬか」

太郎太が問い詰めると、

「言うものか」

女は半裸ではげしくもがいた。

「言わぬは勝手だ」

太郎太はその言葉と同時に、両手でふたたび二つの乳房を無茶苦茶に揉みつづけた。

乳房はつぶれそうになったが、女は歯を食いしばって耐えている。

「握りつぶしてくれるぞ」

言いながら太郎太は一層手に力をこめた。

女の悲鳴が洩れかけたが、しぶとくこらえた。

馬が草原に出たとたんに、女はおもいきり体をはねあげた。女の体が馬の鞍から飛び、一回転し、草原へ弧をえがいて落ちた。

が、太郎太も女の体をかかえたままおなじ弧をえがいて草原に落ちた。落ちると同時に太郎太は女の体を草原に組み伏せていた。女はするりと太郎太の体の下をすり抜けて逃げようとしたが、あらためて太郎太は四肢をからみつけて、しっかりと女を組み敷いた。

こうなると女はもうまったくうごけない。押しつぶされた乳房が月の光に照らされているのがおくれて駆けつけた次郎太にもはっきりと見えた。

「あんたの頭に会おう」

太郎太が言う前に女が言いだした。

「石川さまにか」

太郎太は一瞬、力をぬいた。

「そう、石川数正さま」

「知っているのか？」

「下っ端とあらそうよりも、頭に会ったほうが話がはやい」

女の言葉は腹立たしいが、たしかに一面の真実だ。しかも女はあくまでも数正の屋敷をねらって夜襲をかけているのだ。

「よし、殿に会わせよう」

危険を覚悟の上で太郎太は応じた。数正といえば豪勇の士だ。よもや女にひけをとることはないはずだからだ。

太郎太は女を立たせ、自分の衣類を脱いで、ともかく半裸をかくさせて、次郎太とともに屋敷に引きつれてもどった。

数正はすでに起きて、太郎太と次郎太の帰りを待っていた。屋敷の母屋は一部焼けていたが、たいした火災にいたる前に消し止められていた。近隣の屋敷の者たちも、この時刻に表にでてきていた。

太郎太と次郎太は屋敷の裏口から入っていった。

数正は太郎太がとらえてきた者が女と知って驚いた。

「取り押えたか」

「たって、殿とさしむかいで話がしたいと申しておりますが」

太郎太の言葉と女のみだれた衣服を見て、数正はともかくうなずいた。

「お前の長屋を貸せ」

この恰好（かっこう）の女を母屋につれてゆくのは問題があるので、数正は女を太郎太の長屋へつれていかせ、耳打ちをした。

「ご油断なく」

太郎太は一言言いのこして、次郎太と長屋をでた。

二人になると、女はひるんだ様子もなく、数正と正面から対峙する態度をとった。

「屋敷の軒下の柱に貼り紙をした者だな」

数正が問うと、女は否定しなかった。

「恨みか、それとも何者かの差し金か」

すわっている女の正面に立って数正はたずねた。

女は品位のある容貌にうつくしさをたたえているが、気の強さは人一倍のものを感じさせた。

「あたしはあんたに恨みはないよ。誰かの差し金かと言えば、たしかにそうだね」

「わしの命をねらったのか」

と訊くと、女はこころもち胸を張り、うっすらと笑みを浮かべた。

「命をねらうならばもっとほかの方法がある。あたしの短筒は百発百中だよ」

不敵な言葉を女は吐いた。

「だったら、何が目的だ」

「たずねられて、簡単に答えるわけがない。訊きたかったら、あたしと勝負をしようかね」

女は大胆にいどんできた。

「どんな勝負だ。いどまれれば受けよう」

数正がこたえるや否や、女は太郎太が身につけさせた衣類をぱっとみずから脱ぎ捨てた。

見事な裸身が燭台の明りに照りはえた。体をきたえあげてあるため、ツンと先端のとがった胸乳が形よく上をむいており、腹部はキュッとしまっている。どこといってたるみはない。

数正は女がどんな勝負をいどんでいるのか読めた。

「のぞまれれば辞退はいたさぬ。しかし勝負となれば、本気だぞ。禁じ手はなしだ」

数正も四十九歳のまだ男ざかりだ。受けてたつ気だ。

「色の技なら、何でもありの勝負といこう」

品格のある美貌から発せられる言葉はいかにも好対照である。そんな女からいどまれた色の技の勝負に数正は燃えた。

「何でもありか」

と言いながら数正は押入れをあけて、女に褥をとらせた。

「明りはつけたままでよかろう」

数正が言うと、女はたじろぎもせずにうなずいた。

女は自信があるのか、半裸のまま褥に身を横たえた。下半身は藍装束の馬乗り袴である。

数正も着衣を脱ぎ捨てた。挑まれた以上はひくにひけない。体をかさね、数正はまず乳房から攻めていった。円をえがくようにやわらかく揉みながら、舌と唇と両手をつかっての攻撃だ。女がいかなる訓練をしたかはしらないが、数正には女に倍する年月の経験がある。

（訓練が勝つか、経験が勝利するか）

時間をかけて攻めつづけていくうちに、女が上気しはじめた。感じだしたのだ。両乳首はとがり、顔の表情にえも言われぬ変化があらわれてきた。

数正は一気に勝負にでるべく、女の馬乗り袴を引きおろし、薄い腰布一枚の全裸にちかい姿にした。女の白い腹の上に乗って、股間をひろげると、明りのなかに秘奥があらわとなり、すでに濡れているのが見えた。

指先をもちいて、ゆっくりやんわりと攻めつづけていくと、徐々に女の表情がくずれていった。眉根にふかいシワが寄り、口が半びらきになって、かすかなあえぎが洩れはじめた。感じているのはたしかである。

乳房をいっそう攻めたて、同時に秘奥に技をしかけると、女の口からみじかい声が途切れ途切れにあがった。数正はいくらかはやる気持をおさえて、持続的に愛撫をつづけた。すると時とともに秘奥から樹液があふれ、ながれだしてきた。樹液は股間をつたって褥を濡らすまでになった。

（ころはよし）

数正はそう見きわめて、おのれの樹根を突き通した。

女の声が部屋の中いっぱいにあがった。が、女は股間をひらいて堂々と受け、腰をつかいだした。女の腹部が波のようにうねり、下腹部と内腿（うちもも）がひくひくとけいれんしつづけた。そして、樹根をつよくつよく締めつけてきた。その締めつけ方がすごい。二段、三段に締めたり、じわじわとゆっくり締めて、不意に強烈に締めつけてくる。

（これからが勝負だ）

と数正はなるべく相手のなすがままにまかせて、時折、緩急、強弱をつけ、さらに深浅、時間差をつけての攻めにでた。

女はあきらかに二度、三度、四度と絶頂をきわめていた。が、それが勝負の終りとはならない。男は果ててしまえば、まずそこでいったん勝負は決まるが、相手は達しても果てても、すぐに立ちかえってくる。そして今まで以上に粘り強さを発揮してくる。際限がないのである。

さらに今度は女が逆襲にでた。体を入れ換え、数正の股間に顔を近づけてきた。

数正は今まで自分が武器としてつかっていたものを女の手にやんわりと握られた。そしてたくみにしごかれ、握りまわされ、快感をにわかにつのらせていった。女のしごきはじつに巧妙で、数正の樹根は目いっぱいに固く怒張した。懸命に我慢をしなければ、たちまち爆発しそうだ。我慢と攻めの競争である。緩急、強弱、握り具合をたくみに変化させて攻める技はたいしたものだ。若い男であればたちまち降参、敗北してしまうだろう。

女は体位をずらし、指先で急所を攻めたかとおもうと、樹根をつるりと口内にふくんだ。しかも口内に呑みこんでから、絶妙の技を発揮しだした。舌と唇、口腔、さらに全身をもちいて、多彩な技で数正を翻弄してきた。

その巧妙自在な攻撃の技に、数正は何度か敗けそうになり、果てる寸前までいった。攻防は長時間にわたり、もう一刻（約二時間）以上はつづいている。女の喉の奥まで吸いこまれていったとき、数正は気の遠くなるような快感におそわれ、おもわず放ちそうになった。

「水入りとしよう」

数正はぎりぎりのところで声をかけた。

女は二十歳前後であるが、自分から勝負をいどんできただけに、さすがは豪の者である。

「お手上げ寸前のところかい」

女は口内から樹根をはなして、顔をあげた。

「いや、このままでは勝負がいつまでもつかぬ。水入り後に一気の勝負だ」

と言い、数正はいったん厠に立った。

もどってきた数正は、すでに精気をとりもどしていた。

女は晒で汗と体液にまみれた体をぬぐって、つつましくみだれた髪を直していた。が、その目はふかい情欲にいろどられた妖しい獣のような輝きをはなっていた。

「体はまだ壊れちゃいないね」

女は数正が肉体的に疲労したとおもったようだ。

「心配は無用だ」

と数正が言ったとき、はやくも女体が数正にからみついてきた。

女はふたたび数正を仰向けにさせ、股間に顔をうずめてきた。口内に呑みこまれると、数正は又すぐに勃起した。女は一通りしゃぶりまわしたあと、樹根を嚙んだ。

「あっ」

数正はおもわずちいさな声をもらしたが、それは痛みのためではなかった。おもいもよらぬ強い刺激とかって経験のない快感のためである。

女はつづけて樹根を嚙みつづけ、その合い間に舌と唇とで愛撫をくわえてきた。その交互におこなわれる性戯がたまらない。歯でつよく嚙まれるほどの痛みはなく、快感はふかくなる一方だ。前歯、奥歯もつかって、女は樹根を嚙んだり、舌でなめてくる。このような性戯は体験もなければ聞いたこともなかった。

数正は一発逆転をねらい、女の顔をはなし、すばやく体位を入れ換え、女の下肢を大きくひろげていった。

女は自信があるのか、されるがままになっている。女の秘奥があわい陰毛とともに明りのなかに全貌をさらした。

数正は二本の指をもちいて、女の秘奥にぬるぬるとした粘液をたっぷり塗りこみ、体内にも塗りまわした。

女が気持よさそうな声をあげた。

そのとき数正はさいぜん隠し持ってきた小瓶の口をとり、ひらききった女の秘奥に中のものをあけた。黒く、小さな無数の生き物である。その生き物たちは女の体内にながしこまれた粘液にひきつけられて、ぞろぞろとつらなって、秘奥から細道をとおって体内へ侵入していった。

しばらく女の尻がもぞもぞうごいていた。が、それも長くはつづかなかった。女の顔に苦悶が浮かび、

「きゃあっ」

悲鳴がひびいた。そして女は必死で尻を振りだした。懸命に股間を閉じようとした。けれども数正はしっかりと体を押えつけ、微動もさせなかった。

そのあいだにも、黒い虫はぞろぞろと女の秘奥の奥へと入っていった。

悲鳴がもう一度あがった。

「やめてえっ、やめて！」

女が必死でうったえた。

それでも数正は股間をひろげさせたまま、閉じることを許さなかった。

「やめて頂戴っ、お願い。お願いっ。許してえ」

女は全身であばれようとし、苦悶しつづけた。

「それなら、まずお前の歯を見せてもらおう」

数正はそう言って、口をひらかせた。口内に指を差し入れ、上顎と下顎から歯にかぶせたものを取りだした。数正の樹根を嚙みつづけた代物である。ギザギザの凹凸が表面にきざまれており、上歯、下歯とおなじ型をした精巧にできた性具である。

「あたしの中に入っているものは？」

悲鳴にちかい声で女はたずねた。

「無数の蟻がお前の体のあまい蜜をもとめて入りこんでいる。さぞ、気持のよいことだろう。たっぷりとたのしむがいい」

数正は性戯の正体を明かした。

「卑怯者っ、はやくだしてえ。死んでしまうよう」

本当に死にそうに苦悶して女はうったえた。

「禁じ手なしの争いだと初めに言ったろう。我慢しておれば、おれの代物をくわえこむより、気持がいいはずだ。一日でも二日でも蟻を体の中に飼っておくがいい」

数正は苦悶する女の顔をのぞきこみながら言った。水入りで厠に立ったとき、太郎太に用意させたものを使ったのだ。

「わたしの負けだよ。何でも答えるから、許して。お願い」

女が降参した。

「では、何者にたのまれて、わが屋敷にいたずらをした？」

「茶屋……」

女が口を割った。

「茶屋というと、茶屋四郎次郎？」

「そうです。京で徳川さまの隠密(おんみつ)をつとめる呉服御用商」

「おぬしと茶屋四郎次郎とのかかわりは？」

「父です。わたしは娘」

女は言葉をあらためて、正体をあかした。

「名は？」

「千種(ちぐさ)」

「何でこのようなことをした？」

「それは石川さまが、徳川家を裏切った見せしめでしょうか……、それとも石川さまのお立場のために……」

「そのいずれだ？」

「はやく、蟻をだしてえ。約束でございましょう」

体をよじって女は悲鳴をあげた。

「太郎太、搔きだしてやれ。あまり長くほうっておくと悶死してしまうだろう」

となりの部屋へむかって数正は声をかけた。

朝風

「数正が徳川の手の者にねらわれておる。昨夜の付け火も、その連中のしわざだそうだ」

「徳川の旗頭が裏切ったのだから、徳川方の恨みは深いだろう。重大な秘密はぜんぶこちらに流れてしまうのだから」

「石川数正といえば豪勇であるばかりでなく、知恵者だ。謀略もある。よくそんな割の合わぬ行動にはしったものだ。関白家中でも、家康に遠慮してそう歓迎されているむきではない。今ごろは後悔しておるのではないか」

「しかし関白家に乗り換えたからこそ、十万石の大名になれた。徳川ではとてもとても。寝返って大儲けをしたことはたしかだ。だから徳川の者にねらわれている。昨夜はボヤだったからよいようなものの、いつか数正は命をねらわれるだろう」

近隣の大名小路や、大坂城内でも、昨夜の火つけ騒ぎが噂になった。

しかし数正はその噂については、さして気にはしていなかった。城中で諸大名から、

「昨夜は大変であったそうな。お気の毒にござる」

「徳川家も石川どの憎さでいっぱいなのであろう。当分は十分にお気をつけになるがよ

ろしかろう」

「しかし大坂の地では、徳川家もそう大胆な無法をはたらくことはできまい。関白さまの睨(にら)みがきいておりますからな」

と同情される声も多かった。

「しばらくのあいだは仕方ないものと覚悟いたしておりました。そのうちに徳川方もあきらめるでござろう」

数正はあまり噂されることを好まなかった。しぜんの時の流れを待つつもりであった。時がたてば自分の問題も落着くべきところに落着くであろうとおもっていた。この時代は、家来のほうが主人に見切りをつけて、他の大名につかえる例はいくらでもあった。家来が主人を替えることはそう非難されるべきことではなかったのである。

しかし徳川家の場合は、長い苦労の年月があったために、主君と家来とのあいだがかくべつ固い絆(きずな)でむすばれ、他家と少々事情がちがっていた。しかも譜代、古参の家老が寝返っただけに問題がおおきく取沙汰(とりざた)されたのである。

火付け事件があった翌日の午後、数正は秀長に呼ばれた。

「昨夜はとんだ被害をうけたようじゃのう。大事にいたらなくてよかった」

秀長は深刻な顔も見せず、慰め顔で言った。

「風のない日でようございました。屋敷を焼き、大名小路に延焼でもいたしておりましたら、世間に顔向けができませぬ。欲に目のくらんだ数正が神仏のお仕置きを受けた、といったくらいの悪評は生みましょう」

数正もさほど気にせずに答えた。

「火付けをやった者はとらえたのか？」

「いえ、それがなかなかの曲者で、腕のたつ者たちが追跡いたしましたが、残念ながら逃げられました」

数正は嘘をついた。秀長に茶屋四郎次郎や娘千種の名をだそうものなら、騒ぎがひろがり、石川家では京都の茶屋家へ押しかけてゆき糾問しなければならなくなる。茶屋家の背後には徳川家があり、家康と朝日姫とのあいだできまった縁組までこわしかねなくなる。そうなるとおたがいの面目はつぶれ、両家のあいだがふたたび険悪な雰囲気になることはたしかだ。ここでまた秀吉と家康があらそえば、世は大変なことになる。

「一度の失敗だけではおわりそうにないの。再びおそってくる恐れがある。屋敷まわりの警備をきびしくいたすがよい。屋敷を三の丸の中にうつすことをかんがえてもよいが」

秀長は心配して言ってくれた。

「いや、警備をきびしくすれば大丈夫だとおもいます。ご心配おかけせぬようにいたします」

と数正は屋敷の移転は避けた。

「ともかくお気をつけなされ」

秀長の励ましの言葉をうけて、部屋をでた。

そして大廊下をあるいていると、むこうから、颯爽たる風姿の若い武士がやってきた。中肉中背、眼光すずしく、いかにも鋭利、明晰な頭脳を想像させる武者ぶりである。

（まずい相手じゃ……）

瞬間、数正はそうおもった。数正ほどの者にも苦手な相手はいる。数正はこの秀吉側近の若者が少々苦手なのだ。まずいかにも利発そうな視線に皮肉と底意地の悪そうな表情をうかべて、腹の底まで見通さずにはおくものかといったふうに相手を見る。みじかい言葉を発しても刺がふくまれている。すくなくとも徳川家中には、このような者はいなかった。しかも秀吉の信任を得て勢いさかんに伸びてきている青年武士だけに、たとえ相手が年長者であろうと、すこしも遠慮がない。

家中にはこの石田三成を嫌う者がかなりいる。福島正則、加藤清正、片桐且元、加藤嘉明、脇坂安治など賤ヶ岳の七本槍と称された者たちとは小姓の朋輩時代から仲がよくなかった。近ごろでは、浅野幸長、黒田長政、池田輝政、細川忠興らの青年武将たちとも、その不仲を取沙汰されている。三成はかっての朋輩たちとくらべてけっして武勇にすぐれているわけではなかったが、頭脳明晰であることは誰しもみとめるところである。

性格は狷介、孤高で、自尊心が人一倍つよい。相手に弱みがあれば遠慮会釈なく衝いてくる。しかも人に嫌われることをけっして厭うことがない。秀吉の信任さえあれば、何事があろうと平気である。

数正は以前、家康の使いで秀吉をおとずれたときから、この若者とソリが合わなかった。秀吉に面会するにはかならず三成を通さなければならぬため、何度も会ってはいるが、よい印象をうけたためしがない。いつも後味のわるい印象だけがのこっている。

その三成が大廊下のむこうから近づいてきた。

「石田どの、ご挨拶がおくれ申した。昨夜、曲者が屋敷に侵入いたし、火矢をはなたれたが、さいわい大事にはいたらなかった」

三成は家中の吏務を総括する立場にあるので、数正のほうから声をかけた。

「聞いており申す。曲者が侵入いたすということは、侵入される側にも不備があろうかとおもう。強風の夜であったら、大事にいたったかもしれぬ」

挨拶をするや否や辛辣な言葉がかえってきた。

「まことこちらの不注意で、ご迷惑をおかけいたした」

秀長とそれについての話をしてあるので、あらためて三成に報告する必要はないのだが、この場のいきがかり上、数正はことを荒だてたくないために挨拶した。

三成は数正にやや疑うような嫌な視線をむけた。この男の癖である。数正は気にすることなく見返した。

「徳川方の意趣返しという噂がひろがっておるが、家康はそのような単純な手段をもちいる男ではないと見る」

さすがに三成の見方、考え方はほかの者よりは深い。が、茶屋四郎次郎の娘千種と勝負を決した数正には、三成の今の意見はとおらない。

「一概には言えぬことなれば、目下、こちらで探索をいたしておるところにござる」

数正は当りさわりのない返事をした。

「左様かな。家康が家老に裏切られて意趣返しをするとしたら、あのような見えすいたことはいたすまい」

鋭い刃物で斬りつけるように三成は言った。三成は自分の言葉に自信があるようだ。

「家康自身が命じたことではないと、かんがえられる。まわりの三河武士が義憤にかられて、曲者をおくりこんできたと見るほうがあたっておるような気がいたす」

「そうかの」

三成はもう一度、疑いぶかい視線を投げて、足早やに立ち去っていった。

(三成が言いたいことは何か?)

大廊下をあるきながら数正はかんがえた。

(何をかんがえておるのか、三成?)

大股であるきながら、三成にはさらに注意しなければならぬとおもった。三成は狷介な上に疑いぶかい男である。しかも権力の中枢にもっとも近いところにいる人物だ。三成と面倒をおこしてはまずいと数正はおもった。いかに秀吉に見こまれて引き抜かれたにしろ、関白家においてまだ日のあさい数正には、いろいろ留意すべきことがある。三成のような男に根にもたれたら、面倒なことこの上もない。

数正にたいする噂、評判がかまびすしい中、家康と朝日姫の婚約がようやく正式にととのった。

その夜、大坂の町々には祝賀の軒灯がいっせいにともった。それはあたかも住吉の祭礼のように賑やかで、どこの商家でも宵宮のような浮かれ三昧であった。年に一度のご馳走ぶりで、奉公人には休みをあたえ、親類などをまねいて婚儀を祝福し、翌日の朝日姫の行列を見送ろうものと、その夜の祝儀をみなで楽しんだのだった。

祭礼にもひとしいこの行事は、あらたに施かれた〈五人奉行〉という制度で、その次席にあげられた石田三成が町方世話人に命じたものらしいという噂もあった。大坂の大商人たちはそれぞれ顧客、友人、親類をまねいて、自宅や別邸で、武家そこのけの贅をつくした宴会をもよおしたとのことである。このとき大坂の豪商淀屋常安が別邸の百畳敷大広間に顧客、友人数十人をまねき、三十余本の燭台をたてならべて、数十人の淀屋自慢の女中衆を美々しくかざらせた豪奢な宴席は後々までの語りぐさとなった。

翌日、朝日姫の行列は大坂城をでた。行列の先頭は北の政所の妹婿にあたる五人奉行の筆頭浅野長政と富田左近将監知信が槍をたててすすみ、着飾った百五十人の女房腰元たちがつづき、長柄輿十二挺、釣輿十五挺がつらなり、その後に輿脇守護の伊藤丹後、滝川豊前がしたがい、つぎには代物三千貫をおさめた五三の桐の長持が長々とつづいた。さらに化粧料ともいうべき金銀をつみこんだ馬が数頭、綺羅をかざった装いで鈴をならしながらすすんでいった。行列の後尾ではこの縁談に奔走した織田長益、滝川雄利などがほっとした面持で馬をすすめた。総勢二千人をはるかにこえる大行列に、沿道の見物人たちは目をみはった。

この行列は大坂から京都へ、さらに近江路をすすんで、美濃から尾張の清須城に入り、三河の池鯉鮒において、徳川家の迎えの者たちが行列を引き継いだ。徳川家の輿添えの面々は松平家忠、榊原康政、内藤信成、三宅康貞、高力正長、久野宗秀、栗生長蔵、鳥居長兵衛らの面々である。この日、行列は岡崎城に到着。ついで酒井忠次のまもる吉田城に入り、翌五月十四日ようやく浜松城に到着した。

家康と朝日姫の婚儀は一日おいた十六日、浜松城でとりおこなわれた。

これで両家は親戚となり、秀吉、家康は義理の兄弟となった。これこそ政略結婚というものがもつ威力である。

この結婚によって、数正の大坂における風当りもだいぶ弱いものとなった。少くとも、徳川家から関白家に入りこんできた隠密という、皮肉、噂は大方なくなった。それでもなお止まなかったのは、三成の数正にたいする疑いの目である。相変らず三成は数正にたいし打ちとけることはなかったし、距離をおいていた。しかし数正のほうはまったく三成に顧慮も、遠慮もしなかった。三成が数正にたいし、一体何をかんがえているのか興味をいだいた。

やがて、大坂に薫風が吹きわたり、燕が城の堀の水面をかすめて飛ぶ光景が見られるようになった。また新緑が木々をおおうようになった。夏がきたのだ。

数正はあらたな気分で大坂の夏をむかえた。古参譜代の立場を捨てて、徳川家から関白家へうつったすぐ後に、その両者は親類になったのである。事態は数正の目的とするところに一歩近づいたのだ。

両家の行き来はある。本多忠勝、榊原康政などが婚儀の下準備に大坂城をおとずれたが、その時も両者とも数正に会おうとはしなかった。秀吉は会っていくことを両人にすすめたらしいが、両者とも断固ことわったそうだ。数正としては懐しさもあり、忠勝、康政に会うのにこだわりはなかった。

(人にはさまざまな生き方がある。任務の手立もちがう)

ということを二人に示してやりたい気持でもあった。

しかし両人の立場からすれば、裏切っていった数正に会う気持にはなれなかったのであろう。

「相変らずの田舎侍ぶりじゃ。あの頑固は二代たっても三代たっても、変ることはあるまいの」

数正は大藪にこぼした。

「何代もかかってつくりあげた三河武士の気質ですから、仕方ありますまい。殿のお気持を理解するはずもないでしょう」

大藪は三河武士にたいして寛大な理解をしめしているのだ。

「今後、徳川家と末長く付き合っていかねばならぬ」

数正はその付き合い方に自分をうまくつかってもらいたいのだ。

「なかなか難儀なこととなるでしょう」

大藪は将来についてもそう見ていた。

「わしを役にたててもらいたい。いや、徳川家のために……」

「しかし相手はそうはまいりますまい。裏切られたとおもっているのですから、痛手はのこっておりましょう」

数正よりも大藪のほうが見方はきびしい。

「裏切った者と裏切られた側の者とでは、こころの持ち方もちがうであろう」

「まして殿は十万石の大禄(たいろく)を拝領いたしたのですから、とても殿と胸襟(きょうきん)をひらいて話し合う気分ではなかったのでありましょう」

「それが三河武士のこころの狭さだ。過去にとらわれて、頑固におのれを曲げようとせぬ。世の中、何でも一本道ではないのだ。曲がることも後もどりすることも必要ではないか」

数正はそれが不満なのだ。

「しかしそれにはもっと時間が必要でありましょう。殿の真意を知らぬかぎり、三河武士たちの怒りはおさまるはずもありません」

「しかし謀略は人に明かしておこなうものではない。時の流れ、時世は刻々と変化いたしておる。小牧・長久手で相戦った両家も今や親類の間柄じゃ。時の流れが読めぬ者は、世に取りのこされていくまでよ」

数正には三河武士の頑迷固陋さにたいする言い知れぬもどかしさがあった。

「それはもう今さらなおるものではございますまい。お諦めになったほうがよろしいでしょう」

「その方の言い方はかえって三河武士を愚弄したものじゃ」

数正は三河武士にも大藪にも腹をたてた。

大藪は沈黙する以外になくなった。

数正は席をたった。これはともかく数正の努力などでは解決しない問題である。自分も三河武士であるだけに、そのむつかしさを痛感した。

（ほうっておくしかない）

これが今のところの数正の結論である。

翌日も朝餉(あさげ)の前に、数正は厩舎(きゅうしゃ)へむかった。毎朝、起きるとすぐに半刻(はんとき)ばかり朝駆けをする。これは岡崎時代からの日課である。

厩舎へ行くと、すでに次郎太が数正の愛馬朝風(あさかぜ)の体を洗い、鞍(くら)を取りつけていた。数正の朝駆けには太郎太か次郎太が供についてくる。

朝風は数正の姿を見ると、一声(ひとこえ)ないて朝の挨拶をした。

「朝風、今朝も元気そうだな。毛並の艶(つや)がことのほかよいぞ」

近寄っていって声をかけると、朝風は長い首をのばし、鼻先を近づけてきた。

「どう、どう。今朝もひとっぱしりたのむぞ」

と言って、朝風の首を撫(な)でてやった。これが数正と朝風との毎朝の挨拶の交換なのである。

次郎太が厩舎から朝風をだしてきた。

門をでたところで、数正は朝風に騎乗した。

「今朝は平野川ぞいを行こうか」

次郎太ではなく、朝風に言ったのである。

数正の朝駆けのコースは淀川ぞい、大和川ぞい、平野川ぞいなど川べりの道を駆ける場合がおおい。

数正は朝風と一体となって門前を駆けだした。次郎太がその後を駆けてゆく。

大名小路は碁盤の目のようになっている。ここを抜けると、南へくだる平野川ぞいの道にでる。

間もなく長い大名小路をぬけようとしたとき、

「あっ……」

数正がみじかい声をあげたと同時に、朝風が悲鳴のような叫びをあげて竿立った。

数正は体を宙に投げだされそうになりながら、両膝で馬の腹をしめつけ、あやうく投げだされるのをまのがれた。

しかし同時に、浅葱色の旅の衣をまとった女が飛ばされるのが視界の片隅を横切った。

女はいそいでいたと見え、馬のくる方向も見ないで道を突っ切ろうとしたものらしい。

数正は朝風の速度と女がはねられた勢いで、

（ひどい怪我をさせた）

と感じた。

女は三間幅の大名小路のほぼ中央から片側の塀まで飛ばされ、塀にぶつかってうずくまっていた。

「大丈夫か！」

数正は大声をあげて馬を飛びおり、女のほうへ駆けた。市女笠と旅の手荷物を飛ばされ、うずくまったままうごけない状態である。朝風の後ろにいた次郎太が飛んでいって、女の様子をうかがっている。

女のはだけた膝の上からつたってきた血がながれている。おそらく腰か太腿のあたりをひどく蹴られたのであろう。今にも失神しそうな女の顔は血の気をうしなって紙のように白く、衝撃と恐怖で声もだせない状態である。

「気の毒なことをした。相済まぬ」

馬の駆けてくる道に横合いからいきなり飛びだしてきた女にも非のあることながら、現実に怪我を負っている女を目にして、数正はおもわず詫びた。女の腰か太腿の骨をくだいたかとおもった。

女は目を見ひらいて数正を見た。

若く、色の白い、顔のうるわしい女である。深窓の育ちのように見えた。

「お女中、大丈夫か」

数正は女をかかえながらもう一度訊いた。女の体はぐったりとしており、力が入っていない。

怪我の状態を見るには着物の裾を上までまくらなければならない。それにはいくらかの躊躇をおぼえた。が、命には換えられぬ。おもいきって、膝の上までめくれている裾を腿のあたりまでひろげていった。

太腿か腰のあたりから血が白い肌を紅に染めている。飛ばされて築地塀に体を打ちつけているので、ほかにも打撲の傷はあるはずである。

(どうすべきか?)

一瞬、数正は処置をまよった。

見守っていると、ようやくわずかながら女の顔に表情が浮かんだ。

「相すみません。蹄の音を聞きながら、まだ大丈夫とおもい、道にでてしまいました」

存外しっかりした言葉で、女は自分を責めた。

「いや、こちらの注意がたりなかった。それよりも、かなりの怪我をしている。はやく医者に診せて、手当てをしなければならない」

双方に非があるとしても、数正は怪我の様子が何よりも心配だった。

「お医者さまは近くにいらっしゃるでしょうか」

女自身も自分の負った怪我が並大抵ではないことを推量しているようだった。

「わたしの屋敷に医者がおる。わが屋敷におはこびいたすのがよいとおもう」

数正が言うと、女は一瞬ちらと数正の顔を見てから、

「相すみません。お願いいたします。まことに申し訳ありません。一番船に乗ろうとお

もっておりましたので、つい急いでしまいました」

女はしっかりとした言葉でつづけた。

「このまま船に乗るのは無理だ。第一にあるけまい。わたしの屋敷は近くだ」

腿のあたりからまだ血がながれつづけているのを見て数正は言った。

「ご迷惑をおかけするのではないでしょうか」

女はそんな心配をしている。

「迷惑の問題ではないでしょう。場合によっては、そなたの命にかかわるかもしれぬ」

女は気丈にはしているが、怪我の状態をはっきりとは知らないのだ。

「それでしたら、お願いいたします。お出かけのところを、まことに相済みません」

「そんなことは構わぬ。怪我が心配だ。まず立ちあがれるかどうか、次郎太、ささえてやってくれ」

数正は自分は朝風に乗り、次郎太がかかえあげた女を馬上で受け取り、横抱きにして、馬を自分の屋敷にむけてゆっくりとすすめた。

大名小路の門番所の番士たちの中にはこちらを呆然と見ている者もいたが、数正はいっこうに気にすることなく、女を屋敷にはこんでかえった。

「松庵（しょうあん）、患者だ。すぐに診てくれ」

数正はただちに屋敷の医者に女を見せた。

女はあずさという名で、京都の旧家の育ちのようだ。淀川の朝の一番船に乗れば夕方には京都に到着する。そのために少々いそいだのが大怪我のもとになった。

松庵の診立てによれば、女は太腿を強打しており、数日でなおるような怪我ではないそうだ。打撲のうえに肉が深く裂けているという深傷である。

「しばらくのあいだ、わが屋敷で治療いたすことになりそうだ。京都の家にはうちの郎党に報らせにまいらせよう」

数正は女が大事にいたらなかっただけでも、不幸中の幸いだとおもった。

「わたくしの不注意でありながら、何から何までお世話になりまして、本当に有難うございます。家のほうには報らせますとかえって心配いたしますので、連絡をしなければ長旅になったとおもってくれるでしょう」

と女は丁寧にことわった。

「まあ命に別条はないので、京との連絡はあなたのご都合にまかせよう」

数正はそういって、あずさの具合がよくなるまで屋敷であずかることにした。

数正は毎日、一度はかならずあずさを見舞った。怪我の状態が心配であったし、一日一日あずさが元気になっていくのを見るのがうれしかったのだ。

「殿様はおいそがしい身であられますのに、毎日お見舞をいただいて申し訳ない気持でいっぱいです」

あずさは遠慮をしながらも、毎日一度数正と顔を合わせるのをたのしみにしているようだ。

「見舞いなどたいしたことではない。それよりもあなたの怪我が一日もはやく回復するように願っている。しかも大切な女性の体に疵跡をつけてしまい、どう謝ってよいか途方に暮れている」

まだ未婚のうつくしい女の体に消すことのできぬ怪我を負わせてしまったかと数正は後悔しているのだ。

「わたしの不注意がもとでこうなりました。どなたも恨んではおりません。わたしが愚かだったのです」

「あなたが愚かだったということはない」

数正は女の言葉に反対して言った。

「あの朝、わたしはこころを乱していたのです。そうでなかったら大名小路をはしる馬の音に気づかないはずはありませんでした」

あずさは気になる言葉を口にした。

「あなたはあのときこころを乱していたのですか。もしよかったら理由を話して下さらんか」

数正がたずねても、あずさは黙っていた。他人には簡単には言えぬ事柄なのだろうとおもい、ふかくは尋ねなかった。誰にも他人には言えぬことがあるものである。

ところが、その翌々日、

「殿様に申し上げたいことがございます」

とあずさのほうが切りだしてきた。

「どのようなことでも伺おう」

数正はもうだいぶ体が回復し、元気もでてきたあずさに言った。

「じつはあの日、わたしはこころを乱していたと申し上げましたが、わたしは前日まで京へもどるかもどらないか思いあぐねていたのです」

あずさは落着いた口調でしゃべりだした。

「わたしの家は京でも古い〈愛宕屋〉という菓子問屋でございます。わたしは二人姉妹の姉で、妹がまだ幼ないため、店の番頭と縁組しなければならなくなったのです。どうしてもその縁組がいやで、大坂にある親戚の叔母のお世話をするということで、およそ一年ほど大坂にきておりました。ところが父からはやく帰れかえれと矢の催促がまいりまして、仕方なく一度京にもどろうとしていたところでした。こころここにあらずでおりましたため注意がたりず、とんだ事故をおこしてしまったのです」

あずさは自分の家のことから、今おかれている自分の立場や事情について打ち明けた。

「左様か、何か事情のようなものがあるとは察しておったのだが、やはりそうした理由があったか」

「京の家にもどれば、父はどうしても番頭と縁組させるでしょう。わたしが抵抗しましても、結局は父に押し切られてしまうとおもいます」

あずさは数正にうったえた。

「お父上の気持がわからぬではない。その愛宕屋をつづけるには、あなたと番頭が縁組をいたすのが、いちばん手ごろな方法なのであろう」

「そうなのです」

あずさはうつむいて答えた。

「けれども、それはあなたののぞむところではない。困ったことだ」

「怪我をして、このお屋敷で養生をさせていただいているあいだに、嫌だという気持がますます強くなってきました。もう京へもどる気持がなくなってしまいました」

あずさは数正にうったえかけるように言った。

「ううむ、左様か……」

数正は返事に困った。しかし自分もこの件にまったく関係のないことではないので、ともに考えてみた。

「どのようなことでもいたします。女中ばたらきで結構ですから、このお屋敷においていただけませんでしょうか」

あずさは突然言いだした。

「あなた一人をあずかるのに何の障害もない。けれどもあなたの家のこと、縁組、両親のことなど、いろいろ考えるべきことはあろう」

数正がそう口にすると、

「それはもうさんざん考えました。考えたうえで自分の思いを申し上げました。けれどもそれには殿さまのお許しがなくてはなりません。わたしがここに奉公いたせば、殿さまはお困りでしょうか」

女は窮すると気持がつよくなるようだ。必死にたのまれれば、嫌だとは言えぬ。あずさは気持のやさしい、性格も素直そうな娘であるが、数正はまさにやんわりと押し切られそうな立場になった。あずさに押しかけ奉公されるのはけっして嫌ではなかった。むしろ歓迎したいほどの気持である。

数正はまよった。胸のなかは揺れた。できるなら、あずさにこの屋敷をでていってもらいたくなかった。ここで奉公をしてもらいたい。けれどもそれをそのまま口にすることはできなかった。数正は正直に自分の心中を吐露するあずさが羨しかった。

（年齢をかさねると、人はしだいに正直に自分の気持を口にできなくなるのか）

数正はどうやらあずさに惚れているようだった。

当初から数正はあずさに好感をいだいていた。しかしそれは自分が怪我をさせたこともあって、惚れているという気持を正直にみとめたくなかったのだ。けれどもあずさにこの屋敷をでていかれたくないというのが、今の正直な気持だ。

（行くな）

と数正が言えば、あずさがこの屋敷にとどまることはあきらかだ。それを率直に言えなくなったのは、年をへて自分の気持に不純になったためだとおのれを責めた。もっとしかるべき止める理由が数正には欲しかったのである。

「わしが困ることは何もない。あずささえのぞむならこの屋敷で奉公したらいい」

もっともらしく言いながら、数正は自分の言葉に少々嫌気をもよおした。

（家康公なら、当初からここにおれと言うだろう。本多平八郎、榊原小平太、井伊万千代〔直政〕らもおなじだろう）

それでわしは三河武士とウマが合わぬのだろうかとおもった。

「殿様、本当でございますか。あずさは本当にこのお屋敷で奉公いたしてよろしいのですか」

あずさがうれしそうに言った。

「よろしい。そなたの身はわたしが預かろう。好きなだけここにいたらよい。まず体を完全になおすことだ。それから奉公のことを考えたらいい」

ついに数正はほぼ本音に近いところまで口にした。

「お殿様、ありがとうございます。嬉しゅうございます。これでわたしも生きてゆけます」

あずさは数正を見上げて、本当に喜んで言った。

「生きてゆけぬとおもうたか？」

「はい、もしこのお屋敷をでろと言われましたら、生きてゆけないとおもいました」

あずさは重荷をおろしたように、ほっとした顔で言った。

大政所（おおまんどころ）

夏は立秋（りっしゅう）の風とともに、またたくまに過ぎ去っていった。そして爽籟（そうらい）が秋をともなっておとずれた。爽籟がくれば、やがて初嵐（はつあらし）がやってくる。

その初嵐にも似た一行が、八月二十五日、岡崎城に予告もなしにおとずれた。浅野長政を筆頭とする津田隼人正（はやとのしょう）、富田左近将監（さこんのしょうげん）、織田長益、滝川雄利、土方雄久の六人である。

一行をむかえた岡崎城代本多作左衛門重次は急遽（きゅうきょ）、吉田城に早馬をおくって酒井忠次に来城を依頼した。

一行は秀吉の使者である。である以上、どのような趣旨をつたえにきたものか、重次はおのれ一人で対応できるかどうか、不安であった。

そして一行との会見は翌二十六日、城内本丸でおこなわれた。

「ご夫婦仲はめでたかろうな。徳川どのも朝日姫も四十路（よそじ）の夫婦であるからには、落着きもござろうし、男女というものをよくご存知であろうから」

会見の小宴がはじまってすぐ、織田長益がさりげなく問いかけた。秀吉はこの五月、浜松城で婚儀のとりおこなわれた家康と朝日姫の仲が気がかりなのである。だが、それ以上の重大関心事を秀吉は胸中に秘めているのだ。

当初から朝日姫は岡崎での暮しをのぞんでおり、挙式の後、岡崎にうつったのである。朝日姫は自分が政略の具であることをよく知っていた。

「夫婦の仲ばかりは他人には分り申さぬが、むつまじくされていらっしゃるようで」

忠次は存外そっけなく答えた。それは長益の問いの裏に、秀吉の深謀遠慮がかくされていると分っているからだ。

「上様も妹御のことゆえ、大層ご案じなされておられます。もし不出来な妹ならば徳川どのにたいして失礼じゃともご心配しきりでござりました。ふだんの関白殿下とは別人のようなおこころづかいにござります」

長益がそう言うのにたいして、

(関白どのが案じておられるのは別のことでござろう)

本多作左衛門重次はこころのうちで毒づいていた。

「関白殿下も人の子でござるな。ご心配はいらざることとおつたえ願いたい。殿と朝日姫のご夫婦は、関白家と徳川家とのカスガイでもござるゆえ、円満にはこんでいただかなければ天下の和平にもかかわることでござります」

忠次も六人の使者をおくってきた秀吉の本心は分っているのだ。

朝日姫は秀吉の政略の道具にすぎない。両者の縁組は伏線にすぎなかった。秀吉の目的は、徳川家と親類になって家康を上洛させることにある。

「両家が手をむすんでこそ、天下の和平がおとずれる。両家があらそえば、天下はふたたび戦国乱世にもどる恐れがある。いったん乱世にいたれば太平がこの世にもどるのに十年や二十年、あるいは三十年かかるやもしれませぬ」

使者側は織田長益がほとんど大事なところをしゃべった。

（ずいぶん遠まわしにきたな）

本多重次は織田長益の言葉をにがにがしく聞いた。

長益が本題に入ったのは、小宴がはじまって、ゆうに半刻（約一時間）がたってのことである。

「じつは朝日姫の母大政所がぜひ娘御のしあわせな暮しぶりを見たいとおっしゃっておられるらしい。大政所としても四十路にして再嫁した娘のことが気になるのであろう。どうであろう。徳川どのは大政所の岡崎行きをこころよく迎えてくださるであろうか」

秀吉の強引な要求がここらでてくるであろうと予期していた忠次も重次も、ことの意外さにおどろいた。

（そのようなことであったか……）

忠次も重次も予想をはずされた。

「大政所さまが岡崎においでなされるのであれば、殿はよろこんでおむかえいたすであろう。なにしろ嫁の母御、姑どのでござれば」

忠次は安心して、長益の言葉を受けた。その直後に、

（あっ……）

とおもわず胸中で声をあげた。とんだ返事をいたしてしまったものと後悔の念がおこった。

（さすが関白……。遠くから策をめぐらしてきたもの）

しかし姑が嫁した娘をおとずれるというのをことわることはできない。

重次も大政所の岡崎訪問にはなにか裏があるなとうすうす感じた。

「それは有難きしだいでござる。上様もさぞおよろこびでござろう。地位は関白までのぼられても、人としての情愛は若きころ織田家につかえた当時とおなじでござろう。とくに大政所にたいしては、いまだに頭があがらぬご様子」

「それはそうでござろうな」

忠次は落着かぬまま返事をした。

「ところでどうであろう。大政所が岡崎をおとずれておられるあいだ、母娘水入らずの暮しをさせておやりになることも徳川どのにとっては親孝行というもの。そのあいだ入れかわりに上方見物にでもおいでになられては。上様もとくにそれをおすすめになっておられる。義理とはいえ、兄弟で上方において相会するのも悪くはあるまいとのご所存。

酒井どのより徳川どのにぜひおすすめくだされたいとのご伝言をあずかってまいりました」

秀吉の本音をついに長益は口にした。

家康の上洛を使者によってもとめてきたのだ。これは秀吉の一昨年来の念願である。そのために妹に人質同様の縁組をさせたうえ、今度は実母大政所を上洛期間中、岡崎へ送るというのだ。はやい話が大政所をも人質にあたえた上での要求である。

（しまった……）

と忠次はおもいつつも、秀吉の妹や母までを犠牲にしてもという政略の執念には驚かざるをえなかった。

忠次はしばし返答につまった。ことは重大すぎる。家康はもしかしたら、秀吉の要求をうけるかもしれぬ。だが、家康をとりまく三河武士団がそれに賛成するはずはない。家康の上洛は、家康の秀吉への〈臣従〉を意味する。たとえ義理の兄弟であろうとも、秀吉が妹や母を人質同然にしたとしても、戦国の武士社会での考え方は臣従である。

「その件については、拙者だけではご返事いたしかねる。ことは殿の一身上のことゆえ、殿にご報告いたし、殿からご返事をしていただくほかはない」

忠次の返事は当然である。古参譜代の宿老であろうと、簡単に返事のできることではなかった。

「左様でござろうな。徳川どのへ、よしなにおつたえくだされ」

長益にもそのことは十分にわかる。

「殿のご判断をあおぐしかないのじゃ」

ぐいと盃をかたむけて忠次はおなじ意味の言葉をくりかえした。その心中は、

（関白に先手を打たれた）

という思いである。天下の関白に妹と母を人質に送られてからでは、家康としては礼儀上からも、否とは言えまい。

（殿としても、上洛せざるをえなくなろう。何という関白の老獪さ……）

忠次が重次を見やると、こちらも宴会の席上だというのに、むっとした表情を露骨にあらわしている。

関白はしかるべき手を二重、三重に打った上で、使者六人をおくりこんできたのだ。前代未聞のいかにも秀吉らしい人の意表にでた策略である。家康は秀吉が丁寧につみあげてきた策略にまんまとはまっていくしかないのか。忠次の胸中も重次の意中も、その点については同様のようだ。

その翌夕、家康が浜松から岡崎にやってきた。榊原康政、本多正信、阿部正勝、牧野康成、永井直勝らをつれての騎乗姿である。

さっそく出むかえた本多重次が、玄関口で家康に経緯をささやくと、

「うむ、うむ」

うなずいて家康は玄関にあがった。

重次は心配で、家康の後につきながら、なおもささやきつづけた。家康は落着きはらった態度であった。家康はかねて秀吉のいろいろな出方を予想していた。人の意表をつくことが何よりも得意な秀吉のことであるから、朝日姫を浜松におくりだした後の策が尋常なことであろうとはおもっていなかった。家康を上洛させるためのさまざまな方策を予想して、それに対する策もかんがえていた。大坂と浜松とにはなれていながらも、両者のあいだで丁々発止（ちょうちょうはっし）と策略の火花が散っていたのだ。

その夜……。大坂城三の丸外の数正の屋敷は、秋の夜長のしずけさのなかにあった。

数正はこの夜、なんとなく胸騒ぎがして、床につくのがおくれた。幾日か前に浅野長政、津田隼人正、富田左近将監が織田信雄の臣織田長益、滝川雄利らとひっそりと岡崎城へむかったのを知っていたからだ。一行が出発する何日か前に、数正は秀吉に呼ばれて、家康や徳川重臣団の様子を訊（き）かれた。

（上洛招請のことだな）

と数正はすぐに予想することができた。話をしているうちに、

「家康は上洛するであろうか。朝日姫を嫁にやっておることだし」

秀吉は途中からざっくばらんに打ち明けた。

「いや、家康は慎重な性格でございますし、その上まわりの重臣たちが滅多に行かせますまい。何と言っても家康もまだ天下をあきらめたわけではございませんでしょう。いくらかの望みをのこして、北条家と同盟をいたしたわけでしょうから」

数正ははっきりと自分の意見を申しのべていたのだ。

すると秀吉はにやりと笑みを浮かべて、

「こちらにも計がある。家康はきっと出てくるとおもう」

自信ありげに言ったものだ。

このころ、大坂城では、対徳川との折衝問題よりも、九州の話題でもちきりだった。島津軍が猛威をふるい、筑州に進出し、立花宗茂らを攻め、さらに大友氏をも攻撃し、九州は島津軍に席捲されるかもしれない危機に瀕していた。立花宗茂、大友氏らから秀吉に救援をもとめる使者がおくられ、秀吉は黒田官兵衛を中国へ派遣し、毛利諸軍に九州出兵を命じ、さらに四国の長宗我部元親にたいしても九州出陣の準備をするよう命じていた。秀吉自身もいつでも九州に出陣する用意のあることを表明していた。

そのため、家康への上洛招請の問題はその陰にかくれて、みなの大きな話題にならなかった。秀吉にとっては島津軍制圧の問題よりも家康の件のほうが比重が大きいにもかかわらず、あまり表面にでなかったのは、政略を弄するにあたって非常に好条件であったからだ。そのような雰囲気のなかで、数正一人が家康の動向に気をもんでいた。秀吉が家康をあまくかんがえているとはおもわなかったが、それ以上に家康は慎重で巧妙だ。秀吉の策に乗ってうかうかと上方まで出てくる家康ではないという思いがつよかった。

秀吉の徳川家対策がうまくいかなかった場合、

「一体何のために数正を十万石もの禄高で徳川家から引き抜いたのか」

という批判が関白家中でささやかれることは必至であった。数正自身は徳川家対策のために秀吉のもとに参じたわけではなかったが、周囲がどうしてもそういう目で見るのは仕方がなかった。だから今までも、徳川家の重大な軍事機密の一部も、数正は秀吉や秀長に提供してきたのだ。その軍事機密をもとに秀吉は徳川対策をたててきたのである。

夜更けて、数正は眠りについた。

しばらくたって、厠の方向に人の気配を感じた。その厠は数正以外につかう者はいない。だからそこで気配がするのはおかしい。以前、千種が屋敷に侵入したとき、数正は厠のかたわらにある手水鉢に手のとどく雨戸を引いて庭にでたものだ。

(又しても曲者か……)

そうおもって数正はしずかにおきあがった。

大小をつかみとって、数正は寝所から廊下に出ていった。

短檠を手にし、足早やに厠の戸口までいったが、何も異常はない。雨戸も閉じたままである。念のために雨戸を一枚繰ってみたが、庭内にも変ったことはない。

周囲をよく見廻わしてから、数正は寝所にもどった。

(や……)

数正はわずかに緊張をおぼえた。寝所をでるときに燭台に火をともしておいたのが消えている。部屋のなかに何者かひそんでいるのはたしかである。

しかし数正はあわてず、大小を刀架けにおき、褥にもどった。

「今夜は何用じゃ」

数正は自分の体にからみついてくる女のやわらかな四肢に抵抗もこころみずに言った。

「前回の復讐戦をいどみにきたんですよ。夜這いにしちゃあ、季節おくれだし」

千種は言いながら、数正の夜着のあいだに手を入れてきて、素肌を愛撫しはじめた。

「今夜は短筒を持参してまいったか」

たくみな愛撫に身をまかせながら数正は言った。

「あたしの短筒と殿様の短筒とどちらが威力があるとおもいます?」

千種は言いつつ、片手を数正の腹部にのばし、さらに下腹部にまでうつしてきた。そしてついに股間の一物を掌いっぱいにやんわりとにぎった。

「わしの短筒はわがままものでな。気がむかぬと、とんと威力を発揮いたさぬ」

と数正が言うとおり、その一物はだらりと垂れたままだ。

「ずいぶん性能のわるい短筒ですね。いざというとき用をなさない短筒なんて、案山子(かがし)の門番とおんなじですよ」

千種は一物の根元から先端にかけてじっくりと撫(な)でさすり、ときに強く揉(も)みしだくように刺激をくわえながら、反復したり、緩急、強弱をつけ、技巧をこらして愛撫をつづけた。

「まだ訓練がたらぬようだな」

我慢をつづけながら数正は挑発したが、股間のものは、しだいに鎌首(かまくび)をもたげ、千種の秘戯に反応しはじめた。

「と言いながらも、だいぶ感じてきたようですよ。だんだん固くなって、太く大きく、たくましくなりました」

千種は自信をもって、一物の裏筋を刺激し、先端部分を指先で揉みほぐすような技巧をこころみた。

「短筒のような太さと固さになったな。この短筒が千種にしのげるか」

言いつつ数正も女の小袴(こばかま)に手をのばし、以前の感触をおもいだしながら弾力のある乳房をやわやわと揉みほぐしていった。

千種はしばらく数正の愛撫に身をまかしながら、なおも一物への攻撃をやめようとしなかった。

「だいぶお気持がよくなられたようですね。もう一息で、引金をひけば殿様の短筒は発射してしまう。ほら、ほら、こんなに、先っぽから玉がでかかっていますよ」

千種はうれしそうに言った。

「まだだ、まだだ。これくらいではわしの短筒はその気にならぬ。それよりも千種の胸が息づきはじめ、乳首がそそり立ってきた」

言うや、数正は千種の体を押えつけ、懐(ふところ)から乳房を引きだし、乳首を口にふくんだ。そして舌と唇とで愛撫の秘技をもちいた。

千種の様子がしだいに変りはじめた。かすかなあえぎが洩(も)れ、体から力が抜けてきた。それを見はからうように数正は片手を下へもぐらせた。薄物の腰布をはらい、千種の腿(もも)と腿のあいだに手をさし入れ、わずかに足をひろげさせた。

千種は抵抗を見せなかった。数正の指は苦もなく女の秘奥に達した。指先がゆるりと体内にすべりこむと、あえぎがしだいに荒くなっていった。

「どうだね、千種の本意をたずねよう。千種は茶屋四郎次郎の娘。茶屋は呉服商にして、徳川家の御用商人だが、正体は徳川家の隠密(おんみつ)と言ってもよい。一方わしは徳川家を裏切り、関白家に寝返った者だ。そのわしにどんな用があるのだ」

数正は指で女を自在にもてあそびながら言った。

「取引きをしましょう。あたしは徳川の秘密をおしえてあげます。そのかわりに殿様は関白家の秘密をながしてください。両方、持ちつ持たれつでいけば、茶屋も、殿様もいはたらきができるでしょう」

あえぎながらも、千種はしっかりと言った。

「わしに間者の役目をしろというのか」

「そう堅くかんがえることはありません。わたしだって徳川の秘密を洩らすのだから五分と五分です。そうすれば、おたがいに家中での立場がよくなるというものでしょう」

「それは茶屋四郎次郎のかんがえか」

「そうおもってくれても構いません。昔から相手方の隠密同士が秘密を交換するのはよくあることです」

「かんがえ違いをするな。わしは隠密ではない。歴とした関白家の大名だ」

言いながら数正は千種の乳房をはげしく揉みしだき、秘奥の深部をえぐった。

「ああぁっ……」

千種はたまらず悲鳴にちかい声をもらした。

「茶屋め、わしを甘く見たな。誰がそんな汚い交渉に乗るものか。わしを甘く見るなら、千種の体を短筒でぶち抜き、女の武器をこわしてくれるぞ」

数正は怒声を発した。

「いくら関白家に寝返っても、殿様の体の中にはやはり頑固な三河武士の血がながれているのですねえ。やはり殿様は本気で徳川家を裏切ることなんかできない。その上関白家を裏切ってくださいって言ってるわけじゃない。秘密をちょっとながしてくれたら、こちらも徳川家の秘密をあかします。そうすれば両方の立場が立つではないですか」

相変らず千種はあえぎながらもしっかりした言い分だ。

「そんなわけにはいかぬ。わしはあくまでも関白家の家来だ」

数正は意地になって言った。

「そんなことは分っております。表むき徳川を裏切って、関白さまの家来になったのでしょう。二度の裏切りはできないって言うんでございましょ」

繰りかえし言いつつ千種は貪欲に快感を体いっぱい感じているのだ。

「関白家の何が知りたいのだ」

数正は相手の真の目的がどこにあるのか知りたくなってたずねた。

「それはいろいろ」

「それでは分らん」

「おたがい敵なのだから言えることと、言えないこととあるでしょう。絶対に言えないことを聞こうっていうんじゃありません」

「たとえば？」

「関白さまが大政所まで岡崎におくって、徳川さまを大坂に呼ぶ目的は？　お命を頂戴しようっていうんですか。それとも家臣にしようとおもってるんですか」

千種は体をくねらせながら、ずばりと訊いてきた。

「関白さまには、家康の命をとろうという気はまったくあるまい。できることなら東海の雄、徳川と手をにぎりたいのだろう」

数正はそこのところには自信があった。

「でも家来にしたいのでしょう」

「それは関白の位にあるお方だ、当然であろう。日本国中ぜんぶを家来にされるおつもりなのだ」

「そうでしょうね。肝心なところは徳川家をつぶそうとしたり、徳川さまの命をねらってるかどうかです」

千種は半裸の姿態を大胆に投げだしたままで言った。

「家康の命をねらうはずがない。関白は今、徳川家の力が借りたいのだ。東の守りが万全ならば、九州島津の征伐に全力であたれる。さらに徳川と手を組めば、関東北条の押えにもなる。よく考えてみれば道理だろう」

数正はこの程度ならば話してもよいだろうとかんがえて言った。

「父はそこのところが読み切れていなかったのです。ですから徳川さまにどういたすべきかお答えしかねていたのでしょう」

答えてから、数正はこれくらいの情報交換なら応じてもよいとおもった。

「それでよいのか」

「関白家の偉いお方でなければ、関白さまのご心中を読むことはできませんから。おしえていただいて有難うございます。これからも持ちつ持たれつでまいりましょう」

と言ったかとおもうと、千種はくるりと体の位置を変え、数正の腹部に跨(また)がった。

そしてふたたび両手でしごいて、鋼鉄のような筒口を天井にむけさせた。

「これは情報の礼か？」

数正が問うと、

「女は、いったんいきかけたら、生(なま)ごろしじゃ我慢できないものですよ。火をつけたなら、燃えきって体の炎を消してもらいませんと」

言いながら千種は跨がったまま、はげしく腰を上下にうごかしつづけた。

「関白家が命をねらわなければ、家康は上方までのこのこでてくる気か」

「おそらくそうでしょう」

千種の尻(しり)が落ちてくるところを、数正がぐいと腰を突きあげると、

「ううっ……ん」

千種はうなってたまらず数正の胸にたおれこんできた。

家康上洛（じょうらく）

女乗物二十余挺（ちょう）に、徒士侍（かちざむらい）五十余人とあとは人足たちの百人たらずの行列が十月十三日、朝日をうけて黄金にかがやく大坂城の大手門をでた。騎乗して付き添う武将一人の姿もないその行列は女行列のはなやかさも、大坂城に似合う豪華さもなく、またにぎやかな見送りもなく、外郭（そとぐるわ）の船着き場へむかっていった。

その一行を外郭でしずかに見おくったのは関白秀吉と妻ねね（い）と奉行の石田三成である。気宇壮大（きうそうだい）な天下の覇者秀吉に似合わぬ見送り姿であるが、その女行列の主（あるじ）は秀吉の母大政所（おおまんどころ）である。

出発の前日、

「いかに何でも関白殿下の母上の行列にこころきいた大将の一人も付かぬというのは、いかがなもので。徳川家への体面もありましょうし、道中万一のことがありました節……」

三成がしきりに心配した。

ところが秀吉は、

「なに、母親が娘のところへ行くのに、なんの武装がいろう。それに淀川には前後に二艘の五十石船が警固につくし、陸路になれば、近江八幡山の城主羽柴（のち豊臣）秀次は大政所の孫じゃ。その孫が尾張までおくりとどけ、尾張は織田信雄が陰ながら警固いたそう。こういう訪問はひっそりと行くのがのぞましい」

まるで日ごろの関白の流儀とは反対のことを言うので、三成としてもそれ以上口にできなかった。あくまでも親類同士の付き合いを強調したい秀吉なのだ。それもこれも家康臣従を実現させたいがための秀吉の演出である。こうした人心の機微にこころをくばるのは秀吉の得意の技のひとつである。

船が淀川をさかのぼりはじめたころ、天満橋の桟橋をはなれていった小舟がある。長さ二間ほどの物売舟（後のくらわんか舟）で、淀川をのぼり下りする船に食べ物をひさぐ舟である。

物売舟は大政所一行の船から一町ほどの距離をおいて淀川をのぼっていった。十月中旬といえばすでに冬の初頭である。流れにむかって吹く風も青北風と呼ぶつめたさで面を打つ。物売舟の女は頬かむりをし、足には白い脚絆を巻いている。

「喰わんか、喰わんか。焼きたての団子、あつい甘酒、焼き餅。体をあったためていきんしゃい」

川を上下する船に近づいていっては、たくみに声をかけてたくましい商売をする。その物腰は手慣れたものだ。頬かむりで半分隠れた顔が存外にうつくしい。京都、出水通下ル町の呉服屋に出入りする者なら、その物売女が茶屋四郎次郎の娘千種に似ているとおもうはずだ。

千種は昨日から物売舟を用意して、大政所一行が船で淀川をのぼるのを待っていた。どのくらいの規模で、どれほどの警固をつけていくかを見張っていたのだ。これは四郎次郎の命によるものである。

千種は先だって、数正から関白家の徳川家にたいする方針を聞いたが、それだけでは安心できなかった。大政所一行のなかに手練れの刺客がひそんでいるかもしれない。一ヶ所からの情報だけで重大な行動にでることはできない。

その夕、大政所一行は伏見豊後橋に着いた。そして伏見城で一泊し、翌日は近江八幡城に寄り、羽柴秀次の案内によって尾張へむかった。

千種も男装し、菅笠、頰かむり、合羽、脚絆、草鞋の行商人姿で一行の後を見え隠れについていった。女の一人旅の道中は危険だが、千種は隠し武器として舶来の短筒、短刀などを所持していた上、彼女自身が並の男など手もなく負かす武芸を身につけていた。しかも尾行、変装、逃走、追跡などにも数おおくの経験によって習熟していた。

よく見ると、千種から半町ほどはなれたところを茶色の体毛におおわれた中型犬が、あまり人目につかぬように付いてきていた。千種にもし危険がせまったとき、九郎と呼ぶこの中型犬が助太刀をしてくれる。千種にとって何よりもこころ強い味方であった。

場合によっては、事前に危険を知らせてくれることもある。

尾張宮（熱田）の宿場についたとき、千種は宿場はずれの茶店で休息しながら昼餉をとった。その茶店には、宮参りの旅の一行や、桑名への渡し船を待つ東からきたいろいろな旅人たちが船待ちの時間つぶしに雑談をしていた。

千種はそんな一行の雑談にもなるべく注意ぶかく耳をかたむけていた。そうした雑談のなかから貴重な情報を得る機会がたまにあることも体験から知っていたのだ。

千種が道端に合図をおくると茶色い犬が近づいてきた。千種は九郎の餌にと食べのこしておいたものをあたえた。どこでも自然に見られる光景である。

そのとき千種は人々の雑談の中から驚くべき言葉を聴いた。

「徳川さまと関白さまのあいだで戦がおこるんじゃろか？」

千種は全身を耳にした。

「徳川さまは遠江、駿府で三万の軍勢をあつめて上方へのぼるんじゃそうな。戦でなければそれほどの大軍はもよおすまい」

「関白さまと徳川さまは縁組なされたいうのに奇っ怪な話じゃ。縁組にからんで不和がおこって破談、離縁がおこることはたまにある話よ」

「縁組の挨拶に徳川さまが上方をおとずれるとしても三万の軍勢をひきいていく必要はなかろう」

噂をしているのは東海道を東からきて、西へむかう旅人だ。

千種も連中の話していることが真実なら、これから戦がおこるのかもしれないとおもった。

(一体、どうしたことだ……？)

千種の思案はつづいた。父の四郎次郎もこんなことは知るまい。家康が大政所と入れかわりに上方をおとずれるとしても、多くて千人の供の兵をつれてゆけば十分である。

(百人たらずの女行列と、三万の軍をひきいた徳川の軍勢——)

これはどうしても折り合わぬ話だ。

(尾行をつづけるべきか、引き返して父に報告すべきか)

自分の目で三万の大軍を確認すべきか、それとも急いで父に知らせるべきか。そのとき四郎次郎はどんな反応をするか。千種がまよったのはしばしの間である。

宮から桑名へわたる船の出発の時刻が近づいた。

千種は桑名へむかう旅人たちとともに、海上七里の渡し船に乗った。

千種が来たのは東山道(中仙道)美濃路であり、桑名をへて京都にもどったのは東海道である。

三日をかけて京都にもどるや、千種は出水通下ル町にある堂々たる構えの茶屋にとびこんだ。

さいわい四郎次郎は在宅していた。

「もう岡崎からもどったか？」

四郎次郎は千種の姿を見るなり皮肉をあびせた。

「徳川さまが三万の大軍をひきいて上洛すること、父上はご存知ですか」

千種は父の皮肉を相手にせず、いきなり言った。

「それは本当（まこと）か？」

四郎次郎の顔色がたしかに変った。父がこんな様子を見せたのははじめてのことだ。どんなときにも平静さ落着きをくずさぬ父がこころの動揺を表にあらわした。

「本当です」

「見たのか、三万の軍勢を」

「宮の宿場で船待ちの人々が噂をしておりました。駿河、遠江で三万の軍勢をととのえているとの話でした。戦になるだろうと、東からきた者たちは話し合っておりました」

「聞いとらんな。もし本当ならば、まずわしの所に話がくるはずだが」

四郎次郎はそう言ったが、絶対の確信は揺らいでいるようだ。

「敵を欺（あざむ）くにはまず味方をあざむけと言います」

「よもや、徳川さまが……」

「世の中に、よもやはないというのが父上のいつものお言葉ではありませんか」

千種がぴしりと言っても、四郎次郎にはそれさえ耳に入らぬようだ。

「徳川さまは朝日姫と大政所二人の人質をおさえることになる。背後には同盟国北条もひかえておることだ。もし徳川さまが関白さまに勝負をしかけるとしたら、今をおいてはない。もう一度長久手の合戦をなさろうとしておるのかもしれん」

四郎次郎は冴えぬ顔色で言った。

「けれども徳川さまに、勝ち目はないのでは」

「いかに人質を二人押えているといっても、合戦の勝敗はそんな甘いもんではないだろう。大政所を人質にとって、徳川さまは先が見えぬようになったか」

「そんなことはないはずです。それは父上が一番よくご存知のはずではありませんか。だから父上は以前から徳川さまにお賭けになったのでしょう」

「では、三万の軍勢は一体、何なのだ?」

「わたしはそれを父上にたずねにもどってきたんです」

千種が言うと、

「ううむ、分らん」

四郎次郎がうめいた。

千種はこんな自信のない父を見たのははじめてだった。

茶屋と徳川家との縁は、織田信長在世のころからのつながりである。信長が明智光秀に本能寺で討たれたとき、家康は信長の招きで上方遊覧にきていて、まさに九死の危機におちいった。そのとき四郎次郎は堺にいる家康に必死で京都から報告にはしり、事態の急変をつげた。このときはじめて四郎次郎は本気で家康に賭けたのである。家康との一蓮托生（いちれんたくしょう）の運命をえらんだのだった。

「徳川さまは大坂へのぼるに際して三万の軍勢のことを何も父上にお話しになりませんでしたか」

千種の質問に四郎次郎はちいさく首を横にふった。

「聞いておらん」

四郎次郎はおなじ返事をくりかえした。

「徳川さまのもとへ使者をだしますか。わたしが行ってもかまいません。そして大軍をひきいて大坂へのぼる理由（わけ）をたずねてまいりましょうか」

千種はそれが一番いい方法だとおもった。

「今九州に乱がおこっておるな。薩摩（さつま）島津があばれだした。手に負えぬようになっておる。中国、四国、上方の軍が出陣の準備をしておる。徳川さまが大坂に到着するころには上方は兵がみなおらぬようになって、がら空きになっておるかもしれん」

四郎次郎は意味深長に口にした。そのことは千種もかんがえないではなかった。

「どういたしましょう」

最後の結論は四郎次郎にゆだねた。

「大勢の旅人が徳川さまが大軍とともに西上してくるのを見ている。もうそれは止められぬ。関白さまがそれをどうあつかうかは関白さまの腕次第だ。徳川さまの腕の見せどころでもある。今回は、高みの見物をしようではないか。わしが徳川さまにたずねたところで、どうなるものでもないだろう」

四郎次郎の思案の落着くべきところはそこだった。

「ともかく徳川さまのうごきと、上方の様子から当分目がはなせません」

「あの男はどうおもっておるんだ」

ややあってから、四郎次郎はつぶやいた。

あの男と四郎次郎が呼ぶ男のことはすぐ千種にはわかった。

「なにも知りませんでしょう。徳川さまの裏切者なのですから」

千種が敢(あ)えてそう言うと、

「そうだな」

四郎次郎はにやっと笑って納得した。

大政所一行が岡崎に着いたのは、十月十八日の午後であった。

徳川家では深溝(ふこうず)の松平家忠が池鯉鮒(ちりふ)まででて、大政所一行をでむかえた。家忠は三百余騎の軍勢で警固して岡崎城に入った。

乗物が岡崎城本丸の大玄関に着くと、接待役の井伊直政がつつしんでですすみでて大政所をむかえ、案内にたった。酒井忠次、本多忠勝、榊原康政、大久保忠世、永井直勝ら宿老、重臣たちも大政所をでむかえた。

「みなみな、ご苦労をかけます。娘の朝日がいろいろとお世話になって、老婆から礼を申しまする」

大政所は衣服、身なりこそ一応贅沢にしつらえているが、いかにも尾張中村の足軽あがりの秀吉の母親らしく、おおらかなまでに気取りのない、素朴な感じの老婆であった。

大政所は娘朝日に会える喜びのためか、上機嫌で愛想よく一同に挨拶した。

「大政所さま、大坂より遠路はるばる、ようお越しなされました。われら一同、今をときめく関白さまのご母堂にお目にかかれて、幸せでございます。道中なにかと窮屈で、お疲れでございましたろう」

酒井忠次が一同を代表して、大政所をねぎらった。

「なんの、大政所と大層に呼ばれて金ぴかの大坂城で暮らすのは、身分不相応で、なんぼか骨の折れることでござりますて。城主の母というても、このくらいの城がいちばん気楽に過せそうじゃ。みなみなこの老婆にあまり気をつかわんで、楽になさってくだされや」

大政所は気楽に一同へ声をかけた。息子は百姓から足軽へ、さらに関白へと大飛躍した一代の風雲児だが、母親はいまだ百姓、足軽の時代の気分とそうたいして変っていそうにない。

宿老、重臣団はどのような関白母堂があらわれるか気遣っていたところに、なんとも天真爛漫な老婆をむかえて、ともかくほっとした。

大政所は本丸内に新築された御殿へ、井伊直政にみちびかれて渡っていった。供の侍女、腰元は十八人である。

その御殿の入口に立つ二人の姿がある。一人はずんぐりとして、やや腹の出はじめた貫禄十分な男。もう一人は大政所も見慣れた自分の末娘である。

「はじめてお目見得いたしまする。拙者、朝日姫の婿、徳川家康にござります。このたびは遠き所より、よくこのような草深き田舎にお出かけくだされまして、恐縮の至りにござります。拙者、関白さまにはいたくお世話になっております。ご母堂さまにお会いできて、喜びひとしおにござります」

家康は格式ばった武家の挨拶は避けて、嫁の母にたいする親しみのこもった言葉で大政所をむかえた。

「初にお目にかかります。秀吉の母にござりますじゃ。このたびは朝日がお世話になり、母としてご挨拶にでむけたことは幸せにござります。末長くむつまじく、娘のことよろしゅうお願いいたします。婿どののお顔、お姿を拝見できて、老婆、この上なく幸せに存じまする」

大政所は関白の母という権識ばったところは微塵(みじん)もなく、ただ娘の幸せをねがうどこにでもいる母の顔を見せた。自分が人質として送りこまれたことも知らず、ただ娘に会える喜びだけで岡崎までやってきたという様子である。

「わたしは明後日には関白さまにお会いいたすために大坂へ出むきまする。ご母堂さまがお元気でこちらにご到着なさったことをおつたえ申し上げます。まずは見苦しき所ではござりますが、この館(やかた)にて朝日とともにごゆるりとお過しくださいませ。そして御用はすべて井伊兵部少輔(ひょうぶしょうゆう)直政にお命じください」

と家康は言い、みずから先にたって新御殿へ案内していった。

家康は大政所を案内しながら、これから関白とどう対すべきか、まだこころに迷いをいだいていた。三万の大軍をひきいて西上するのは、徳川の威信を天下にしめし、もし万一のことがおこった場合には十分戦力になるという示威のため。もう一つは秀吉が九州征伐に乗りだした場合、空になる上方において三万の軍勢がものを言うことになる。表むきはあくまでも朝日姫を嫁にもらった立場として、できるだけ豪華にお礼言上に上洛(じょうらく)したという正当な理由がある。

家康はその一方で、関白に臣従するか否(いな)かの大きな選択をせまられているのである。選択といえば、今から二十数年前、信長と清須同盟をむすぶか、従来どおり今川家の武将としてのこるか否かで迷いにまよったときくらいのものである。

天下の趨勢が関白秀吉になびいていることは百も承知である。しかし信長の同盟者としての立場が、信長の一部将に過ぎなかった秀吉に臣礼をとることを許すかどうかの問題である。そのために家康は秀吉と和睦すると同時に、小田原北条氏とも同盟をむすんだ。その北条氏は秀吉の上洛の催促をまったく無視している。

（上方は上方、関東は関東）

という関東の覇者としての誇りに賭けて、秀吉の慫慂に耳をかたむけなかった。

東海の雄徳川としては天下のほぼ中央にあり、上方とほとんど隣接し、全国の情報があつまる位置にある。天下のうごきは細大もらさず知ることができる。間者、隠密も要所要所におくりこんであり、うごきがあれば大体数日のうちに岡崎、浜松にとどくよう処置してある。

素直にかんがえた場合、家康が秀吉とたたかって勝てる可能性は、異常事態でもおこらぬかぎりほとんどない。一昨年の小牧・長久手の合戦のときとは、天下の情勢はまったくことなっている。秀吉の大躍進の前には、家康もなす術はなかった。

しかし九州の騒ぎによって、いくらか風向きがかわった。

（この風向きは今後どう変わる？）

ひそかな期待が家康のなかに芽ばえていた。九州の騒動がもっと大きくなれば面白いことになるとおもった。だが、早いうちに中国、四国、上方の軍が九州へ派遣されれば、島津軍は鎮圧されてしまうだろう。時機の問題が微妙に左右する。

いずれにしろ、家康の上洛はもううごかせない。その上で、秀吉とどういう会見になるかが、これからの両者の力関係を決することになる。相手も、どのように家康をむかえるかにこころを砕いているはずである。秀吉にとっても、家康の上洛を今むかえるのは微妙な問題をふくんでいるのだ。

家康が西上の途についたことは、大坂城内でも大きな話題となった。しかも三万もの大軍をひきいてくる家康の意図をうたがう者は多かった。

とくに石川家のなかでは家康の西上にたいして、不安や恐れをいだく者がすくなくなかった。三万の軍勢のなかには本多忠勝、酒井忠次、榊原康政、井伊直政の四天王や大久保忠世、鳥居元忠ら鬼をもひしぐ猛将たちが雁首そろえている。彼等にとって数正は憎っくき裏切者である。

徳川の上洛の目的は一応、和睦、臣従にあるとみられているが、実際にはどのような顛末になるか予断はゆるされない。双方の出方次第によっては和睦が決裂する恐れがないとは言えぬ。だから双方ともに虚々実々、秀吉は妹を嫁にとつがせたり、実母を人質におくって徳川を安心させ、徳川はすでに於義丸を養子人質とし、さらに、家康が朝日姫をめとった上でようやく西上のはこびとなったのである。

もし徳川の譜代猛将たちと数正が大坂城内において顔を合わせたらどのようなことになるか、石川家の家老たちは案じていた。たとえ彼等は秀吉との和睦のためにやってきたとしても、徳川家の宿老でありながら、機密をたずさえて寝返り、十万石もの禄高を得た数正をゆるしているはずがない。

徳川一行が入京し、家康が秀長の屋敷を宿舎とし、そのほかの大軍が諸寺院に分宿した日の午後、石川家の屋敷にめずらしい訪問者があった。

その訪問者はまだ前髪をのこした少年だが、大小を差し、紋付羽織に袴姿（はかますがた）である。しかも羽織の紋は笹龍胆（ささりんどう）の石川家の紋所である。

「勝千代さまが殿に面会をもとめてまいられました」

近習（きんじゅう）の豊田左馬助が数正の居間につげにきた。

「勝千代ならば遠慮はいらぬ。すぐに案内（あない）いたせ」

勝千代と聞いて数正はすぐに答えた。

勝千代は於義丸に同行して本多重次の息子仙千代とともに人質におくられた数正の次男である。数正が秀吉の家来になった以上、勝千代は石川家の屋敷に住んでもよいようなものだが、数正は当初の経緯（いきさつ）にこだわって、今も勝千代を徳川家からの人質として遇している。したがって勝千代が日ごろ勝手気ままに石川家の屋敷をおとずれることはないのである。

「父上、お久しぶりにござります。ご健勝なご様子にて、なによりにござります」

勝千代は人質暮しが身についたためか、年齢よりは大人びた対応を数正に見せた。

「一人でこの屋敷にまいるとはめずらしいの。何かあったか」

他家へ人質にだしたわが子を見ると、さすがに数正も懐しさをおぼえたが、感情は表にあらわさず言った。

「いよいよ徳川家が上洛し、明日にも大坂に到着いたす由にござりますが」

勝千代もつとめて冷静に言ったが、心中穏かならぬものがあるのはうかがえた。

「左様、明日、上様との対面が城内でおこなわれ、正式な和睦がむすばれる。おそらく徳川家は上様に臣従いたすことになるであろう」

数正は淡々とした口調で答えた。

「両家が和睦いたしますのは結構ですが、そうなると、父上の立場が微妙なものとなってはまいりませぬか。徳川家は大軍をひきいて上洛とのこと。そのなかには、父上に憎しみをもっておる者も大勢いることとおもわれます」

「それは致し方なきことじゃ。そうしたこともすべてふくんだ上で、わしは徳川家をでて、関白家の臣となった。ことによれば明日大坂城内で何事かおこらぬともかぎらぬ。しかしわしは我慢じゃ。何事がおころうともな。それに和睦の式典において揉め事がおこることはまずあるまい」

「ならばようございますが、ご承知のように徳川家には血気さかんな、作法知らずの頑固者もおりますので」

「本多作左のことを申しておるのか」

数正は少々気がかりになって訊いた。

大政所が岡崎城にきているあいだ、城代の本多作左衛門重次は大政所のために本丸に建てた御殿のまわりに柴や薪などを積みあげ、上方でもし何事かあったときにはその柴や薪に火をつけ御殿ごと燃やしつくす準備をして、大政所に随行してきた者たちの怒りを買った。その件は秀吉の耳にも入っているのである。

「まあ、それもありますが、わたしは父上のことを案じております。本多どのの振舞は礼法上のことながら、父上のおこないは徳川家に甚大な被害をあたえ、面目をうしなわせております」

数正はわが息子に痛いところを衝かれたおもいがした。人質という特別な立場が少年勝千代を年齢以上にかんがえぶかい性格にしていたことはたしかである。勝千代は素直で陰日向のない性質であるから、人質生活をしてもまわりや相手方に不快なおもいをさせることは少なかったであろうと数正はおもっていた。しかし年齢以上に大人びたかんがえ方をする性格に変えたのは事実である。

「双方にいろいろな対立があったことは事実だ。けれどもそれを乗りこえて和睦、徳川家の上洛ということになったのは、おたがいが過去のことは水にながして、今後手をにぎっていこうという結論にいたった結果じゃ。それがおたがいのため、双方の利益ということに気づいたわけだ。したがって勝千代が心配いたすようなことはない」

数正は息子をいたわるように言った。自分の息子を過酷な立場においた数正は、そのときから勝千代にたいして申し訳ない気持をいだいていたのだ。しかし戦国という時代は自分のおもうようには生きられないものだ。子供をも政略の犠牲にすることがあるのは仕方がない。

「それはそうだとおもいます。けれども三河武士は父上をよくはおもっておりません。できるならば、対面の場に父上はお出にならぬほうが賢明かとおもいます」

「それは上様のおかんがえ一つによること。わしは上様のご命令にしたがうまでじゃ」

数正は当然のごとく言った。が、勝千代が自分の身を案じてくれたのはうれしかった。

それだけ言うと勝千代はほっとしたようだった。

「それに徳川三万の大軍はほとんど京に止どまり、大坂にくだってくるのはおよそ三千ほどだそうな。和睦、臣従はつつがなくおこなわれよう。それが徳川家にとっても最良の道じゃ。徳川どのは以前からそれに気づいておったとおもう」

「それならば安心です。於義丸さまもご安堵なされるでしょう」

勝千代はそう言うと、にこりと笑った。数正がよくおぼえている勝千代の笑顔であった。

勝千代はその後しばらく数正と雑談をかわして、辞去した。

数正はおなじ大坂城内に住んでいながら滅多に顔を合わすことのない息子ともっといろいろな話をしたかったが、勝千代のほうが人質という自分の立場をかんがえ、長居を気にして、ほどほどの時間でかえっていった。人質には人質の立場と責任があるので、数正はひき止めはしなかった。親として息子の成長ぶりを頼もしくおもうばかりであった。

十月二十七日、大坂城本丸において、秀吉と家康の対面はおこなわれた。家康の供として登営したのは、本多忠勝、榊原康政、阿部正勝、永井直勝、西尾吉次の五人であった。家康は献上品として馬十頭、金子百枚、梨子地の太刀、縮百反をおくり、秀吉からは茶壺白雲、三好郷の太刀、正宗の脇差、巣大鷹がおくられた。

ここに両者の和睦は正式に成立し、家康はついに秀吉に臣従したことになった。秀吉直臣の諸大名が大広間に居ならんだが、その中に数正の姿はなかった。家康および三河武士の心情をおもんぱかって、数正を公の席に参加させなかったのであろう。もし数正の姿がそこにあったら、本多忠勝や榊原康政から揶揄や挑発の言葉くらいは飛んだかもしれぬし、数正の反応いかんによってはその場が険悪な雰囲気につつまれる恐れはあった。

席上、九州の島津と、小田原北条氏のことが話題にのぼった。が、秀吉は家康に島津征伐のことは口にしなかった。上方から西の諸大名で十分おさえることができるとおもったのであろう。しかしそうなると家康は喜んでばかりもおられぬ。九州が鎮圧された後には、小田原の北条征伐をまかされる心配があった。

その後家康は秀吉に大坂城内を案内され、その豪壮、華麗、贅をつくした雄大さにおどろかされた。それは聞きしにまさるもので、秀吉の桁はずれの実力を知らされることになった。会見と城内案内の後には秀吉の贅をきわめた接待が待っていた。

接待の席において、秀吉は主従という立場ではなく、義理の兄弟という間柄で家康に接し、こころのこもった底抜けにあかるく豪華な接待をし、家康のこころをとらえ、なごませた。そして家康は秀吉の器量、気宇壮大さをあらためて認識させられた。上昇気流に乗った秀吉と手をにぎったのは今は成功だったとおもって、家康は二日間を大坂ですごし、晦日に京都へもどった。

京都内野には聚楽第のうちに家康の宿泊所が完成しており、秀吉のこころづかいが随所に感じられた。

(今秀吉とあらそうのは愚策だ)

これが家康の実感だった。その実感を胸におさめて、家康は翌十一月、京都を発して岡崎にもどった。

家康一行が帰国して、数正がほっとしたのも束の間、予想外の難問が生じた。家康が岡崎にかえると同時に、岡崎城にでかけていた大政所が大坂城にもどってきたのである。その大政所を護衛してきたのは、井伊直政であった。岡崎城代の本多重次は大政所の御殿のまわりに柴や薪をつみあげて、いつ何時でも大政所一行を焼きころせるよう手配りをして同一行を恐怖におとしいれたが、このとき大政所の世話をした直政はつねに誠心誠意、大政所のために気配りをし、大政所に大層気に入られたのである。それで大坂城への帰還に際しても、とくに大政所の希望で直政が一行の供をした。

秀吉は母親の苦労を謝すために、妹婿の浅野長政をつれて京都の出入口粟田口までむかえにでた。母を人質にだしたという負い目があったためであろう。

そして、秀吉は井伊直政への礼の饗応の席をもうけ、さらに茶の接待をもよおした。その茶席に顔見知りの相伴役として数正が呼ばれた。

数正はその旨を浅野長政から知らされて驚いた。こころよく承諾はしたものの、直政をもてなす茶席の相伴役は荷がおもい。年齢こそ数正のほうがずっと上だが、直政は徳川四天王の一人として売り出し中の武将である。勇猛果敢な武将として世間にも知られ、徳川家の戦では先鋒をつとめることが多い。

純粋直情な直政だけに、徳川家を裏切った数正にたいしては憎悪をいだいていることは間違いない。徳川家中においては数正のほうが身分も地位も高かったが、そのようなことにこだわる直政ではないだろう。その茶席がどのようなものになるか、数正にも予想することはできなかった。秀吉としては、もう両家は和睦した間柄として、数正を相伴させることにしたのであろう。が、内部にはまだ収まりのつかぬこともある。

本丸の黄金の茶室に四人があつまった。亭主は秀吉であり、正客の座にいちばん若い直政がすわった。その隣りが長政、そして数正である。この黄金の茶室こそは大坂城の贅を象徴するものである。茶室のいたるところが黄金でしつらえられている。秀吉の富がここにあますところなく示されているのだ。

秀吉は黄金の茶釜に湯をたぎらせて、松籟の音をひびかせながら点前をはじめた。いかにも秀吉らしい大様で屈託のない点前だ。

数正は秀吉の点前をうっとりとながめながらも、こころの片隅には落着かぬものがひそんでいた。直政の視線が気になるのである。直政はすでに茶室に入ったときから、正客の座から、ちらりちらりと数正に視線をむけていた。

「石川どの、久方ぶりの対面にござる。徳川家古参譜代のご身分を捨てて、関白家に随臣なさり、大層なご出世をとげた由、お目出とうござる」

これが茶室にすわったときの直政の最初の言葉だった。

「いやあ、懐しいお方に会えて、大変うれしゅうござる」

これが数正の挨拶であったが、

「懐しい者たちに会いたくば、徳川家に帰参いたせばいくらでもお会いできる。本家筋の家成どのなどは、とくに懐しがっておろう」

直政は強烈な皮肉で数正に応じた。若く、一本気な性格だけに数正を間近かに見て、無視しきることも、とぼけとおすこともできなかったのであろう。石川家成は数正の叔父ながらも、石川家の正統は家成のほうにながれている。当初西三河の旗頭は家成であったが、掛川城主に転出したために数正がその後を襲ったのである。

「しかし立場上、そうは簡単にまいらぬ」

直政の挑発には乗らず、淡々とこたえると、

「それは石川どのが古参譜代の臣にあるまじき行ないをとったせいでござろう」

直政は数正を睨みつけ、単刀直入に言った。

そのとき亭主の秀吉が点前をはじめたので、数正はそれ以上の反論を避けた。

直政も沈黙して秀吉の点前に見入ったので、それ以上の言い争いは避けられた。

しかし茶会のあいだ中、直政は折につけて、数正に戦場で人を斬るときのようなはげしい憎悪の視線をむけてきた。

数正はそれに応じることなく茶道の作法にしたがって、茶席の空気をみだすまいとつとめてこころ穏やかに振舞った。

秀吉と長政は終始、数正と直政の振舞には触れず、茶会をおえた。秀吉と長政にはあ

えて直政と数正をぶつけて、その反応を見ようとしたこころみが感じられた。

小田原征伐

天正十八年（一五九〇）正月十四日、朝日姫が聚楽第で没するや、そのわずか七日後、秀吉は家康を小田原北条氏征伐の先鋒に命じた。

朝日姫は前年、大政所の病気見舞に京都へむかい、大政所の看病をしているあいだに病み、大政所に先立って病没したのである。身は関白秀吉の妹ながら、けっしてその生涯は幸せとは言えなかった。尾張の武士佐治日向守と縁組しながら、秀吉の政略のために離縁させられ、家康の後妻となったが、家康とともに暮らすことはほとんどなかった。政略の道具となって一生をおえたような女性であった。

秀吉は家康との縁戚がきれるのを憂えて、その正月内に織田信雄の女を養女として、家康の三男長松（秀忠）と縁組させ、聚楽第で式をあげさせた。秀吉にとってこのころ家康がいかに重要な人物であったかは、小田原北条征伐の先鋒に家康を当てたことからも明瞭だ。

秀吉は天正十四年の十二月、太政大臣となり、豊臣の姓をたまわり、翌年、九州島津をみずから出陣して、これを降した。さらに十六年、聚楽第に後陽成天皇の行幸をうけ、諸大名はすべて秀吉の命令にしたがうようにとの詔をうけていた。それによって秀吉は小田原に使者を派遣し、北条氏政、氏直父子の上洛をうながした。秀吉は数年来、〈富士山一見の望み〉をはたしたいと周囲にもらし、北条氏の降服を熱望していた。その成否の鍵をにぎるのは家康であった。家康は豊臣家、北条家いずれとも姻戚である。しかも北条家とは領土を隣接し、豊臣家が征討軍を派遣するには徳川領にある東海道を通過しなければならぬ。

家康は険悪になっていく両者のあいだを調停し、緊張の緩和につとめた。使者を小田原に派遣して氏直の上洛をすすめたところ、氏直は自分のかわりに叔父の氏規を西上させ、それに榊原康政、成瀬藤八が案内役として同行した。氏規は氏直の上洛とひきかえに、上野の沼田領を秀吉に乞うた。

秀吉は真田を言いふくめて、沼田領にある真田氏墳墓の地名胡桃城をのぞく三分の二の領土を北条氏にあたえた。ところが北条氏はその約をたがえ、謀略をもって名胡桃城をふくめた沼田領全土をわがものにしてしまった。ここでついに秀吉は怒りを爆発させ、諸大名に小田原征伐を命じた。そして家康はその先鋒をうけたまわることになったのである。

北条氏は初代早雲が堀越公方足利茶々丸を討って伊豆を平定。さらにその勢いを駆って大森藤頼の拠る小田原城を謀略をもって奪取し、いらい西相模を侵略し、さらに東相模をも併せて、二代氏綱、三代氏康にいたって関東のほぼ全域を支配するにいたった。甲斐の武田、越後の上杉と三つ巴の戦をくりかえしながらも、〈越相一和〉〈甲相弓矢〉といった作戦をそのときの情勢に応じて使い分け、四代氏政、五代氏直の時代にいたって関東の覇者としての地位を確立した。それは武田氏の滅亡、織田家の崩壊などによるところが大きいが、初代、二代、三代で基礎をかため、着実に力を関東に扶植していったことが現在大をなすにいたった原因である。

北条氏がここまで力を発揮できた理由のもう一つは、地理的条件にある。関東管領の支配地をうけついで、鎌倉幕府いらいの京都朝廷と対立した地域を占めていたことである。したがって東海、北陸以西を制覇した秀吉の天下統一の最後にのこる強敵となったのである。九州の島津征伐がおわった段階で、当然つぎにくるものは小田原征伐だった。

小田原征伐の鍵をにぎる者は家康であった。徳川領は両勢力の中間に位置している。しかも双方の力、見識もよくわかっている。家康は北条氏の上洛、秀吉への臣従を極力すすめたが、氏政、氏直父子はまったく聴く耳をもたなかった。北条氏は関東の覇者として、足軽あがりの秀吉を見くびっていた。一代でのしあがった秀吉に北条五代の基礎と歴史にささえられた力が劣るはずはないと信じていた。それで家康の調停と勧告をしりぞけて、対決、決戦の道をえらんだのである。永禄四年（一五六一）、上杉謙信の大軍九万六千を撃退したこと、さらに同十二年（一五六九）、武田信玄二万五千の軍をもしりぞけた小田原城の防備にも自信があったからだ。

氏直は天下の大軍の来攻にそなえて、関東八ヶ国から七万の人夫を動員して小田原城の大規模な拡大修築工事をおこない、内部の周囲四十町、城下町全体をふくむ〈総構え五里〉という大外郭を完成し、籠城して秀吉の大軍の来攻を待った。

征討軍は三隊にわかれて小田原にせまった。家康、織田信雄を大将とする一隊は東海道をすすみ、前田利家、上杉景勝を大将とする軍は東山道をすすみ、信濃、上野方面から小田原城の腹背をつくべく進攻した。さらに九鬼嘉隆、加藤嘉明、長宗我部元親、脇坂安治らは水軍をひきいて駿河清水港へむかうという大作戦である。

しかしこの大作戦には、一つ間違えば征討軍が総崩れしかねない欠点があった。それは征討軍の先鋒として主力をなす家康の動向である。家康は秀吉と姻戚関係にあるばかりでなく、北条氏直へ女の督姫がとついでいる。しかも先年、黄瀬川を越えて豆州三島で同盟の約をむすんでいる事実がある。

家康は東海道方面の大将として先鋒にたってすすんでいくが、

（いつ北条方に寝返るかわからない）

という疑いをどの大名もいくらかはいだいていた。家康としたしい大名もそうであるし、徳川家中の将兵もいつ家康から、

（豊臣を攻めよ！）

との命令がくだったにしてもおかしくはないとおもっていた。

家康は東海道の自国領の諸城を征討軍の宿舎として開放し、進軍を容易にするため道路を整備し、橋梁をあけわたすなど、できる協力はすべておこなっていたが、諸大名からの疑いは消えなかった。ということは秀吉自身も万一の場合、徳川軍の裏切りにそなえていたということである。

しかし、秀吉も家康もそのような態度、様子は微塵も見せず小田原めざしてくだっていった。

こうした空気のなかで、家康はまだ北条の豊臣への降服、臣従に望みを捨ててはいなかった。かって目にしたこともない大軍で自慢の巨城をかこまれれば、いかな北条父子といえども対等にたたかえることのないことは分ると信じていた。上杉謙信や武田信玄の大軍による包囲を長期籠城でたえることができたのは、謙信や信玄が本国において背後をつかれるべき強敵を有していたからである。が、今回の場合はそのようなことはない。北条に味方をして秀吉の背後をつく敵はいない。たのむは家康だけであった。

東海道をすすんでくる家康にたいして、北条からの間者がはなたれた。北条の間者は箱根、足柄を根城にする野伏風魔一族の腕っこきの連中である。家康は当初は北条の間者と面会することをこばまなかった。面会して逆に北条方に勝ち味のないことを説得し、今からでも降服の道をえらぶことをすすめた。

風魔一族は関東と東海の境を巣窟にして、各地に稼ぎばたらきにでているため、天下の情勢について北条方諸将よりもくわしい知識を持っていた。したがって彼等は家康の説得を理解した。が、肝心の北条父子をはじめ、一族、重臣たちが耳をかさなかった。北条五代百年の歴史と実力を過信して、長期籠城をつづければ、征討軍はかつての謙信や信玄同様、つけ入る隙もなく、攻城に倦んで包囲を解くだろうとタカをくくっていた。

秀吉は先鋒軍の後から悠々と本軍をすすめていったが、三月五日、美濃大垣にいたったとき、宿舎の大垣城に石川数正が先行して待っていた。秀吉が出陣後、数正を大垣城に呼んでいたのである。

到着してやすむ間もなく、秀吉は数正を本丸書院にまねいた。

数正は家老天野又左衛門、側役大藪十郎次とともに秀吉の前にすすみでた。

「関白殿下みずからのご出陣、ご苦労に存じあげます」

数正は天野又左衛門、大藪とともに秀吉の前に両手をついて挨拶をおこなった。

数正自身は徳川軍と顔を合わせる恐れがあるため、和泉の留守居をすることになり、出陣の命令をうけていなかった。

「なに、わしはただの遊山気分よ。合戦は諸大名がやってくれる。とくに今回は徳川軍がおおいにはたらいてくれるじゃろう」

秀吉はにやりと笑って言った。それは徳川が前回の九州島津征伐にくわわらなかったことと、今回、諸大名のあいだでながれている家康の動向についての噂を意識して言ったのである。

「関東の覇者北条と申しましても、天下の軍を相手にする力のあろうはずがありませぬ。もうすこし氏政か氏直に天下を見る視野がありましたら、このような合戦はしなくてもすみましたものを。あたら関東八ヶ国の太守の地位を捨て、ほろんでいく運命とはならなかったでしょう」

数正は世辞でなく言った。

「北条五代の力を過信いたしたのであろうて。島津は日本南端に位置したために天下のうごきがよう分らなかった面もあろうが、北条は家康をつうじて、さらに風魔一族の諜報によってわしの力や天下の情勢はつたえられておったはず。この事態をまねいたのは、みずからの驕りにほかならぬ」

秀吉はけっして怒りをにじませるでもなく、穏かに言った。

「徳川も説得に力をつくしたはずにござります。今となっては仕方ありませぬ」

数正も冷静に答えながら、秀吉の意中を想像していた。数正は自分が大垣城に呼ばれた理由を知らないのである。いろいろ推量しながらここまできたが、とうとう分らずじまいだった。よほどの問題ならば、秀吉出陣の前に数正につたえられたはずである。

「分らんたわけには説得しようが威そうが通じぬ。北条の悲劇は北条がおのれでまねいたことよ」

いまだ開戦前だというのに、秀吉は結末をそのように言った。

「まったくもって……」

数正にはまだ予測がつかなかった。

「そこで、戦の後のことじゃが」

ようやく秀吉がそれについて口にしはじめた。

「は」

「北条がほろべば関東の六ヶ国が空く、そこに誰を封ずればよいとおもうか？」

秀吉は相談でもするかのごとく数正に問いかけた。

「殿下一身のご胸中にあることで」

「わしは関東の六ヶ国を徳川にあたえようかとおもう」

驚愕（きょうがく）すべき言葉が発せられた。

「徳川家に先鋒の恩賞として六ヶ国がくわえられるのですか。東海五ヶ国の徳川にさらにくわえて」

数正は左様なことはいくら何でもあり得るはずはないとおもって訊（き）いた。

「それであったら、徳川の天下になってしまうぞ。国替えじゃ。東海五ヶ国に替えて、徳川に関東六ヶ国をあたえるのじゃ。数正はこの考えをどうおもう？」

「いかに関東を頂戴いたしても、徳川は喜びますまい。先祖伝来の三河をはじめ、駿河、遠江、甲斐、信濃は徳川家が血と汗をながして切り取った土地でござりますから」

数正は本音を言った。この相手にたいしてはなまじな追従や嘘はすぐ見やぶられるから、本音をそのまま口にするのがもっとも得策だと数正はかんがえていた。

「だからこそ先祖伝来の地から徳川を切りはなすという考えもある。長年、北条にしたがってきた関東の豪族たちが、簡単に徳川にしたがうとはおもわれぬ。家康は関東の統治に手を焼くであろう。けれども家康は目先の損得だけで行動する男ではあるまい。先の先まで読む男よ。東海五ヶ国とひき換えにしても関東に移封されたほうがよい、といずれは考える。そうではないか」

「北条がほろべば、徳川の同盟国はなくなります。家康には一人で殿下に立ちむかえるだけの力はありません」

「それもそうだが、関東には佐竹、里見のような独立した大名の領地もあろう。しかしながい目で見れば、関東は箱根の東にある別世界であり、かっては鎌倉幕府いらい関東管領が支配して京の幕府と対立した地だ。大名領としてかくべつ地の利を得た所領だとはおもわぬか。家康はすでにそれに気づいておろう。北条は関東の利を完全には生かすことができなかった。が、家康ならば生かすことはできるであろう」

秀吉はそこまで先を読んでいた。

「恐れいりましてござります。そこまで考えていらっしゃろうとは。ところで拙者の役目は？」

ここでようやく数正はたずねた。

「関東と日本中央部の接点は信濃であろう。すなわち関東山地が両者の境だ。そこで数正にいわば関東鎮台をつとめてもらいたい。信濃の要所は松本じゃ。以前深志といわれておったところ。この松本に鎮台をきずいてもらいたいのじゃ。いわば松本城というてもよい。和泉十万石から松本への移封じゃが、この役目、数正以外に立派にこなす者が見あたらぬ。徳川のこと数正にまかせるにしくはあるまい」

前触れもなく数正に大問題があたえられた。

数正は和泉から信濃への移封などかんがえてみたこともなかった。

「不肖の身にござりまするが、お役にたてることならば何なりと」

数正はともかくそう答えるしかなかった。

「大役じゃ。関東に睨みをきかしてもらいたい」

秀吉は意中のあらましをあきらかにした。

「信濃は今まで徳川の領国ですから、ここから関東を見張るのは容易なことではありませぬ」

「そういうことじゃ。だから数正にたのんだ。数正が松本から睨んでおれば、徳川もやたらなことはできまい。徳川のもっとも嫌がる鎮台となろう。それにその方は築城の名手とも聞いておる。しっかりとした城取りをおこなってもらいたい」

秀吉は数正に大役を申しつけた。

「うけたまわりました。精いっぱいの仕事をいたしてみたいと存じます」

徳川家の見張りという役目はあまりに皮肉であるが、自分のおもいどおりに城取りをおこなうことには大きな魅力があった。自分がこの役目につけば、徳川家にとっても幸である。このような機会は滅多にあるものではない。

「家康には今、こころに迷いがあろうが、よもや北条と手をむすんで余に敵対はいたすまいとおもう。家康は先の見える男じゃ。しかし、余の生きておるあいだはよい。けれどもわしに万一のことがあった場合、家康は天下をねらってくるであろう」

秀吉は先の先まで、自分の死後のことまで心中でこころくばりしているようだ。

「ご賢察のとおりでございましょう。徳川もつい先年までは、殿下と天下をあらそうつもりでしたのですから」

「わしと家康とは六歳ちがいじゃ。順番からいえばわしのほうが先にまいる。そのときのことが心配じゃ」

秀吉は心中をかくさず言った。秀吉をずっと陰からささえつづけてきた弟秀長は、今年の正月から重い病の床に臥している。秀吉の嫡男鶴松はまだ幼なく、しかも病弱な体質である。養子にした於義丸は家康の子だ。そんなことから秀吉は先のこと死後のことをつねにかんがえているのだろう。

「殿下のもとにはすぐれた直臣大名があまたおります。その者たちが鶴松君の成長するまでしっかりとお守りいたしていくでしょう」

「何がおこるか分らぬのが世の常じゃ。できることはきちんとしておかねばならぬ」

「左様でござりましょう。拙者もいささかなりともお役にたつことができましたら幸です」

「そちは徳川家をしっかり見張っておったらよい。またそれがいちばん難儀な仕事なのじゃ。松本は信州でもっとも広い盆地だ。そこにそちののぞむような縄張をいたせ。制限はもうけぬ」

秀吉は数正を鼓舞するように言った。

「まことに有難き幸せに存じます。拙者おもいきり城取りをさせていただきます」

これは儀礼上の言葉ではなかった。築城家として本音をあらわす言葉であった。そしてこの瞬間から数正は雄大な飛驒山脈、関東山地を背景とした城郭を頭のなかにえがきはじめていた。

現在、松本盆地には小笠原貞慶が回復した深志城があるが、秀吉はその深志城を改築するのではなく、まったくあらたに目的もことにした築城を数正に命じたのである。数正には徳川家の関東移封ということも驚きであったが、松本築城の下命はそれにもおとらぬ驚きであった。

家康が東海五ヶ国と関東との交換に応ずるか否かは微妙な問題をふくんでいるが、つまるところ関白秀吉の命令とあらば、結局家康はそれに応ずるだろうと予想した。そして家康ならば東海五ヶ国におとらぬ国造りを関東に完成させるだろうとおもった。家康はけっして無理なことを強行する人物ではない。一時はながい忍耐にたえても、結局最後は自分のおもいどおりにしてゆく政治家だと数正はおもっていた。そして関東に家康が居すわり、あらたな国づくりをしていったなら一大強国が完成するだろうと予想した。

その後、秀吉は東下をつづけ、十九日に駿府に入城した。徳川家は天正十四年十二月、正式に本城を浜松から駿府にうつしていた。この駿府城で秀吉は家康のこころをつくした饗応をうけて数日くつろいだ後、富士川をわたり、翌日には沼津三枚橋に到着した。

ここにいたっても秀吉は家康に完全な信用をいだいていたわけではなかったが、そのような気ぶりは微塵も見せず、家康とともに軍議を凝らし、攻撃隊を三つの部署にわけた。秀吉としては家康を自分の懐のなかにかかえこんでしまう意図であったのだ。が、このときはまだ戦後の関東への移封についてはかたらなかった。

攻撃部隊の一隊は織田信雄を大将として蜂須賀家政、福島正則、蒲生氏郷が韮山城へむかい、第二隊は豊臣秀次が指揮をとり、山内一豊、堀尾吉晴、中村一氏、田中吉政らの軍勢が山中城へすすみ、家康は間道の元山中から小田原へむかって進撃した。秀吉は箱根山に陣し、惟住長重、堀秀政らに日金山の間道から小田原へ進攻させ、家康の先鋒井伊直政、牧野康成らには仙石原をへて元山中の旧道をすすませた。そして秀吉自身は小田原早雲寺に陣をさだめたところ、城中の将松田憲秀がひそかに内応し、城の西南笠懸山に陣すれば城中を俯瞰できることをおしえた。それで秀吉はここに石塁をきずき、全軍を指揮することにした。これが石垣山の陣と言われるものである。

こうして秀吉は短期決戦の策は捨てて、長期の小田原城包囲作戦にでた。この長期作戦のあいだに領国内の支城を攻めて小田原との連絡を断ち、包囲期間中、将士たちが戦に倦くことのないよう陣中での酒宴、遊興などを自由にさせ、京都や堺の商人たちの出入りをゆるし、諸大名には妻や側室たちを呼びよせさせた。秀吉ならではの作戦をとったのである。

一方、小田原城内では、長期間にわたって連日評定をくりかえしたが、一向に軍議の結論がでぬままむなしく月日がたっていった。そして当初は鉄壁の籠城作戦をとったつもりだったが、月日がたつにしたがい、内応者がでるなど士気がゆるみはじめた。けれども五代百年にわたる小田原城の守りは簡単には崩壊させられるものではなかった。

これよりさかのぼること約一ヶ月——。

数正は大垣城で秀吉から松本築城の命令をうけて帰西の途についた。東山道を垂井、関ヶ原、今須(います)、醒ヶ井(さめがい)と騎馬できて、番場宿の茶店の前のかたわらの松の木に馬三頭をつないで、茶店の縁台に天野又左衛門、大薮十郎次とともに腰をかけ休息をとった。供の者五人もそれにならんだ縁台に腰をおろし、団子と茶を注文した。

数正は茶店で休息をとりつつも、大垣城で秀吉に内命をうけた松本築城のことが頭をはなれなかった。城取りは数正の得意とするところであるが、今回秀吉に命じられた松本築城にはかくべつな意味がある。徳川家を日本の中央部から関東に封じこめて、その関東鎮台としての役目をはたさなければならない。これはもってこいの大役という以上になかなかむつかしい役目である。やり甲斐(がい)はあるが、自分の本心を秀吉に悟られる恐れもある。下手をすればそこまで自分を追いつめてしまう。しかしその危険をおかしても、やる価値は十分ある。数正のこころはしだいに充実してきた。

そのとき、ふと気づくと、数正のそばに茶色の中型犬が近づいてきていた。

(……?)

あらためて見ると、数正とその犬と目が合った。犬は三人のなかで数正にだけ関心があるようだ。三角形の耳がぴんと立ち、目は賢そうな茶褐色をしている。口元はひきしまり、胸はたくましく適度な幅と骨格をもち、全体の印象はしずかだが、精悍(せいかん)な感じである。

その犬は何かの意志を数正につたえている様子だ。

「わしに用か」

数正が声をかけると、犬は目でそうだと答えた。

数正はあたりを見まわした。

ななめ前の旅籠(はたご)の入口の縁台に一人の若い女がこちらを向いてすわっていた。想像したとおりの女だ。

女が立ちあがってこちらに来ようとしたので、数正のほうが先に立って、女のほうへ近づいていった。

「千種、待ち伏せか」

そう言いながら数正は千種のとなりに腰をおろした。

「ま、そんなところでしょうか」

千種は存外正直にこたえた。

「わしに一体どんな用事がある？」

「関白さまが京を出陣して間もなく、殿さまがわずかな人数でその後を追われましたので、何かあったのかと勘がひらめきました」

千種は数正の顔を見て言った。

「いい勘だ」

「茶屋四郎次郎の娘ですから」

そう言って千種は澄ましている。

「茶屋は徳川の隠密じゃ」

「勘は父ゆずりと言っているのです。石川さまと父とは相容れぬ立場ではございません。それに、父は父、わたしはわたしとお考えくださいまし」

「しかし、わが屋敷に火矢をはなつ女だ。油断はできぬ。あながち父は父、娘は娘というわけにはまいらぬ」

「ずいぶん用心ぶかい殿様ですねえ。もうおたがいさんざん知りつくした仲ではありませんか。それでもわたしが恐いんですか」

艶然とした笑みを浮かべて、千種は数正を見た。

「たっぷり楽しませてもらった。色の道をきわめておるな。それも父ゆずりの仕事のためであろう」

「あれだけ深いまじわりをいたしたのですから、殿様ならば女の気持をおわかりでございましょう。ここではこれ以上お話できません。今夜のお泊りは鳥居本でございましょう。男三人づれでなく、わたくしと二人でべつの旅籠に泊りませんか。それならばゆっくりお話ができます」

うら若き美女にそう言われて、ことわるわけにはいかぬ。

「わかった。千種の言うことを聞こう」

「くれぐれも申し上げますが、わたしと父とは別におかんがえください。鳥居本の井筒屋という旅籠へまいります」

千種はそう言って縁台を立った。そして九郎に合図をおくることもなく街道をあるきだした。

鳥居本といえば、東山道から浜街道がわかれるところである。浜街道は安土に築城した信長が京都への最短距離として通した琵琶湖沿岸の道だ。そしてこの道は野洲でふたたび東山道と一つになる。

数正一行はしばし遅れて、東海道を西へすすんでいった。

〈虎穴に入らずんば虎児を得ず〉

という言葉がある。鳥居本に入った数正は逡巡はしていなかった。一行と分かれて、井筒屋という旅籠に入った。

「お連れはんは、もうお見えでござります」

数正が帳場の前にたつと、中年の番頭がすぐさまそう言った。

そして階下のいちばん奥の座敷にみちびかれた。

四半刻（約三十分）ほども前についたのか、千種は床ノ間つきの八畳間ですでにくつろいでいた。

「お待ち申しておりました」

やや膝をくずした姿で、にっこりと数正をむかえた。

「宿帳に〈夫婦〉と書いてあったが」

数正が言うと、

「呉服屋ふぜいの娘が十万石の殿様の奥方と書くには遠慮とはばかりがありましたが、もう男女の間柄ですから、お許しくださるかとおもいまして」

千種は澄まして答えた。言葉づかいも態度も、以前と趣をことにしている。

「なかなか達者な手練手管だ。今までその手でたくみな隠密ばたらきをしてまいったのであろう」

「色の手管も相手の男によりけりでございます。誰にでもおなじ手をつかうとおもったら大間違いです。それよりも殿様、お風呂をあびていらしてください」

そう言われて数正は湯殿へたった。

湯をあびて部屋にもどると、女中が料理の膳をはこび入れているところであった。銚子と盃もついている。しかも二人の膳が差し向いではなく、ならべておかれ、両者の膳が微妙に接近している。

数正が縁側にでて庭の景色などながめていると、

「どうぞ、こちらにおすわりください」

千種が数正をまねいた。

数正は千種のとなりにすわりながら、

（今夜もただではすみそうもない）

とおもいつつ、千種の色香につつまれて盃をとりあげた。

二人の間隔はともすれば肩がふれ合うほどに近い。酌をするには又とはない距離だ。

「微妙な距離だな。色気がふんだんに匂う」

数正が酌をうけながら言うと、

「宿の女中が気をきかしてくれたのでしょう」

千種は気にすることもなく答えた。

「それにしても千種の鼻はよくきく。わしが大垣にむかったのをよく察したもの。今度はわしからどんな情報をとろうというのか」

数正はさり気なく言いつつ盃をかたむけた。

「それはあくまでも二の次ですよ。殿様がおしえてくれなければ、わたしは何も知ることはできません。それよりも、わたしの体が殿様をわすれかねていたということです。花も恥らううら若い娘にそれ以上のことを言わせないでくださいまし」

と言い、千種は本当に顔をほんのりあからめながら自分も盃をとり、数正に酌を催促した。

「女は魔物じゃ。千種に酒を飲ませると、本性がむきだしになるのではないか。わしも千種におぼれそうになる。いずれにしろ危ない橋をわたることになるが」

「まあ、わたしをそんな目で見ないでくださいまし。たしかに茶屋四郎次郎の娘ですが、わたしは父の操り人形にはなりません。でなければ、殿様とのお付き合いはとても無理でございましょう。二人で危ない橋を一緒にわたりませんか」

「それを分っていながら、何故(なぜ)待ち伏せなどいたす」

「それは殿にお会いして、こうして夫婦気取りでお宿に泊ったりするためではありませんか」

「ほかに仕事や役目はないというのか」

「それは東西合戦の折りですから、もし殿様がよい情報(しらせ)をくれるというのでしたら、いただければ幸です」

「そうか二股(ふたまた)かけた女隠密。したたかなものよ」

言いつつ数正は千種から何度めかの酌をうけた。危険な女だとおもいつつも、一緒にいるとたのしい女だ。気分もよくなる。会話もはずむ。千種の色香もここちよい。床の中に入れば喜びは百倍だが、危険も百倍である。数正もまだ千種の本性をはっきり見さだめたわけではないのである。

危険と知りつつ女と触れ合う面白さ。どこまでが安全で、どこからが危険かの境目は自分の勘にたよるしかない。その勘所を間違えば、自分の命はおろか、家中をかたむける恐れもある。そんな危険な女だからこそ、恐怖との隣り合わせの緊迫感もあろうというものだ。

（今夜は深みにはまりそうだ）

そうおもいつつ、数正は盃をかさねていった。

千種も盃をかさねている。少々膝をくずした姿がなまめかしい。酌をするときに、身八口（みやつぐち）から白い二の腕がちらりとのぞく。目のうるんできた眸（ひとみ）もあやしい雰囲気だ。

松本築城

三月初頭の北条氏攻撃いらい、まず同月末に山中城が落ち、城将松田康長は戦死し、北条氏勝は玉縄城へはしった。

秀吉は全軍をもって小田原城を包囲し持久作戦をとってから、攻撃をいそがなかった。陣中で歌舞音曲をゆるし、みずから千利休を呼び寄せ、たびたび茶会をもよおし、将兵ともに倦むことがなかった。

焦りをおぼえたのはむしろ北条方のほうで、松田憲秀につづいて、皆川広照も自軍の兵とともに小田原城をでて降服した。予想をはるかに上まわる秀吉の大規模な包囲作戦に、城内の将士たちも脅威をおぼえ、上杉謙信や武田信玄の攻城とは大いにことなることがわかってきたのだ。

関東各地の北条方の城も、上野松井田城をはじめ、武蔵鉢形城、さらに八王子城も落ちた。が、ことここにいたっても、北条方では徳川の寝返りに期待して、家康の陣所に密使をおくってきた。家康は逆に密使を通じて早急な降服を北条方にすすめ、ようやく北条氏規が降服に同意した。

秀吉は石垣山にあって攻撃の総指揮にあたりながらも、あわてず、焦らず、どれほど月日を要そうともかまわぬ悠然たる様子である。ここに戦国の戦そのものが変ったかのように敵味方はおもった。

そうした一日、家康の本営に来客があった。客は京都からおとずれた。茶屋四郎次郎である。

「茶屋が遠路まいったか。これへ通せ」

家康は近習に命じた。

やがて、旅の疲れも見せず、茶屋四郎次郎が家康の陣幕に入ってきた。

「久方ぶりのお目通りにござります。戦がずいぶん長びいておられるようなので、お召し物なども夏物がお入り用かと存じまして、お仕立ていたして持参いたしました」

四郎次郎はいつに変らぬ闊達な容貌、振舞いで挨拶をのべた。

「いつに変らず、よく気のきくことよのう、四郎次郎。その方の気遣いには家康いつもながら感謝いたす。遠いところをご苦労であった」

家康も長年の付き合いの四郎次郎を見て、ほっとした気分であった。いかに遊興勝手の戦陣であっても、一ヶ月以上もの滞陣となると、いくらかは飽いてくる。ときに出撃し、城兵方を脅かしたりしても、それは単なる威嚇的な心理作戦である。こんなときには遊興よりも旧知の客の来訪がいちばんこころ楽しい。しかも四郎次郎は長年にわたる徳川家の御用商人であり、本能寺の変の際における命の恩人といってもよい。

「いやいや、これからいつまでつづくか分らぬ長期戦とうかがいまして、退屈しのぎのお相手にいくらか役立とうかとのおもいで、お召し物とともにやってまいりました」

四郎次郎は商人であるとともに、諸国の政治に通じ、またあらゆる文化、芸能に通じた人物であるから、こんな山中の陣所に閉じこめられたところを見舞ってくれるに、これほど適した相手はいないのである。

「せいぜい長逗留（とうりゅう）をしていってくれ。これで戦国乱世の時代はおわるかもしれぬ。それを見とどけるのもよいかもしれぬ」

と家康が言ったとき、

「これが乱世の終りとなりましょうか。なれば幸（さいわい）ですが」

微妙な言いまわしで四郎次郎がこたえた。

このとき家康は四郎次郎が何か重要な別件の目的をもって相州までやってきたものと察した。

「四郎次郎は北条の始末がついたにしても、まだ乱世は終らぬと見るか」

家康は四郎次郎の考えに興味をいだいた。

これまで秀吉の上洛（じょうらく）の催促にたいして言を左右にして返事をのばしていた奥州の若き覇者伊達（だて）政宗（まさむね）も、すでに天下の帰趨（きすう）を見さだめ、これから小田原へ馳（は）せむかうとの手紙をおくってきている。そうなると関東はおろか奥州の帰趨もほぼさだまってくると見るのが常識である。

「それは殿の態度いかんにかかっておりましょう」

四郎次郎は家康の予想外の返事をした。

「わしの態度か。それは関白も諸大名も存じておろう。世は乱世から太平へとむかっておる」

家康は天下のうごきをそう読んでいる。

「わたしもそうおもっております。けれども小田原落城後に、異変がおきましたら殿のおかんがえが、もしや変るかもしれません」

「四郎次郎、遠まわしな言い方はやめよ。はっきりと申せ」

家康はよほどのことでもおこらぬかぎり、天下に騒動をおこそうという気持は捨てていた。だからこそ北条のたびかさなる寝返りの要請にたいしても承諾することなく、逆に降服の勧告と説得を北条につづけているのだ。

「殿のお気持は四郎次郎もわかっておるつもりです。けれども小田原が落城し、北条がほろんだ後、殿に移封の命令がくだされました場合、殿はいかがなされます」

四郎次郎は京都からそれをつたえに小田原までやってきたのだ。

「移封か？」

家康が予想もしていなかった言葉だ。

「左様でござります。関白から小田原征伐の論功行賞として、関東をたまわるとおおせられましたら、お断りいたすことはできますまい」

「そして東海と交換するというのじゃな」

うめくように家康が言った。さすが用心ぶかい家康もそこまでは考えていなかった。

「恐らくそういうようになろうかと。小田原が落ちて、伊達が降服いたせば、関白の敵はいなくなります」

「やりたい放題だというのじゃな」

家康の顔ににがにがしさが浮いた。

「左様でございましょう。どこまでやるかは分りませぬが」

「そうか、関東移封という手があったな。さすがは秀吉……。最高の恩賞とはいいながら、損害も甚大じゃ。差し引き無しという勘定だな」

家康はしばしのあいだに落着きを取りもどして言った。

「どうです、もし関白がそう命じてきましたならば、殿はお受けなされますか」

「関白の命令とあらば、仕方あるまい。受けるしかない。天下のためだ」

家康の決意はこのわずかのうちにきまったのだ。

「関白にかなうものはありませぬ。天下はすでに固まりました。北条のこの有様を見れば、まことに愚の骨頂で」

四郎次郎はほっとした様子を見せた。家康の態度いかんでは徳川家がどうなるか分らぬと案じていたのだ。

「しかし関東の荒地で一から出なおすのは難儀じゃな」

家康の口からおもわず本音がもれた。

「それは難儀でございましょう。東海五ヶ国は徳川家がすでに長年かけてたがやし、均(なら)した土地ですが、関東といえば徳川家のほうが他所者(よそもの)でございます。それに佐竹、里見、おおくの豪族が各地に根を張っております。だからこそ関白は徳川を関東へうつすのでございましょう」

「その通りだ。覇者は覇をもって国をおさめようとする。異をとなえる者には武力をもってこれを押える」

言いながら家康は痛烈な敗北感をいだいた。いかに秀吉の妹を人質同然の妻にむかえた過去があったとしても、関白にしたがった以上、負けは負けだ。

「関白にすれば、東海に徳川ありては落着いてはおられぬでしょう。たとえ殿にその気がなかろうとも」

「うむ」

家康はうなずくしかなかった。

「しかし関東も、よくかんがえてみれば、そう悪くはありませぬ」

「うむ」

家康には四郎次郎の言うことが分らぬではない。

「関白とあるていど距離をおいたほうがよいかもしれませぬ。関白もそのほうが安心なのでしょう」

「いずれはこうなる結末じゃった。わしは関白に負けたのか」

「いや、ただ先を越されただけかもしれませぬ。将来のことは誰にも読めませぬ。中国陣にあった秀吉とて、よもや本能寺で信長公が明智ごときにしてやられるとは想像もしておらなかったでありましょう」

「うむ、四郎次郎、まことにそのとおりじゃ。関白にもこの先、何がおこるかしれぬ。関東にうつされたら、関東にしっかりと根をおろし、実力をたくわえること。それが根本だ」

「それでこそ」

家康はすでに、従来のかんがえを転換していた。鈍重そうに見える家康も、かんがえの切り換えははやい。家康は茫漠（ぼうばく）として果てしない関東の荒野を想像し、そこを切り拓（ひら）き、そこに根をおろす覚悟をさだめていた。

「わたしもおよばずながら、今後も徳川さまに合力させていただきます」

「四郎次郎の好意、痛み入る。当てにいたしておるぞ」

「殿とて、この先、捨てたものではありませぬぞ。おおいに夢を見てくだされ」

「うむ、それを楽しみにして、今後もはげんでいこう」

それは家康のこの場だけの言葉ではなかった。本気でそうかんがえだしたのである。そのための布陣も着々と敷いておかねばならぬとおもった。

「むろんでござります」

「茶屋、すぐに京へトンボ返りせず、小田原城が落ち、北条がほろんでいく姿をとっくり見ていってはどうか。時代を読む目を間違うとこうなるという証じゃ」

家康は自分に言い聞かすように言った。

「とっくりと殿とともに見物いたしてまいりましょう」

四郎次郎はこたえた。

長期間にわたる包囲作戦は、じわじわと効果をあげていった。城中で連日おこなわれている評定はなんらきめ手となる作戦をみいだせずに、時間のみを空費してゆき、そのあいだに、松山城、佐野城、厩橋城、松井田城、箕輪城、川越城、岩槻城、館林城など、北条氏が長年関東各地にほこった諸城が落ちていった。これによって小田原城内の士気もしだいにおとろえ、疑心暗鬼を生むようになった。

勝負はすでについたのである。六月二十九日、ついに総大将氏直が織田信包（信長弟）をたよって、秀吉に哀れみを乞うた。そして月があらたまって、氏直はみずから弟氏房とともに小田原城を出て、滝川雄利の陣に入って降服をねがった。

翌日、秀吉は小田原開城を命じ、榊原康政、脇坂安治、片桐且元に城を受取らせた。そして秀吉は北条氏政、氏照、老臣松田憲秀、大道寺政繁に自刃を命じ、氏直は家康の女婿であるため氏規らとともに一命をたすけ、紀伊高野山に放った。これで関東の雄北条氏はほろんだのである。

論功行賞はその翌日に発表された。その筆頭はもちろん家康である。北条氏の故地六ヶ国と、それにくわえて近江、伊勢の内から十一万石が正式にあたえられた。そして徳川家の跡地五ヶ国は織田信雄にあたえられたが、信雄は旧地に固執し拒絶したために、秀吉は容赦なく信雄を追放してしまった。家康の場合ももしこれをこばんでいたら、徳川軍は天下の軍を相手にたたかわなければならなかったかもしれぬ。家康はほろ苦いおもいで自分の判断がただしかったことを知ることになった。

そして八月一日、家康は関東に入国、江戸城に入った。江戸城は太田道灌によって築城され、城下も同人によって開発されたと言われているものの、その時代は古く、今の江戸城は予想した以上に朽ちはて、荒廃していた。本丸の玄関も船板を三、四枚ならべただけという粗末な状態であった。城下といっても、大手門の外側に、かや葺き屋根の家が百軒あまりならんでいる程度で、ここを徳川家の本城とするにははなはだ不安なものがあった。

小田原や鎌倉を本拠とする説もないではなかったが、その両地とも家康は採用しなかった。家康は開発しだいによって江戸が将来大発展をとげることを予想していたのである。江戸湾を埋めたて、台地をけずり、利根川などの川筋をつけ変えることによって、東海、関東、東国の中心的な都市となり、港にもなると見通して、江戸を本拠とすることに決めたのである。

そして井伊直政を上野箕輪の十二万石に、本多忠勝を上総大多喜十万石、榊原康政を上野館林十万石に、大久保忠世を小田原四万五千石、鳥居元忠を下総矢作四万石、平岩親吉を上野厩橋三万三千石、酒井忠世を川越五千石、阿部正勝を武蔵鳩谷五千石……と関東各地に封じて、おおくの譜代大名を成立させたのである。その一方、本多正信を関東総奉行に任じ、関東の民政支配の全般にあたらせ、伊奈忠次、大久保長安らを代官頭として江戸城内に屋敷をあたえ、各地に家来を派遣させて陣屋支配をおこなった。

本多正信は徳川四天王のようなめざましい武勲はなかったが、武功派武将のおおい徳川家にあって、唯一、民政、財政、検地、訴訟などの吏務に長じた家臣として頭角をあらわし、家康の側近に伸しあがっていった。時代が乱世から平和な世にうつっていくとともに正信の才腕が必要とされたのである。正信にとっては新天地関東の民政をつかさどることは、はなはだやり甲斐のある役目であっただろう。関東を開拓、開発し、徳川家のあらたな領土として再生していくには、正信はまさにうってつけの人物であった。

従来までの領民と北条氏との関係を断ち切り、徳川家との繋りをきずきあげてゆく重い役目を正信は背負ったのだ。

同年八月、小笠原家の去った信濃松本十万石に新領主として入部したのは、石川数正であった。秀吉は小田原征伐後、関東の徳川、越後の上杉、奥州の伊達などの外様大名にたいする備えとして、信濃に早急に防備の拠点をもうけていった。そのうちの最大のものが松本城である。

従来、松本城はかっての信濃守護小笠原長時の子貞慶が城主をつとめていた。貞慶は上杉、徳川、豊臣、さらに徳川と主君が変わったので、関東移封後は下総の古河にうつった。貞慶は深志城と呼ばれていた城を回復するとともに松本城と改名し、天正十三年より城郭の拡張をおこない、三年を要して現在の松本城と城下を経営していた。

「松本は関東を中部日本から見張るにはもっとも重要な地点だ。このようなところには、数正のような知勇ともにすぐれた将こそ必要なのじゃ。従来の城、城下にこだわることなく、すべてやりなおして、そちの考えのもとに松本城の城取りをやってもらいたい。信州の松本平にそびえ立つ堅固にして雄大な城が必要だ。数正の経歴からしても、その役目にふさわしい」

松本移封を数正につたえたとき、秀吉はそう言い添えたのである。数正が築城の名手であることとともに、徳川のすぐれた旧臣であることが松本移封のおもな理由であった。

「まことに有難きお役目を拝受いたしました。中途より家臣にくわわりました者をここまで取立てていただき、これにまさる喜びはござりませぬ。最大の努力をいたし、松本築城に命をかけるつもりでございます」

数正は力瘤を入れて答えた。

「いや、命をかけてなどくれたら困る。数正には今後いろいろやってもらいたいことがある。そちの知勇ならば八分の力で松本城主はつとまるであろう」

そう言って秀吉は口をあけて笑った。

つられて数正も笑った。秀吉と数正とは性格的に合うところがあるものらしい。しかしかっての敵方の大物旧臣を鎮台にもってくるというのは秀吉ならではのかんがえであった。

「存分の仕事をいたします」

ここに数正の血はさわいだ。

秀吉はあらゆる手をつくして家康を味方にし、なおかつまだ家康を最大の敵とおもっているのだ。自分が健在でいるかぎり、また世に変事でもないかぎり、家康は忠実な自分の臣でいるだろうが、万一何かおこったとき、もっとも強敵になる可能性があるのは家康である。この認識は数正は秀吉と一致していた。

数正は家康の今後について考えつづけている。関東に移封された後どのような国づくりをしていくかについても注視している。だから秀吉が数正にあたえた任務、役目はまさにぴたりと図にあたっていたのだ。五代百年もつづいた北条の支配をどのように徳川家のものにしていくのか、数正は想像をふくらましていった。

「まず何人か松本に派遣して、城や城下、領内の様子をしらべさせましょうか」

天野又左衛門がそう言ったとき、

「いや、その必要はない。わしが行く。又左衛門もくるがよい」

数正が即座にこたえたので、又左衛門は驚いた。移封の場合、通常は家老をまじえた何人かが、事前に新領地を調査してきて、それへの対応をいろいろかんがえ、準備した上で実行にうつされる。それが数正自身が一番に出かけていくというのだ。数正の松本への関心の深さを又左衛門は知らされた。

そして数正以下、天野又左衛門、伴三左衛門、松崎九左衛門、側役（そばやく）大藪十郎次、近習（きんじゅう）豊田左馬助、安城松三郎らがまず松本へ下見にでかけることになった。留守居は家老渡辺金内である。

一行は大坂をでて草津から東山道を七日かけて東へむかってくだってゆき、塩尻（しおじり）にいたった。それから北上してようやく松本に到着した。

季節は夏だが、中部山岳地帯の朝夕はさすがに涼風が吹いて、ここちよい。むし暑い大坂や京都とはずいぶんちがう。盆地のはるか周囲は高い山ばかりだ。西側に大天井岳、常念岳、神河内（上高地）、乗鞍岳がつらなり、南は鉢盛山、塩尻峠、東に戸谷峰、武石峰、茶臼山などにかこまれ、北方だけが大町にいたるほそい平野部である。奈良井川、梓川は盆地の西を、女鳥羽川は中央をながれる。朝夕はよいが、昼間はむっとした暑さに悩まされる。

「ううむ、山また山のなかにひらけたひろい地でござりますな」

盆地からまわりの山々を眺めまわして、又左衛門が言った。

「堺、大坂、京とはえらいちがいだ。都から文字どおり山国へきた感じがする」

伴三左衛門も浮かぬ顔だ。

「その方ら、堺、大坂、京と松本をくらべてどうする。そんな所で関白殿下につかえるのは誰でもできる。しかしこの松本平に大きな城をきずいて広大な関東を見張る役目は、われらを措いてはほかにはできまい。任務の大きさは比較にならぬ」

数正は土地の広さ、交通路の様子、川の流れ、城下の侍屋敷、町並をながめながら満足そうに言った。今ある城や城下町は大したものではないが、今後つくりなおしていけば、十分関東を見張る拠点になり得ると見た。平野部のひろがりも十分である。梓川、奈良井川、女鳥羽川などの流れも、今後きずく城の防備、濠として十分つかえそうだ。まわりを取りまく山岳地はまさに雄大にして、松本平の守りに役立ってくれると数正は見て取った。

数正の脳裡にはすでに今ある城の姿は消え、みずから築城し、町割り、屋敷割りしていく図面が大まかな形でできつつあった。城取り、縄張は何といっても天賦の才によるものであり、第一印象でほぼ大体の形はきまる。数正はその第一印象ですでに新城の構想を得ていた。

「殿、いかがでござりますか」

又左衛門が訊いた。

「うむ、まずまずではなかろうか。大体想像いたしておったとおりじゃ」

「それは結構で。もし、これは使いものにならぬとでもおっしゃられたらどういたそうかと心配いたしておりました」

と口にしたのは伴三左衛門である。

「東方、千曲川のむこうは関東じゃ。草津峠、鳥居峠、碓氷峠、十石峠など関東へ抜ける道も少なくない。地理的にも不足はない。これならば、こちらの役目を十分にはたせる」

はるか東方をながめる数正の双眸には自信と満足感がにじんでいる。天正十三年に徳川家を脱して、秀吉の陣営に奔っていらいはじめて数正にこころゆくばかりの満足の笑顔がひろがった。

供の者たちは何年かぶりで見る数正の会心の笑顔によろこびと満足をおぼえた。彼等はみな数正を信頼し、信服しているからこそ、数正のもとに行動をともにしてきたのだ。数正の才知、武勇をいちばんよく知る者も彼等である。

「あらたな活躍の場がひらけた。みなにも大いにはたらいてもらう」

数正の口から自信にあふれた言葉がとびだした。

この言葉を又左衛門をはじめ伴、松崎九左衛門、大藪らはどうとらえたか、将来に夢と希望をいだいたことはたしかである。数正がこれまでとってきた行動が間違いではなかったことを彼等は確信したのである。

「われらが本当にはたらける時代と機会(おり)がついにきた」

天野又左衛門の言葉がそれをあらわしているのである。

「最後までこういう機会はこぬかもしれぬともおもっていたが」

と言ったのは伴三左衛門である。

「城は空城(からじろ)です。お入りになっては」

松崎九左衛門が言った。

信州の諸大名はすでに上田の真田昌幸をのぞくほかはみな、徳川家とともに関東諸国に移っているのである。先月まで松本にいた小笠原家も、下総古河に移住しているので、当地に小笠原家の武士の姿は見えない。

「すでに壊すときまっておる城だ。見ても意味はあるまい。一見の価値があるとおもう者は見てくればよい」

数正としてはそれが真意である。

「拙者は一応、検分だけいたしてまいろうとおもう。壊してしまってからでは、見ることもできませぬ」

天野は家老の立場として言った。

「では、拙者も同道いたしてみよう」

松崎はそう言い、天野とともに松本城大手門につづく本町通りをすすんだ。

「われらは旅籠泊りといたそう。左馬助、松三郎、手ごろな旅籠をさがしてまいれ」

数正は近習に命じた。

その夜、旅籠の夕餉をとってから、数正は階下の奥ノ間で床につこうとした。それまでの半刻（約一時間）ほど、数正はにわかにひらけてきた自分の将来の展望と、これからの任務についてかんがえつづけていた。徳川家を出奔する前に着想し、十分にねりあげた構想、謀略の筋道がぴんと一本の糸を張ったようにつながってきた。

（ここまでくるのに、五年かかった）

と数正はおもい返し、感慨をおぼえたが、まだそれは緒についたばかりだ。思惑どおりに構想、謀略がすすんでいくとはかぎらない。

（なにしろ、相手は天下人秀吉だ）

文字どおり天下の権を掌中にし、この世のすべてをおのれのおもいどおりに左右する人物である。機略縦横、才知も申し分がない。人心収攬の術にこの上なく長けている。謀略にたいするにはその上の謀略をもってする。何といっても、いかなる面からしても当代随一の人物である。その人物を相手にして四つに組んだ駆け引きを今後はやっていかなければならぬことになった。

やり甲斐は十二分にある。というよりも駆け引きに敗れる心配もある。が、それにこころ臆する数正ではなかった。この五年間、おさえに抑えていた自己を十分に発揮できるよろこびにこころは沸きかえった。本来の勇武にして、知謀にたけた自分にもどれる喜びである。じわじわと歓喜が胸に湧きあがってきた。本当にながい五年間であった。胸中に笑みが咲きこぼれた。

時のながれ、世のうごきは数正に幸してきたのだ。

そのとき、ひっそりとした足音が旅籠の廊下から聞こえ、その足音が数正の部屋の前でとまった。

当然数正は気づいている。数正は耳をそばだてた。豊田左馬助、安城松三郎ではないことはすぐにわかった。

「殿、よろしゅうございますか」

数正が声をかけようとする前に、廊下から声が聞えた。

「かまわぬ」

数正は答えた。

「夜分おそく相すみませぬ」

と言って天野又左衛門が入ってきた。

「どうした、又左衛門」

しずかに襖をあけて入って、入口にすわった又左衛門に数正は言った。

「少々お訊ねいたしたきことがありまして参上いたしました」

「何なりと申したらよい」

数正は床の前にすわって又左衛門を近くにまねいた。

「僭越ながら申し上げます。拙者いささか疑問を感じたことがございます。じつは関白が徳川家にたいし、関東移封をつたえる前に、家康公はすでにそれをご存じだったような気配がうかがわれてなりませぬ」

従来、家康を呼び捨てにしていた又左衛門が、旧主を公づけにした。

「そうかの」

「東海五ヶ国と関東六ヶ国とはいっても、徳川家としてはそう得をしたとはおもえませぬ。論功行賞の第一とは言いながらも、内容がともなっておりませぬ。北条家が従来支配していた領地を敵の徳川家が取って代るのですから、国人、豪族、百姓たちからの反発は強いはずです。一揆もおこるでしょう。徳川家としては先祖伝来の地から、まったく未知の国へうつるのです。徳川家にいいことはあまりないとおもわれます」

又左衛門は言った。

「そのとおりじゃ。関白のねらいもそこらにあるとおもう」

「それを家康公はどうしてやすやすと受け入れられたのでありましょうか。受けるにしても条件をつけるとか、日数をかせいで関白からもっとよい行賞をひきだすとか、徳川家ならではの手立は何かあったはずです」

又左衛門は徳川家の立場に立ってものを言っている。

「いかに家康公がねばろうとも、関白の力は比較にならぬほど強大だ。文句を言わずに移封をこころよく受けた家康公は賢明であられた」

「家康公が前もって関東移封を知っておられたことは確かです。ですから関白から言われたときに躊躇なく返事ができたのでありましょう。問題は誰が家康公につたえたかということです」

ここで言葉を切って、又左衛門は数正の顔に見入った。

「わしが洩らしたと言いたいのか？」

「おそれながら、ほかに知る者はございません。わたしは殿からうかがっておりましたが」

「たしかにわしは関白から事前に聞いた。それをそちに言うたのだ」

「それがしのほかにも洩らしませんでしたか」

又左衛門は問い詰めるように言った。

「そうじゃな、金内や大藪には申したかもしれぬ。家老と側役じゃ」

数正はとぼけた。

「そうではありませぬ。外部に洩らしたかどうかでございます」

又左衛門はさらに追及した。

「又左、きびしいのう。わしは家康公にはつたえるスベがない。が……、一人おしえた者がおる」

とうとう数正は白状した。

「左様でござりましょう。殿は妙な女を近づけておりますな。その者は何者です。どのような素姓の女ですか」

ますます又左衛門の追及はきびしくなった。このようなことは石川家中でも筆頭家老の天野又左衛門にしかできぬことである。

「大坂の屋敷の柱に〈凶〉の文字を貼りつけ、後日火矢をはなった女じゃ」

数正はとうとう白状した。

「解せませぬな、そのような女に重大な秘密を洩らすとは……。いかような素姓の女ですか」

ここまでくると、もう数正は隠しきれない。

「茶屋四郎次郎の娘」

「……」

又左衛門は驚き、沈黙した。

「あるいは、その女から茶屋につたわり、さらに家康公へつたわったのであろう」

「左様でござりますか。それでようやく読めました。しかし茶屋四郎次郎の娘と殿と交際があるとは、今の今まで存じませんでした。それで、〈凶〉の貼り紙と火矢をはなって騒ぎをおこした意味もわかりました」

驚きと嘆息をこめて又左衛門は言った。

「家中の者には知らせとうない。又左、余の者にしゃべるでないぞ」

「しかしそれがしと同様な疑いをもっている者が家中にほかにもおりましょう」

「家中の者の多くが、わが寝返りの真意を知らぬ。多くが知れば他にも洩れよう。秘密というものはごく少数の中でこそまもられる。少なければすくないだけよい。この秘密が関白側に洩れたら、われらの苦労は水の泡となる」

自分の発言が予想外に重大な事柄にぶつかり、又左衛門はにわかに寡黙となった。

「……」

「われらの苦労が水の泡になるばかりではなく、徳川家の立場、運命にも影響いたす。又左、かまえて今後もこのことに触れまいぞ」

「まことに左様でございました。浅はかな思慮でついつまらぬことを申してしまい、ご迷惑をおかけいたしました。申し訳ございませぬ」

言うや、又左衛門は数正の前に両手をついて低頭した。

「わが家中に、徳川出奔の秘密を知る者は十人そこそこじゃ。今後ともに秘密がひろがらぬように注意いたしたい」

「まことに迂闊な仕儀と相なり、危いところでございました。今後くれぐれもきびしく留意いたします」

かさねて又左衛門は詫びた。

しばしの間、二人のあいだに沈黙がながれた。

「しかし偽って汚名を着るということは、きびしくも切ないことじゃ。わが家中の者どもも今まで何度となくつらい思いをいたしておることであろう。しかしこれは石川家の運命というものじゃ。石川家にはこうする以外の途はなかったし、徳川家のためにこうすることが必要だった。これまでこの危険な賭けはうまくいっておる。今後もこの秘密を心中に留めて、徳川家を外からまもっていかねばならぬ。武家のはたらきは馬上の功名にかぎるものではない。裏切者の汚名を着るというもっともつらい役目も重大な武家の任務(つとめ)なのじゃ」

数正は徳川脱出いらい五年間、ついぞ口にしなかった苦衷を又左衛門に洩らした。

「殿、言わいでものことを申し上げて、殿につらい思いをさせてしまいました。又左衛門は本当に愚かな家老でござります。家老の器ではありません」

「なんの、今までこのような大胆な賭けが成功してまいったのは、又左をはじめ秘密を知る者たちのつらい努力のたまものじゃ。おのれを責めるな。時世をうらめ。これからの任務は今まで以上に重大で困難なものじゃ。いつ秘密が露見したとておかしくはない。しかも露見した瞬間、われらの長いあいだの働きは失敗に帰する。言い訳はゆるされぬ。そのときは家康公といえどもわが味方となってはくれぬであろう」

「当然でありましょう。石川家はおのれ独自のかんがえのもとに徳川家をはなれ、関白家に寝返ったとの立場をとらねばなりませぬ」

国をはなれた旅の宿という状況もあって、鉄の意志をつらぬいてきた男二人が苦衷をかたり合った。

「殿、今後もわれわれは今までどおりの役目をつづければよいのでしょうか」

「五年前に決意したことを今後もつづけてゆくことが、われらの運命であろう。今まで敵に見やぶられなかったのだから、今後も慎重につづければ失敗はいたすまい」

数正は関白陣営をついに敵と口にした。

「殿は今後も五年前の決意をくずさぬおつもりでござりますな」

「だからこそ、松本にきてあらたに城をきずき、城下町をつくり、武家地を形成し、関東鎮台の大役に任ずるのではないか。われらは目的に大幅に近づいたと言えよう」

「家康公もさぞ喜んでおいででございましょうな」

「恐らくその通りじゃとおもう」

「大変面白いことになってまいりました。今後がたのしみです。ところで殿、関東鎮台の役目はべつとして、今後に大きく役立つ策はござりますか」

又左衛門が訊いた。

「なくてどうする。そのためにわれらは関白陣営にはしったのだ。ことをせいては失敗をする。しかし今まで着々と信用をきずいてきた。今後はその信用を土台にして、かなりの仕事ができるはず」

自信をもって数正は答えた。数正は胸中すでにいくつかの策をかんがえていた。

「それをうかがいまして、又左衛門安堵いたしました」

又左衛門の顔にほっとしたものが浮んだ。

「すでに大きな策が二つ、わが胸にある。関白秀吉を滅びの道にみちびいていく策じや」

「関白滅びの道……」

「今そちに話せぬのが残念じゃが、この二つの策をもって、秀吉をはなばなしい成功の頂点から破滅のどん底へ突きおとしていくつもりだ。又左衛門、これこそ見ものじゃ。じっくりと見ておれよ」

数正は自信満々、ついに本来のおのれの姿をさらけだして言った。

四神相応

信州で、建設がはじまった。あらたなる松本城とその城下町建設の槌音が力づよくひびきだした。

石川家の者はこぞって和泉と大坂を後にして、松本にやってきた。数正の嫡男康長はもちろん、かって人質として於義丸に随行させられた勝千代（康勝）も松本への同行を秀吉にゆるされた。

数正をはじめ家老、重臣から末の家臣、郎党にいたるまで旧城下町の寺社に分宿して、みずからも建設、労働にくわわり、毎日、工事にたずさわった。大工、石工、左官、瓦師、人足たちは各地からあつまってきた。建設には関白秀吉の墨付がものを言って、費用にこと欠くことはなかった。

築城には、縄張、普請（土工、石工）、作事（木造建築）の三部門が共同して工事を進行していかねばならない。従来は、地元の寺社の建築に従事した堂宮大工たちによって工事がおこなわれていたが、今回の松本城建築については秀吉の鶴の一声で、奈良、京都、堺の専門の城大工が松本へ派遣された。しかしそれだけでは足らない。地元からも動員された。奈良、京都にすぐれた大工、石工、左官が大勢いたのは今までの歴史からいって当然である。大坂にいる大工、石工、左官、瓦師は秀吉が巨大な大坂城をきずき、さらに城下に数おおくの大名屋敷建築や寺社建築をおこなったためである。堺は当時の先進地であり、また数正の旧地であったからだ。

築城にあたっては、まず〈地選〉といって城主あるいは軍師、参謀が政治的、経済的、また交通の便をかんがえて築城地をさだめ、つぎに〈地取〉の段階で地理、地形を相して決定する。ついでおこなわれるのが、〈縄張〉であり、〈普請〉、〈作事〉である。これらを総合して城取りという。地選、地取、縄張については数正自身が主体的におこなった。

松本平は北に高く、南北に長く、東・南・西に流れがある天地長久の相をもった吉祥繁昌の地で、まさに〈四神相応の地〉である。数正はこの吉祥を石川家の幸運とかんがえ、家老、重臣、平家臣らに説きおしえ、松本転封が石川家に幸運をもたらすことを説いた。

松本平はその名のごとく、丘陵地ではなく、坂一つない平坦地である。松は常盤の松の意。ここに新様式の平城をもうける意味あいは合戦の拠点、要害のみが目的ではなく、政治、水陸の交通、産業、文化の中心地となるべき適地であるからだ。地選、地取はすでにできている。数正は今、縄張の段階に入っている。どのような郭をどの位置に、他の郭とどう関連づけて建築するか。濠や土居、塁、石垣でいかにまもり、城門、虎口をどの位置、方向につけ、御殿、櫓をいずれに配置するかというもっとも重要な問題が頭のなかを占めている。むろん大体の基本はできているにしても、どこに欠点がひそんでいるかわからない。さらによりよい縄張があるかもしれぬという試行錯誤を何度もかさね、最高、最上の築城完成を寸時の暇もなく顧慮しつづけているのである。

数正の脳裡に今のところ完成している城下町図は以下のようなものだ。町の中央をながれる女鳥羽川を境にして以北に城の総濠をめぐらす。この中に城郭と侍屋敷をおき、女鳥羽川以南と城東とを城下とし、ここに町屋街を配置し、東側の外郭を寺院地帯にするものである。城内の総面積は十二万坪以上。総濠のなかに外濠、外濠のなかに内濠を配置して三重の濠をめぐらし、内濠のなかに本丸、外濠内に二の丸、総濠に接したひろい地域を三の丸とする。本丸内には天守閣のほか、城主の居館本丸御殿をつくる。二の丸には、二の丸御殿、二の丸大書院、米倉、武器倉、味噌倉、庭園などを配置し、内濠をへだてて本丸を抱くような形で凹字型の郭をつくる。三の丸には侍屋敷をおき、高禄の武士を住まわせ、さらに三の丸御殿をきずく。総濠に接したひろい地域が三の丸である。完全な平城であるから、その防衛の主力は何といっても濠と塁と石垣である。さいわい立地条件からすると、城地は湧水地帯であるから濠はすべて水濠であり、全坪数の濠は湧水でまかなえる。土塁は濠をつくるために掘った土を積みあげる。土塁を石垣に替えることができれば最上である。二の丸、三の丸の虎口にも野づら積み石垣を使用する。

　これらが数正の目下の大よその築城計画である。これによって城下町の大体の姿はできあがってくる。城下は本町、中町、東町を本街道とし、この本街道に数々の枝町をつくっていく。侍屋敷は城外にもひろく展開し、城および城下の守りを固める。縄張はあくまでも設計図であるが、普請、作事の過程でいろいろと変ってくるのが常である。ともかく基本の部分さえおさえることができれば、あとはそれにしたがって出来てくる。数正が構想している天守閣は大天守を中心に乾小天守を渡櫓でつなげた〈連結式〉の構造である。考えればかんがえるほど数正の構想は城も城下町も際限なくふくらんでいく。

　みずから城取りした地で、数正は以前よりも奔放な活動をすることができるのではないかとおもった。数正の活動とはもちろん、徳川家が現在の難局を切り抜け、最後には覇者の地位につくための謀略戦である。徳川家中で孤立し、秀吉の勧誘運動に乗ぜられたように偽装し、さらに秀吉のもとで立身を期待したように世間におもわせ寝返りを敢行したのが、今回の数正の謀略の第一歩であった。

　この寝返りの真相は関白陣営においても、まだ気づいた者はいないようだ。はじめは徳川の間者ではないかという噂も流れたが、数正の屋敷が葵の朱印をつけた曲者に夜襲されたり、西尾城、岡崎城などが急遽改築、修築を敢行されたことが、数正寝返りの真実性を確実視させたのである。徳川家が従来の陣法、軍略を廃し、かっての武田流軍略、陣法を基礎として、それに徳川家従来の軍法をまじえたものを完成させたことで、数正寝返りの信憑性は一層高まった。徳川家は譜代古参の宿老の脱走でおおいに面目をうしなったばかりでなく、それによって秀吉陣営を勢いづかせ、秀吉の勢力拡大に貢献したことで目に見えぬ大損失をこうむった。

だから数正はまず徳川家がこれによってこうむった損失を取りかえし、最終的に秀吉に決定的な打撃をあたえねば、勘定が合わぬことになる。数正はこの勘定の得失をさんざん比較し、かんがえ抜いたあげく、豊臣家壊滅という最終目的にむかって着実に前進していくための目標をかかげた。さいわいに関白の弟秀長が数正に好意をいだいてくれたこともあり、従前数正が徳川家中で唯一秀吉と好誼を交わしていたために、割合に難なく相手方に受け入れられた。それは数正の三河武士としては稀なる外交感覚の卓抜さと、柔軟にして正確に世界を見る視野、人間性のたまものである。だが、ただ一人、石田三成は、当初からはっきりと数正に疑いの目をむけてきていたのだ。

まだ弱輩にして経験浅く、武功にとぼしいが、吏務にたけた三成だけは、独得の勘によるものか、はじめから数正に疑惑をおぼえていたようだ。それは何が原因かは数正にもよくは分らぬ。三成にもこれといった根拠のある理由はないようであった。ただ三成はそう閃きを感じたのであろうというしかない。それだけに数正は三成にたいして何を警戒したらよいか推察することができなかった。三成は秀吉のあつい信頼を得ているだけに、年長者であろうと、武勲にかがやく英傑であろうと、遠慮会釈のない態度をとってくる。三成のこうした態度には、さすがの数正も何度となく辟易させられたものである。

近ごろの三成はかってほど数正に露骨な視線をむけてこなくなった。この五年間で三成なりに数正の裏切りを信用するにいたったのであろうか。が、数正はまだ三成にたいしては微塵も油断していなかった。いつ、いかなるときに、

（これが証拠だ）

とばかり数正の正体をあばきにでるかもしれぬ危険性が感じられるからである。

その点、最初から数正に好意をいだき、もろもろの世話をしてくれた大納言秀長がこのところ病床に臥し、再起のおぼつかないことが数正の不運であり、不幸であった。

（大納言どのが健在であってくれたなら）

数正は今後、秀長不在の豊臣陣営のなかで地道で孤独な戦いを気長に続けていかなければならない。けれども数正が当初からめざしてきた戦略は、今ようやく軌道に乗りはじめた。関東を見張る要衝の地松本に配置されたことだけでも、秀吉の数正への信頼がいかに深いかという証明である。しかも十万石の封地に二十万石以上にも匹敵する規模の城の取建を命じられるということは前例がない。

また秀吉は年が明けたら、築城を検分に松本までやってくるという書状を数日前に数

正にとどけていた。いかにも秀吉らしい活発な行動ぶりである。この書状を受けて数正はもとより石川家中の者たち全員に力が入った。めいっぱいの努力をつづけて、秀吉を満足させるような城をつくろうとするのが人情である。数正も秀吉をむかえるためのころの準備を今からしていた。秀吉直々に松本の築城ぶりを見てもらうことははなはだ名誉なことである。家来たちにとっても名誉この上ない上覧である。

秀吉は小田原北条氏討滅後、つつがなく論功行賞をとりおこない、奥州を鎮撫したのちいったんは上方に凱旋した。蒲生氏郷を会津に封じ、奥州の鎮将としたが、伊達政宗が容易ならざるうごきを見せはじめ、奥州検地をはじめるや、各地に一揆がおこり、秀吉は再度の奥州征伐をおこなわねばならなくなってきたのである。

秀吉は二度めの征東にみずから出陣するつもりなのか、その時期を明春、年明けと言ってきているのである。

「関白が松本築城の検分にみずから足をはこばれる?」

それを数正から聞いたとき、天野又左衛門は首をかしげた。

「関白みずからのご出陣とは……」

数正も驚いているのである。

「奥州には会津に鎮将の蒲生がおりましょう。さらに関東に奥州の押えというべき徳川家が入封いたしております。関白殿下みずから東下までする必要はないこととおもわれますが」

又左衛門にはそのようにおもわれた。

「関白はもともと無類の戦好きなのじゃ。だから九州にも小田原にも出陣いたした。奥州であろうとその例外ではあるまい。最後にのこる地だけに、みずからの手で始末をつけたいのかもしれぬ」

数正がそう言ったとき、又左衛門の顔にさっと一刷け秘密めいた翳がひろがった。

「殿、そのときが一つの好機でありますな」

周囲に人のいないのをたしかめて、又左衛門が声をひそめて言った。二人のいる場所は数正の宿舎となっている浄土真宗正行寺である。正行寺は女鳥羽川が城を東から南へつつみこむように湾曲する流れの東内側にある。寺の大座敷で二人は立ち話をしている。

「又左らしくもない。一体何の好機だと申しておるのじゃ」

「殿、飛んで火に入る夏の虫と申します。季節は春と言っておりますが、関白が松本に入ってくれれば、相手になにかと隙はできましょう。旅先の地ですから警備もおもうようにはまいりません。あらかじめ企てを入念にねりあげておきますれば、成功は間違いなしとおもいますが」

又左衛門は勢いこんで言った。

「関白暗殺の企てでもたくらんでおるのか、又左は？」

数正の反応ぶりに、又左衛門は戸惑いを見せた。

「豊臣政権を打倒いたすのが、われわれの最終の目的ではござりませぬか。それには今のところ、合戦をいたし関白の大軍を徳川軍が打ちやぶることなどおもいも寄りませぬ。しかし、軍旅の途中、松本に寄るとなると、関白の身にかならず隙ができまする。関白一人をたおしさえすれば、豊臣陣営を総崩れにさせる算段もできましょう」

「又左は本気で今のことを言うておるのか。ちと考え違いをいたしておるのではあるまいか。わしにはそのような企ては絶対にできぬとおもう。成功もせぬであろう」

「左様でござりましょうか」

又左衛門は不満顔だ。

「考えてもみよ。今は関白秀吉の時代じゃ。時のながれはすべて関白へ、関白へとむかっておる。何をやっても成功いたすのが、今の秀吉じゃ。今は危険な賭けをいたすときではない。時はまだいたっておらぬ」

数正は正面から反対した。

「左様ですか」

「時のながれに逆らう者はおおく失敗する。秀吉絶頂の時代に暗殺などかんがえるは愚の骨頂。今は関白の時代がうつり変っていくのを待つ時なのじゃ。時が変れば秀吉といえどもかがやきは衰え、運もかげる。力も徐々に失なわれてくる。そういう時代の流れをつくっていくことが大切なのだ」

　数正は自信にあふれた言葉で言った。

　又左衛門は数正の自信と力強さに圧倒された。

「ならばわたしの考えましたことはまったく無駄でござりました」

「そうだ、焦るな。時はつねにうごいている。時節はかならずやってくる。わしが時の流れを呼びこんで見せる」

　数正には当初から自信があり、今はその自信が増していた。

「その方の考え、まったく無駄ではない。時機が早すぎると言うたまでじゃ。いつかはかならず豊臣をたおし、徳川の時代をつくる。それがわれらの大望ではないか」

「豊臣の時代が未来永劫つづくような気がしてなりませぬ。それでつい焦りがでてまいります」

「信長公にしてさえ四十九歳で、世を去った。よもや信長公が明智にたおされると予想した者は一人もいなかったであろう。だが、織田の時代ははからずも短命にしておわった。そして群雄の中から秀吉が一気に駆けあがってきた。秀吉が天下人になることを信長の時代に予想した者があっただろうか」

　数正はここでいったん言葉を切り、息をついだ。

「秀吉自身も信長の在世時におのれが天下を取るなどの野望を一度もいだかなかったにちがいない。盛者必衰……。栄える者もいつかはかならず衰える。秀吉がいつか衰えるのは目に見えておる。が、そのいつかをただ待つのではなく、十年いやたとえ一年でもはやく、豊臣衰亡への道をひらくのが、わしやその方らの使命だとおもうておる。いたずらに明智光秀になり滅亡することなく、確実に徳川時代を招来するための手立をとってゆくべきなのじゃ。今はまだ焦ることはない。松本城は秀吉に築いてもらったような城だ。この城は関東と至近距離にある。連絡を取り合うことも容易になった。今しばし自重いたせ。わしもただ待つばかりではなく、今後はいろいろ策をこころみてみよう」

数正はこれまで言葉や態度であらわすことを自制していたが、又左衛門によって数正の情熱が燃え、胸におさめていたことも口にした。

「殿のおこころは今のお言葉で十分にわかりました。今後とも殿のお指図にしたがい所期の目標をめざして、あわてず騒がず計画をすすめてゆきたいとおもいます」

又左衛門も数正の情熱を肌身に感じ、満足をおぼえたようだ。

「又左、われらはかならず成功するぞ。徳川の時代はきっとくる」

数正はにこりと笑って大座敷をでていった。

大座敷の次の間をとおって廊下にでたとき、人影が廊下を通りすぎるのが見えた。女である。

（あるいは聴かれたか？）

又左衛門との会話が、その女の耳にとどいたかどうか数正は気になった。

後姿はどうもあずさのようだ。あずさは怪我が回復してからも、ずっと石川家に住んでおり、数正の腰元になっていた。松本に移封するとき、数正はあずさにどうするかをたずねた。そのときあずさは哀しい表情を見せ、

「どうしてわたくしにだけそのようなことをお尋ねになるのでしょうか。わたくしは石川家の奉公人です。ほかのみなさまは移封とともに松本へ行かれるのではありませんか」

と反論されたものだった。

「それは悪かった。わしはあずさだけを無意識に奉公人と区別していたのかもしれぬ」

数正はそのとき自分の心中に気づいて言うと、

「わたくしはほかの女中衆と区別されたくはありません。怪我をしてそのままずるずるとお屋敷に居ついてしまいましたが、区別をされるとわたくしの立場がございません」

あずさのおもいのほか強い抵抗をうけ、それいらいつとめてあずさをほかの腰元と同様にあつかってきたのだ。

（聴かれてもあずさならば……）

廊下を去っていく女の後姿を見ながら数正はおもった。このときふと、あずさにたい

する特別の気持が数正の胸中でうごいた。

（わしらしくもない。わしはたしかにあずさを特別あつかいにしていた）

数正は今それが気になりだした。

あずさが石川家に住みこんだについては、女の側にそうしたい理由があった。数正にしてもあずさに怪我をさせてしまったという理由があった。が、それだけではなかった。数正にも女を身近かにおいておきたい気持があったのだ。あずさもそれに気づいていて、屋敷に押しかけ奉公をねがった節はある。

（だったら四年ものあいだ、どうしてわしはあずさを放っておいたのか。もっと早く抱いてやるべきではなかったか。あずさはずっとそれを待っていたのかもしれぬ）

数正は今はっきりと意識した。ぼんやりとそう考えたことは過去にもあった。が、考えただけでついぞ実行にうつさなかった。自分には妻妾（さいしょう）がおり、またあのころは数正がいい寝返りをしたところで、心身ともにもっとも緊張した時だった。あわい好意をいだいた女について積極的に接触する時期でもなかった。それがいつしかそのままの状態で四年がたってしまったのだった。

（わが迂闊（うかつ）さよ。わしはもっとあずさのことを気にすべきだった。あずさへの気持をはっきりと自分のなかで決めるべきだった）

後悔にも似たおもいで、数正は今あずさのことを考えた。

あずさは夫婦となるべき男を捨て、さらに実家をも捨てて石川家に身を寄せた。そのこころは数正に身をあずけたと言うべきなのだ。

(わしとしたことが……)

数正はふたたびおなじ思いにとらわれた。

(男は女に罪をつくってはならない)

これは数正独自の考え方であり、他人にすすめるべきものではない。が、数正は自分の流儀をわすれていたことに気づいた。

(善はいそげ……)

さもなければふたたび時機を逸してしまう。今度時機をうしなえば、永遠に二人の縁はないだろうとおもった。

上方の女が信州松本までついてきたということは、まだあずさが数正に好意をいだいているものとみてよい。

(よし、今夜)

と一瞬のうちに決心した。

すでに手のついている女ではないから、すぐ今夜というのはむつかしい。非常手段をとるしかない。

(夜這いだ)

故郷三河の若い男女のあいだにそういう性風俗があったのをおもいだした。年甲斐もないし、地位、身分も若者男女の性風俗にはふさわしくない。けれども数正はもう決心をしてしまった。今夜、あずさの部屋にしのんでいこうと決めた。

そうおもうと数正のこころは若者のように熱くなった。夜這いは数正もまだ経験したことはない。その言葉のもつ秘密めいた猥雑感にこころひかれた。数正が夜這いをした場合、あずさはどのような反応をとるであろうか。それを想像しただけでも、むくむくと好奇心が湧きおこってきた。

（よもや肘鉄ということはあるまい）

そうかんがえはしたものの、あずさは普通の女とは少々ちがうところがある。数正としても夜這いをしたからには、目的をとげねばならない。場合によっては、力ずくでも組み伏せねばならなくなるかもしれぬ。

あずさには予告はおろか、何も感じさせてはならない。あずさが数正の突然の行動によってどんな態度をとるか。ここにも男としての興味があった。当初はおどろいて動揺するだろう。その後、数正の意に素直にしたがうか、それとも抵抗を見せるだろうか。素直にしたがうあずさにも好もしさを感ずるだろうが、抵抗するあずさにも魅力をおぼえた。

日が常念岳、穂高岳にしずみかけている。

数正はあずさのことも興味ぶかく感じているが、今日、又左衛門とかわした話の内容についても真剣に思案、思索していた。

秀吉は今、絶頂期にある。だが、絶頂の爛熟期のあとにはきまって頽廃がおとずれる。これは世のつねである。頽廃の後にくるのは衰亡である。それは真昼の太陽がいつか夕陽となり、落日をむかえるのとおなじだ。

（夕陽よいそげ。いそいで落日をむかえよ）

数正はできるだけ早く秀吉が頽廃期をむかえ、落日のごとく最涯にしずんでいくことをねがった。秀吉は今五十五歳である。若いころから信長のもとで無理な苦労をしつづけているので、年齢より老いがすすんでいるはずである。数正は秀吉よりも二歳年下であるが、十歳くらいの年の差をふだん感じていた。

秀吉をより早く落日にむかわせる手立てはないものか。戦や軍事力で秀吉をしのぐことがほぼ不可能な以上、秀吉をさらなる大戦にむかわせるか、頽廃堕落の道にひきこむしかないのである。しかし秀吉が奥州まで再征したならば、もう戦をする相手は存在しない。だとすると頽廃堕落の道しかなくなってくる。

（女……）

黄金や世の価値あるものをほとんど手中にした秀吉を物欲で堕落にみちびくことは、まずかんがえられぬ。だとしたら後は女である。

秀吉は今、信長の妹お市の方が浅井長政とのあいだに産んだ淀殿（茶々姫）を寵愛しきりである。正妻北の政所（寧々）のほかに松の丸どの、三の丸どの、加賀どの、三条局、お種の方……など屈するに指がたらぬほど数おおくの側室たちが秀吉のまわりにひしめいている。その中でも淀殿に匹敵する女は今のところでは見あたらぬ。淀殿とのあいだに鶴松が生まれ、実子のいない秀吉を狂喜させたが、鶴松は病弱である。夭折の危険がある。そのため秀吉は淀殿が二人めの男子を産むことを切望している。秀吉を女を道具として堕落にみちびく方法としてはこうしたあたりのところにもありそうだ。いろいろ策を考えてはいるが、確信できる方法はなかなかない。たとえ方法があったにせよ、成功する確率もまた少ない。下手な危険をおかせば、今までの苦労がすべて無駄になってしまうだろう。

思案しているうちに、あたりを夕闇がつつみはじめた。

夕闇は徐々に宵闇にうつっていく。もう本堂や大広間、大座敷、書院、庫裏などには燭台の火がともされている。数正はぼつぼつ今夜の夜這いについての手立をかんがえなければならなかった。

あずさにとっては恐らく想像できぬ事態であろう。余人が寝間に侵入したとおもえば騒ぎになる恐れがある。数正だとわかったとしても、場合によっては拒絶をうけるかもしれぬ。力ずくにおよぶようなことはしたくない。

（手間のかかる女子よ……）

数正は自分の腰元一人を意のままにするのにこれほど気をつかったことはなかった。

しかしあずさの場合、この面倒を克服しなければならない。

夜這いの方法はいくつかある。事前に知らせておけば、あずさはそれなりに覚悟して数正の訪れを待つだろう。だがこれでは味も素っ気もない。四年間の空白を二人のあいだに取りもどす手立とはならぬ。

何となく夜の訪れをにおわしておくのも方法だ。が、これも前者に似ており、数正としてもあずさとしても興を欠く。女の寝間に侵入するなら、やはり突然、意表をついた形でなければ面白くない。初めが面白くなければ、後も興味や興奮が湧かないであろう。これも数正のこのむところではなかった。

時間は刻々とたってゆく。

夕餉をとっている最中、

「殿、どうかなされましたか」

左馬助にたずねられた。

「関白殿下が年明けにはおはこびになられる。それまでに城づくりにも目鼻をつけておきたいものよ」

とぼけて、左馬助、松三郎には心中をうかがわせなかった。思案しながら夕餉はおわった。

だが、妙案はうかばなかった。

(どうしてこれほどあずさにこだわるのだ。自分の腰元に手をつけるだけのことではないか)

数正は部屋から左馬助と松三郎をさがらせた。

左馬助と松三郎は今夜も交代で宿直をするのだろうが、それもわずらわしくおもわれた。

(たかが腰元一人に何をわずらう)

おのれに言い聞かせ、数正は築城の進行状況へ考えをうつした。多種の職人、大勢の人夫を使役して、あらたな松本城は着々ときずかれている。松本城は戦のための要害というよりは、むしろ信濃における政庁、藩主の権威の象徴として存在させるために、安土城、大坂城にならって雄大な天守閣をきずくつもりだ。その設計図はまだできていない。城下の町割り、石垣の積みあげ、土塁工事もそうはすすんでいない。完成するには数年を要すると数正は踏んでいた。その一方で、関東徳川陣営の機密を得て、秀吉につたえるのが数正の今後の大きな仕事となってくる。

(そんな大切な時期に、女一人のあつかいに難儀しておるようでは……)

考えはふたたびあずさに戻ってきた。

時刻は二更（九時ごろから十一時ごろ）に入った。あずさはすでに床についているはずだ。もうすこしたてば眠りに入るだろうと数正は四半刻ほど時がたつのを待った。

そしていよいよ、

（ころはよし）

数正はしずかに居間をでた。控ノ間にいる左馬助には何も言わずに部屋をでた。数正とて松本にきてからも妻妾のもとへ足をはこぶこともある。そうしたときは近習に何も言わぬ。近習も何も訊かぬ。暗黙の了解が双方にある。

数正は夜着に着替えることなく、小袖に羽織、袴姿である。脇差だけは腰にさしている。ごく普通の様子で廊下をすすんだ。本堂の奥ノ間が妻まさ江をはじめ、側室や腰元たちのいる仮の〈奥ノ間〉である。数正はあずさの部屋を知っている。

夕方しきりに思案したあずさへの対処法などすでに念頭から消え、ごく普通の気持、自然な態度にもどり、あずさの部屋の前まできた。さいわい夜廻りも不寝の番も近くにいなかったので、数正はだまって部屋の襖をあけた。

部屋のなかはもう当然暗くなっているとおもっていた。が、部屋に入ったとたん、燭台の明りに照らされた部屋の光景に数正はおどろかされた。床が部屋の中央にのべられており、その傍らに文机がおかれ、あずさは白い夜着の上に表着を肩にかけ、文机に片肘をつき思案しながら、横に膳をおき、盃と銚子をならべていた。

あずさは入ってきた数正を見て、少々戸惑ったふうであったが、とくに驚いた顔は見せなかった。

「あ、殿様、はしたないところを見られてしまいました。お恥しゅうございます」

とっさにあずさは、くずしていた膝をただし、きちんと挨拶はしたものの、膳をどけるわけではなく、言葉ほどには恥じ入っているふうもない。なにやら落着きはらった雰囲気で、昼間数正に見せる態度とはいくぶんちがった様子である。

「いや、べつに酒を飲んだからといって、恥しがることもない。女だとて酒を飲みたくなるような夜もあるだろう」

数正は襖をしめて、あずさに近づきながら言った。

「このような時刻に、殿様みずからお越しになるとは、急用でも出来いたしましたか」

あずさは数正を見上げて訊いた。

(とぼけておるな、この女め)

数正はそうおもい、

「急用といえば急用じゃ。夜這いにまいった。あずさの寝間にな。そうしたら、相手は晩酌のまっ最中だ。これはどうしたらよいものか」

「殿さま、それをおっしゃるには少々月日がたち過ぎてはおりませぬか。あずさが殿様のお屋敷に押しかけ奉公いたしてから、もう四年以上がたっております。女の命は短こうございます。わたくしは女の盛りの四年間を無駄にいたしてしまいました。口惜しゅうございます」

女の口から意外な言葉がついてでて、数正は先手を打たれた。

「それほどに言うなら、あずさのほうから夜這いいたしてくればよかったものを。そうしたらあたら花の命を四年も無駄にすることはなかったはず」

あずさは数正に自分の横に着座をすすめるような眼差をむけた。

「膳に盃が二つあるではないか。あずさ、誰を待っていたのだ」

数正は目ざとく二つならんだ盃をみとめて言った。

「殿様はまったく女のこころのわからぬお方。ご身分の高いお方は人のこころもちがうのでしょうか。もう一つのお盃はあずさがこころに秘めた恋しい殿ごのために伏せてあるのです。今まで伏せたままでございましたが、殿様、今夜このお盃をとる勇気はございますか」

あずさは数正に顔をむけ、その表情のかすかな変化も見逃すまいと、挑発するがごとくに言った。

「わしは今も言うたとおり夜這いにきたのじゃ。夜這いの前の一献、受けよとあらば、まことに芽出たき次第じゃ。ついでくれるか、あずさどの」

数正は伏せてある盃をとって、あずさの前につきだした。

あずさは夜着の袖を片手でかるくおさえて銚子をとった。そのときあずさの白い二の腕が自然にあらわとなった。

盃をうける数正の目はあずさの二の腕にそそがれた。

「夜這いにきたとおっしゃいましたが、お酒を飲みに夜這いなさる殿御はおられませぬ。今夜のお酒、高くつくかもわかりません。ご覚悟のほどはございましょうか」

そう言いながらあずさがすこし膝をくずした。その一瞬、あずさの身八口(みやつぐち)から夜着よりも白い腋(わき)がわずかにのぞいた。膝をくずしたために夜着の衿(えり)がくずれ、両方の乳房のふくらみが見えた。ながれるような自然の動作のなかで見えたために、数正はことさら欲望を刺激された。

「いかほど高くつこうと、あずさがうしなった四年間をあがなうことはできぬだろう。わしの誠心誠意をもってあずさを丸ごと貰(もら)いうけたい」

衿のあいだにのぞく胸の谷間にさそわれて、数正は最大級の言葉をもって答えた。

「殿様がそのおつもりならば、わたしも誠心誠意のまごころをもって殿様にしたがうことにいたしましょう」

数正が盃をあけると、あずさはふたたび白い二の腕を見せ、身八口から肌をちらとのぞかせ銚子を手にした。

あずさも滅多に言わぬ言葉を口にしたせいか、それともたしなんでいた酒がいくらかまわってきたせいか、うつくしい顔（かんばせ）にほのかに朱がさしている。

「あずさの真ごころ、見えるものならこの目に見せてもらいたい」

数正が言うと、あずさは衿のくずれをかき合わせた。

「たんと見せて進ぜましょう。わたしももう小娘ではありません。男のこころの表も裏もだいぶわかるようになりました」

あずさがそう言ったとき、今度は数正が銚子をとった。

あずさが盃で受けているとき、数正は女の手首をとって手許（てもと）にひいた。

「あ……、こぼれます」

あずさが表着にこぼれる酒を心配しているときに、数正は手をのばし、女の衿のあいだに深く差し入れた。

「ああ……」

今度はあずさはちいさな悲鳴をあげた。片方の乳房をやんわりと数正につかまれていた。身をよじったが、数正ははなしてくれない。それ以上うごくと盃の酒をみな表着の上にこぼしてしまう。

それをいいことに数正はいったん衿から手をぬいて、あずさの肩をかかえてぐいと手許に引き寄せた。

あずさの体は無理なく数正の懐（ふところ）にたおれこんできた。

もう酒はこぼれるままである。

数正は懐にあるあずさの顔を上にむけて唇を吸った。あずさはもう抵抗するどころではない。口を吸われて、また懐に手を入れられて乳房をおもうさま愛撫(あいぶ)された。あずさはわれをわすれて、男の口を吸いかえしてきた。

数正がここぞとあずさの舌をからめとり、つるりと自分の口中に吸い入れた。

しっかりと肩を抱きこまれているので、あずさは数正の動作にしたがうしかなかった。

あずさの舌はあまく、蕩(とろ)けるようにやわらかい。数正はおもう存分堪能(たんのう)し、さらに片手を乳房から下へうつしていった。

策謀

年が明けても、東山道は雪の中である。

しかし洗馬、塩尻のあたりは豪雪地帯ではないので、冬のあいだでも人が通れぬわけではない。行商人や善光寺参りの人の姿は一年を通じて見られる。

まして年が明ければ一陽来復である。雪の中の道でも通行人は絶えない。

七種の明けた昼間、菅笠に防寒の合羽に身をつつみ、手甲、脚絆に長沓をはいた若い男女と供の男一人が、東山道を西からやってきて、塩尻にいたる一つ手前の宿場洗馬から善光寺街道脇往還へわかれ、北へむかっていった。この道は塩尻と松本をむすぶ道でもある。

その名のとおり善光寺参りの参詣人がよくとおる道であるが、彼等はそれらしい姿をしていない。若い男は武士で、つれの武家娘をかばうように長旅の疲れも見せず、先をいそいでいる。街道には時折上雪がちらつくが、そう積ることもない。雪は踏みかためられたり、宿場近くでは参詣人のためにたちならんでいる旅籠や茶店の者たちが除雪してしまう。

二人の男女と供の者は善光寺街道脇往還をひたすら松本へむかってすすんでいった。

行商人でも参詣人でもない武士と武家娘と供の旅姿はすくなくともこの脇往還でよく見られる光景ではない。とくにまだ雪の降る早春においては珍らしいと言える。この脇往還は桔梗原（ききょうがはら）を通りぬけ、田川橋をわたって村井にでる。さらに平田、出川（いでがわ）をとおり、松本にいたり、善光寺までつづく。一行三人は松本城下で正行寺への道をたずね、同寺へむかっていった。

　正行寺は今、あらたな松本城主石川数正の宿所になっている。同寺には数正のほかに嫡男玄蕃頭（ちゃくなんげんばのかみ）康長夫妻、二男の勝千代康勝、さらに三男の半三郎康次（やすつぐ）も同宿している。勝千代康勝は昨年（天正十八年）於義丸が名門結城（ゆうき）晴朝（はるとも）の養子となって、結城宰相秀康として関東へ下向してからは、人質という役目も必要なくなったので、数正とともに松本行きをゆるされたのだ。もっとも数正が岡崎から大坂城へ奔（はし）ってからは、実質的な意味での人質ではなくなっていた。康勝は今年二十歳になり、いまだ独身である。

　その康勝はこの日、夕方ちかく客人の訪問をうけた。

「早見（はやみ）ではないか。どうしたのだ」

　康勝は客人を見て、驚きの声をあげた。若い武家娘との旅姿を目の前にして、信じられぬような思いがしたのだ。

「説明は後でゆっくりする。ともかくおれたちは大坂城を逃げだしてきた。言いかわしたひとみをまもるためには城を脱走するしかなかった。よろしくたのむ」

客人は早見時之助といい、父が秀吉の直臣であり、康勝の勝千代時代、ともすれば人質として、また後には裏切者の子として同年代の者たちから陰口をきかれたり、露骨に意地悪をされたとき、何かと勝千代をかばってくれたのだ。なによりも正義感のつよい少年であった。

「ここは仮住いだが、時之助がこのようなことをするとはよほどのことがあったのだろう。身柄は引きうけた。ともかく旅装を解いてゆっくりするがいい。おれが二人の安全を約束する」

二十歳の若者康勝は友をなつかしむ気持がこみあげ、早見のためならどんなことでもしてやろうという気持になった。

「勝千代をたよりにここへ逃げてくるしかなかった。よろしくたのむ。ひとみは旅の疲れで弱っている」

早見は康勝に会え、たのもしい言葉を聞いて、すっかり安心した様子だった。

「ここにいるかぎり何の心配もない。いつまででもいるがいい」

康勝は早見とひとみを安心させるために言った。早見とひとみの事情によっては、父が何と言うかわからない。けれども康勝をたよって大坂から信州の奥地まで逃げてきた二人を何としても守りとおす気持であった。

「すまぬ。勝千代に迷惑をかけることになるかもしれない」

「おれはずいぶん時之助にたすけられたり、守られたりした。今度はおれが時之助のために何かをする番だ。ところで、おれはこの娘さんを知らぬ。言い交わしておったのなら、何故おしえてくれなかった。水くさいではないか」

一方で康勝は不満を口にした。

「相すまぬ。誰にもおしえることはできなかった。治部少輔がひとみを側室にしたいと執心しておったのだ」

早見時之助は腹立たしそうに言った。

「三成か……。近年のことだな」

「おれたちが言い交わしたのは一昨年だ。ひとみが十五のとき。ひとみは関白殿下に腰元としてつかえたのだ。おれは殿下の近習になっていた」

「そうか、そのころ三成はもう関白の奉行をつとめ、絶大な信頼をかち得ていたな」

「奉行の筆頭は浅野（長政）どのだったが、何事も治部少輔が仕切っていた」

「おれも三成にはずいぶん腹立たしいおもいをした。親父が三成とはソリが合わなかったからな。傲慢で執念ぶかい男だ」

康勝には当時のいやな思い出が二つ三つ今でも忘れられずに脳裡にのこっていた。

「殿下に直かに訴えれば治部少輔は手を引かざるを得なかったろうが、そうするとおれとひとみの父親が治部少輔に何かと嫌がらせをされるとおもって、それもできなかった」

「三成ならば十分それくらいの腹いせはやるだろう。いやな性格(たち)の男だ」

「ともかく治部少輔がひとみへの執心を捨てぬかぎり、おれたちは縁組ができぬ。悩んだ末に城を脱走したのだ」

かいつまんで早見は自分たちの脱走について説明した。

「そうか、早見はおれの親父とおなじことをしてしまったのか」

「はやい話がそういう事情(わけ)だ。勝千代をたのみにしてここまで逃げてきた。後のことはよろしくたのむ」

「もうしでかしてしまったのだから、仕方がないだろう。今後は何としても三成とたたかい抜いていくしかない」

「すまぬ。親父どの、兄上どのにもよろしくつたえてくれ」

「わかった。早見はもう心配するな。ひとみどのとは松本城(ここ)で祝言(しゅうげん)をあげればよい。とは言ってもご覧のとおり、まだつくりはじめたばかりの城だ。この寺で祝言をしたらどうだ。少々抹香(まっこう)くさいが」

「まことに有難い。よろしくたのむ」

「水くさいことを言うな。お互いさまだ、おれは大坂でずいぶんたすけられた。早見がいなかったら、おれは自棄(やけ)になっていたかもしれぬ。しかし又会えてうれしい」

「それはおれが言う言葉だ。もし勝千代がいなかったらどうしようかと心配していたんだ」

「おれがもし居なくたって、早見のことは父や兄もよく知っている。けっして悪いようにはしないだろう」

康勝は期せずして再会した少年時代の友人の不幸に同情するとともに、会えたことの喜びに沸いた。

そして早見とひとみをこのような立場に追いこんだ三成にたいして憎しみをいだいた。それでなくても、三成には父や兄が何かと偏見をもたれ、不快なおもいをさせられてきた。関白の秘蔵っ子でなければ、とうに同僚などから痛い目に会わされていたはずだ。関白にかくべつ目をかけられた三成が本当に傑出した出来物ならば、このように傲慢で我儘勝手な人物であろうはずがないとおもった。関白にもし万一のことでもあった場合、三成の立場ははなはだ危ういものとなろう。

それが理解できぬ三成ならば、利巧者ではあっても、ただ関白に取り入るのがうまく、算盤勘定が達者なだけの嫌味な人間ということになる。そんな関白であれば今はこの世の頂点をきわめていても、そう遠くない時期に頂点から一気にころげ落ちていく日もあるのではないかと康勝はおもった。盛者必衰は世の習いだ。関白にしろ三成にしろ、よく世間のことがわかっている人物なのに、どうしてそのへんの理解が足りぬのであろうかと康勝は不思議であった。ともかく早見時之助とひとみについてはしっかり自分が守ってやらねばと決心した。

数正は康勝から早見の件を聞いて、両人を庇護することにただちに同意した。そしてとりあえず正行寺の塔頭の一棟を空けさせて、そこを両人の住居とした。

このころ奥州がふたたび乱れ、戦雲にわかに急な状態になっていることが松本にもつたわっていた。もともと奥州の政情は複雑であった。

奥州の覇者を自任していた伊達政宗は野心も尋常ではなかった。しかし故意に遅れて小田原陣に馳せ参じた政宗の器と度量の大きさを秀吉は買って、政宗の力量を取りこむことによって奥州支配をおこなおうとした。そして政宗への目付として蒲生氏郷を会津に配し、参陣しなかった大崎義隆、葛西晴信、石川昭光、白河義親らの領土を没収した。大崎、葛西の領土は秀吉の将木村吉清にあたえられたが、この地でたちまち一揆がおこった。これが奥州の乱の発端である。木村吉清にはもともと奥州の地を支配するほどの器量がなく、その上鎮圧におもむいた政宗と蒲生氏郷とのあいだに確執があり、それがために、家康と豊臣秀次にも出陣の命令が秀吉からくだった。

それから十日もたたぬころ、松本城にふたたび驚くべき人物の来訪があった。使番がまず訪問客をむかえたところ、それは石田三成主従であった。

「出雲守さまの居所は正行寺でございますが、ただ今築城の場に出ております。早速つたえにまいりますので、正行寺へご案内いたしますから、そこにてお待ちくださいませ」

使番がそう言うと、

「拙者、関白殿下とともにまいった。正行寺よりも先に、出雲守どののおられるところに案内ねがいたい。関白殿下のご意向にござる」

相変らず権柄ずくに三成は命じた。三成はこの地にひとみが匿われていることを知らずにきたのである。

「はっ、では早速そのように」

使番はそう答えて、天野又左衛門に報告した。

天野も秀吉と三成の来訪に、威儀をただして、ただちに挨拶にまかり出た。

「挨拶はいらぬ。すぐさま殿下を築城を指揮いたしておる出雲守のもとに案内いたすよう」

頭ごなしに三成は言いつけた。

築城の現場はひろい。数正がどのあたりを検分、指揮しているかわからない。徒歩でいくのは無理だ。

天野は馬の用意をさせて、秀吉、三成を案内し、馬で駆けつけてきた嫡男康長とともに、数正がいるとおもわれるところにむかった。

築城現場とはいえ、城内だけで十二万坪以上のところである。数正がいると見られる場所に見当つけて、天野と康長は馬をはしらせた。

「数正はいずれ駆けつけてくるであろう。倅康長、まず本丸の工事場に案内いたせ」

秀吉の命令は当を得ていた。数正をさがして右往左往しても仕方がない。関白がみずから松本城検分にきたことは、いずれにしろ数正の耳に入るであろう。数正がいなくても築城の検分はできる。

一行は本丸の工事場にむかった。城下町もあらたな町割りがおこなわれるので、城附近の町並も解体されている。かつての城も侍屋敷、町屋敷も見る影もない空地になっているのだ。

秀吉はその様子などもよく見ながら馬をすすめた。秀吉にすれば数正のいないほうが自分勝手によく検分できるのだ。総濠の石垣積み、土塁づくりの現場を見て、三の丸、二の丸の普請現場、濠づくりを見ながら本丸にいたったとき、数正が渡辺金内、側役大藪十郎次らとともに馬を飛ばして追いついてきた。

「殿下もお人がわるい。前触れの使者でもおくっていただければお迎えの準備もできましたものを」

数正は苦情もまじえて、馬を降りながらにこやかに歓迎の挨拶をおこなった。

「下馬は無用じゃ。ようできておるではないか。来るについては、書状がまいっておろう。それに検分というものはな、こまかく事前に知らせておいては半分も役にはたたぬものとこころえよ」

秀吉はこうしたいたずらが以前から好きなのだ。

「しかし遠路はるばる信州の山奥までお越しくだされまして、数正、まことにうれしゅうございます。息子どもをはじめ家老から大工、石工、人夫にいたるまで喜びはひとしおでございます。今日から二倍の元気がでるでしょう。殿下の人使いのうまさをおしえていただきました」

数正は喜色満面でこたえた。そこには権力者への媚（こ）びは微塵（みじん）もみとめられない。譜代諸大名が群居する上方をはなれ、松本にきて数正は秀吉への親近感がぐっと増した。軽口も平気でたたけるくらいに距離感はちぢまっていた。

「地選、地取、縄張、普請、いずれをとっても見事というほかはない。さすが城取りの名手と言われるだけのことはある。虎之助（とらのすけ）（加藤清正）や市松（福島正則）などにも、これを手本として勉強させてやりたい」

「殿下は称（ほ）め言葉の名人だと言われております。称めごろしにされぬよう注意いたしませぬと」

「そんな言葉を誰が申したか」

「旧主家康はかって拙者が殿下のもとへ使者にたつたびにそう申して送りだされまし

た」

「左様か。そのときから家康には予感があったのだな」

「どうでしょうか。それよりも殿下、奥州征討へお出かけのところを、寄り道くださって」

数正がふたたび礼を口にすると、

「いやいや、わしは奥州征討にまではいかぬ。かわって秀次が行っておる。そう言うておかねば、松本まで出てこられぬではないか」

秀吉はそう言って、豪快に笑いとばした。

秀吉と数正との親しげな会話をそばで聞いている三成は不愉快そうな気色を露骨にあらわし、一言も数正に言葉をかけてこなかった。以前と同様、傲慢さと皮肉の入りまじった表情を見せているばかりである。

(治部少よ、もっと大人になれぬか。おぬし、すこしも成長が見られぬではないか)

数正は肚のなかで三成に言った。

それから双方一緒になって工事現場をひとめぐりし、夕刻ちかくなって、正行寺の山門をくぐった。

正行寺の境内も雪の中である。が、参道などは寺の坊主によって綺麗に雪掻きされている。庭には一面に二、三寸の厚さで雪が降りつもり、池の風景とも相まってうつくしい景観をなしている。寒さもこごえるほどではない。

秀吉は客室上段の間から雪見障子をとおして、雪景色に見とれていた。急遽用意された手焙りや火鉢に手をかざすこともない。今年五十六歳。覇権の頂点に立つ秀吉には寒さもこたえぬようだ。

「微行のおとずれじゃ。気にせんでよい。まして城づくりに多忙な折じゃからな」

秀吉にはこちらを気づかう余裕も十分にあった。

しかし三成は不機嫌にだまりこくっている。

「奥州征討も秀次さまのご出陣で、陽春のころまでにはおさまるでございましょう。一陽来復のうえに、天下はことごとく関白殿下のもとで和平をことほぐことに相なります。まことにお芽出たき次第にござりまする」

数正は秀吉にむかってこころから賛辞をのべた。

「まずは天下統一の仕上げはできた。刀狩り、検地などによって長い戦国乱世は幕を閉じたというべきじゃ。もっと年月を要するかとおもったが、おもいのほか早かったような気もいたす」

大業をなしとげた身として気持もかるくなったのか、秀吉は関白の地位を意識させることなく言った。

はじめ数正は、それは関白が一段と上の境地にいたったものと解釈した。さきに信長が〈天下布武〉の四文字をかかげて天下統一にむかい、中道にして挫折したのを受けて、秀吉は連戦につぐ連戦を勝ち抜き、ついに乱世を終熄させたと言ってもいい。

「しかし大業も成してみると、存外呆っ気ない気持もする。あと十年はかかるとおもていたが、今となっては物たりぬ気持がせぬこともない」

秀吉は外の雪景色を見てあつい茶を飲みながら、ほっとしたような、あるいは気の抜けたような言葉をもらした。

「それが関白殿下の英傑たるゆえんにござります。関白もしこの世になかりせば、地上であと十年、いや二十年、群雄が相闘っていたことでございましょう」

数正は半分本気、あとの半分は世辞で言った。

「そうかもしれんの」

秀吉の答えは数正が予期しないものであった。この瞬間から、数正の秀吉にたいする考えがいくらかずつ変ってきた。

「いささかおこころ残りにござりますか」

数正はこころみに尋ねてみた。

「そんな気持がせぬでもない。小牧・長久手の合戦を境にして一気呵成に統一戦がすすんでしまった。もっと一戦一戦をたのしむ余裕がほしかったの。闘わずして相手がすすんで降服してきた感がなくもない」

「それは関白殿下の威と徳のたまものでござりましょう」

数正は秀吉が権力頂点をきわめ、生涯の目的をうしないかけているのを感じた。まだ衰退の時期をむかえるには早過ぎる。が、数正には秀吉の栄華、爛熟の先にあるものがはるかに見えてきた。秀吉は今、栄華を長つづきさせる道と、凋落にむかってころげ落ちる道との分岐点に立っているとおもった。

(どちらへ向われるのか関白どの……)

数正の胸にむくむくと黒い雲が湧いてきた。

秀吉は今旅の空の下にあるから、こころに隙が生じている。大坂城や聚楽第で群臣にかこまれていたなら、これほどあからさまに心中を吐露しなかったであろう。不世出の英雄にも大事を成しとげた一瞬、油断や隙は生まれるのだと数正はおもった。

「余にはもう、この世でなすべきことは無くなってしまった」

秀吉は慨嘆するがごとく呻き声を発した。

一瞬の間が生じた。数正が言うべきか否か迷った瞬間である。

「殿下、無いことはございません」

数正は一瞬の隙につけこむように言った。悪魔がささやくごとく。

「この世のどこに、わが征戦のむかうべき所がある」

「殿下、目を遠く海外に向けてみてはいかがでしょうか」

「海外とな？」

「左様にござります。たしかにわが国においては寸土といえども殿下のご意向に異をとなえる所はござりませぬ。さりながら海のむこうには朝鮮、唐、天竺がござります」

「ううむ……」

秀吉は一と声うなった。それからしだいに秀吉の眸がかがやきだした。異様な輝きと言ってもよい。今まで木偶のように見えていた秀吉の体に生命の力がやどり、さらに魔王のごとき血がながれだしたかと見えた。

「そうよな。海のかなたにはわが関白の威光のとどかぬ地が陸続とつづいておる。忘れておった。数正、よきことをおしえてくれたの」

はじめはつぶやくように、しだいに体を震わし興奮したかのように秀吉は言った。眸はさらに輝きを増していた。

「わたしは思いついたことをふと口にいたしたばかりにござります」

「たしかに出雲守の申すとおりじゃ。わが事業はたかだか国内を終えたばかりじゃな。海のかなたには朝鮮、唐、天竺、さらに南蛮国もあるぞ」

秀吉は魔に魅入られたように言った。その魔とは数正がほんの一言口にした言葉である。これが秀吉にとって運命の岐れ目であった。

「関白殿下の力をもってすれば、朝鮮、唐といえども敵わざる相手ではありませぬ」

数正はこころみにもう一言言ってみた。秀吉の顔がわずかにゆがんだ。秀吉の精神がすこしずつ変化してゆくのが数正に感じられた。

「朝鮮と唐はけしからぬ国じゃ。わが使者のおくった書状にたいして、なんらの返事もいたしておらぬ」国としての礼を欠いておる。まずその始末をつけねばならぬ。

秀吉が数正のたった一言の罠にはまった瞬間である。秀吉はこのときから本気で〈唐入り〉をかんがえはじめたのである。

(関白は頂点からころげ落ちはじめるであろう)

確信とまではいえないが、数正は十分手ごたえを感じた。

「左様でござります。国書の返信がとどいておりませぬ」

かさねてもう一言だけ言った。

「ううむ……」

秀吉はうなっただけで、それから後は言葉にしなかった。そしてまたしばしの沈黙があった。唐入り、朝鮮役の決心はこのときにおこなわれたものであろう。

日本と朝鮮、明国との関係は、日本が乱世に入る室町時代には使節による貿易がおこなわれ、善隣友好がつづいていた。けれども室町末期に幕府政治の統制がとれなくなってからは、両国との関係は切れたままの状態になった。かっての善隣友好を復活させようとしたのが織田信長であった。信長は幕府を再興したとき、将軍義昭の名をもって朝鮮に使者をおくり、さらに天正七年にも、使節をおくって国交をもとめた。ところが朝鮮側ではこれを無視し、事実上の拒絶をおこなった。

そのため朝鮮、明国との国交問題は、いずれは秀吉が解決しなければならない課題としてのこされていたのである。

このときである。それまで苦々しい表情で数正と秀吉の会話を聴いていた三成が片膝を数正のほうへむけ、

「出雲守どの、関白殿下にむかい軽々しい言葉が過ぎよう。天下の政治の方針は殿下が決する。又しかるべき立場の者が諮問をうけて意見を申しのべる。今の言葉の数々、その方の立場、地位を僭えておろう。出すぎた態度とはおもわぬか」

たまりかねたように一喝した。

「左様でござりましょうか。そうはおもわずに殿下に申し上げてしまいました。失礼であったとすれば数正の過ち。つつしんでお詫び申し上げます」

数正は余裕をもって答えた。自分がここまで発言すれば、三成がきびしい叱声を飛ばしてくることは予想していた。ともかく三成は数正が徳川家から寝返って秀吉のもとにはしったときから、胡散臭い目をむけていた。数正の寝返りを疑っている節があるのだ。そしてしばしば数正をさぐり、ときには尾行をつけたこともあった。

数正はそれらを十分承知しているので、今も動揺はまったくなかった。戦歴、武功、経綸、策謀、外交……、どれをとっても秀吉が十分数正をみとめ、信頼をおいていることはあきらかだからだ。

「出雲守どのが松本城主になられたことと、国の大方針について口をはさむこととはまったく関わりがない、以前のはたらきに傲っての口出しは許さぬ」

三成は手きびしくつづけた。自分の背後には関白秀吉がいるという絶対的自信があっての態度だ。

「余計な差出口おゆるしくだされませ。数正つい口がすべりました」

数正は詫びを口にしたが、その態度に卑屈さは毛頭ない。

秀吉はこれまで二人のやりとりを聞きながしていた。

「余計な差出口ではあるまい。数正の申したこととまことにもっともじゃ。治部に異論はあるのか」

秀吉のおもわぬ言葉に三成がたじろいだ。

「異論を申し立てておるのではありませぬ。地位、立場について申し上げたに過ぎませぬ」

たじろぎながらも三成は自己の立場を主張した。

「さりながら、数正が今申したること、真剣に取りくまねばならぬ。治部もそれについての考えをまとめよ」

秀吉はすでに数正の進言にそって事態をすすめるつもりのようだ。

「今一度、かんがえを奉行間にてとりまとめまして、殿下に申し上げます」

三成はすでに冷静さをとりもどして答えた。自分の立場の不利なることをはやくも悟ったからだ。

「数正はこれまで外から豊臣家を見ている期間が長かった。おのずから豊臣譜代の臣とはべつの意見もいだいておろう。よかったら話してみぬか」

秀吉は今まで譜代家臣から〈唐入り〉の話題がでなかったことに不満をいだき、数正にたいして他の考え方をもたずねてみた。

「お言葉にあまえまして、今一つ申しあげたき件がござります。それは殿下の後継者の問題にてござります」

数正はここぞと口をだした。今こそ念願の機会到来と、とっさに判断したからだ。すでに秀吉と自分と性の合う面を見つけていたから、自信があった。

「わが後継とな?」

秀吉のほうが意表をつかれた。このようなことは弟秀長からも言われたことはなかったが、その秀長は今瀕死(ひんし)の床に臥(ふ)している。他の臣が口にすべき問題ではなかった。

「若君鶴松君、ご病弱なれば、万一の場合にそなえねばなりませぬ。ご不幸がおこってからおかんがえになられましては手遅れでござります」

又々数正は豊臣政権最大の難問ともいうべきものを正面から持ちだした。

当然三成はいやな顔をした。

「まことにその通りじゃ。数正にかんがえがあれば申してみよ」

秀吉は相変らずことも無げに促した。

「お二人め、三人めのご実子をもうけられることが急務かとおもわれます。いくら血のつながりがあるとはいえ甥御(おいご)やご縁者を養子といたしても、かならず争いがおきまする。世にいちばんむつかしきは、天下を取った後の後継者の問題にござります。近き例は謙信公亡(な)き後の上杉家でござりましょう。謙信公は生涯不犯(ふぼん)といわれご実子はなく、景勝どの景虎(かげとら)どのお二人の養子が謙信公没するやたちまち両派に分れて相争い、家運が大きくかたむきました」

「うむ、いかにも」

「右府さま(信長)がご正妻に子が生まれぬと知るや、ただちに女狩りをなされ、その中から一度に何人もの側室をおつくりになられたのも、ご自分の実子をもうけるためでござりました。わが旧主家康公も『色好み』の悪評を聞きながし、数おおくの側室をかかえ、ご自分のご血筋をのこそうといたしております」

数正はぐいと大きく踏みこんで言った。

「余も女色に関しては、家康にひけをとらぬ」

「されどご実子に関しては家康公におよびませぬ。殿下、ご実子をもうけることは、戦(いくさ)に勝利することに匹敵いたす大事でございまする」

「よく言うたわ数正が。女遊びのすすめか。すすめられずとも励んでおるわい」

「お遊びになりなおかつ、ご実子をもうけませねば。しかも同一の御腹から二人以上のご実子が生まれることが最上です。その意味からは淀殿(よどの)がよかろうとおもわれまするが」

数正は言うべき以上のことまで口にした。今この場合ならば秀吉は何を言っても耳をかたむけてくるという自信があったからだ。

「言われるまでもない。淀は鶴松を産んでおるし、その次を産みたがっておる」

秀吉が数ある妻妾(さいしょう)のなかで淀殿にもっとも執心していることを知っている数正の発言である。

「では一層お励みくだされませ」

「あおるな数正。忠臣は主君の女色をたしなめるものぞ。それでなくても治部が嫌な顔をいたしておる」

「拙者、殿下の女色について物申したことは一度もありませぬ。拙者も殿下の第二子についてはつねづねかんがえておりました。大和守さまのご病状をかんがえると、一層その心配がつよくなりましてござります」

ここでは三成は同調した。ただそれを数正に先に言われたことが面白くないのだ。秀吉が数ある愛妾側室のなかで今もっとも淀殿に夢中であることは、側近中の側近三成がいちばんよく知っている。秀吉はもともと主君信長の妹で美貌の誉たかいお市の方にはかない憧れを寄せていた。織田家が浅井家をほろぼした際、秀吉はひそかにお市の方をのぞんだが、結局お市の方は秀吉の先輩武将柴田勝家のもとに三人の娘をつれて再縁した。その柴田を賤ヶ岳の合戦で秀吉が打ちやぶり、お市の方は夫勝家とともに自刃をはたした。その直前、三人の娘を城から落としたが、その三人のうちの長女が茶々姫、すなわち今の淀殿であった。

秀吉はお市の方の三人の娘をひきとり、茶々を家康の後継長松（のちの秀忠）にとつがせると言いつつ、お市の方の面影を濃くうつした茶々に執心し、結局自分の側室にしてしまったのだ。その茶々が秀吉待望の第一子鶴松を産みおとしていらい、秀吉の淀殿狂いははげしさを増す一方となった。淀殿なしでは夜も日も明けぬ有様となったのである。そこへ数正がもっと淀殿との仲を親密にと進言したものだから、三成が、

（これはたまらぬ）

という思いにおちいったのは当然だった。

一方秀吉には、

（よくぞ数正、言うてくれた）

のおもいがあらわれていた。

「後継者なき天下人には終焉が見えておるも同然じゃ。しかも後継者は実子相続が一番じゃ」

秀吉はおおいに気をよくして言った。

「人間は血の繋がりが一番じゃ。大納言（秀長）とわしが今まで争い事もなく政権を相ささえることができたのも、血の繋がりのせいであろう」

秀吉はつづけて言った。

「わしはまだまだ老いぼれる年ではない。しっかりとした後継者をつくり、朝鮮、唐に攻め入り、南蛮までも、わが勢力下とする」

何物かに魅入られたように言う秀吉の表情には、憑き物がついたような奇態さがうかがえた。

数正はこれ以上秀吉をけしかけるのは今は危険だとかんがえ、言葉をつつしんだ。

三成は怒りと戸惑いの表情を浮かべ、自分のとるべき態度を見うしなっていた。

（これでまずまず……）

数正はあくまでも慎みの態度をとりつつ、秀吉と三成の態度を見守った。

南蛮までも

日本軍の怒濤のごとき快進撃がはじまった。

一番小西行長、宗義智、二番加藤清正、鍋島直茂、三番黒田長政、大友義統、四番島津義弘、五番福島正則、長宗我部元親、六番小早川隆景、七番毛利輝元、八番宇喜多秀家、九番羽柴秀勝、細川忠興……らを将として都合十六万の大軍が、朝鮮征討の本拠地肥前名護屋城、さらに対馬大浦を発して朝鮮へむかった。そして釜山浦に入港し、釜山鎮城を攻めおとし、附近の諸城もたちまちおとしいれ、加藤清正が朝鮮の東路、小西行長が中路、黒田長政、大友義統らが西路をとって連戦連勝の進撃で北上していった。一方、九鬼嘉隆、脇坂安治、加藤嘉明らの水軍も朝鮮沿海にむかって出撃し、さらに徳川、前田、上杉、伊達らの諸軍は十万以上の兵力をもって肥前、名護屋城に在陣していた。なおかつ対馬府中と壱岐勝本に前進基地をもうけて、予備の軍をいつでも出陣できるように待機させるという余裕の布陣である。

昨年、松本において数正が唆かしたことがきいたため、今年（天正二十＝文禄元年）になって早々、秀吉は征明動員令を諸大名にくだしたのである。秀吉の朝鮮侵攻は、表向きの目的はあくまでも信長がやりのこした明国との通商であり、朝鮮には明への取り持ちと、道を借りることを依頼したのであるが、朝鮮がそれを拒否したので、まずは朝鮮征討（唐入り）となったのである。

その動員令が発せられたとき、

（然り！）

数正はおもわず心中さけんで、膝を打ったものである。自分の言葉が秀吉の心理にかなりの影響をあたえたというたしかな思いがあったからである。昨年、数正が僭上ながら秀吉にかたった言葉は、そのほかの面でもいくつか現実のものとなった。豊臣秀長につづいて八月には鶴松がわずか三歳で他界した。そして幼なき後継者をうしなった秀吉は甥で養子の秀次を正式に豊臣政権の後継者となし、関白の地位をゆずり、自分は太閤と称するにいたったのである。

しかもこのころから淀殿への寵愛は露骨なまでに異常となり、

〈傾国の愛〉

と憂う者たちもかなりいた。けれどもそれらの人々が秀吉に諫言をおこなうわけではなかった。このころの秀吉は絶対権勢の頂点におり、家康にしても諫言めいたことはできるだけ避けていた。秀吉は名護屋城にも淀殿を呼び寄せ、ほとんど片時も傍からはなさなかった。

（太閤の絶頂期もまもなく過ぎよう。その後にくるのは凋落期にほかならぬ）

数正はそうおもったものである。数正の勘はするどい。徳川がかって従来の今川家の属将の立場から、織田家に鞍替えして清須同盟をむすんだのも、数正が強力に主張したためである。天正十年代の初年ごろから秀吉の力が急速に伸びることを家中でいちばん早くから予想したのも数正であった。その秀吉政権が長くつづくようであったら家康の出番がなくなってしまう。何とかしなければという思いで数正は果敢に秀吉の懐に飛びこんでいった。いわば獅子身中の虫になる覚悟をかためたからであった。

徳川家中に心中を理解する者がいないといって、それを嘆く数正でもなかった。彼の真意は自分の栄達や名誉にはなく、あくまでも徳川家がさかんになることにあったからだ。それが徳川家臣の譜代魂というべきものだとかんがえていた。

(何事も主家のため。主家のためには名も命も惜しむな)

という精神が、祖父清兼、父康正から数正につたえられ、血肉となっていたのである。誰にも理解されなくとも、徳川家のためならば迷わずおこなう。数正はこの信念のもとに生き、康長、康勝、康次にもそういう教育をほどこしてきた。数正が少年のころ今川家へ人質におもむく竹千代の小姓七人衆の最年長として同行したときも祖父、父の教えをしっかり胸に秘めていたものである。幼ないながらも主家のためには死をも辞さぬ覚悟をもっていった。

このたびの朝鮮役では数正は二千の兵をひきいて名護屋へむかった。丁度、松本の西北、常念岳に、袈裟を着た坊さんが徳利をさげているような雪形がくっきりと浮きあがった時期である。もうすこしたつと、万能鍬の形をした雪形が常念岳にできる。雪国では雪形によって季節を判断することもできるのだ。今回の征討軍は主として西国大名を中心にして編成されていたので、北陸、中部日本、関東、奥州の諸大名は後陣にまわった。一応、予備軍として名護屋にひかえ、秀吉から渡海の命がくだったならば朝鮮へ出陣する用意をしていた。

日本軍の連戦連勝、破竹の進撃ぶりの報に接しながらも、

（このまま絶対優勢がずっとつづくわけはない）

と数正はひそかに信じていた。

数正は叡知の人である。武勇、外交、忠誠だけの臣ではない。数正は日本軍の戦力が圧倒的に朝鮮を凌駕しているとはかんがえていなかった。いつか相手は捲き返しにでてくるとおもっていた。そして明国が日本軍の朝鮮進攻をいつまでも黙って見逃しているはずはないと確信していた。日本軍の真の目的は究極、明にあると読んでいたからだ。

（戦局はいつか変転するだろう）

と数正は見ていた。

海をわたっての侵略戦争がいかに困難なものかということを想像していたからだ。まず制海権の問題と、兵站線をどう維持していくかである。かんがえてみると、双方に問

題があった。今圧倒的優勢であるのは、相手方にまだそれほどの準備がととのわぬうちに日本軍が猛攻をかけたこと。さらに日本の種子島銃が威力を発揮していることの二点である。朝鮮軍の鉄砲は日本軍のものよりも威力がなく、数量的にも大変劣っていたのである。

けれども反対に大筒となると朝鮮側は震天雷などもふくめて、日本製のものより威力にまさっていた。したがって水軍の戦いはしだいに日本側が不利となり、下手をすると制海権を相手方ににぎられてしまう恐れがあった。そこに明軍が大挙、大軍をもって日本軍攻撃にでてくれば、現在の戦況は一変してしまう可能性がある。

数正には今ひとつ気がかりなことがあった。今も、陣中で数正はそっと胃の腑のあたりをおさえた。腹部がおもくるしく、嘔吐感がある。このいやな気持は松本を出陣するころからつづいていた。

原因についてはおもいあたるところがない。数正は生まれながらにして強靭な心身にめぐまれ、五十五年間、おおきな患いをしたことがなかった。戦場においても本多忠勝同様ほとんど怪我を負ったことがない。その点において榊原康政、井伊直政とちがうところである。数正はそれを、

（武運がついているのだ）

とおもっていた。

ところがもう一ヶ月以上も食欲がおとろえ、腹部がすっきりしない。原因については自分でも皆目わからないし、侍医に診せても首をひねるばかりだ。そのたびに腹痛薬を調合してくれるが、ほとんど効き目がなく、目方も減ってきて、自分でも両頰と腹部の肉が落ちたのがわかる。今までこのような経験はなかった。

「腹痛は気の病いからとも申します。何かお悩みごとでもございますか」

侍医にそう訊かれて、

「悩みごとのない人間などあるまい。されどかくべつこれといったほどのものはない」

とこたえた。偽って豊臣方に寝返ってさまざまな心労をおぼえたときも、こんなことはなかった。

始終嘔吐感があるから、気分はきわめてすぐれぬ。それを態度や表情にあらわしたことはない。が、まわりにはそれに気づいている者もいる。

「殿さま、お加減でも悪うございますか。近ごろ食がすすみませぬようで」

はじめに言ったのはあずさである。もう一ヶ月ちかく前のことだ。

「そんなことはない。いたって元気だ」

腹の具合がよくないくらいで音をあげる数正ではなかった。

「それならばよろしゅうございますが」

やや心配げな表情であずさは答えたものだ。数正はあずさを名護屋にともなってきていた。長期にわたる滞在となるため諸大名は妻妾をつれてきているのだ。

やがて治るだろうとおもっていたが、二ヶ月ほどたってもまだおさまらぬ。近ごろでは康勝、康次も顔色に精彩を欠き体から肉の落ちてきた数正を気にかけだした。天野や渡辺、大藪、左馬助や松三郎なども気づいてはいるようだが、口にはしない。

「海をわたって朝鮮で戦をしておる諸大名の将兵たちのことをかんがえてみよ。少々のことでは弱音は吐けぬ」

父を気づかう康勝、康次にたいして数正は言った。

「されど養生はされませぬと、お命にかかわります」

いくら数正が気丈に振舞っても、康勝は父の身を案じた。人質におもむく家康の供をして今川家へ随行した少年のころから、戦場を馳駆した約半世紀におよぶ心身の疲労が数正の肉体をむしばみはじめたのではないかと、康勝、康次はおもった。

「養生にはつねに気を払っておる。息子どもに言われるまでもない」

数正は二人の注意をにべもなくしりぞけた。が、いちばん心配しているのは本人であった。数正はおのれみずからに重大な使命を課している。それを成就するまでは健在でなければならないのである。自分にもし何事かあったなら、徳川家の野望達成もあやういものになろうし、自分たちの努力も水の泡と消えてしまう。数正はつとめて胃の腑の不快を気にしないようにした。しかしあずさがそれを心配していることだけは気になった。

海をわたった日本軍の快進撃はますますつづき、漢城（ソウル）を占領し、平壌まで
おとしいれた。秀吉はこれに気をよくして、

「余みずから渡海して、総指揮をとる」

とついに言いだした。

数正はこのときを待っていた。日本軍の優勢はこのままずっとつづきはしないとおもっていたからだ。

表むき、派手な戦勝の報ばかりがつたえられていたが、その陰で全羅左道水軍節度使李舜臣が慶尚右道水軍をたすけ、巨済島の東岸、玉浦、泗川、唐浦、唐項浦などの海戦で日本水軍をやぶっていたのである。したがって制海権は朝鮮水軍ににぎられつつあった。けれども秀吉にはそうした敗報は最小限度しかつたえられていない。三成もそれについてあまり秀吉の耳に入れていなかった。

(今ここで太閤が渡海すれば、面白いことになる)

しかし数正もそれをあからさまにすすめるわけにはいかぬ。諸大名の疑いを買うことになるからだ。

一方、家康、前田利家などはしきりに秀吉渡海を制止する側にまわっていた。数正には家康、利家の諫止の理由がよくわからなかったが、利家の場合は誠心誠意秀吉の身を

案じたためであろう。家康については、日本軍がしだいに不利になりつつあるのを知っていたので、もし日本軍が朝鮮で総崩れになった場合、今度は朝鮮、明の大軍が日本に襲来することを恐れたためと数正は推量した。その場合、名護屋にひかえている徳川、前田、伊達らの軍勢が朝鮮、明の連合軍をむかえ討たねばならなくなる。そのとき勝算はあるのかと問われれば、きわめて危ういものである。

数正はそれとなく渡海をすすめるであろうから、家康はそれとの均衡をとったものだろうとかんがえられた。

（太閤が渡海すれば、ふたたび日本の地を踏めぬかもしれぬだろう）

数正はそうかんがえていた。日本水軍は李舜臣の登場によって押されっぱなしであるし、明の軍も朝鮮の要請によっていよいよ救援の準備をはじめていた。表面とは裏腹に日本軍はしだいに不利な戦況へとみちびかれていった。

その実際の状況を知らぬまま、秀吉は渡海、唐入り、南蛮までも、の当初の野心に燃えているのだ。しかも渡海するにあたっては淀殿も同行させると本気で言っていた。淀殿の心中はわからぬながら、秀吉が命ずれば渡海せざるを得なくなるだろう。鶴松が夭折していらい、秀吉の淀殿への執心は異常なほどのものになっていた。どうしても第二子を産んでもらいたい一心である。

（豊臣家打倒！）

を意図している大名はいるか？　数正はときにそれをかんがえてみる。

（恐らくいない）

これが答えである。家康すらも権勢絶頂の秀吉をたおせるとはおもっていまい。時機を待って豊臣家の凋落が見えてきたときには家康はおもい腰をあげるかもしれぬ。それまでは家康はずっと自重（じちょう）をつづけるであろう。小牧・長久手の合戦で秀吉とぶつかり合ったときの覇気と気負いは、今や家康から消えていた。

家康は今や忍耐と自重の人間（ひと）である。若きころ、武田信玄が長年の上洛（じょうらく）の夢を実現すべく三万の大軍をもよおして西へ攻めのぼってきたとき、家康は家臣たちの反対を押しきって、わずか八千の軍で敢然と三方ヶ原に武田軍をむかえ討って惨敗（ざんぱい）を喫した。今の家康にはこのときのような無謀なまでの闘争心と野望は影をひそめている。秀吉にたいしても柔順な臣下の礼をとっている。

だが、これが家康の本心だとは数正はおもっていない。時機さえいたらば、敢然と天下を奪取すべく起（た）ちあがることを家康に期待していた。だからこそ、数正は家康と打ち合わせることなく、阿吽（あうん）の呼吸によって秀吉方に寝返ったのだ。それも家康がいつか秀吉にかわって天下をとるときのための布石であった。数正はいわば捨石になる覚悟をしたのだった。だから布石、捨石の役目を果さなければならない。そのために秀吉を朝鮮役・淀殿執心にかりたてた。

だが、その目的がいつはたせるか、数正にはわからない。おそらく家康にもわからないであろう。時世が今のままでは、時機はずっとこない。しかし両人ともに天運、天命というものがある。それによっては、家康にもいつ時機がめぐってこぬともかぎらぬ。家康はそれを待つしかないのである。家康がそうならば数正もおなじだ。年齢は三人とも今や五十代である。

家康は待つことには慣れている。待ちながら実力をたくわえ、時節到来のときにそなえている。西国諸大名が渡海して泥沼の戦いをつづけている今も、家康は名護屋にいながら、江戸城の拡大工事、江戸城下町の整備拡大工事、道路、治水、灌漑用水などに手をつけ、おんぼろの廃れ城だった江戸城と江戸の町を着実に建設しつつあった。したがって江戸には各地から人々があつまり、武家屋敷、町屋もふえ、活気もあふれてきていた。今後の発展にもおおきな期待がもてた。関東平野は天下第一の広さをほこっており、江戸湾、利根川、荒川、多摩川などによって水路はずっと発展する可能性があった。

しかも箱根、丹沢、関東山地、三国山脈、足尾山地、八溝山地などによって周囲をかこまれ、外敵の侵攻にたいしてもそなえやすい地理的条件をもっている。北陸や奥州のように冬のあいだ雪で活動を封じこめられる豪雪地帯でもなければ、九州、四国のごとく颱風で豪雨に見舞われるところでもない。気候的にも温暖ですぐれている。秀吉は徳川を関東に閉じこめたつもりでも、かんがえ方次第によっては上方の政権をねらうには、距離的、地理的にも丁度よいところだ。

しかも家康は何事にも無理をせず、注意ぶかく、焦(あせ)ることがない。相手にたいしても柔軟である。家康はもともと信長が一目おいた同盟者なのだ。家康はずっと関東の大名だけにあまんじているはずはないと数正は確信していた。

家康がその殻をうちやぶって天下に飛躍するときが、数正が雌伏期を脱し、これに呼応するときなのだ。したがって家康が雌伏しているあいだに数正が暴れだすわけにはいかない。あくまでも家康のうごきを見すえながら、家康が行動をおこすのをじっと待っていなければならぬ。しかもそのあいだに、徳川家が政権奪取をするために有用な布石をすこしずつでも打っておく必要があるのだ。

数正はそれを徳川家裏切りいらいの六年間着実に実行してきたつもりである。豊臣家の内部に深く食いこんで、相手方を安心、油断させ、秘密をにぎったり、相手につよい影響をあたえられるようになった。けれども出過ぎたことをして露見してしまえば、今までの苦労が何もならなくなる。石川家が処断されるだけだ。

朝鮮での戦いはますます不利に推移していった。李舜臣は再度日本水軍をやぶり、伊予水軍来島通之(くるしまみちゆき)は戦死するにいたり、その一ヶ月後、李舜臣は閑山島附近で日本の軍船七十隻(せき)以上を焼くなどして、日本軍を圧倒した。それでも秀吉はみずから渡海して陣頭指揮をとると主張してやまなかったが、折しも大政所(おおまんどころ)が発病し、意外な重病とわかった。

そのため秀吉は渡海を断念し、名護屋から京都の母のもとに駆けつけた。

しかしその甲斐もなく、大政所は秀吉の到着を待たず、初秋七月、八十歳の寿命をおえた。秀吉はその悲しみを外征に転化させるようにさらに大軍を編成して朝鮮におくりだした。このころ明軍は朝鮮の再三の要請をうけて援軍をおくり、戦線はさらに拡大するかに見えた。日本軍では小西行長、石田三成、宗義智、さらに黒田孝高、増田長盛らを中心にして講和論が盛りあがってきた。明軍でも沈惟敬が講和使節として平壌にやってきたので、ひとまず休戦となった。そしてこれをきっかけとして小西行長と沈惟敬とのあいだで、本格的な和平交渉がおこなわれたのである。

これらのあいだに日本では十二月に改元がおこなわれて文禄となり、その二十余日後には文禄の二年となった。

この間にも、数正の腹の具合はよくならず、容態はいよいよおもわしくなくなった。毎日、体に気だるさをおぼえ、意識的に気持をかきたてていないと、心身から闘志がうしなわれていくような気さえした。毎日自分を叱咤激励していなければならなかった。

(今ここで闘志、気概をうしなって何とする。裏切者の汚名まで着て、徳川家のためにはげんできた苦労が無駄になる)

衰えてゆく心身をかえりみながら数正はおのれを鼓舞した。

数正のまわりにもすぐれた医者は何人もいる。あらたに松本から信頼すべき医者を呼んでみた。けれども医術・医学の世界というのは、解明されている分野よりも、されていない分野のほうがずっとひろい。名医と呼ばれている者でも誰一人として数正の病因をさがしあてられる者はいなかった。しかも数正といえども武将として名護屋陣に詰めている以上、おのれの病いを公(おおやけ)にできる立場ではなかった。それで今まで無理に無理をかさねてきた。

食のほそってきた数正をいちばん心配しているのは、もっとも身近にいるあずさである。

「殿さま、お医者はすこしでもおおくお食事をなさるようすすめております。多少のご無理は押してでも、たくさん召しあがってください」

あずさはしきりに数正を勇気づけた。

数正は体調不良とはいっても、床に臥(ふせ)っているわけではない。名護屋に出陣している将としての勤めはきちんとはたしている。側近の者に体調の不良をうったえているのでもなかった。少年のころから人質の家康の供として今川家で苦労し、成人しても今川家の軍の弾丸(たま)よけとして最前線でたたかいつづけ、今川家から独立してからも戦の連続で今までの人生を過してきた。体は頑健にきたえあげていた。が、その疲労が徐々にたまってきているのかもしれない。

しかし徳川家百年、二百年の計のためにあえて汚名を着た数正としてはこんなところで弱音を吐くわけにはいかなかった。数正の見るところ豊臣政権はおもったとおり、秀吉自身の迷走によって、朝鮮役という泥沼に突入してしまった。なおかつ淀殿への溺愛は深まるばかりで、ほかに目をくばる注意ぶかさが欠けてきていた。これこそ数正の目論見が見事図にあたったものである。数正としては今後も機会さえあれば、内部から豊臣政権を揺さぶっていくつもりである。

日本国内で豊臣政権に力でぶつかっていってこれをたおす妙案はなく、豊臣家内部を崩壊にみちびいていく手段しかかんがえられなかった。今の秀吉といえば、かっての信長とおなじである。絶対的な権力をにぎっており、これに対立すべき存在はなかった。しかも信長における明智光秀も、秀吉の周囲にはいない。この閉塞した状態をうちやぶるのはむつかしく、しいていえば外征という荒療治と、女の淫欲によって堕落させる以外に手立てはなかった。

碧蹄館の戦いで明将李如松をおおいに打ちやぶった後、講和の情勢がしだいに濃厚になってきたころ、

「息子たちに話しておきたいことがある。康長をここに呼べぬか」

数正はとつぜん康勝と康次に言った。

「わたしが兄上と代ればよろしいでしょう」

自分が松本に行き、康長を名護屋に呼ぶことを康勝が提案した。

「いや、康長と康勝が二人そろっておらなければ駄目だ」

数正がそう言うので、

「では弱輩ながらわたしが帰国いたしましょう」

康次が答えた。

「康次には後日はなしをする機会もあろう」

ということで、康次は松本に帰国し、その後康長が名護屋にやってきた。

両国とのあいだに和平がむすばれようとしているとき、何故数正が康長、康勝と話をしなければならないのか、康勝は少々疑問をいだいた。戦がおわれば渡海していた軍は引き揚げ、名護屋につめている軍も帰国することになるからだ。

兄弟は数正がしかけた謀略について以前から知っていた。

「父上、お具合が悪しゅうございますか」

康勝は気になっていたことを訊ねた。

「左様なことはないが、思いついたときに言うておいたほうがよいとおもうてな」

それを聴いて康勝は、やはり父親は急いでいるのだとおもった。体の具合を心配し、いつ何がおこってもいいように自分たち兄弟に言いのこしておきたいことがあるのだと想像するしかなかった。

約一年見なかったあいだに康長は大人に成長していた。

「たのもしく見えるようになったぞ、康長」

再会したとき、数正はおもわず口にした。

「わたしはもう二十六歳です。父上はこの年齢のとき率先して清須同盟を実現させ、さらに駿府にいた竹千代君（信康）や築山御前を人質交換で取り返されてきたではありませんか。それにくらべれば、わたしなどはまだ何もできておりません。お恥しいかぎりです」

康長は謙遜した。

「わしにかわって松本をまもり、城と城下町の建設に力をつくしておるではないか。諸国のあちこちで築城や修築などをおこなっておるので、大工、石工、左官、職人たちの確保に苦労いたしておるであろう」

この時期、信州だけでも高島築城、小諸城改築、飯田城改築、上田城改築などがおこなわれている。

「父上がすべて手配してくれました上、縄張もできておりますので、わたしは普請、作事などの総指揮をいたしておればよいわけで、実際は総奉行渡辺金内がしっかりやってくれております」

康長の答えはまことにそつがない。実際にそうなのではあろうが、数正は自分とくらべて戦国武将としての物足りなさをいくらか感じた。自分亡き後、豊臣政権をひっくり返すだけの大仕事ができるかどうか心配であった。わしがお前の年ごろには武勲と功名心と「康長、もう少し欲があってもよいところだ。わしがお前の年ごろには武勲と功名心とでぎらぎらしていたものだが」

「それは父上の器が大きすぎたためでしょう。徳川家で武勇、外交、謀略、いずれにもひいでておったのは父上のみと聞いております」

「それほどでもないがの。野心、野望は大きく持ったほうがよい。実績はそれについてくるものだ」

「それは父上だからでございましょう。誰がやってもその通りになるとはかぎりませぬ」

「康長、康勝もそのようになってくれねば困る。すでにわしは天下を相手に謀略をしかけておる。しかも時機いたるまでわしが生きておるかどうかわからぬ。そのときは息子たちが兄弟でそれを実現しなければならぬ。このことをきちんと申し付けたくて、康長を呼んだ」

そう言われて康長は沈黙した。康勝はこれまでずっと数正と康長の会話に口をはさまず聴き入っていた。

場所は名護屋城内、二の丸の一室である。石川家の使用がゆるされている場所だが、話の内容が内容だけに、三人とも周囲には十分注意していた。

「うかがいましょう」

康長はにじるように一膝数正のほうへすすんだ。康勝もぴたりと視線を数正にむけた。どんな言葉が数正の口からでてくるか一言も聴きのがすまいとの姿勢だ。

「太閤は今やかっての太閤にあらずじゃ。大変な戦をしかけて、朝鮮、唐の領地を寸土もうばえなかった。この戦についやした諸大名の労力と費は莫大なものだが、恩賞をあたえることもできぬ。諸大名も太閤自身も大いなる誤算をきたした。太閤は無念のおもいでおることであろう。かっての太閤ならば、このような誤算はけっしてなさなかった。太閤の力、勢いは衰えはじめたと言ってよいであろう。運勢もおとろえた。この傾向は今後ますます強くなっていくと思う。太閤はすでに自分でそれに気づいておろう。それでいよいよ焦る。焦ればあせるほど判断に狂いが生ずる」

数正は大胆不敵な分析をしてみせた。

二人の息子はだまって聴き入っている。

「豊臣家にも翳りが見えてきたということですか」

康長が口をひらいた。

「翳りはすでに大軍を渡海させたときから見えておる。相手国の力を読む目、わが国の力を見る目が誤っておったということじゃ」

数正は辛辣に言いきった。秀吉をことさらこまかく正確に観察してきた数正だから言える言葉だった。

「では、今後も過ちはつづくと考えてよろしいか」

康勝が訊いた。

「当然そうおもうべきであろう。しかも心身に疲労をおぼえておるはずじゃ。もしかしたら急速に衰亡いたすやもしれぬ。わが機会到来の芽がでてきたと言ってもよい」

数正はみずから肉体を蝕ばまれつつも、それについてはおくびにも出さず、太閤の凋落を予言してみせたのだ。

「それほど早い時期に機会は到来いたしますか」

康長は父にたいして言った。

「早いか遅いかの問題はべつじゃ。が、今まで絶対的であったものがくずれかけた。崩壊はゆっくりくるか、一挙におとずれるか、それはわからぬ。しかしこれはいずれかならずくる」

「左様でございますか、父上はそのようにご覧になられましたか」

康勝は感じ入るように言った。

「家康公もそうご覧になられておるやもしれぬ。わが君は外見ではわからぬが、機を見るに敏じゃ。が、いささか慎重さが災いいたしておる。しかも地位がのぼるにしたがって、慎重すぎるほどになられた。機を見てもなかなか腰をあげぬ。そのときまでわしが生きておれば、わが君の腰を持ちあげる。しかしそのときわしがすでにおらなかったら、そのほうら兄弟が率先してうごきださねばならぬ。それが徳川譜代の石川家の役目なのじゃ。今川家と断ち、織田家とむすんだ清須同盟がそれをあらわしておる。どうじゃ、そちたち、わしの申すことが分ったか」

数正に言われて、康長も康勝もすぐには返事ができなかった。

「こころがまえはできておりますが、まだ機は熟してはおりますまい」

「本当にこころがまえはできておるか。機が熟してから準備をいたしても間に合わぬぞ。しかも長い年月を要する仕事になるであろう。よほど兄弟、重臣たちが覚悟してかからねば、成功はいたさぬぞ」

数正がきびしく言うと、

「肝に銘じまする」

康長はきっぱりとこたえた。

「わしがおもうに、今は父子兄弟がおなじ陣営に属しておる。が、いったん戦いとなれば、おのずから陣営は二つに分れよう。そのとき兄弟がべつべつの陣営にわかれたほうが、作戦はより効果的となろう。兄弟は表むき敵味方にわかれたほうがよい」

あらためて数正は作戦の一端をさずけた。

「左様でございますか」

康勝はうなずいた。

「康勝は勝千代のころから豊臣家で暮し、友人、知人、縁故もおおい。できれば康勝が豊臣方につき、康長が徳川方につくのがのぞましかろう」

「それが自然でございましょう」

康長もそう納得した。

「双方に兄弟がおれば、疑いの目で見る者もおろうが、総じて有利な展開となる。くれぐれも申しておくが、石川家は誇りある徳川譜代じゃ。世間が何を言おうと雑音にまどわされるな。家康公はわかってくれる」

「なかなか難儀な仕事でございます。世間も徳川家臣たちもわが心中を容易に理解しがたいことでございましょう」

康勝にもその心配は大きかった。

「理解しがたいのは当然じゃ。しかし徳川譜代のなかにそれをする者がいなければ、徳川家が天下を取るのはむつかしい。なにしろ相手は太閤じゃ。太閤は死しても死後の備えは十分にいたしておろう」

「大変なお役目ですが、父子二代にわたる謀り事となるかもしれませぬゆえ、その際には父上のお望みどおりの仕事をいたしたいとおもいます」

康勝は殊勝にこたえた。

「それもさりながら父上、父上はまだ御年五十六歳にございますぞ。できるなら父上じきじきの指揮のもとに、われら三兄弟、役目に応じたはたらきをいたしとうございます。まだ老いぼれるお年ではございますまい」

康長は父の衰弱ぶりを見ながらも、叱咤激励もふくめて言った。

「そんなことは分っておるわい。だが、人間にはいつ何事がおこるかもしれぬ。それが分っておるから、念のために言うておるのじゃ。わしの生きておるあいだに時節到来いたせば、当然わしが陣頭指揮をとる」

数正は勇を鼓舞するように言った。

「もし父上のご存命中に時節いたらずとも、われら兄弟力を合わせて、父上の志を成しとげて見せます」

康長がそう言ったとき、数正は不意に背後をふりむいた。襖の陰から人影のようなものがかすめて去ったような気がしたからである。

「何か」

と康勝が片膝立ちになったが、

「いや、気のせいであろう。ここには誰も立ち入らぬよう申しつけてある」

数正はそう言って康勝を制した。

海の寒月

文禄二年（一五九三）八月三日の朝まだき、大坂城二の丸奥御殿において、一人の男子が誕生した。名は拾いとつけられた。産んだのは淀殿であり、父は秀吉である。拾いはのちの秀頼である。

淀殿は名護屋から大坂城にもどって間もなく妊娠に気づいたのである。秀吉は第二子が生まれたことに狂喜し、すぐに名護屋を発ち、大坂城にいたった。拾いと名づけたのは、第一子鶴松がお捨という名であったからだ。棄て子はそだつという言いつたえからその名がえらばれたのだが、実際にはそだたなかった。それで今度は生まれでた子を一度城外に捨て、すぐさま松浦讃岐守に拾わせるという手段がもちいられた。

秀吉は拾いを一昨年死んだ鶴松の生れかわりだとおもった。自分にはもう子種がないとおもっていたところに、二人めの男子を産んでくれたのだから、淀殿への寵愛もこれまで以上のものとなった。

「数正、そなたの助言がみのった。男とは不思議なものぞ。絶対に生まれぬとおもっていた子が生まれた。わしもまだ捨てたものではないわい」

名護屋から大坂へもどるとき、秀吉は数正を呼んで言った。

「まことにお芽出たきことにございます。殿下の強運もまだこれからでございます。ますますご隆盛にむかっておられます。唐入りの成果もここにあらわれておりまする」

秀吉は松本で数正に言われたことをわすれてはいなかったのだ。数正は自分の一言が秀吉にかなりの影響をあたえたのだということがわかった。

「わが軍も朝鮮、明国の軍とたたかい、おおきな成果をおさめておる。敵軍は和平交渉をもとめているというではないか。明国をしたがえたならば、つぎは天竺じゃ。わしも大坂からもどってきたなら、総指揮に渡海いたさねばならぬ。まだまだ老いぼれてはおられぬわい」

秀吉の口はなめらかだ。朝鮮、明との戦いについても、秀吉は三成、増田、長束らの奉行たちからよいことだけしか耳に入れられていない。至極順調に征戦はすすんでいるとおもっているのだ。

数正のもとに入っている情報では、実際には日本軍は朝鮮、明軍に押されまくっているが、現地の諸将たちのあいだで戦闘派と和平派の二つにわかれ、指揮系統も統一がとれていない。それすらも秀吉にはよくつたわっていないのだ。ここにも秀吉凋落の翳が色濃くおちているのを数正は感じずにはおられなかった。

「殿下はお若こうございます。拙者より二歳年上とはとてもおもわれませぬ。人間というものは生れながらにして不平等なものでございます。まだまだお子をもうけることもできましょうし、海外諸国をしたがえることもできましょう」

「数正、そうおだてるな。わしはすぐ本気になる性質(たち)だ。それよりも、数正、少々元気がなく、覇気がとぼしくなっておるかに見える。その方こそ今後関東鎮台の大役が待っておる。老いぼれるなよ」

「拙者もまだまだ老いぼれるつもりはありませぬ。それに三人の息子がおりますれば、お役目はきちんと果たしてまいるでしょう」

数正は自分の体の衰えを感じながらも、闊達(かったつ)に答えた。肉体の衰えを精神力でどこまでおぎないつづけられるか、数正は精いっぱいいたたかっているのだ。

「はようわが子が見たい」

手ばなしで相好をくずし、秀吉は大坂へむかった。

(悪魔のささやきが実をむすんだ)

去ってゆく秀吉の後姿を見ながら数正は心中ふかくつぶやいた。

これから秀吉はさらに淀殿に狂い、拾い狂いもはじまるだろう。その結果がどうなるか、数正には絵に画(か)いたように見える。あまりに淀殿狂いが高じれば、賢夫人として名高い北の政所(まんどころ)(寧々(ねね))といえども我慢に限界をきたすであろうし、そうなると奥御殿ばかりでなく、若いころから寧々に可愛(かわい)いがられ、面倒を見てもらってきた武将たちと、淀殿について出世をしようとたくらむ武将たちとの派閥争いがおこる。さらにもっと切実な問題は鶴松の死によって関白となり、秀吉の後継者となった秀次の立場がはなはだ微妙となることだ。

秀吉は当然、拾いを自分の後継者にしたいであろうし、淀殿にしても当然である。淀殿が熱望した場合に、秀吉はそれをことわることはできまい。このような筋道は秀次にもわかるであろうし、秀次は自分の将来を憂慮しなければならない立場となる。しかしいったん関白に就任し、秀吉の後継者として天下に認知された秀次は自分からそれを辞することはできぬ。ここに将来の大問題が胚胎したのは事実だ。

世間もこの問題を見まもっている。

(むつかしいことになった。太閤にとっては悲劇となろう)

太閤とて稀代の器量人である。どのような手さばきでこの難局を乗り切るか、数正にも想像することはできぬ。この局面をむかえて秀吉が運命の急坂をころがり落ちるか、なんとか打開の方法を見いだしていくか興味の尽きぬところだ。それは家康にとっておおきな好機が生まれてきたことを意味する。家康がこの好機をものにできるかどうかの問題でもある。

ともかく、時代は一大転機をむかえつつある。この先も秀吉の絶対的権勢はつづくのか、くずれだしていくのか、天下の諸侯たちは何も口にしないが、じっと権勢の行方を見まもっている。豊臣政権の崩壊や弱体化を待っている諸侯がいることはたしかである。

崩壊までは予想しなくても政権内の変化を待っている諸大名も少なくない。はやい話が武断派と奉行派の勢力争いである。加藤清正、福島正則、黒田長政、池田輝政、浅野幸長らの武断派諸将と、石田三成、増田長盛、長束正家や小西行長らは以前からたがいに敵対視している。こうした勢力争いも秀吉の権勢の推移によっては表面化してくるだろう。武断派諸将はあくまでも秀吉の意をうけて戦闘続行を希望しているし、奉行派は早期和平をこころがけ、都合のよい情報ばかりを秀吉の耳に入れていた。

秀吉が大坂へ去って間もなく、数正はさらに一段と体の衰えをおぼえるようになった。名護屋の陣営に詰めてはいたが、体調はすこぶる悪く、驚異的な努力と我慢で軍役をつとめていた。同行してきている康勝もさすがに見かねて、休息をとるようすすめたが、数正は受けいれなかった。

「我慢、忍耐は三河武士ならではの財産じゃ。まだわしがしかけた謀略は半ばほどしかすすんでおらぬ。もう少しその行く末を見るまでは倒れるわけにはいかぬ」

数正はかねて三河武士の頑固、強情ぶりに批判的ではあったが、彼自身も同根の性格を持ち合わせていた。

「無理をなされば、命をちぢめることになります。しばし休息をとって再起をはかるほうが賢明かと存じますが。父上の休息中はおよばずながら康勝が身替りをつとめます。家老、重臣たちもおりますれば」

「わしがしかけた策謀はかならずしもわし一代で完成するものとは言えなくなった。その場合には康長、康勝、康次に引きつがれていくものじゃ。しかしわしも生命のつづくかぎりは自分の仕事をつとめたい。わしの命はそう長くはない。命のつづくかぎり秀吉を相手に三河武士の性根を見せてやりたいのじゃ」

康勝の説得にたいしても、数正は我を折ることをしなかった。やはり三河武士にこだわっているのだ。

秀吉が名護屋から大坂に発って間もなく、家康も名護屋を後にした。和平交渉の空気が高まるにつれ、帰国していく軍もふえた。

名護屋城は東松浦半島の突端勝男岳の頂上に、秀吉が朝鮮役のために加藤清正と寺沢広高とを普請奉行としてきずかせた鉄壁の城である。東西三町、周囲十六町の郭内に本丸、二の丸、三の丸、山里丸のほか、遊撃、水の手、帯の各郭に城門五ヶ所をもうけ、城の周囲の丘には諸大名の陣営が百六十六ヶ所も二里四方にわたってつくられた。ここに各地から諸侯の軍勢がぞくぞくとあつまってあまたの幔幕をめぐらし、旗差物で山野を埋めつくしたのである。在陣の軍は十万以上、朝鮮出陣の軍は約十六万というのであるから最盛時には、名護屋は人間の群が渦をなしていた。

出陣していった大名、帰国していった大名で名護屋もかってほどの喧騒はおさまってきた。しかしまだ在陣している諸軍の将兵を相手にしたにわかづくりの商家は軒をならべ、遊女屋などもできていた。朝鮮から帰国してくる諸大名もいるし、名護屋城もその周辺のにぎわいもそうは衰えたわけではない。

石川数正は大手門外の脇に陣営をかまえていた。石川家は渡海軍ではなく、詰めの軍であるから、陣営内もそう険しい雰囲気ではない。番所ももうけてあるが、きびしい検問はしない。

十月半ばといえば、九州北端の肥前では、もう初冬の風である。まして海から吹きつけてくる北風だけに肌に冷たい。丘陵に林立する色とりどりの旗差物が風にはためいている。

その旗差物をながめて諸侯の陣営がたちならぶ一角をとおり、石川家の陣営にやってきた長持、葛籠をかついだ一行があった。

門番所でたずねられて、

「京からまいりました山科屋でござります。冬物の衣服をおとどけにまいりました」

一行を宰領しているのは二十代半ばほどの女である。

山科屋は石川家出入りの呉服屋であるから、すぐに陣営内にとおされた。

それを長屋の門から見かけた太郎太が、

「千種がやってきたぞ」

と次郎太にささやいた。

「今ごろ殿に何事だ？」

次郎太も千種一行をのぞき見て、怪訝そうに応じた。

茶屋は石川家では表むき山科屋を称している。

数正は居間で千種がもちこんだ冬の衣服や調度を見て、

「茶屋の好意いたみ入る。有難く頂戴いたすとつたえてくれ」

と謝意をあらわした。これらは数正が注文したものではないのである。

千種は衣服や調度の説明をしながら、数正の顔や様子をさりげなく見ていた。

「やはり殿さま、だいぶお疲れの様子と見えます」

千種はしばらくして言った。

「家康公も気づいて、茶屋にそう申したのであろう。家康公は医者もおよばぬ医学の知識を持っておられる。自分の薬は医者にたよらずご自分で調合なさるくらいだ。千種は四郎次郎にたのまれて、わしの様子を見にまいったのじゃな」

そう言う数正の表情はいかにも穏かだ。数正は自分の生命がもうそう長くはないことを察していたのだ。

「家康公も父も心配いたしております」

「人間には天命というものがある」

「天命でお亡くなりになるのなら仕方がありません。けれども、事故や故意の差障りでお命をうしなうようなことがあってはなりません」

千種らしくずばりと言った。

「故意の差障り、と千種は言うか」

千種は番頭ふうの身姿をした供を一人つれて居間にきている。数正はその者を家康か四郎次郎が差しむけた医者と見てたずねた。

「はっきりとまでは申し上げられませぬが、今お顔を拝見したところでは、毒の害が見てとられます」

医者はひかえめな態度で松木宗庵と名乗ってからそう言った。

「毒の害……」

さすがに数正はどきりとした。

「何の毒じゃ」

「よくは分りませぬが、見るかぎりにおいて食べ物の毒ではないかと存じあげます」

「食の毒か？」

「そのように見うけられます。おこころおぼえはござりませぬか」

数正はもう何ヶ月にもおよぶ体調のくずれを腹の具合からきていると知っているので、宗庵の問いを否定することはできなかった。

「食はすすまぬ。腹がおもたい」

「左様でございましょう。軽い症状ではございませぬ」

「言われるまでもない。わかっておる」

「食の毒とわかっておられましたか」

驚いたように宗庵は言った。

「毒とはおもっておらなかった」

「差しつかえありませんでしたら、お脈をとらせていただけますか」

宗庵は丁重に言った。そのために一行にくわわって九州までやってきたのだ。

「四郎次郎の意向であろう。いかようにもいたせ」

今まで康長や康勝のすすめを拒否していた数正がはじめて医者の診察を受け入れた。

宗庵は丹念に数正の体を診察したあげく、

「これは長い期間にわたって少しずつ毒が体内に入ったものでございましょう。そういう症状が見うけられます」

驚くべき診断を口にした。

「何者かがわしに毒を盛ったと申すか」

存外冷静に数正は訊いた。

「たしかなことは申せませぬが、左様でなければこのように徐々に、長い期間にわたって体が衰えてゆくことは考えられませぬ」

駄目を押すように宗庵は答えた。

「こころあたりはござりますか」

千種が数正の顔をのぞきこむようにして言った。

「おぼえはまったくない」

数正は信ずるところを言った。

「よほどたくみな細工をいたしたのでしょう。料理人のなかに曲者(くせもの)が入りこんでいたのかもしれません。さっそく全員呼んで調べてみませねば」

千種は一刻の猶予(ゆうよ)もならぬように、ただ一人同室している大藪に言った。

「よろしい、さっそく料理人全員をここに呼びあつめて尋問いたしてみましょう」

大藪がそう答えたとき、

「大藪、やめい」

数正はきびしく命じた。

「何故(なにゆえ)でござります」

大藪がめずらしく異をとなえた。

「もはや手遅れじゃ。長期にわたって体内にたまった毒は除くことができぬ」

このときかすかながら、数正はある人物におもいあたったのである。

（よもや、あの者が……）

とおもいつつも、数正の脳裡に一人の影が浮かびあがってきた。

「しかしこのままにはいたしておけませぬ」

大藪も後にはひかぬ。

「三成めにしてやられた。よもや三成めがここまで手をまわしてくるとは……」

数正は驚きをこめてうめいた。

数正と三成とは当初からソリが合わなかったし、三成ははじめ数正の徳川家裏切りに疑いをいだいていた。が、三成には豊臣家武断派諸将をはじめ、大勢の敵がいる。彼等にくらべれば、数正と三成とのあいだには対立というほど激しいものがあったわけではなかった。それでつい、三成にたいする警戒心がゆるんだのかもしれなかった。

「さすがに三成はたいした切れ者じゃ」

そう言って数正は口をつぐんだ。

とつぜん数正の口から三成の名がでてきて、居間のなかの者は驚いた。三成の権謀と術策ぶりを知る者はおおいが、三成の謀が数正の身にまでおよんでいるものとは誰も想像していなかった。数正もいくらか三成をあまく見ていた感があった。

「太閤亡き世がもしきたならば、三成はきっとつぎの天下取りの一方の旗頭として名乗りをあげてくるだろう」

しばし間をおいてから、数正はつぶやいた。

数正の病状があきらかになって、康次につづいて帰国していた康長が松本から翔ぶように名護屋までやってきた。

「どうした康長、国をはなれて何をしにまいった」

康長をむかえた数正の言葉はこんなものだった。

「父上、大丈夫でござりますか。大病のご容子との康勝からの手紙によって、とるものもとりあえず急行いたしました。今にもお命にかかわるようなご病気と報らせてまいりましたゆえ」

体に衰えは見えるものの、床にも臥っていない数正を見て康長はおどろいた。数正は日中は病いをおして普通の暮しをつづけているのだ。よほどの苦痛があっても体を横たえることはない。背筋をぴんと伸ばして姿勢をくずすこともなく、顔にも苦しみの色を浮かべることは日常ないのである。

「病いといえば病いじゃ。若きころ三河の貧困によってうまいものも食さずにおったから、中年にいたって美味を好むようになった。その報いといえるものがやってまいった。仕方がない」

数正は苦笑を浮かべて言った。

「食の毒と聞いておりますが」

「まあ、そういうことだ。美味を欲するは人情じゃ。自業自得というものかもしれぬ」

「父上としたことが。われらには大望がございますに」

「わしはまだ死なぬ。それに死んだとしても立派な息子たちがおる。大望とは、どの道一代で成せるようなものではないからの」

数正は当初から息子たちを当てにしていたかのように言った。

「いいえ、われら兄弟と父上とはおのずから天賦の才、器量がちがいまする。父上あってこその兄弟ではありませぬか。父上のお指図によって、われら懸命のはたらきをいたす所存にございますのに。今から父上に亡くなられては困ります」

「情ないことを申すな、息子。親はいずれ亡くなるものじゃ。ふだんからその覚悟が必要であろう。そのこころ構えができてなくて何といたす」

数正はたよりない息子を叱るように言った。

「父上、それは無理でございます。われらに父上の替りはとてもできませぬ。石川数正は三河武士きっての器量人でございました。だからこそ岡崎出奔のような大博打もでき、太閤の信頼もあつく、松本十万石にあのような城まできずくことを許されたのではありませぬか」

「その方らはわが血筋をひいておる。けっして凡庸な男たちではないはず。わしの大望は兄弟どもに継げ。これは父の命令じゃ」

命令をうけて、康長と康勝はだまった。

「不肖のわれらゆえ、父上の大望をつぐことができるかどうか確たることは申し上げられませぬ。もし父上にこれはという策がござりましたら、お聞かせ頂いて参考にしたいと存じます」

しばらくたって、康長が訊いた。

「いずれともあれ、豊臣方と徳川方に分かれて覇はあらそわれよう。だが、一度ではケリはつかぬとおもわれる。石川家は衆にまじってたたかうだけではなく、敵の心臓部一点をねらって衝け。これが必勝の方法じゃ」

数正はまだおこってもいない戦の策について答えた。したがって具体的ではない。

「敵の急所をねらうのでござりますな」

今度は康勝が念を押した。

「それは人であっても、場所であってもかまわぬ。ともかくいちばんの急所をおそえ。大胆な策が功を奏す」

「大変むつかしい策とおもわれますが」

「そのときのためにわが石川家は徳川家を裏切ってみせてまで、豊臣家の内懐に入りこんだのだ。余人に真似のできぬ攻撃ができるはずじゃ」

数正はかなり困難で、効果の高い策をかんがえているのだ。

「父上のおっしゃることは分りました。何とか石川家の大望をとげたいと覚悟いたしております」

「たのんだぞ、息子たち。石川家の寝返りを無駄にしないでもらいたい」

これがこのとき父子でかわした最後の言葉であった。

立冬から半月も過ぎると、夜明けがおそくなり、日の暮れが早くなる。海風も肌にきびしい。

今の季節になると、この地方は河豚の季節である。玄界灘でそだった河豚の身はとくに美味である。数正はすでに何度も口にしている。

この夜、数正は夕餉の席に、あずさの相伴を命じた。腰元、近習をすべてさがらせ、あずさ一人を呼んだ。

ここ十日ほど、あずさは夕餉の相伴にも夜伽にも呼ばれていないので、よろこんでやってきた。

数正の居間には二人分の膳がならべられている。

「あずさをお見かぎりになられたのかとおもって、毎日かなしんでおりました」

あずさは言いつつ、うつくしい顔をにこやかにほころばせ、数正の脇にはべった。

「体調がすぐれなかったので、あずさを呼ぶに呼べなかった」

「近ごろ、殿様の容態がよくないのはあずさのせいだという噂がながれております」

あずさは早速うったえるように言った。

「あずさがわしに何をしたという噂だ？　閨房か、それともほかのことか」

あずさの酌を受けながら数正は訊いた。

「まあ、今宵の肴は河豚でございますか」

あずさは答える前に食膳の河豚の刺身の皿を見て言った。

「名護屋まできて、河豚を食わぬはとんだ臆病者。〈河豚食う無分別、河豚食わぬ無分別〉というが、あずさはどちらの無分別じゃ」

数正はからかうように言ったが、あずさは顔色ひとつ変えなかった。

「わたしはむろん殿様とおなじです。食べるほうの無分別でございましょう」

あずさは躊躇うことなく答えた。

「河豚の味は食い道楽にはこたえられん。〈河豚食わぬ人には言わじ河豚の味〉と申すではないか。これこそ食通の真髄と申すものじゃ。今宵はあずさと二人でこころゆくまで河豚の味を賞味したいものだ」

数正はこころ楽しそうに言った。

「わたくしも、殿の夕餉をお相伴するようになってから、食の味がだいぶわかるようになりました。そして今では殿のお手ほどきで通人の入口ちかくまできてしまいました。河豚とお聞きしてはご辞退申し上げられません。今ごろからが河豚がもっともおいしい季節でございましょう」

あずさも近ごろ美味には目がない。

薄く切った刺身が綺麗に円形に盛りつけられた下に、うつくしい絵皿が透いて見える。

「河豚には鰭酒。これがたまらん」

あつく熱した鰭酒があずさの酌で数正の盃にそそがれた。

「あずさにもついでやろう」

数正が銚子をとると、あずさは喜んで酌を受けた。

「名護屋にいらっしゃって長滞陣されたもっとも大きな喜びはこれでござりますね」

あずさは鰭酒を口にして感激した。

「河豚の旨さは毒にある。毒があると知りつつ紙一重のところで毒をよけてくらう。あえて毒のある肝をこのむ食通もある。ピリピリとしびれるような感じがたまらぬそうだ。河豚に毒がなければ、所詮はただの魚だというわけだろう」

「けれどもいくら食通の方でも肝をこのむ方は死を覚悟いたさねばなりません」

あずさは刺身を口にしながら言った。

「肝の毒でも死にいたるには限度がある。死なない限度すれすれのところまで食する。これこそが通人の心意気だそうじゃ。わしも今宵は肝を少量食べてみようと思う。そうでなければ食通とは言えぬ。ここまできて河豚の肝をこわがっては笑いものとなろう」

「けれども殿様、肝の限度はおわかりですか。限度をこえてお命をなくされては通人とも粋人とも言えませぬ」

「おお、わかっておるわ。まだわしもこの世に未練がある。やらねばならぬ仕事もいくつかある。息子どももまだたよりない。せめて松本の城くらいは完成させねばならぬ」

数正はおどけたように言った。

「それならばわたくしも女の真ごころ。殿とご一緒に三途(さんず)の川の岸辺ちかくまで行ってみましょうか」

「それは大した女の心意気。今宵は生涯最良の夜となるだろう。どこまで行けるか、わしはぎりぎりまで行ってみる」

上機嫌で数正とあずさは河豚を肴に盃をかさねた。

「殿様、佳(よ)い月が……」

下弦の月が陣営の窓からのぞむ海上の空に出ている。

「見事な月じゃ。酒よし、味よし、女よし。やはり生涯最良の夜か。河豚の味はかくべつじゃ。舌にピリピリとくるかすかな刺激がたまらぬ。やがてこのしびれが唇にきて、ついには指先から腕までくるのであろう。限度ぎりぎりまで食する通人の気持がわかる」

数正はきわめて気持よさそうに言った。

「殿様、三途の川をわたってしまっては何もなりませぬ。その手前のところをよくおところえになって。わたしもかすかに舌の先がピリピリといたしてまいりました」

「まだまだ三途の川原はだいぶ先じゃ。滅多に食せぬ本場の味じゃ。これは癖になるかもしれぬ」

「ほんに一度食べたら、わすれられぬ味でござります」

「それにしてはあずさ、箸があまりすすまなくなったが」

そのとき数正がさらりと言った。

「そんなことはありませぬ。本場の味たっぷり堪能いたしております」

言われて、あずさはつづけて箸を河豚の皿にはこんだ。

「おもう存分堪能いたせ。これが河豚の食いおさめになるかもわからぬ」

数正は微笑って言った。

「え？　殿、これが最後でございますか。どうしてでございます」

あずさは箸を途中で止めて、数正の顔を見た。

「いや、何、冗談じゃ。今宵あずさが河豚の毒にあたって死んでしまっては、その方、役目がはたせまい」

「わたくしのお役目ですか。それは何でございます？」

あずさのほんのりと酒に酔った顔に一瞬緊張がはしった。

「三成に命じられたわしの見張りじゃ」

数正は一気に言った。

「石田三成さまでござりますか。わたしは三成さまとは一切かかわりはござりませぬ。殿様、何をおっしゃいますのやら？」

あずさはたしかに不意を衝かれたようだ。一生懸命平静さをたもとうとして言った。

「さすが三成は油断のならぬ男。かぞえてみれば今から七年半前、わしが朝風に騎乗して大名小路であずさをはねた。そなたはわしの屋敷で治療をし、そのまま屋敷に奉公をすることになった。そして二年前、わしとあずさは理無い仲となった。しかしそれはそのまま三成がかいた絵図のとおりであった。間違いはないな、あずさ」

数正は独酌で鰭酒を飲みながらよどみなく言った。

「殿様、何をおおせになられます。何をおかんがえになってそのようなことを。あずさはこころから殿様をお慕いいたしておりました。何年もたってようやく本望をとげ、今が幸せの真っ盛りなのでございます。殿様からそのようなお疑いをうけましたのは身の不徳でございます。殿様はいつごろからわたくしをお疑いになられました」

深く怨ずるようにあずさは言った。その顔に真剣さはあらわれているが、数正の疑いを解くものはなかった。

「三成は才子ながら陰険、倨傲で、疑いぶかい男。わしが岡崎城を脱して大坂にまいったときから疑っておったのだろう。その三成の命をうけてわしに近づいたのが、あずさ、そなたじゃ」

「……」

「そなたは類い稀れな間者であった。はじめの五年ほどはほとんど間者らしい仕事をしなかった。間者のはたらきをはじめたのはわしの側女になってから。食通を気取っておったわしの隙につけこんで、食べ物の中にいろいろな食の毒をまじえていった。たとえて言えば朝鮮朝顔、毒ゼリ、山トリカブト、毒人参などじゃ。これらを各方面から手に入れ、それぞれに加工してわしの食膳に混ぜたり、くわえた。今からおもえば少々妙な味のものが食膳に載っていた。料理人がつくった後のあずさのしわざじゃ」

「殿様、なぜそのようなことをお考えになられたのでしょう。どなたかに吹きこまれたか、妄想をいだかれたかでござりましょう。これほどまでにお慕い申しあげ、殿様のためならば命もいらぬとまでおもいつづけてまいりましたわたくしの真情をまったく信じてくださらないのですね。あずさはとても悲しゅうございます。これまでの人生、殿様と暮してまいりました年月は一体何だったのでございましょう。わたしは間者なのでございますか」

あずさは絶望のなかで、うらみ、悲しんで言った。

「戦国の世はきびしいものじゃ。役目、任務とあらばどんなことでもいたさねばならぬもの。わしはあずさをもはや恨んではおらぬ。見事な間者ぶりは見上げたもの。今宵、わしは死出の旅に出る。この河豚には死にいたる量の毒が添えてある。気の毒だが、あずさ、そなたの命も今宵かぎりじゃ。もうじたばたいたしてもはじまらぬ。恨んでも助からぬ。ここでこころゆくまで河豚を食して、その毒で死んでいくまでじゃ」

　数正はあずさに怒りをむけるでもなく言った。あずさが三成の間者だとはいえ、数正はあずさに正体を見せてはいないつもりだった。けれども、おもいおこせば今まで一、二度、城内で何者かに秘密の会話を聴かれたようなおぼえがあった。

「殿様がそのおつもりならばもう仕方がありません。殿様はわたくしをお許しくださらないでしょうし、このお座敷から逃げることもできぬようになっておりましょう。わたくしもこの期（ご）におよんでじたばたしたくありません。殿と二人で死ぬるは本望にございます。どうやらわたくしも舌の先がピリピリとしびれてまいりました。どうせのことなら、この河豚のお皿をぜんぶたいらげ、思いのこすことなく、あの世へまいりとうございます」

　あずさは覚悟をさだめたように言い、河豚の皿に箸をのばした。

「たしかに三成が疑いをいだいたとおり、わしは徳川家のために豊臣に寝返ったのじゃ。三成の眼力はたいしたもの、徳川家の四天王ですら、わしの肚（はら）を知らなかった。しかし残念ながらこの情報（しらせ）も、今宵あずさがここで命を断てば、三成も知ることはない。戦国の世は所詮だまし合いじゃ。おお、わしの指先も、ずいぶんしびれてきた。河豚の毒はまわりが早い。あずさ、観念いたせ」

言いつつ数正はさらに河豚の刺身と肝を食い、鰭酒も飲んだ。

「わたくし、ここで死んでも後悔はまったくいたしません。たしかにわたくしは三成さまに命じられて間者となりました。けれども殿様を好いておりますのも本当です。自分の役目と気持のあいだで悩みぬいてまいりました。ですからわたくしは三成さまとほとんど連絡をとっておりませんでした。三成さまは、何もご存知ありません」

あずさは本心に返ったように言った。数正はその言葉を信じた。

あずさの唇が痙攣をしはじめた。さすがにあずさの顔面は蒼白であり、死相がにじんでいた。

海上の寒月はすでに座敷からは見えなくなっていた。

太閤薨去

慶長三年（一五九八）八月十八日、太閤秀吉が伏見城に薨じた。秀吉は文禄四年（一五九五）四月に病んでから、同年十一月にも大病し、翌年二月には重病説がながれた。病んでは持ちなおし、また病んでは持ちなおしの繰り返しであった。若いころから戦場を馳駆してきたえあげた秀吉の体は丈夫ではあったが、覇権をにぎってからの荒淫と放埒な生活で体をこわしていった。

文禄五年（慶長元年）九月二日、それまで小西行長と沈惟敬とのあいだで積みかさねられてきた和平交渉がついに実現にまで漕ぎつけ、秀吉は大坂城において明使楊方亨と副使沈惟敬を引見した。

秀吉は明使にたいし、

第一、明の皇女をむかえて天皇の后妃とする。

第二、勘合貿易を復活する。

第三、明と日本とで朝鮮を南北に分けることにし、（今回日本が手に入れた）北部を返す。

などの七条件をしめしていた。

ところが相国寺の承兌が読みあげた明の冊書のなかに、

『……ここに特に爾を封じて、日本国王となす』

の言辞がでてきた。すなわち明の皇帝が秀吉を日本の国王に任ずるという室町時代の勘合貿易時代の形式をのべたのである。ここで秀吉は激怒した。唐、天竺、南蛮までもおのれの支配下におくという秀吉の意図が粉微塵に吹き飛ばされたのである。

日本側の休戦交渉を主導した小西行長はもともと非戦論者で、朝鮮や明との和平貿易をおしすすめたいという意見の持主である。それで沈惟敬とのあいだに、双方が都合よく解釈できるような玉虫色の条文を合作し、休戦協定に漕ぎつける意図であった。ところが承兌が小西から依頼されていたにもかかわらず、条文をそのまま読みあげてしまったのである。

和平交渉は即時、決裂し、秀吉はその夜のうちに再征の命令をくだした。すなわち慶長の役のはじまりである。小西行長は秀吉を欺いたということで、明使引見の場で誅殺されようとしたが、行長の必死の陳謝と承兌の助言で死をまのがれた。そして小西行長は加藤清正と先をあらそうように、部署がさだまる前に渡海の軍をすすめた。

日本軍は当初のうちこそ戦線を優位にすすめたが、この年は飢饉がはげしく、兵糧が欠乏し、軍の行動もしだいに勢いがにぶくなった。そうしたなかで秀吉はふたたび前回同様みずから渡海して指揮をとろうとしたが、家康や前田利家らに説得されて、おもい止どまった。

そのようななかで、秀吉は醍醐で花見をおこなったり、秀頼（拾い）のために京都に新邸を築造していたが、征戦にもしだいに倦んできて、気力もおとろえがちとなった。病いが重くなるにしたがい、外征のことよりも、自分の死後の政権の行末、秀頼や淀殿の将来のことが心配となったのである。そして死の直前にいたると、連日、五大老（家康、前田利家、宇喜多秀家、毛利輝元、上杉景勝）をまねいて秀頼と豊臣家の将来を依頼したり、誓書をださせたりした。覇者のみじめな末路を露呈したのである。

秀吉がもっとも恐れたのは、当然、家康である。秀吉は五大老、五奉行の制度をつくって、一人の独裁、独走をゆるさぬ体制に一応はしてある。徳川家もふくめて、諸大名はすべて領土を秀吉から拝領している。その意味で諸大名はみな秀吉に恩顧を受けている。諸大名のなかには秀吉の直臣もおおい。だから家康が強大な力をもっているからといって、簡単に豊臣家から政権を奪いとれるものではない。しかしその反対に、絶対に奪いとれぬともいえぬ。とくに家康は老獪無比、海千山千の男だ。その決断さえすれば、どのような手段をつかっても目的を達するにちがいないと秀吉はおもっただろう。秀吉自身が明智光秀を討ち、柴田勝家をやぶって織田家の覇権をわがものとしたことをかんがえれば、家康がなすであろう手立も大筋はわかってくる。

（家康をどうしたら縛りつけることができるか）

それが死の瞬前まで秀吉のかんがえたことである。

秀吉死の数日後……、呉服や調度の荷をかついだ呉服商数人の一行が、東山道洗馬(せば)から善光寺街道脇往還(わきおうかん)をとおって松本盆地へむかった。一行は京都の呉服屋山科屋と称しているが、実際は茶屋四郎次郎（代がかわって二代目清忠）が家康の命によって石川家に派遣した千種一行である。千種は秀吉が薨ずる三日前にはやくも京都をでていた。

松本盆地に入ると、周囲の山岳風景のなかに整然とした松本領の田地、田畑、農家、畦道(あぜみち)、堤などが見えてくる。それにつづくは松本城下町である。ここも薄川(すすきがわ)をわたって南の十王堂(じゅうおうどう)をすぎると博労町から本町にいたり、正面に四方を睥睨(へいげい)するかのごとき五層六階の優美で堂々たる姿の天守閣が見える。その西北には三層四階の乾(いぬい)小天守が渡櫓(わたりやぐら)で連結されている。そしてそれをとりまく郭(くるわ)や濠(ほり)、石垣などの規模もとても十万石の大名の城とはおもわれぬ。

しかも今の松本領は文禄二年十月の数正の死によって、領国は嫡男(ちゃくなん)康長が八万石を継ぎ、二男康勝が一万五千石、三男康次が五千石を継いでいる。

千種はまず松本城におもむき、康長に面会をもとめた。

康長は茶屋家と石川家との関係をよく知っているので、ただちに千種に面会した。二人は偶然おなじ年齢の三十一歳であった。もちろん、おたがいに顔見知りであった。

「お父上には長いあいだお世話になりましたが、名護屋でお亡(な)くなりになったのは、まことに残念でござりました。おそらくお父上は今後のことはご子息さまがたに託されて、やすらかなお気持でこの世を去られたのでございましょう。わたくしにはお父上のお気持がよく分るような気がいたします」

数正が文禄二年に河豚の毒であずさと死んでいらい、二人が会うのははじめてであった。

「左様か。わしには父の心境にはまだわからぬところが多々ござる。父はもっと生きる努力をいたすべきだったとおもうが」

本丸書院でかたる康長の言葉は、もう父の死から五年がたっているため穏かではあるが、まだ割り切れぬものが残っているようだった。数正は頑固一徹をほこる三河武士団のなかでは親しみやすさを感じさせる優男の味が風貌のどこかにあったが、康長はどちらかといえば、実直な感じの生真面目さが表情にあらわれている。

「わたくしが申すのははばかりがございますが、お父上はまだ年少のころから人質として行かれた家康公のお世話をなさり、戦場においてもつねに一方の旗頭として奮戦なさり、さらに徳川家の外交についてはお一人で担われていた感がございます。そして最大の功績は春秋の筆法をもってすれば、太閤の目を海外にむけ、諸大名を朝鮮へ渡海させて、将兵らをおおいに消耗させ、豊臣家を混乱におとしいれたことでございましょう。ついで淀殿を盲愛させて拾い君を産ませ、関白秀次どのを切腹させ、豊臣家の後継者をうしなわしめたことにあるのではないでしょうか」

千種の言葉は康長には腑に落ちなかったようだ。

「父数正が太閤におおきな影響をあたえたというのですか」

「どの程度かはわかりませんが、お父上が太閤に影響をあたえたことは事実です。晩年の太閤は気が短くなり、逆鱗に触れることを恐れて直諫する家臣たちもいなくなりました。そうした中でお父上は割合に気にすることもなく太閤にご意見申し上げていたそうです。それはお人柄のたまものでございましょう」

「父は飄逸な面も持ち合わせておったので、あるいはそうかも分らない」

「ところがその太閤が今ごろ死の床についているとおもわれます。わたくしはそれを逸早くお報せいたすために、京をでてこちらに向ったのです」

千種はここではじめて、来訪の目的をつげた。

「近年、病み臥りがちとは聞きおよんでいたが、とうとう亡くなられるか。太閤亡き後の唐入りの後始末はおそらく混乱をきわめるだろう。後の国の政治の成り行きもどうなることか、見当がつかぬ。いずれ次第にはっきりしてくるだろうが」

康長は驚きをあらわして言った。

「当分のあいだは相当な混乱がおこるとおもわれます。その混乱をおさめなさるのは、やはり内府（家康）さまでございましょう」

「わが石川家の生きてゆく道筋が問われよう」

いくらかきびしい表情で康長は言った。

「元の道筋にもどる機会でもござりましょう」

千種は康長とほとんどおなじ立場に立って言った。

「それが長年の夢であるはずだが、当時とは情勢も変っておるゆえ、いろいろ考えねばならぬこともござろう。弟たちの考えも聴かねばならぬ。それにしても、おおきな時代の変り目に入ったことよ」

康長には数正から言いおかれている事項があるのであろう。その実行、実践にせまられたという思いがあるように千種には感じられた。

「石川家の場合、方向は以前から数正さまがお決めになっておられましょう。その道筋をかんがえ、実行されるのがこれからの石川家に課せられている問題でございましょう」

「父がのこしていった課題はあまりにも大きい。これにはわしや康勝らの人物、器量がためされているということだな」

「そのあたりのことは、わたしには分りません。わたしは数正さまとの連絡掛りでございましたから」

「太閤の死をいちはやくおしえてもらい、感謝にたえない。茶屋どのによろしくおつたえねがいたい。さらに今後とも当家との連絡方よろしくたのみ申す」

「以前から、徳川家と茶屋とは切っても切れぬ縁ですから。それにしても数正様にはたのもしきご子息さまが三人もいらしてお幸せでございます。それで安心してお亡くなりになることができたのでしょう」

「頼りになるかどうかは今は分らぬ。しかし父の遺志はしっかりと胸に秘めて生きてまいった。父の期待を裏切らぬようにつとめたい」

今、松本にいるのは康長一人で、康勝、康次は名護屋に詰めている。

「そのお言葉をお聞きして、安心いたしました」

千種はほっとしたが、康長は今後この大問題にどう対処すべきか難問をかかえこんだ様子も感じられた。

ともかく太閤ひとりの死によって、今後世の中が大きく変っていくことはたしかである。けれども秀吉が死んだにしても、まだ豊臣家が無くなったわけではないのである。秀吉亡き豊臣家に今後家康はどう対処していくのであろう。これは康長にとっても千種にとっても大きな問題であった。秀吉亡き後、諸大名のうちで最大の力を持つ者が家康であろうことは万人のみとめるところである。しかしだからといって、徳川家が天下をにぎるとは言いきれないのだ。徳川以外の諸大名が今後どううごくのか。豊臣家、徳川家はそれにどう対処するのか？ 世の中は今、否応なく音をたててうごきだそうとしている。

「五大老、五奉行の制度があるかぎり、今ただちに世の中がはげしく変ることはないであろう」

「天下はまわり持ち、覇者交代は乱世の常でございます。信長公が没すれば、秀吉が替り、秀吉が死んで、豊臣が二代つづくとはおもえません。きっと誰かがその後釜にすわりましょう。実力天下第一の徳川さまがみすみす覇者の座を見逃すはずはありません。このときをねらって今まで虎視眈々と豊臣の時代を雌伏されていたのでしょう」

「しかし徳川家にしろ、このまま何もせずに天下がころがりこんでくるわけではない。秀吉が山崎の合戦、清須会議、賤ヶ岳の合戦、小牧・長久手の合戦とたたかい抜いて天下を獲たと同様に、徳川家でもいくつかの合戦をたたかい抜かねばならない」

「その戦いのためにも数正さまは汚名を着てまで布石を打ってこられたのでございましょう。これからはその布石を生かす時だとおもいます。布石を生かすのは康長さまや弟君たちでしょう」

同年齢という気安さもあって、千種はそこのところをはっきりと言った。

「父の苦労にむくいぬわけにはまいらぬ」

康長はたくましい一言を吐いた。

康長にしろ、康勝にしろ、数正の薫陶をうけてそだった息子たちである。数正の遺志をしっかり継いでいるはずだと千種はおもった。

「それは康勝さまとて、ご同様でございましょう」

「その節には、茶屋どのの力を借りるかもしれぬ」

「できるご助力は何なりといたしましょう」

ここで二人は誓い合った。

千種が去った後、康長は自分の居室にこもって、沈思黙考をつづけた。太閤が他界したためにこれから時代がうごく。

（では、石川家は今後どのようなうごきをすればよいのか）

これをただちにきめることはできぬ。豊臣家に寝返ったのは嘘だったと言って徳川家にもどってゆけば済むという問題ではない。それは天下が受け入れぬ。徳川家としても、ただちにそれをみとめるわけにはいかぬ。しばらくのあいだは、天下の情勢に合わせて行動することが必要であろう。従来どおりの立場を堅持することが大切なのである。今とつぜん目立った言動をすることはいましめなければならぬ。

いつしか日没をむかえて、近習が燭台に火をともしにきた。が、康長は近習に声をかけることもなかった。千種一行は城下本町の旅籠〈洗馬屋〉に宿をとっている。

ややあってから、足音が居室に近づいた。

足音が居室の前でとまり、

「よろしゅうございましょうか」

家老渡辺金内の声が聞えた。

「入れ」

康長は金内をむかえ入れた。

「難事が生じましたか」

金内は康長の顔に見入って訊いた。

「太閤が死んだ」

康長が一言いうと、

「左様でございますか」

金内はそれだけ聞いて黙りこんだ。

(くるべきときがきた)

金内のおもいはそうである。

数正は将来徳川家にもどることを予定して、寝返ったのだ。寝返ることによって、家康におおくの情報をおくることができた。石川家が関東鎮台松本城主になることによって、家康は安心して関東をおもいのままに固めることができた。もし他の大名が松本城主として関東をきびしく見張っていたら、おそらくおおくの問題がおこったであろう。家康は秀吉をはばかって、おもうような領内政治ができなかったはずである。それがおもいのままにできたのは、関東鎮台が数正であったからだ。それだけでも数正の寝返りは、十分徳川家に利益をもたらした。

が、今それが転換期にいたった。

「しかし今、石川家はにわかにうごくわけにはいかぬ」

康長は言った。

「もっともよい時機がいずれまいるでしょう。その時機を待っておりましょう。そのとき石川家ならではのはたらきができるかもしれませぬ」

「長いあいだ汚名を着てきたのだ。そのときは大きな土産を持ってかえりたい」

康長は本音を言った。

「天正の十三年からですから。丁度十三年間です」

「まだこれから何年つづくかもしれぬ。それに石田三成は当初から当家を疑っていた。これからもとくに注意が必要だ。しかも三成はその当時から、家康公が隙あらば覇権をにぎろうとねらっていると疑っていた。今後も三成は徳川家の大きな敵となるだろう」

「今後なすべきことはございましょうか」

「なすべきことはない。今までとおなじでいることだ。天下のうごきをじっと見ておればよい。時世に合わせて、石川家がうごくときはやってくる」

「その通りでございましょう」

「それにしても太閤は早過ぎる時期に死んだ。関白秀次は切腹させられ、後継者たる秀頼はまだわずか六歳だ。それに替るべき人物はいない」

「いかんせん後継者が幼なすぎる。生母淀殿の存在が吉とでますか、凶とでますか」

渡辺金内は先を読んで言った。

「淀殿は太閤の寵愛によって慢心はなはだしいと聞いておる。しかも家中に淀殿をおさえられる人物がおらぬ。すべてに満ち足りたとおもわれた太閤にしてさえ、亡くなってみると、これだけの難点が見えてきた。五大老、五奉行がいたにしても豊臣の政権はあぶない」

これが康長の見方であった。

「五大老のなかに最大の敵がいるのですから。ほかの四大老がこの敵の天下取りをはばむことができるかどうか」

そう言って、金内は笑った。

「ま、家康公のことだ。あわてず騒がず、時間をかけて粛々と天下取りにうごきだすであろう」

康長はその言葉で、この場をしめくくった。

家康は従来どおりの手法と行動で、あせることなく根気よく、慎重に、もっとも手堅い方法で天下取りにいくのだろうと康長はおもったものだった。秀吉亡き後、五大老の制度はあるけれども、その中で家康の力は断然群をぬいている。秀吉でさえ家康に細心の注意をはらっていたくらいである。しかも戦歴は秀吉と比較しても劣るところはない。諸大名間での声望もある。

ところが、ゆっくりと十分に時間をかけてうごきだすとおもわれた家康の行動は、案外にはやかった。太閤亡き後の政治は、遺言でしめされた家康、前田利家、宇喜多秀家、毛利輝元、上杉景勝の五大老の合議によって運営され、庶政は浅野長政、石田三成、増田長盛、長束正家、前田玄以の五奉行によって執行されることになっていた。ところが、その中で早々に家康が強力な主導権を発揮しはじめた。五大老のなかでは、家康対ほかの四大老という関係が生じ、さらに家康を危険視する三成と家康の対立の構図がくっきりと浮かびあがってきたことが、千種から康長にあてた密書でわかってきた。

「康勝、わしも少々読み違えていた。今回、家康公は早目早目の勝負にでてきていると見える」

康長は名護屋から松本にもどってきている康勝、康次を呼んで言った。

「絶対のご自信があるからでしょうか」

と康勝はかんがえを述べた。

「たしかに徳川家の力は諸大名のあいだで群をぬいておる。けれども家康公は力を背景にして押しまくるお方ではなかった。ところが今回は今までとはいささか違うようだ」

これが康長の実感である。

「これまでなら、ほかの四大老との対立を避け、諸大名を味方につけ、三成をもうまく抱えこんでいく方法をとったはずですが」

康勝が印象をのべると、康次もそれに同感をしめした。

「力で押しきろうとおもえば押しきれても、家康公は今まではあえてそれをなさらなかった」

「今回、変られた理由は？」

康次が訊いた。

「かんがえるに、それは家康公のお年ではなかろうか。今年（慶長四年）家康公は五十八歳になられた。太閤は五十歳でほぼ天下を平定した。八年のちがいがある。五十代の八年は大きい。信長公が将軍義昭を奉じて入洛したのは三十五歳で、死んだのは四十九歳だ。それをおもうともう落着いてはおられぬ気持になられたのだろう。早く天下を手に入れておかねば、ご自分の寿命が尽きてしまう。しかも今ならば、まだ気力、体力も充実しており、天下の情勢も家康公に味方しているとかんがえられたのだろう」

康長はおもったとおりに答えた。

「寿命との競争ですね。いかに体に自信があるとはいえ、五十八歳はすでにご老体です。いつ何があってもおかしくはない。利家公は六十二歳で、重病の床に臥しておられる。もう余命はござるまい」

と言ったのは康次だ。

「家康公はここを勝負所とみておられるのだろう。太閤が亡くなったのは家康公にとって本当に僥倖だ。家康公はそれを天運とかんがえられたのかもしれぬ。だから家康公はここは押しまくって天下を手に入れるおつもりだろう。少々の無理は承知で押しとおすご覚悟ではないか」

康長は千種から入ってくる最新の情報をもとにそう推量した。

今年正月、秀頼が伏見城をでて大坂城に入ると、利家は秀頼の傅役としてこれにしたがった。家康は伏見の自分の屋敷で政務をとったので、おのずから伏見と大坂との対立が目立ってきた。しかも昨年、家康が自分の六男忠輝に伊達政宗の娘イロハ姫をめとらせようとし、また、久松康元（家康義弟）の娘を養女として、これを福島正則の子正之の妻とし、小笠原秀政（貞慶長男）の娘を養女として蜂須賀至鎮の妻にしようとことをはこんだ。ところがこれは太閤がさだめた諸大名同士の無断の婚姻の禁止にふれる。四大老、五奉行は家康を詰問して、一時は双方兵備をかためるなどの緊張した状態になったが、三中老（中村一氏、堀尾吉晴、生駒親正）が懸命に仲裁した結果、ようやく両者の和解が成立した。このような強硬手段を家康がとることはかってなかった。

「家康公は今回の機会を逃がしたら、もう徳川家の天下はないとお思いなのでしょう。いずれにしろご自分の元気なうちにケリをつけようとおもっておいでなのだ」

康勝も康長とおなじ意見であった。

「ともかくわれわれがおもっていたよりも時世の流れは早くなりそうだ。戦になるかもしれぬ。準備をしておいたほうがよい」

康長は康勝と康次に言った。

それからわずか二ヶ月余しかたたぬうちに、ふたたび千種から康長のもとに密書がとどけられた。

康長はかすかに自分の胸の鼓動を聞きながら、密書の封を切った。伏見にも大坂にも石川家の屋敷はあるが、茶屋の情報伝達のほうが早いのである。ときには石川家ではわからぬことも、茶屋はいちはやく情報を得ている。それは朱印船貿易家、呉服商として各方面に多彩な交友関係をもつ四郎次郎の情報源の問題であろう。本能寺の変のとき、堺遊覧中の家康一行にいちはやく報じたのも茶屋であった。

千種の密書には驚くべき情報が二点しるされていた。

康長はすぐに渡辺金内を居室にまねいた。本来ならば康勝、康次にまず報ずべきであるが、両人は独自の領地を松本領のうちに持っていて、普段は自領に居住している。

金内はすぐに姿を見せた。

「何事でございましょうか」

「世に変事がおこった。しかも二つだ」

康長は金内の顔を見て言った。かって筆頭家老であった天野又左衛門はすでに死没しており、今は金内が筆頭家老の地位にある。

「まず一つは？」

「加賀大納言が亡くなった。閏三月三日のことだ」

康長はしずかな口調で言った。

「利家公は病床にあるとは聞いておりましたが、すでにご老齢でございますれば。これで世の情勢がまたおおきく変りましょう。もう一つは？」

利家死して、家康のおおきな反対勢力がうしなわれた。

「石田三成が武断派の七将に命をねらわれ、何と窮余の一策から家康公の懐に飛びこんで、あやうく命拾いをいたしたそうだ。しかもそれは加賀大納言が亡くなられた翌日のことだ」

これは康長にとっても意外な出来事であった。

「武断派の七将とは、加藤清正、福島正則、池田輝政、浅野幸長、黒田長政、加藤嘉明、細川忠興の七人でございますか」

「そのとおりだ。豊臣家の武断派の諸将はもともと官僚派の石田三成、小西行長らと仲が悪かった。その仲が一層険悪になったのは、唐入りのときだ」

非戦派の石田、小西らは秀吉の意向をそのまま実行にうつす戦闘派の清正らを邪魔にして、秀吉に讒訴しつづけたために、清正は秀吉の怒りに触れて帰国を命じられたりした経緯やそのほかの軋轢がいろいろあった。秀吉没後、三成は自分が武断派の諸将に命をねらわれていることを知って、終始前田利家の側について離れなかった。それで利家が没した翌日、七将は三成をころさんと追いまわしたところが、三成は逃げ場に窮して、なんと家康の屋敷に逃げこんだのだ。

「よく家康公が三成をたすけましたな。三成はかねて家康公を豊臣政権を簒奪する者として、もっとも警戒いたしておりましたものを」

「家康公とてそう甘いお方ではないわ。三成を七日間かくまいつづけて、その後三成を説得し、領土の近江佐和山に蟄居隠退することをすすめた。三成は仕方なくそれに従って佐和山に帰国し、隠居いたしたそうだ」

「それでは家康公に対抗いたしていた利家、三成ともにいなくなったのでございますな」

「驚くべきは家康公の運の強さだ。利家公が亡くなられたのはともかくとしても、三成までも上方の政治の表舞台から追放してしまったそうだ。ほかの四大老はそれぞれ自分の領国に問題があって帰国いたしておるので、中央は家康公の一人舞台だ」

四大老のうち宇喜多秀家は家中に重臣間の対立があって帰国しなければならず、毛利輝元は二度にわたる朝鮮役で家中の経済的窮迫がいちじるしく、輝元自身が帰国して対策を講じなければならなかった。また利家にかわって加賀の領主になった息子利長はまだ一度も国入りをしていなかったので、一度帰国しておく必要があった。上杉景勝は昨年越後から会津に転封され、その領国の整備がととのわぬうち太閤の葬いで上方にでてきていたので、なるべく早く帰国しなければならなかった。

「いい運がめぐってきた。いよいよ家康公の出番でございましょう」

「ご自身もそうおかんがえになっておられるようだ。長いあいだ苦労をし、雌伏をつづけてこられたが、ついに好運がめぐってきた。それに再度の唐入りにも渡海をいたさず、兵を温存し、領国をととのえ、たくわえも積んでおるので準備は万端だ」

「徳川の世がすぐ目の前まできておりましょう」

主従は千種がつたえてきた天下の情勢の変化をよろこんだ。

それからの家康の天下取りの足どりは一層はやまった。家康は利家が死んだわずか十日後に、伏見の自邸から伏見城に居をうつした。

これに世間は衝撃をうけ、

『家康公、天下殿になられ候』

とさえ言った。それは伏見城が秀吉の城であったからである。

「家康公は天下を乗っ取りなさるおつもりでしょうか？」

「いや、そう簡単にはまいらぬだろう。大坂城には秀頼、淀殿がおるし、領国にかえっておる四大老がだまってはおるまい。第一に大義名分がたたぬ。家康公はそれほど簡単にはかんがえておらぬだろう。大義名分のないまま力ずくで天下を取っても、世間がそれをみとめぬ。家康公は多少の無理はおかしたとしても、一つずつ段取りを踏んで天下へ歩をすすめるであろう」

「そこは家康公らしくですな」

「そのための戦を家康公はもう避けはいたすまい。私闘ではなく、大義名分のもとに家康公が主権をにぎって、強力な大名を叩いていかれるのではないか」

「なるほど、そうすればおのずから家康公が天下人の座に近づいていかれる」

「そのとおりだ、金内、いつ、どこと戦がはじまってもおかしくはない。興味は家康公がどこを狙い撃ちするかだ」

さすが康長は数正の嫡男である。家康の肚も読めるし、戦略を想像することもできる。

「まず第一にねらう相手は？」

「おそらく前田ではあるまいか。利長は五大老のうちいちばん新参ではあるが、父利家公は秀頼の傅役であったし、徳川家に対抗した首領だ。ここを叩けば効果はもっともてきめんであろう」

「太閤にいちばん近い大名といえば前田殿でありますから。しかし豊臣家はどちらを支持いたすでしょう。傅役の家でありますから」

「家康公にご油断はござるまい。きっとうまい理由を見つけなさって、前田家の非を討つという筋書をおつくりになるだろう。そうなれば、豊臣家といえども、前田家に味方できなくなる」

康長には家康の手法は大体わかるのだ。策には油断のない家康である。

康長のこの予想は的中した。九月九日、家康が重陽の節句をいわうため、伏見城から大坂城に出むこうとした際、五奉行の一人増田長盛からとんだ密告が家康のもとにもたらされた。大坂城内で家康暗殺の謀議がおこなわれているというのだ。すなわち家康が登城した際、浅野長政が手をとってむかえ、そのとき大野治長と土方雄久が同時に家康を刺殺すべく突きかかる計画がねられているという。そしてこの謀議は前田利長が加賀金沢で発案したという通報である。

これを聞いて、家康はしめたとほくそ笑んだのだろう。実直な利長がこのような謀議をするわけはないとおもったが、謀議は奉行の一人から確実に通報されたのだ。これを見逃す家康ではなかった。

さっそく大坂城へ出むき、大野治長と土方雄久をとらえ、訊問して強引に治長を下野に、土方を常陸にながし、浅野を領国甲斐に蟄居させた。そして家康は伏見城を結城秀康(於義丸)に守らせる一方、兵をひきいて再び大坂城に乗りこみ、西の丸を占拠した。

これで豊臣家の伏見城、大坂城をともに手中におさめてしまった。

そしてさらに家康は使者を金沢へおくり、姻戚の細川忠興とともに利長が領地金沢において謀叛をたくらんでいるので討伐をおこなうと報じたのである。

驚いたのは利長と忠興である。身にまったくおぼえのないことである。しかしほうっておけば家康は討伐の兵をおくってくる。これをむかえ討って勝利する自信は利長にも忠興にもなかった。それで忠興は領地丹後の宮津から上洛してきて、家康に必死の弁明をおこない、起請文をだした。利長も家老横山長知を大坂におくり、まったくおぼえのないことを弁疏させて、起請文を提出した。

それにたいして家康は、利長には母の芳春院（利家妻）を、忠興には息子忠利を人質として差しだすことをもとめたのである。諸大名間において私的に起請文をとりかわしてはならないという掟が存在したが、家康は傲然と無視して、両者から人質をうけとり、これを江戸におくった。まさに天下人としての振舞も同然である。

家康としては五大老の仲間の利長を力で捩じ伏せたわけだが、起請文と人質を得たかわりに前田討伐の口実のもと天下の兵をうごかす機会をうしなってしまった。

「家康公としては、ほろ苦い結果でございましょう。父利家だったらそのような難題を突きつけられて、叩頭いたすわけもない。当然加賀百万石に立てこもって、討伐の兵と一戦をまじえるでありましょう。息子利長と家康公とでは貫禄も器もちがいます。一も二もなく、母を人質にさしだしたあげく、起請文を差しだしてしまった。家康公のほうもとんだ誤算であったでしょう」

松本城において、康勝は康長に言った。

「そうではあろうが、家康公はいよいよ本気で天下取りにでてきた。遠からぬうちに、前田にかわる何者かが討伐の言いがかりをつけられるであろう。出陣の準備をしておいたほうがよかろう」

康長もおなじ意見であった。

「仮りに家康公が大老の名において討伐の出陣を命じたとして、諸大名はそれにしたがうでしょうか」

康勝は疑問を投げかけた。

「秀頼が豊臣の名において出陣を命じたならば、まず大半の大名はしたがうであろう」

「したがわぬ大名もあるはずです。まず石田、小西、宇喜多、上杉らは絶対にしたがいますまい。逆に討伐の隙(すき)をついて、石田などは佐和山に兵を挙げるかもしれませぬ。石田は太閤の生前から家康公が天下をねらっておると見て、きびしく警戒をしていました。父上の死はそれが原因でありましょう。われらにとっては父上の弔合戦も同然です」

「そうだとは言える。気合いを入れてたたかわねば」

康長はうなずいた。

天下分け目

それからわずか二ヶ月もたたぬうちに、会津の上杉家討伐の噂が松本に聞えてきた。

康長はさっそく康勝と康次を呼んで、つたえた。

「今度は上杉景勝ですか。またまた家康公が難題を吹っかけたのでございましょう。だが、相手が上杉となると、前回の前田のようにはいきますまい。喧嘩を売られたら、景勝は受けて起つでありましょう」

康勝はすぐにそう答えた。

「上杉の先代は軍神とおそれられた謙信です。景勝や家中にはその遺風と精神が色濃くのこっているでしょう。又上杉家には直江兼続という鬼謀の大物家老がいる。理不尽な喧嘩を売られて簡単に謝るような相手ではありませんぞ」

康次も自分の考えを口にした。

「同感だ。そもそも上杉は関東の徳川を奥州から見張るために会津に転封された大名だ。にわかに五十五万石から百二十万石の大大名となって、城を拡大修築したり、あたらしい家来を大勢召しかかえたのだが、謀叛の疑いありと見られた。景勝や兼続が容易に徳川家の言いなりになるとはおもえぬ。家康公があくまでも強引な態度にでれば、今回は戦になるだろう」

康長はそう推測した。

「ま、家康公は戦をするのが目的なのですから強引にでるでしょう」

「家康公はまことによき相手をえらんだもの。今年（慶長五年）は戦の年となろう。この戦をきっかけにして、石川家は表返りができる。長い年月、裏切り呼ばわりされていた石川家の本意もここであきらかにされよう。父上の名誉も回復される」

康長にしてはかえって待ち侘びていた戦である。

「徳川家にしたがわぬ大名もかなりでるでしょう。そのときの決意、覚悟はしっかりしておかねばなりませぬ」

康勝はそのあたりのことが、多少気がかりであった。

「覚悟はきまっておるわい。このとき表返りしなくて、いつできる」

「会津討伐となったら、信州の大名は当然出陣命令を受けるでしょう。しかも第一線にだされるとおもいます」

いい時期にいい場所で討伐がおこなわれると康勝はおもった。康長も康勝もこういう機会がいつかくると信じて、長い年月、ひたすら武芸に精進して腕をみがきあげてきた。

「表返りの手土産に、石川家は相応の軍功をあげたいとおもう。でなければむかえる徳川家中もあまりいい顔をしないであろう。みな本当に裏切ったと信じているのだから」

十五年間、豊臣家の家臣をよそおいつづけてきた康長、康勝、康次はこれで待望の徳川帰参がかなうとおもった。石川家にとって、この十五年間くらい長い年月はなかった。たとえ偽装であったにしろ、武士にとっての裏切者の烙印くらいつらくきびしいものはない。徳川家最大の裏切者とされたまま死んでいった数正に、三人の子供たちは身を切られるような痛切さをおぼえていた。

（父のためにここで、石川家が裏切者でなかった証明がしたい）

三人はいずれもそうおもっていた。自分たちも少年のころから、周囲の白く冷たい視線に堪えてそだってきたのだ。今回その証明ができなければ、この先将来までずっと機会はめぐってこないだろうとおもった。

初夏、家康は景勝にたいし、上洛して弁明するよう相国寺の承兌に手紙を書かせて、使者を会津へおくった。

その手紙の返事が五月三日、大坂にもたらされた。これこそ後世〈直江状〉と呼ばれるようになった、家康の要求にたいする直江兼続の峻拒の返書である。

一読して、家康は激怒し、ただちに会津討伐の軍令を諸将に発した。そして早くも六月には諸将の出陣の部署をさだめた。白河口には家康、秀忠父子がみずからむかい、これに上方筋の諸大名が附属し、仙道口には佐竹義宣、信夫口には伊達政宗、米沢口には最上義光、および仙北方面の諸将が属し、津川口には前田利長、堀秀治、村上義明、溝口秀勝らが属して進発することに決した。

石川家でも、康長、康勝が二千の兵をひきいて会津へむかって出陣した。石川軍は戦意に燃えていた。上杉家に恨みがあるわけではないが、全国規模のこの戦で目立った軍功をあげれば、徳川配下の大名として、あらたな認知が得られるという気持である。

諸軍は会津をめざして東下していった。松本、上田、小諸、高島、高遠など信州の諸軍が東山道を東へむかい、下野犬伏までやってきたとき、家康の本陣に上方から密使が到着した。

『石田三成、佐和山にて挙兵！』

の報せである。しかも豊臣政権の奉行、増田、長束、前田玄以の三人は三成と手をむすび、家康の罪状十三ヶ条を天下に公表し、在坂の諸大名にたいし、各自持場をかため、諸道の出入り、往来をきびしく吟味させ、とくに諸大名の妻子の帰国を厳重に禁じた。

そして伏見城を攻めて、上方をほぼ制圧した。

しかし、三成の挙兵は家康がほぼ計算のなかに入れていたものであった。三成に挙兵の機会をあたえるために会津討伐がおこなわれたともいえる。その夜、家康は犬伏において諸将をあつめて軍議をひらいた。

「諸将の妻子は上方にいて、三成や奉行たちの監視下にある。また三成や奉行たちに義理や縁のある者たちもおるであろう。このたびの去就はおのおの方の裁量にまかせる。

どのような行動をとろうとも、家康まったく恨みにおもわぬ。帰路の道中の安全も保障する」

家康はそのように述べた。

すると福島正則が、

「徳川殿が太閤殿下の遺命にしたがって今後とも幼ない秀頼君をもりたててくれるならば、われら太閤遺臣も、自分の妻子をかえりみず、先陣をうけたまわって、三成を討伐しよう」

と言明した。すると黒田長政、池田輝政、浅野幸長、細川忠興ら豊臣系の諸大名はいずれもこれに賛成した。ただ一人、徳川家と長年確執のおおかった真田昌幸は答えを保留した。

そして昌幸は嫡男信之、二男幸村とで去就について、その夜密談をおこなった。

その未明、石川家の陣をひそかに訪れた者があった。昌幸と幸村の真田父子である。

「どうなさいました、真田殿」

康長がたずねると、

「石川殿とご相談がござる。至急のことゆえ、このような時刻にまいった」

昌幸がこたえた。

真田は信州海野平から発した豪族で、昌幸の父幸隆から武田氏につかえ、武田氏の滅亡とともに昌幸は信州において独立した。四隣の戦国大名と付いたり離れたりしながら、しだいに抜きがたい勢力を信州上田の地に根づかせていった。そのあいだに徳川家と確執をおこし、天正十三年徳川軍の攻略をうけたが、昌幸はこれを撃退し、このころから秀吉に通じるようになった。以後、真田は豊臣家にしたがう大名となったのである。しかし秀吉亡き後、徳川家の号令をうけるようになったことは仕方なく、このたびも家康の命によって上杉討伐に参加していたのであった。

「真田殿のご相談の趣きがどのようなものであるかはわからぬが、ともかく中にお入りください。お聴きいたしましょう」

康長はずっと年上の昌幸にたいして言った。が、このとき父昌幸に嫡男信之ではなく、二男幸村だけが同行していることが気になった。

「して、今回のことでござる。徳川殿は、諸大名の去就は自由と言われたので、わが真田家のとるべき道を倅二人と相談いたした。嫡男信之は徳川殿に世話になり、徳川家の重臣本多忠勝殿の娘御を嫁にいたしておる上からも、今後とも徳川殿のもとにてはたらいてゆきたいと考えを披露いたした。これは信之の本心からのものゆえ、父といえども仕方がないと承知いたした」

昌幸はまずそう言った。

「左様にござりますか、して、昌幸殿は？」

「拙者、過去において徳川殿と確執あり、徳川軍をわが城下で打ちやぶったためしがある。徳川殿は終世それをわすれぬはず。しかも拙者も何故か徳川殿とはウマが合わぬ。されば今より上田へもどりて、上方の軍に加担いたそうと存ずる。二男幸村は佐和山に兵をあげた石田殿の盟友大谷刑部(おおたにぎょうぶ)殿の娘婿(むすめむこ)にて、その筋からしても上方の軍に参加いたすと申すゆえ、これからわが父子して会津討伐軍をはなれ、上田に帰国いたす所存にござる」

昌幸は父子、兄弟わかれて敵味方の陣営に属してたたかう由(よし)を述べた。

「ごもっともな理由と存じあげます。諸大名においては各自それぞれの事情や理由がござりましょう。父子、兄弟べつの陣営にわかれることも仕方なきことにござりましょう」

康長はまずあたり障(さわ)りのない返事を述べた。が、このときまだ、康長も康勝も真田父子が石川家の陣営をおとずれてきた理由がわからなかった。

「して、このような時刻に石川殿をおとずれたのは、もしよろしかったらわが真田家とともに信州の領地に帰国いたして、ともに上方軍に参加し、徳川軍とたたかうも男子の本懐ではござりますまいかとおもった次第にござる。とくに康勝殿は幼なきころより上方にいて、あちらに知友も多かろうと存ずる。もしそうしたお気持があらば、信濃まで同道いたすもよきかなとかんがえ、おすすめにまいった次第にござる」

昌幸は康長、康勝にとっておもいがけないことを口にした。

「当方、ただ今思案中にござりまする。真田殿のご好意まことに有難きことながら、信濃の諸大名はいずれも徳川家のもとにて上方軍とたたかう所存の者ばかりにござろう。石川家ももともとは徳川家の臣にて、この機会に元の鞘にもどろうかと兄弟相談いたしたところにござります。せっかくのお勧めをいただきながらお断りいたすのはこころ苦しきことなれども、当方の心中よろしくお察しくだされまし」

相手は謀略の名手といわれる昌幸なので、いい加減な嘘を言うことはできず、康長はありのままを言った。

「左様でござるか、それはまことに残念なこと。しかしそれぞれの家にことなる立場があることゆえ、いたし方なきことにござる。石川殿のお立場がわかった以上、ここに長居は無用なれば、これにて失礼いたす。もし今後戦場にて顔を合わすことあらば、遠慮なくお手合わせねがいたい。ではこれにて」

「真田殿のご武運をいのる」

「いざ、さらば」

真田父子は石川家の陣営をでていった。そして帰路につく父子の後にはいくつもの黒い人影が見え隠れした。石川家の陣をたずねるにも万一の用心をしていたのだ。

「真田殿とは敵になったな。領国が近いから気をつけねばならぬ」

ましてし謀略家としての真田の真価を知る康長、康勝は警戒心をつよめた。

「奥州会津の上杉、上方の石田と奉行衆、そしてその中をつなぐ真田。もしかしたら、その三者のあいだで事前の謀議ができていたのかもしれぬ」

康長はあらたな視点から今回の戦をかんがえてみた。直江兼続が激烈な反駁状を家康にたたきつけたことも、この謀議をかんがえれば納得のいくことである。

「真田家は昌幸殿幸村殿と信之殿が二つの陣営に分れるそうですが、わが父上の遺言状にもそれに似た文言がござりましたな」

康勝は数正が河豚の毒と知りながらそれを食して自死するに際してのこした遺言状についておもいおこした。

数正は自死するにあたって息子たちに、これからの戦国を生きぬくための要諦を何ヶ条かにわたって書きしるした。兄弟が敵味方にわかれて闘う一条、さらに偽装して敵味方にわかれ、いずれかが反対側を自軍の中枢部にみちびき入れて一挙に敵方を壊滅させる戦法などが、数正独得の謀略術として書きのこされていた。今回真田のとる戦略が、数正の遺書の戦略によく似ていた。

「しかし今回の状況で兄弟が敵味方にわかれたり、偽装してたたかうのはむつかしい。父上の戦略は戦略としてかんがえておけばよい」

康長はそう答えた。

「父上も戦略家、謀略家としてかんがえてみると大したものです。天下人太閤を最後まで欺しとおしたのですから。太閤を欺して、最後には天下を徳川に持ち帰るつもりであったのでしょう。当時そのようなことをかんがえた武将は一人もいないはずです」

康勝はここであらためて、数正の壮大な謀略をおもって感心した。

「三成は父上を疑っていたようだが、太閤は完全に父上を信じておった。父上は天性の謀略家か。陽性であかるい性格のために、謀略と疑われることがなかったのであろう」

「しかし父上はその謀略をとげる前に死んでしまわれた。われら兄弟がその後を託されている」

「いつかかならず父上の遺志をとげようぞ」

康長、康勝はそうかたり合った。

その暁闇のなか、真田軍は犬伏の陣をひきはらって信州上田へむかい、石川軍は犬伏にのこった。

翌日の軍議で、真田軍の帰国が報告された。そのほか美濃岩村城主田丸直昌の帰国が報じられたが、家康は顔色ひとつ変えなかった。

そして結城秀康を上杉の押えにのこし、あとは全軍西へむかって大返しする作戦が発表された。さらに、

「松本城主石川康長殿、小諸城主仙石秀久殿、松代城主森忠政殿は、これよりただちに

帰国いたされ、上田の真田昌幸にそなえられよ」

との命令がくだった。西へむかって大返しする軍は徳川秀忠のひきいる東山道と、福島正則、池田輝政、黒田長政、浅野幸長、細川忠興ら外様大名を主体とする東海道にわかれてすすみ、家康自身はいったん江戸城にひきあげた。

「真田の押えの役目では、東西の大合戦にくわわることはできぬ。たいした手柄も見こめぬ」

やや失望気味に言う康長にたいし、

「いや、真田はどんなはたらきに出てくるかまったくわからぬ。こちらにも手柄の機会はあります」

康勝はある種の期待をいだいた。

松本領と上田領は東西に領域を接しており、真田のうごき次第によってはもっとも石川家が影響をうける。しかも真田はどのような鬼謀を発揮するかわからぬ。石川はそれに対応しなければならなかった。

「いずれにしろ、真田の押えの役は貧乏クジをひいたようなもの。大きなはたらきもできぬだろう」

康長はこの合戦に徳川帰参を賭けているため失望気味だ。

「天下争奪の大合戦がそう簡単に一度できまるわけもありますまい。あわてることはないでしょう」

康勝はなだめるように言った。

秀忠のひきいる大軍は八月二十四日、宇都宮を発して東山道を西上の途についた。そして九月二日、佐久郡小諸城に入った。小諸城は東山道からはずれており、わざわざここに入城したのは、真田の上田城を攻めるための基地としてである。

「徳川軍がいよいよ小諸に入城した。真田軍を一気に粉砕するつもりだろう。なにしろ徳川軍は三万八千の大軍だ。それにたいし真田はわずか十分の一ほどの軍勢であろう。しかし、作戦は簡単にはいくまい。何しろ相手の大将は策士昌幸だ。どんな戦術を見せるか」

松本城で戦雲急を聞いた康長は言った。兵力の差がありすぎるので、真田に地の利があるとはいっても、まともに戦っては勝負にならない。

「われらの想像をこえた事態にならぬともかぎりません。わが軍も戦闘態勢を十分にととのえておきませぬと」

康勝は答えた。

「真田にかきまわされ、翻弄(ほんろう)される恐れがある。小諸城、松本城、松代城などが上田城の押えとしてひかえておるのだから、真田には目をつぶって、一日もはやく西上すべきとおもうが」

康長は秀忠の作戦に疑問をいだいた。

総大将秀忠はまだ若く、参謀についているのが、兵の駆け引きを得意としない本多正信である。秀忠も正信もかって徳川軍が上田城に大軍を派遣して、かえって昌幸のためにさんざん翻弄され、撃退されたことへの報復の念がつよいのである。

徳川軍はまず上田城に使者をおくって、降服を呼びかけた。が、よもや昌幸が降服を承諾するとはおもっていなかった。

ところが昌幸はなんと頭をまるめて城門の外まで出てきて、あっさりと降服を承諾するや、

「ついては降服に反対する将士たちをなだめるために、一両日の猶予をいただきたい」

と殊勝に申し出たのである。

そのため徳川軍は昌幸の申し出をみとめることにした。

「兄上、これは真田の策だとはおもいませぬか。昌幸がこれほど簡単に降るわけがありません」

松本城でこれを聞いた康勝はまずそうおもった。

「わしもそんな気がする。昌幸がこれほど甘い男であるはずがない。しかしすでに了承の答えをしたのなら仕方あるまい。成り行きをしっかり見ておくことだ」

康長はそう答え、斥候を派遣して上田城の様子をさぐらせた。

すると斥候はもどってきて、

「上田城は、堀や土塁、石垣、城壁などの修築に余念がありません」

という報告をした。

「さもありなん。昌幸はおそらく時間稼ぎをして、城の修築をいたしておるのだろう。一戦かまえるつもりにちがいあるまい」

「しかし、ごくわずかな兵で徳川の大軍をむこうにまわす気概は真田ならではのもの。大したものだ」

兄弟は感心した。

一両日が過ぎても真田からの返事がないので、秀忠はもう一度使者を上田城におくった。

するとふたたび昌幸が幸村をつれて出てきて、

「降服の説得におもいのほか時間がかかっておる次第にござる。まことに申し訳なき次第ながら、もう一両日だけ待っていただけまいか」

と言葉をつくして嘆願した。

その結果、ふたたび徳川軍は真田の降服を待つことにした。

しかし今度も一両日たっても、真田からの返事はこない。それで秀忠、正信も業をにやして、さらに使者を上田城におくった。すると昌幸は、

「再三にわたって将士たちを説得したが、賛同が得られなかった。これ以上返答の日延べをねがうのは、当方としてもまことにこころぐるしい。この上はわが将兵どもの目をさまさせるために、この城を攻撃いたしてもらえまいか。当方も少々ながらお手向いいたしたい」

というまことに人を食った返事をしてきた。

秀忠、正信は激怒して、ただちに兵を出陣させ、真田の支城戸石城をうばうとともに、上田城外の染谷台に兵をすすめ、城を包囲した。

「やはり秀忠や正信と昌幸では、戦略家として役者がちがうわい。戦準備の日数を十分にかせがれた。戦となっても安心はできまい」

康長は松本城にあってそう言った。

開戦となって、秀忠は城の周囲の稲を刈り取らせた。時あたかも実りの秋である。徳川軍が上田城周辺の稲を刈り取ることは十分に予想できたことだった。徳川軍がさかんに稲刈りをはじめたころ、百人ばかりの真田兵が城からでてきて、鉄砲や弓で攻撃してきた。

「待っていた」

とばかり、徳川軍は猛然と逆襲にでて、城兵たちを追い、城壁まで追いつめ、なおも押し寄せた。あわよくば城内侵入をはたそうとしたのだ。そのため城壁の下に徳川軍は密集する結果となった。

そこをねらって城内から鉄砲玉と矢がさかんに降りそそいだばかりでなく、城門をひらいて鉄砲隊がくりだしてきた。鉄砲隊は右往左往する徳川軍に銃弾をさかんに浴びせた。城壁の下には空堀(からぼり)が掘られており、徳川軍はつぎつぎに堀に落ちこんでいった。しかも城下をながれる神川(かんがわ)の上流をあらかじめ堰(せき)とめ、水勢を減じてあった。そして城兵を門の側の林の中と、城の東虚空蔵山(こくぞうやま)に伏せておいた。

城壁の下に追いつめられた徳川軍が先をあらそって神川を押しわたろうとしたとき、昌幸は上流の堰を切っておとしたので、たちまち水勢は増し、流れに呑(の)みこまれる徳川軍の兵があまた続出した。さらにそのときかねて伏せてあった真田兵がどっと襲いかかったので、徳川軍は討ちとられる兵と神川に押しながされる者がつづき、さんざんな敗北を喫した。

徳川軍の榊原康政は上田城攻撃をあきらめて、一日もはやく上方へむかうべく進言した。が、秀忠と正信は意地になって上田城攻略を主張して、大切な日数を空費した。徳川の大軍を上田に引きつけておく昌幸の策謀にまんまと乗ぜられたのだ。

こうしたところに、すみやかに西上し三成、奉行軍と美濃国あたりで決戦すべしとの家康の書状が七、八日おくれて小諸にとどいた。この時期の長雨による各地の増水で何度も川留めにぶつかり、使者の到着がおくれたのである。三成の指揮する西軍の主力部隊は、上方から美濃大垣に進出し、徳川軍をむかえ討つ態勢をしいていた。

秀忠は家康の書状に接し、あわただしく小諸城を捨てて西上を開始した。上田城の押えに石川康長、森忠政、仙石秀久らをあてて、大門峠をとおる〈役の行者越え〉という古い間道をこえて、美濃、上方へ急行した。しかし秀忠のひきいる軍勢が美濃関ヶ原に到着したときには、すでに家康を総大将とする東軍が三成、小西、大谷刑部らの西軍をおおいに打ちやぶって勝敗の決した後だった。

関ヶ原合戦終了の後、康長、森忠政、仙石秀久らは昌幸、幸村らのたてこもっていた上田城を開城し、接収した。

「石川殿、われらが父子と行動をともにせず幸いだったの」

昌幸は康長を見て、わらって言った。

「いや、勝敗は時の運でございましょう。真田殿は今回も上田城の攻防で大勝いたしております。本軍が関ヶ原の合戦で敗れたのです」

康長がこたえると、

「たしかに勝敗は時の運じゃ。いたし方なし」

今度は昌幸は苦笑した。

こうして天下は徳川のものとなった。関ヶ原合戦の勝利までは、表むきは秀頼を主とする豊臣政権の五大老の筆頭にすぎなかった家康が、これによって秀頼と立場を逆転することになった。そして慶長八年（一六〇三）二月十二日、家康は征夷大将軍に任じられ、江戸に幕府をひらいた。

かっての入国当時、廃城のごとく見る影もなかった江戸城は、文禄から慶長初年にかけての唐入り騒ぎのときに徳川軍は渡海せず、せっせと江戸と関東の整備に財と労力をついやしていたので、このころ立派な覇府になりはじめていた。大規模な土木工事が多方面に展開され、道三堀につづいて、小名木川が開削され、神田上水がひかれ、奥州街道が開発され、東海道はかっての武蔵野台地から芝筋にうつされ、伝馬制もととのえられていた。さらに江戸城本丸を中核にして、〈の〉の字形の渦巻状に展開する城下町づくりを計画していた。これは日暮里・上野台地、本郷・湯島台地、麻布・赤坂台地、品川・高輪台地などの五大台地にはさまれる谷、川、沼など自然の地形を巧妙に利用し、大規模な土木技術を駆使して形成しようというものであった。

さて、関ヶ原の合戦における論功行賞であるが、反徳川陣営に属して家をつぶされた大名が八十七家、約四百十四万石。領地を削られた毛利、上杉、佐竹らの大名は四家、二百二十一万石、合わせて六百四十万石に達した。そのほか関ヶ原の合戦の旗標となった豊臣家が二百万石から摂津、河内、和泉三ヶ国の六十五万石に削減されたことが特筆される。ここに関ヶ原の合戦における家康の真の動機が見事に透けて見えるのである。

関ヶ原の合戦でおおいに活躍をした福島正則、池田輝政、黒田長政、細川忠興、浅野幸長、さらに在国の加藤清正らが大増封を得た。徳川軍の大名では家康の子供たち、さらに井伊直政を筆頭とする譜代大名たちが戦功に応じて増封を得た。けれども真田家の上田城の押えの役目を命じられた信州の譜代大名はほとんど得るところがなかった。

「石川家は貧乏クジをひきましたな。秀忠殿の大軍が上田の城ひとつをあつかいかねて、関ヶ原の合戦に間に合わなかったのですから、恩賞がなくても仕方のないところです。けれども天下分け目の合戦にくわわって勝利したというのに、何ひとつ褒美がないというのも寂しいかぎりではありませんか」

論功行賞が発表されたとき康勝は言った。

「石川家は本来、すくなくとも四天王と同格あるいはそれ以上に位置する家柄だが、一度は敵方に寝返ったと見られておるので、禄高の上でも差がついてしまった。残念ではあるが仕方あるまい。父上が寝返ってまで徳川家のために貢献をなそうとした企ては、つまるところ期待したほど実をむすばなかった。今度はわれら兄弟が父上の遺志をついで、徳川家のために大功をなさねばならない。それがわれらの弔合戦だ」

康長も数正の大変な苦労を身近に見ているだけに、このまま徳川家に帰参して、疑いの目をむけられながら四天王らの下風に甘んじるのをこころよしとはしなかった。

「徳川家のために大功ですか。今におよんでどのような大功ができるのですか」

「今のところ考えつかぬ。しかし豊臣から徳川の時代にうつって、まだ間もない。そのうちに時代がよく見えてきて、石川家の役所もわかってくるであろう。そのときこそ、兄弟力を合わせて父にまさるとも劣らぬはたらきをしたい」

康長はあくまでも石川家の連綿としてつづいてきた地位、家格に誇りをいだいており、今は帰り新参のごとく周囲から見られていることに不満をいだいていた。

「そのような機会がくれば、わたしもすぐに兄上に応じる所存です。機会がはやく訪れることを願っております」

「待っておればきっとくる。そのとき敢然と起ちあがって、父上同様の気概をもって、ことに処すことができるかどうかだ」

「待っていますよ、わたしは。そのときを」

康勝はわらって答えた。

「父上はわれわれに後事を託されて、恥も屈辱もすべて呑みこんで死んでいかれたのだ。われら兄弟は父上の遺志を立派に受けつがねばならない」

「藤十郎どのとの婚儀もそうしたことを踏まえたものですか」

康勝は一歩踏みこんでたずねた。

藤十郎は江戸幕府の代官頭で財政面を切り盛りする大久保長安の嫡男である。その大久保藤十郎に康長の娘で、美貌の誉たかい加代との縁談があり、明春結婚することがきまっている。

大久保長安は幕府の重臣大久保忠隣に気に入られ、それを背景にして伸びてきた代官頭である。かっては武蔵八王子に陣屋をかまえ、徳川領の検地などで活躍し、慶長六年甲斐代官と石見銀山の奉行となり、さらに二年後石見守に任じられ、佐渡奉行を兼任する財政面の第一人者である。その嫡男藤十郎が加代を見染めて、どうしても結婚をと縁談をもちこまれたのだと康勝は聞いていた。が、最近の康勝は幕府の実力者と政略結婚をたくらむ康長の意図がはたらいているのではないかとおもうようになっていた。

「それはちがう。娘が藤十郎どのに見染められ、ぜひにと縁談をもちこまれたのがことの経緯だ。そのほかには何もない」

と康長は答えたが、康勝は兄の政略の臭いが感じられて仕方がなかった。

(だんだん似てくる)

康勝は兄が近年めっきりと父に似てきたのを感じぬわけにはいかなかった。

(兄は内心とてつもないことを考えているのではないか)

康勝はふとそんなことを思ったりした。そして石川家の完全な復権をかんがえているのだろうかと想像した。

霧の中の影

京都の町は前夜から、未曾有（みぞう）の大にぎわいである。さらに、一ヶ月以上も前から祭礼の準備やその噂（うわさ）などでにぎわっていた。

豊臣秀吉が薨（こう）じて、今年で六年、慶長九年（一六〇四）八月十八日は秀吉の七回忌にあたる。それを記念して秀頼と家康を施主（せしゅ）として豊国（ほうこく）大明神祭礼をおこなうときまってから、洛中（らくちゅう）洛外は異常なほど雰囲気がもりあがってきた。そして日がたつにしたがい、前代未聞（みもん）といえるほどに洛中洛外の空気は高揚していった。

豊国神社は言うまでもなく秀吉の霊をまつったもので、方広寺大仏の鎮守として創建され、豊国大明神の神号をたまわった。その祭礼は遷宮（せんぐう）のおこなわれた四月十八日と、秀吉の忌日八月十八日にもよおされてきた。

この年は前年二月に家康が征夷大将軍となって、江戸に幕府を創設したので、豊国祭はもうおこなわれなくなるのではないかと、巷（ちまた）に噂がながれていた。折しも七回忌にあたる今年の祭礼がおこなわれるか否（いな）か、都人士から庶民までの関心の的になっていたのである。

それだけに七回忌祭礼がおこなわれるときまって、京都の町々は大にぎわいになった。

家康も秀吉が死んで六年もたちながら、これほどまでの人気人望を上方に根づよく保持していることに驚いた。というよりも脅威さえおぼえた。

祭気分は日がたつにしたがい盛りあがり、とくに洛東豊国神社の境内からその周辺に大勢の人々があつまりだし、祭礼前夜ともなると爆発寸前の祭気分に盛りあがった。人々は洛中洛外ばかりでなく、大坂、奈良、和歌山、草津などの近国からもあつまってきた。祭礼当日は夜が明けるのを待ちかねたように神輿(みこし)や太鼓が何台もくりだし、風流(ふりゅう)傘(がさ)をおったてて洛中洛外をねりあるき、騎馬行列がつづき、無数の町衆たちが揃(そろ)いの祭衣装で風流踊りを舞いながら練りあるき、今もって太閤(たいこう)を慕うがごとく盛大な祭りをくりひろげた。

〽豊国の豊国の神の威光はいやましに、万代までも久しく……

町衆のうたう声が京都中を圧するさまはすさまじく、後陽成(ごようぜい)天皇もみずから紫宸殿(ししんでん)にでて、祭りの行列を見物なされた。

これは太閤をしたうと同時に、近年の政治不安のなかでたかまった鬱積(うっせき)を晴らすかのごとくであった。

しかしこの見物衆のなかに加藤、福島、浅野、池田、黒田といった錚々(そうそう)たる秀吉子飼いの大名の姿は一人もいなかった。騎馬行列の馬を献上したり、風流傘、祭礼飾り、奉納金などを献上してお茶をにごしたのがせいぜいであった。

「町衆はいかにも正直。その町衆にくらべて太閤子飼いの大名たちの意気地なさよ。いずれも将軍の目をはばかって、自分たちを取り立ててくれた恩人の七回忌祭礼にも顔をだせない有様や」

「これでは、豊臣家の将来はとてもおぼつかん。家康公が江戸に幕府をひらいたのも、秀頼公がご成人なさっても政権をゆずらぬ心中が透けて見える」

「それにしても、家康公も亡き太閤の人気のすごさには驚いたであろうよ。これほどまでとはおもっとらなかったはずや」

祭見物にあつまった者たちの中からも、豊家遺臣たちの弱腰ぶりをなじる声が方々からあがった。

「亡き主君の祭礼に一人も姿を見せぬのは、みなで相談したにちがいあらへん。まことに情けなき次第や」

「これではいくら淀殿、秀頼公が頑張られても、遺臣たちの腰抜けぶりに、将軍はすっかり安堵されたことであろう。本当にはかりがたきは人の義理と情や」

「そうは言うても仕方あるまい。江戸の公方さまに睨まれたら、この先大名といえども生きのびてはいけませんからな」

と言ったのは堺から見物にやってきた納屋衆である。さすがに見る目がきびしい。

豊国祭は残暑のなか、この日夜おそくまで、勢いおとろえることなくつづいた。祭りの熱気は夜どおしさめることなく翌日未明まで持ちこした。

これより前、昨年七月には家康の孫千姫が江戸から伏見にいたり、大坂城で秀頼と婚儀をおこなった。まだ秀頼十一歳、千姫七歳のまことに幼ない夫婦の誕生であった。家康は大坂方、とくに淀殿の反感と不安をやわらげるために、

『秀吉臨終の際の約束』

と称して挙式させたものである。

それだけ家康は豊臣家と豊臣遺臣たちに気をつかったのであるが、上方の庶民たちはべつとして、かっては音に聞えた太閤子飼いの遺臣たちへのこころくばりはあまり必要ではないことがこの豊国祭においてはっきりわかった。そしてこのことが以後の家康におおきな影響をあたえるのである。

まず翌十年正月、家康が江戸を発し、上洛の途についたのにつづいて、秀忠は十万余の大軍をひきいて伏見に到着した。これは源頼朝上洛のときの古例にならったというものだが、譜代、外様を問わず大名多数をしたがえていた。

豊臣家はこれに驚き、厳重警戒態勢に入り、兵備をととのえた。

一方、秀忠は参内して、銀子二百枚、その他を献上したが、これも頼朝の古例にならうもので、家康の政権構想の一環であった。

そしていよいよ、家康は自分がわずか二年前についたばかりの将軍職をあっさりとし

りぞき、秀忠に譲りたいと朝廷に奏請した。

家康の奏請は聞きとどけられ、ここに秀忠は正二位内大臣、征夷大将軍に任じられた。まことに電撃的な将軍交替劇であった。

世間はあっと驚いたが、これは驚きだけにはとどまらない。この将軍交替劇は、これによって幕府のあり方、世のしくみが変ったことをあらわしている。

〈天下は回り持ち〉

という信長いらいの武家政権のあり方が、ここに終止符をうたれた。

〈天下は徳川家のもの。将軍職は徳川家の世襲による〉

ということが現実にしめされたのである。

(秀頼が成人した暁には政権は豊臣家に返される)

とかすかに期待していた豊臣家や、豊家遺臣たちの望みは完全に絶ち切られた。

家康はこの政権構想を以前からかんがえていたが、昨年の豊国祭における豊臣遺臣たちの弱腰な態度を見て、安心して断行することができた。さらにこれまで家康は豊臣家やその遺臣たちの反発を予想して、しきりに秀頼を儀礼的にたてながら幕府運営をおこなってきたが、その態度も変えた。家康は秀忠の将軍就任の挨拶に秀頼の上洛をうながした。

しかしそれに激怒したのが淀殿である。

「もしそれを強行するというなら、母子ともに刃をもって胸を突いて自刃いたす所存」

と言い張ったので、家康はその勢いに押され、要求を途中でひっこめた。そして自分の第六男松平忠輝を大坂につかわして、秀頼を訪問させ、一件は一応落着をみた。

「世に恐ろしきは女の意地と執念でござる。この執念が逆に豊臣家をほろぼさねばよいが」

と心配するむきもあったが、

「まことに頼もしき女ごころ。これあらば豊臣家はやすやすと徳川にほろぼされることはあるまい」

とする者たちもいた。

「いや、このまま豊臣家母子を言うなりにほうっておいたら、いつ戦がおこってもおかしくはないことになろう。豊臣家では鉄壁の大坂城にさらに修理をくわえ、石垣を高くし、濠を深くし、徳川の軍にそなえているという」

石川康長はそう康勝にかたった。

「恐ろしいのは子飼いの遺臣たちではなく、豊臣家母子そのものでございますな。まこと淀殿の意地と執念、あまりに燃えさかりますと、六十五万石の大名として今後も生きつづけられますものが、元も子もなくなる恐れがでてまいりました」

康勝はいくぶん憂うがごとくに言った。少年時代を豊臣家ですごした勝千代にとっては、敵方の人質とはいっても、親切にされたり、友情のめばえた相手が大坂城に何人もいて、おのずから豊臣家にたいする感情は康長や康次とはいくらか違うものがあった。対人関係ばかりでなく、少年のころに接してきた大坂、京都の上方文化や風景などにも愛着めいたものはあったのである。

「今の豊臣家にはたいした人物はおらぬ。せいぜい家老の片桐且元（かたぎりかつもと）殿くらいであろうか。それとても実直ではあるが、傑出いたしてはおらぬ。いきおい淀殿のまわりの人物や女子（おなご）たちがかってな夢を追いもとめて声高な意見を述べ、周囲がそれに引きずられている状態（さま）が目に見えるようだ」

康長は天正十三年に父とともに岡崎を出奔して、豊臣家臣になった者であるから、そのあたりの様子もわかるのである。

末弟の康次はそのころまだ幼なかったので、十分な認識はできていなかった。それだけに康次は父数正が後に語ったおもいと言葉をそのまま自分の胸中におさめている状態である。

「これからは淀殿という女性（にょしょう）の性格やかんがえによって豊臣家のすすむ道がきめられてゆこう」

と康長が言えば康勝は、

「女性をあつかうのが上手な家康公の手腕の発揮どころだが、なかなかむつかしい相手です。家康公も相当ご苦労をなされましょう」

「力ずくでは簡単に解決できぬが、しかし最後には力ずくにおよばねばならなくなる場面がやってこよう」

さらに康長が言うと、

「加藤、福島、浅野、黒田らに、わが身を捨てるだけの勇気があればまだしも、今のままではとてもとても」

康次が応じた。

石川家の三兄弟も基本のところでは、おなじ意見である。武家政治であるから、つまるところ自分に敵対する相手はたおさねばならぬ。敵の存在するかぎり、これをほうっておくことはできない。ましてその敵が前の覇者の血筋をひく者である以上、どのような理由があっても、これを倒さねば危険である。それでなければ武家政治は成立しないのである。その点においては、〈天下は回り持ち〉を否定するために、早々に秀忠に将軍職をゆずった家康の行為は、あざとくも間違ってはいなかった。

しかも家康もはや六十四歳である。これは秀吉の没した年齢よりも一歳おおい。家康としては自分の年をかんがえずにはおられなかったであろう。覇者としては最長の年齢になってしまった。いかなる英雄といえども、自分の年齢をかんがえるうえでは、凡夫とさほど差はないものであろう。家康はどうしても自分の存命中に最大の目的を達しておかねばならない。自分の死後に、秀吉死後の豊臣家のような運命がおとずれることを断固として排除しなければならないからである。

信州は秋のおとずれが早い。

真夏の暑さがすこし落着いて、朝晩がいくらかすごしやすくなると、空の色にも澄んだ蒼(あお)さが感じられ、風景にもどことなく寂しさが感じられた。田圃(たんぼ)では夏のあいだにのびた草刈りがおこなわれ、家畜の飼料にされる。

松本平から見る周囲の山々は見事なほどくっきりと蒼空に稜線(りょうせん)をきわだたせている。空とぶ燕(つばめ)も南方へかえる秋燕である。ほんとうに信州の秋は人の知らぬ間にやってくる。まわりを山々でかこまれているために、気がつくと、日の出の時刻もかなり遅くなっている。

七月も半ばを過ぎると、秋の色はだいぶすすんでいる。梓川や奈良井川にも暁から早朝にかけて深い霧が一面にたつ。

そんな朝はやいころ、まだ払暁(ふつぎょう)の気配がのこる奈良井川の両岸一帯には濃い霧がながれていた。したがって善光寺街道脇往還(わきおうかん)も霧の中である。

その脇往還の霧の中をややあわただしげに洗馬方面へむかっていそぐ二つの人影がある。霧が濃いため見通しがわるい。したがって市女笠(いちめがさ)をかぶる女の白い脚絆(きゃはん)をつけた足どりはつい遅れがちになり、菅笠をかぶった男のほうが女の手をひきながら、一、二歩前を行っている。

男は腰に二本差している。女の所作も武家女である。二人の様子は夫婦のようだ。二人が松本と洗馬のほぼ中間、村井という村に入ったとき、川から湧きでる朝霧の中に人影が立っているのがぼんやり見えた。

男の足が止まった。

それにつられて女の足もとまった。

「待ち伏せている者がおる」

「見つかったのでしょうか」

武家夫婦は今日の未明に松本城を抜けだしてきたのである。

霧の流れで、前方の人影が見えてきた。

「康勝どのだな」

声をかけたのは早見時之助である。

「答えるまでもない。二人のいで立ちを見ればこれからどうしようとしているか、訊かずとも分る」

「康勝どのだけにはよく理由をはなして行こうとおもったのだが、もし人に知られて騒ぎになると大変だとおもい、失礼ながら無断で城をぬけだしてきた」

早見時之助は大坂城から松本に逃れてきて、康勝に助けられたので、さすがに負い目を感じていたが、言葉や動作に臆したところはない。

「脱城は、どこの場合でも罪になる。討手をかけられても仕方がない」

康勝は無表情に言った。

「ならば康勝が討手か？」

「事情によってはそうなる」

「やむを得んな。討つというなら、こちらも手向う」

時之助もたたかう態度を見せた。

「その前に訊きたい。むかう先は大坂城と見たが、どうして今ごろ大坂城にもどる気になったのだ」

「大坂城があぶないからだ。太閤恩顧の諸大名は家康、秀忠の顔色をうかがうばかりで、豊臣家をまもろうとする気概がなく、まったく頼りにならない。その上秀頼公はいまだ幼なく、母淀殿の言いなりだ。こうした豊臣家の内情が心配になったために、帰参して、いくらかでも豊臣家の役に立ちたいとおもった」

時之助は真面目に答えた。その言葉に嘘はなさそうだ。

「いったん豊臣家を捨てた時之助が簡単に向うに受け入れられるかな」

「われらの敵は豊臣家ではなく、石田三成であった。その三成はもういない。事情がわかれば、受け入れられるとおもう。大坂城には今つくづく人材がいない」

慨嘆するように時之助は言った。

「時之助は根っからの豊臣家臣だったからな」

「康勝とはそこのところが少々ちがう」

「うむ、その気持は分らぬではない。が、脱城を見つけたからには、だまって見逃すとはできぬ。以前から何となくそんな気がしていた」

「康勝の立場もわかる。それが武士というもの」

「気がつかぬように逃げてくれればよかった」

「こちらはそうしたつもりだったが」

「今更言っても仕方がない。二人とも城にもどるならば、不問にする。そうでなければ勝負するしかない」

康勝は当然のごとく言った。

「仕方あるまい。どちらかをえらべと言うなら勝負する」

時之助がそう答えたとき、ひとみのかすかな悲鳴が洩れた。

「やめて下さい。お二人でころし合いをするなんて。それでしたら、わたしが先にここで自害いたします」

ひとみの声は悲痛だった。二人が大坂城を抜けだしたのは、そもそもひとみが三成から横恋慕されたためだ。そのせいで時之助が巻き添えをくい、さらに二人のために康勝が巻き添えをくうことになる。

「ひとみどのが死ぬことはない。これは武士と武士の約束事だ」

康勝がそう言ったとき、

「康勝、ご免っ。武士の作法によって勝負いたす」

言うなり、時之助はひとみを後ろへ押しやって、太刀を抜いた。そして康勝に太刀先をむけて正眼にかまえをとった。

「やむを得んな。そう勝負をいそぐなら、応じるしかない」

康勝もやむなく腰の太刀を抜いた。が、まだ構えるにはいたらなかった。

「康勝、かまえよ。太刀をかまえていない相手と勝負いたすわけにはいかぬ」

「時之助、どうしてもかんがえなおせぬか。今さら大坂城へもどっても、時之助一人の力では何もできぬ」

もう一度、康勝は言ってみた。

「何もできぬとはかぎらぬ。何かできるかもしれぬ。そうおもって帰る決心をした」

時之助は意地になって言った。

「考えがあまい」

「甘いかどうかはやってみなければわからぬ。それよりも康勝、勝負せぬのか」

時之助は興奮気味にうながした。

「おれを倒してでも、大坂へもどりたいか」

「仕方あるまい」

時之助はいくらか苛だってきた。

「それならば、おれは早見夫婦を見なかったことにしよう。そうすればどちらも傷つかずに済む。霧にかすんで見えなかった」

康勝が苦しげにそう言うと、

「あなたっ、康勝さまはそうおっしゃってくださっております。おたがいに会わなかったのなら、勝負をつける必要はありません。そうなさってください。康勝さまの温情を受けましょう」

ひとみはすがるように言い、時之助の抜き身を鞘にもどすように促した。

しばし時之助はかんがえていた。

「康勝、すまぬ。恩に着る。おぬしには二度たすけられた。生涯わすれぬ」

そう言い、時之助は白刃を鞘におさめた。

「助けたなどとはおもっておらぬ。おれは何も見なかったのだ。誰にも会っていない。早く行け」

追いたてるように康勝は言った。

「康勝さま、長いあいだ本当にお世話になりました。お陰さまでわたくしども無事にこの松本でおだやかな暮しをおくることができました。今日のことといい、何とお礼を申し上げたらよいかわかりません。わたしどもはこれから大坂城へもどって、何ができるかわかりませんが、一生懸命、がんばってみるつもりです。今後ふたたびお会いできることがあれば幸せです」

ひとみはしっかりとした口調でいった。

二人は十数年間をこの松本でしずかに過した。そして今そのしずかな生活と訣別してふたたび争乱の地となりかねぬ大坂城へもどってゆくのである。

「さらば、康勝」

「元気で暮せよ、ご両人」

二人が別れを口にしているとき、ひとみは無言でふかぶかと康勝に頭をさげていた。康勝はひとみが頭をあげる前に、踵をかえし、まだ霧ののこる脇往還を松本めざしてもどっていった。

この年九月十五日、家康は伏見を出立し、途中、美濃稲葉山などで鷹狩りをもよおしながら、翌月江戸城にもどった。いかにも悠々とした行程で、将軍を秀忠にゆずって、一見肩の荷をおろしたかに見える家康の行動である。もともと家康は鷹狩りが好きで、折あらば各地でおこなっている。

ところが、十月も末に入ったころから、家康の所在がわからなくなった。大体、石川家の江戸の上屋敷ではつねに家康の居所を把握していたが、このころ忽然と家康は姿を消したのである。公式には江戸城に将軍秀忠がいるのであるから、かくべつ問題はないわけだが、秀忠が新将軍に就任したとはいっても、政治の実権は家康がにぎっている。したがって諸大名は江戸屋敷において、つねに家康の動向に注意していた。にもかかわらず何回かにわたって突然家康の行動がわからなくなるのは、鷹狩りの場合がおおかった。しかもいったん鷹狩りにでると何日も期間がのびたり、行き先が変更になったりして、将軍ですら家康の居所がつかめなくなる。老職たちは家康の行方をつかむのに大変苦労するのである。

十一月に入って間もなく、信州諏訪地方で鷹狩りをする家康一行の動向が江戸城に報じられた。家康一行はその後、東山道塩尻にむかったとつたえられた。その情報を松本の石川家はつかんでいなかった。

塩尻周辺で鷹狩りをしていた家康一行はその後とつぜん善光寺街道を北上して、松本平に入ってきた。もちろん、家康が松本をおとずれたのははじめてである。したがって松本領の番所でも、はじめそれが家康主従だとはわからなかった。番士たちが馬をとばして一行に近づき、はじめてそれが家康だとわかって仰天した。

ただちに城に急使がはしり、家康の来訪がつげられた。

「殿、ただちに」

家老渡辺金内は康長をうながした。

「大御所さまは鷹狩りをおたのしみだ。みだりにわれわれが挨拶にでむいて狩りの邪魔をいたすは無粋だ。どうせ今夜の宿泊は本城以外にかんがえられぬ」

康長は落着いて答えた。康長は父数正の死後は一族の棟梁たる自覚と責任感がでてきたためか、冷静、沈着な武将に成長していた。

はたして、夕刻にいたって家康一行が松本城をおとずれたとき、康長はすでに大御所をむかえる準備をとどこおりなくととのえ、城門前にでてきており、家康を出むかえた。

「その方、伯耆守の嫡男であるな」

家康は馬をおりて、近寄ってきながら声をかけた。

「ははっ、数正の息子玄蕃頭康長にございます」

むろん家康とは初対面ではない。が、このように間近で接するのははじめてである。

「今宵、一夜の宿を借りる。よしなにな」

家康が康長に接する態度はやさしかった。

「いつかこのような日がくればよいとかんがえておりました。望みがかなって大変嬉しゅうございます」

これは康長の本音の言葉である。関ヶ原の合戦いらい、徳川方についた石川家はもう五年前から徳川家臣に復帰しており、江戸に幕府が創立されてからは完全な幕臣である。しかし信州松本に領地をあたえたのは秀吉である。その蟠りがまだ石川家全員にあったのである。

「数正とはわしが幼なきころ今川家へ人質に行ったときからの間柄じゃ。供の小姓のなかでは与七郎（数正）がいちばんの年長者であったがため、いろいろ苦労もおおかったとおもう。伜竹千代（嫡男信康）をたすけだしてくれたのも数正だ。数正には本当に世話になった。その数正が河豚を喰うて死んでしまうとは、予想もつかなんだ。数正は三河武士にはめずらしく、武勇一点張りの男ではなかった。女に好かれたし、食にも通じておった。ただ河豚にあたって死んだわけではあるまい。何と言うても数正は酒井忠次とともに、徳川家の〈双璧〉と呼ばれた男じゃ」

家康が城門の前でとつぜんそう言ったので、康長はじわじわと感激が高まってきた。

「まことに有難きお言葉にござります」

そう言って康長は頭をたれた。それ以外の言葉はでてこなかった。

「数正には耐えがたき苦労をさせた。もっともそれは数正が独断でおこなったことじゃが、数正が一人で責任をひっかぶるためであった。これによって徳川家がどれほど助かったことか」

家康は康長の顔をじっと見て言った。

(ついに家康公がこの言葉を口にした)

康長の体が感動でうちふるえた。

父数正が徳川家を捨てて豊臣家へはしった真意は、家康も察していたことと今証明された。それは父も言い、康長兄弟、家老、重臣たちも信じていたことながら、それを公に言うわけにいくはずもなかった。したがって、世間ではみな数正父子を裏切者と見ていた。四天王でさえそうだったのが、それが二十年めにして、ようやく家康の口から徳川家のために豊臣家へはしったことが証明されたのだ。

康長は家康の口からこの言葉がかたられるのを一体何年待っていただろうか。

家康の言葉を康長はしっかりと頭の中にきざみつけた。

(やはり、父は家康公も内心納得ずくの謀略作戦にでたのだった)

当初から数正は息子たちにそう言い聞かせていたが、相手側からの証言が得られなかった。それは得られぬのが当り前で、双方の口からあきらかにされたら謀略はならずにおわってしまう。その謀略はあつい信頼でむすばれた主人と家臣のあいだでのみ成立した大芝居であった。

「お疲れでいらっしゃいましょう。どうぞ奥へ。ささやかな準備をいたしております」

康長は二十年間のおもいを遂げた気持で、家康一行を玄関内に招じた。

(もっとこのことについて訊きたい)

そうおもったが、周囲には人々もいることだし、そうもいかぬ。また家康もこれ以上は言う必要がないとおもっているかもしれない。

(戦国の武士というのはそういうものじゃ)

家康の顔はそう言っているように見えた。

それを哀しいものだとおもう者は戦国武士として生きてはいけない。四天王でもそういう状況に身をおいたら、黙々とそれを実行するだけのことなのである。

本丸御殿の玄関を入ってからは、家康はもう一言もそれ以上は口にしなかった。

「禄高にくらべて、ずいぶん立派な城よのう。これも数正の才腕、器量によるところじゃ」

そのかわりに家康は松本城をほめた。

「有難きお言葉にござります」

「太閤はこの城をもって、関東鎮台たらしめようとしたのじゃな」

徳川領に接しているため、いろいろな情報が数正から千種や四郎次郎をとおして徳川家にもたらされたことを、家康は口にしなかった。太閤死した今になっても数正の謀略による寝返りをあきらかにしないのも、いかにも家康らしいと言える。みなが知らないことを今更あえて知らしめる必要は毛頭ないのであろう。今後も政情がどう変化するかわからないからである。家康の読みの深さはますますふかまってきている。

しかし、今日は狩猟の成果もよかったとみえ、家康は機嫌がよかった。夕餉のときも、康長は相伴をゆるされた。そして今日の狩猟についてもさんざん聞かされた。家康は根っから鷹狩り好きなのである。

夕餉の後、

「康長、しばらく付き合わんか」

と小書院における喫茶にさそわれた。いわゆる茶道ではなく、かるい談話だと康長はこころえた。

家康には本多正信の息子正純がつきしたがうだけである。近来、この正純の出頭ぶり、家康の信頼ぶりにはいちじるしいものがある。今や徳川家において四天王の時代はすぎ去った。酒井忠次はすでに九年前に歿し、井伊直政も関ヶ原の合戦の二年後に戦場疵がもとで他界し、のこる榊原康政は病気がちでもっぱら館林の領地でしずかな暮しをおくっている。ただ一人元気でのこっている本多忠勝も、伊勢桑名の領地におり、江戸には滅多にでてこない。家康側近は本多正信、正純父子、大久保忠隣、大久保長安、天海、金地院崇伝、林羅山……などと顔触れは一変しているのである。その中に三代目茶屋四郎次郎がまじっているのは、家康への代々の忠節と陰の功名のせいであろう。茶屋家の初代清延は慶長元年に没し、その後を長男清忠がついだが、二代目も慶長八年に没したため、今はその弟清次が三代目になっている。

家康と康長との談話はしずかなうちにも、なめらかにすすんだ。家康はときに数正の若きころの武勇、武功について触れた。とくに数正が今川家の駿府城に乗りこんで、智謀、弁舌を駆使してまだ人質の竹千代を取りもどし鞍の前輪にのせ、得意満面で岡崎城にもどってきたときの様子をかたる家康の表情には昨日のことのような感動があらわれていた。

「康長よ、今は徳川の時代じゃ。全国の諸大名が徳川に服従しておる。しかも徳川の将軍も二代をかぞえる。だがな、まだすっかり安心することはできぬのじゃ」

ふと話題を変えて、家康は言いだした。

「もはや徳川の天下をねらう者はござりますまい」

康長はこたえた。

「徳川幕府をくつがえせる者はおらぬであろう。だが、徳川に反感をいだき、何事かあった節には兵をあつめ、叛旗をひるがえそうとする者はなきにしもあらずじゃ」

「大坂城の豊臣家でございましょうか」

「女の執念とは恐ろしきものよ。しかもいまだに豊臣家の旧恩をわすれぬ諸大名が何人もいると錯覚をしておる。この錯覚もまた恐ろしい。しかも関ヶ原の合戦にやぶれ、事あれかしとのぞんでおる武将たちもけっして少なくはない。わしの目の黒いうちに、豊臣家をなんとか始末いたすつもりじゃ」

家康はあたたかい茶を飲みながら、さらりと言ってのけた。それはやはり康長が徳川家に忠誠をつらぬいて死んでいった数正の息子だからであろう。

「左様でございますか」

たしかに豊臣家は今や幕府に叛旗をひるがえすだけの力はもっていない。しかし豊臣家の領する大坂城と摂津、河内、和泉六十五万石は徳川幕府内で治外法権を有するかのような観を呈している。これを家康が将来にわたって放置したままにしておくことはおよそ考えられぬ。

「だから、もう一度、戦(いくさ)がおこるかもしれぬ」

家康はしずかに言った。

「このままですと、その恐れもございましょう」

「豊臣家に人物がおれば戦はせずにすむかもしれぬ。しかし今のところ豊臣家を見ると、そのような人物がおらぬ。おらぬ以上は仕方がない」

家康の言葉はおだやかながら断固たるものを秘めている。豊臣家の始末は自分の使命だという信念があらわれていた。

「豊臣の家を生かすもつぶすも豊臣家自身の問題でございましょう」

「その通りじゃ。武士たるものこころして生きねばならぬ。それからな、康長、康勝、康次の三人の名じゃが、この一字はいずれも家康の康じゃ。これは分っておろうな」

今までとはこころもちきびしい口調で家康は言った。

「大変もったいなきことと以前から感謝いたしておりました。今後ともこの一字に恥じぬような生き方をいたしてまいりたいとおもっております」

家康の最後の言葉で、康長はこれまでの長いあいだの苦悩が一度に吹き飛んだ。

駿府城天守閣

ことの発端は、寝物語の他愛ない一言からはじまった。

「にくらしい……」

はげしい交合の合間のひととき、女の口からそれは洩れた。女がよく男相手に口にする一言である。

しかし言ったのはかっての太閤の愛妾淀殿であり、床をおなじくして聞いたのは大野修理亮治長である。

「お方さま、今何と?」

治長ははじめ自分が戯れ言で言われたのかと錯覚した。

「にくらしい。家康めが憎い……」

今度は淀殿は燭台の明りのなかで顔を火照らせたまま、眉をつりあげるようにして言った。その顔が火照っているのは、今までつづいていた治長とのはげしい情事のためである。情事はおわったわけではなく、現に治長のものは淀殿の体内にくわえられている。一時の休息の後、治長の精気がよみがえれば、ふたたびはげしい情事がはじまる。休息のひとときに、淀殿の一言が洩れたのである。

やいた。

「家康が憎いのは、わたしも同じでございます。お方さまとわたしのこころはまったく同じでございますから」

治長は近ごろやや太り肉となってきた脂ののった淀殿の白い腹の上に乗ったままささやいた。

大野治長はかって秀吉の馬廻りをつとめていた。が、淀殿との関係はもっと深いところからはじまる。二人は乳母兄妹、つまり淀殿は治長の母大蔵卿局の乳でそだった。だから幼ないころから兄と妹のような関係であった。

秀吉が薨じ、淀殿が若き寡婦となったときから、治長は淀殿のもっともよき相談相手となり、二人の間はいっそう近い仲になった。治長は気骨あり、美丈夫であったことから淀殿のこころはますます治長にかたむいていった。乳母兄妹であるため、二人が近づいても周囲はほとんど気にすることもなかったので、男女の仲となるのは比較的容易であった。

城主秀頼はまだ少年であるから、淀殿が事実上の大坂城主である。家老片桐且元は実直ではあるけれど、才腕にとぼしい。徳川幕府を相手に豊臣家をささえていくには、実力、知略、声望に不足があった。いきおい淀殿の力ばかりが突出しているように見える。その相談相手が治長になってしまうのは仕方がないことだ。

「家康は今度、江戸城を秀忠にそっくり明けわたし、自分は駿府の城を築きなおして、隠居するというではないか。家康も将軍職を秀忠にわたして、ほっと安心したのであろうか。年齢も六十六歳であろう」

体をつなげたまま淀殿が言うと、

「お方さま、それはまるで見当ちがいではないかとおもいます」

治長は真っ向うからそれを否定した。

「見当ちがいであろうか？」

「家康は駿府に隠居したと世間に言うてはおりますが、大御所と称して政治の実権は手ばなしておりませぬ。すべては大御所が駿府で決し、それを正純が江戸の正信につたえ、秀忠の名でおこなっているのが実情でございましょう」

「そういうことも考えられぬことはない」

「家康はおのれの命あるうちに、かならず豊臣家をとり潰すつもりでしょう。ことさら江戸城をでて、駿府に城をかまえたのも、豊臣方にたいする何かの意図があるのではないでしょうか」

治長が思慮深げな顔をして言った。

「その駿府引っ越しが仇となったか、今年（慶長十二年）は家康にとって不吉の年かもしれぬ。四男の忠吉（松平忠吉）、二男の秀康がつづけて他界した。幸運というものはそう長くつづくものではない。今年が家康の運の切れ目かもしれぬ」

淀殿は信長の妹お市の方と浅井長政とのあいだの三人姉妹の長女として生まれた。父長政非業の死、信長の死、母お市の方と二度めの父柴田勝家の自害、さらに秀吉の死と肉親や近親者の死を、幼ないころからあまりに多く見すぎてきた。それがために盛者必衰の思想が否応なく身についていた。人間の不幸や死についても敏感な性質である。

「さあ、家康はなかなかしぶとい男ですから、そう簡単にはいかぬでしょう」

「だったらこちらもひとつ、家康に嫌がらせをしてやりましょうか」

淀殿がそう言ったとき、燭台の明りできらりと眸がひかった。

「何をおかんがえです？　お方さま」

「秀忠暗殺などはかんがえておらぬから、安心するがよい」

淀殿はからかうように言って、治長を安心させた。

「お方さま、今は家康を刺激するような時ではありませんぞ。ほうっておいても家康はあと数年の寿命でありましょう。そのときわが秀頼君は二十歳くらいの青年におなりのはず。わが方がもし幕府に何かをしかけるのでしたら、そのときでございましょう。家康は今自分の年齢と必死になってたたかっている最中ではないでしょうか」

おたがいに半裸で重なり合っている有様ながら、交わしている言葉ははなはだ真剣な事柄である。

「それでも少々嫌がらせくらいはやってみないと気がおさまらぬ」

「嫌がらせとは？」

「新築なった駿府城を炎上させるくらいはよいのではないかえ」

淀殿は自分のかんがえに満足するように言った。

「駿府城炎上……。それは面白そうでございますな。さしもの家康も少々あわてることでございましょう」

治長は淀殿の機嫌をとるというよりも、その事柄に面白みを感じた。

治長は関ヶ原の合戦より前に、大坂城において家康暗殺の密計をはかったとして下野にながされているくらいであるから、気概のない男ではないのである。

「駿府城は江戸城の宏壮(こうそう)さにはとても比較できまい。かくべつの要害とも聞いておらぬ。城をぜんぶ炎上させることができれば言うことはない。本丸だけでも効果(ききめ)は十分じゃ。息子二人が死んで、家康は気をおとしておるところじゃ。出来たばかりの新城が炎上したとすれば、家康でもすこしは感じるものがあろう」

「左様でございますな。きっと嫌な気持になりましょう。三人めの息子を亡(な)くしたくらいの気持になってくれれば、上出来でございますが」

治長はいくらか迎合的な気分で言った。

「誰にやらせる？」

もう淀殿は本気だ。

「恰好な者がおりましょうかな」

治長にはすぐにはおもいつかなかった。

「おる、おる。かの者にやらせてみるとよい」

「誰でございます」

「三成に言い交わした女をねらわれて、女ともども大坂城を出てゆき、一昨年帰参いたした者」

「早見時之助でございますか」

「そう、あの者の父は以前、大坂城の七手組（親衛隊）の隊長の一人であった。今七隊長が一人欠けておる。あの者がもし成功した暁には七隊長に抜擢してやるという褒美をつけてやってはどうじゃ」

天井の一点を見つめて淀殿は言った。

「それはよい人物に目をつけられました。早見はもともと忠誠心のつよい男でござります。出奔いたしたのも、石田三成に責任のあること。帰参いたして、何か功名を立てたいとかんがえておるにちがいありません。お方さまじきじきの命令とあらば駿府城を炎上させるくらいのことはやるでしょう。それに七隊長になる器量はそなえた人物でござります」

「では明日さっそく、呼んでたもれ」

ことはこのようにして決まった。

武家姿の早見時之助が一人、寒気のきびしい駿府城下の二丁町遊廓の遊女屋〈三保屋〉にあがったのは極月十九日であった。

この遊廓ができたのは今年の五月である。家康の鷹匠をつとめていた伊部勘右衛門という者が二丁町の名主となって、遊女屋の建設と管理をまかされた。そしてわずかの期間のうちに遊廓は繁昌するようになった。家康が駿府城にうつり住んだので、繁昌を見こんだ商人、職人たちがあつまり、武士も移住してきたからである。

時之助の敵娼は松原という源氏名の遊女である。

時之助があがると、一目で気に入ったようで、いそいそと接してきた。松原自身も遊女ずれのしていない、まだういういしさののこる女であった。

「お客さま、寒ぶうござりましたでしょう。わたしのところにあがってくださって、大変有難うござります。まずあついお酒で体をあたためましょうか」

と仲居に酒を命じた。

「どうせなら、松原の体でじかにあたためてほしいもの」

時之助が笑顔で言うと、

「まあ、大層素敵なお客さま。今宵はとても運がようございます。じきにわたしがしっかり体であたためて進ぜましょう」

「拙者も初会ゆえ、どのような相手があらわれるか心配であった」

「それで今のお気持はどうですか」

「いや、すっかり安心いたした。明日の朝まで安心してすごせる」

と言うとまた大喜びする松原がいっそう可愛い。

「お客さま、明日の朝でかえってしまわれるのですか。松原をすこしでも気に入ってくださったら、もう一日か二日、ぜひ居つづけなさってくださいまし。松原はお客さまをがっかりさせない自信があります」

遊女はあまえて言った。

「ほう、そんなに自信があるのか。それはどうして？　遊ばせ上手ということか」

時之助がとぼけると、

「わたしはこころからお客さまをたのしませるように奉仕いたします。通り一遍のお付き合いは嫌いです。好いたお客さまなら、たとえ一夜なりとも夫婦のつもりで、こころからおつくしいたします」

松原の言葉はまんざら嘘や世辞ではなさそうだ。

「それでは存分につくしてもらおう。場合によっては居つづけになるかもしれぬ」

「まあ、うれしいお客さま。かならず居つづけなさってください。わたし、お客さまを一目見たときから好きになってしまいました。お客さまはどちらからいらっしゃいました」

「上方だ」

「お武家さまは東国の方よりも、上方のお客さまのほうがもの慣れていて、遊び上手な方が多いようです。お客さまのような」

松原は肩を寄せてきて、たくみに酌をした。

時之助は一人で三保屋にあがったが、今宵二丁町には九人の配下が登楼しているのである。

みないずれも遊女の体が目的ではない。城下の様子や城の縄張、諸門の位置、石垣の高さ、濠(ほり)の深さ、抜け道のありかなどを聞けたら儲(もう)けものという意図で、遊女屋にあがっているのである。もとより調査できるところは事前にしらべあげてある。駿府城は平城であるから、石垣と濠、塀、土塁、諸門、木戸が防禦(ぼうぎょ)の中心である。方形の本丸を中心にして、その周囲を濠でかこみ、さらに二の丸、西の丸が方形に周囲に配置されている。その周囲をさらに方形に濠がかこみ、その外側をひろい三の丸が取りかこみ、さらにその外周に濠がめぐらされている。すなわち、濠が三重にめぐらされ、その中心に本丸が位置する。

その夜、時之助は松原の献身的で愛情のこもった奉仕をうけて、翌朝、三保屋をでた。

「今宵、もどってくるかもしれぬ」

と時之助が言って去ったのが、松原のひそかな期待であった。

(今宵、また守之助さまに会えるかもしれない)

松原はそうおもったが、お客の言葉は簡単に信用してはいけないというのが遊廓の常識である。

時之助は片岡守之助の姓名で登楼していた。

今朝はこの時季にしては寒気がゆるんでいる。風も吹いていない。

(寒日和だな)

と時之助はやや失望した。大寒のうちでも空っ風も吹かぬおだやかな日々がある。この時季の風は北風だが、その風が今日はぴたりとやんでいる。城の総濠のまわりの木々の小枝も葉もまったく揺れていない。時之助は濠端にたたずんで、本丸をながめながら失望した。天守閣は本丸の北西隅に位置する。

あの天守閣に火矢を射こむにしても、総濠をわたり、三の丸を突破し、さらに二の丸濠を越え、二の丸の馬場を突っ切らなければとどかない。しかし仮に火矢が天守閣にとどいたにしても、風が吹いていなければ火は周囲に燃えひろがらぬ。ボヤのままで終ってしまう。

時之助は大坂城をでてくるとき、天文、地理、気候までしらべあげてきたのだが、ともかく、今宵は無理だ。

(焦ることはない。確実にやることが大切なのだ)

時之助があきらめるのは早かった。しかもこの時季の天候は一日か二日ですぐに変る。長雨が降る可能性もすくない。

時之助は昨日同様の武家姿である。駿府城下には武士の数もおおく、なまじ変装などするよりも慣れた武家姿のほうが自然だとおもったのだ。

時之助が濠端の道をあるくと、薦をかぶった乞食の姿がところどころに見えた。関ヶ原の合戦でおおくの大名がつぶされ、浪人が町にあふれた。乞食のなかに腰に大小を差した浪人者もいるのである。城下の広場では演武や真剣での立ち合いを演じ、見物人たちから小銭を投げてもらう浪人者もいる。

時之助があるいている濠端の足元で薦が揺れうごいて、浪人姿の顔がのぞいた。

「今日はいけませんね」

その乞食浪人が小声をかけてきた。

「無理だな。今宵、神明宮にあつまるようにつたえてくれ」

時之助は小声で答えた。

神明宮は二丁町の北で、安倍川岸の近くにある。

冬の日は、宵のおとずれがはやい。

一人、また一人……と、音もなく、乞食や素浪人、行商人、旅の坊主などさまざまな姿に身をやつした九人の男たちが神明宮の鳥居をくぐった。そして参道横の茶屋の中にあつまってきた。茶屋は昼間の商売だけで、日が落ちるとともに人はかえってしまうので、宵から翌朝までは空屋となる。

そこにあつまったのは時之助と九人の手下たちである。燭台が一基おかれ、十人の男たちの顔を照らした。手下の九人は豊臣家が関ヶ原の合戦後に雇い入れた浪人たちのうちから大野治長がよりすぐった面々である。いずれも弓、槍、剣術、鉄砲、馬術、水練、忍びの技など何らかの得意技を持っている。今夜駿府城焼打ちができなかったことを残念がっている顔は一つもない。

「今日一日、城のかまえや警備の様子などじっくり見きわめることができた。どれほどきびしい警戒をしている城でも、かならず隙がある。石垣とて攀じのぼれぬほどの傾斜ではない」

濠端に横たわっていた乞食が言った。

「濠も泳いでわたれる幅だ。寒さだけ我慢すればよい。冷たいといっても凍死するわけではない」

「いったん城内に侵入してしまえば、番士に発見されることもないであろう。二の丸の馬場からなら本丸天守閣に火矢がとどく」

「各城門の番士たちには、よもや大御所をおそう敵などいるはずはないという気のゆるみが感じられる。対してこちらは必死だ。計画は成功するとおもう。あとは風待ちだけだ」

と言ったのは時之助である。

一刻（いっとき）（約二時間）あまりで一同は解散した。そしておもいおもいの道をたどって行った先は、やはり昨夜の二丁町の遊廓であった。

時之助が三保屋へあがると、松原の顔がぱっとかがやいた。

「やっぱり、守さま。わたし、かならず今日もおいでくださると信じていました。ですからほかのお客さまをお断りしてずっとお待ちしておりました」

松原は飛びつくようにして時之助をむかえた。

「おそくなって、すまぬ」

時之助が微笑（わら）って言うと、

「本当は時がたつとともに心配になって、もしかしたらいらしてくれないかとおもいだして……」

後の方は涙声になって抱きついてきた。

「はじめから今夜もどるつもりだったが、遅くなってしまった。松原にはもう客がついているとおもっていたが」

二階の松原の部屋にもどって言うと、

「わたし、待っていますと申したではありませんか。遊女でも、わたし約束をやぶるような女ではありません」

松原は時之助に抱きつきながらも涙をためて抗議した。

「用事があってな、遅くなってしまった」

「お客さまは、すぐ用事だの、よんどころなくてというのが決り文句です」

言いながらも、松原はすぐに機嫌をなおした。好いた男の顔を見るや、たちまち嬉しさをおぼえてしまった。嬉しさがつのると、松原はもう夢中だ。さっそく時之助の口吸いをねだった。

抱き寄せて時之助が松原の唇をかるく吸おうとすると、たちまち時之助は舌まで松原の口の中につるりと吸い取られてしまった。

「今夜は寝かしませぬぞえ、守之助さま」

顔をはなして松原は言った。

「それは困った。明日も風が吹かなければかまわぬが」

「風がどうしたと言うのですか？」

「風が吹くと、忙しくなる。どうだろう明日の天気は」

時之助が訊くと、

「明日も寒日和で、風は吹きませせぬ。守之助さまはまた居つづけですね。富士山の雲を見ればわかります」

松原は断言した。

「明後日は？」

「それは明日の雲をみなければわかりません」

「そうか、このあたりは富士山の雲で天候を読むのだな」

「守之助さま、今夜は風だの雲だの、妙なことばかり気にしてらして。富士講でもなさるのですか、この時季に」

時之助はこだわりつづけると疑われるので、話をひっこめた。

松原としっぽり濡れて、一夜は明けた。

目がさめると、松原は身づくろいして、時之助のためにあつい茶をいれていた。

朝日が差しこんでおり、今日も風は吹いていない。

（やはり、今日も駄目だ）

布団のなかで時之助はそうおもった。

昼ごろまで松原の部屋でごろごろしていた。午後になって、駿府城総濠の道端のあちこちで日なたぼっこしていたり、薦にくるまって寝ている手下たちのあいだをまわった。

「明日は夕方から、北風が吹く。準備はよいな」

出がけに松原が富士山を見ながら言った言葉をもとにして、時之助は、〈明夜決行〉

を指示した。

面々は満を持していたように力づよくうなずいた。

松原の言ったとおり、その翌日は曇り空で、風も吹いていた。夕刻が近づくにしたがい風はつよくなり、宵のころには烈風をおもわせる状態になった。

三更に入ったころ（十一時ごろ）から、神明宮の境内をでて闇にまぎれて駿府城へむかう人影が一つ、二つ……と見えてきた。神明宮は城の大手門まで本町通りをとおれば一本道だが、大鋸町、大工町、研屋町、あるいは錦町、茶屋町の筋をとおって、大手門とは反対側の搦手門に三々五々と近づいていった。搦手門は北門とも呼ばれている。門の両側には門番所があり、番士たちが詰めている。番士の数は約十人ずつで、交替制である。交替は子の刻（午前零時）であることはたしかめてあった。はじめの二日間で門や木戸の番所の警備状態はほとんど調べてあった。交替の時間にはまだ間がある。

手筈はきめてある。水練の達者な者が四人濠端ですばやく褌ひとつの裸になった。そして寒さで鳥肌のたった体に弓と箙を背負い、腰に大小をぶちこんだり、手槍を差して、濠の中に身をしずめていった。対岸までの距離は約三十間である。

四人は音もなく抜き手を切って、濠をすすんだ。

他の者は弓に矢をつがえ、万一見つかったときの用意をした。

門番所には明りが見えるが、変事を察知したような様子はない。

四人は途中変事もなく、対岸におよぎ着いた。

番士たちはそれに気づかない。

四人は闇の底を這い、門番所の外にでて見張りに立っている番士にむけて、左右からす早く弓に矢をつがえて急所の胸や喉をねらった。

シュッ　シュッ　シュッ……

弓弦の音は風でほとんど聞えなかった。

四本の矢はいずれも急所をはずさなかった。左右二つの門番所の外で二人ずつの番士がそれぞれ胸や喉を射ぬかれて、たおれた。必死で声をあげようとしたり、立ちあがろうとした番士たちの声やうごきは風の音にかき消された。一人、這って番所へもどろうとした番士の背に二本めの矢がふかく射こまれた。これで番士は絶命した。

四人の裸の侵入者たちは、さらに矢をつがえて、門番所の中に矢を射こんだ。

ややあって、門番所の中から番士たちが飛びだしてきた。

明りの中にうかびあがった番士たちは恰好の的であった。たちまちのうちに、闇の中から飛んできた矢に射ころされていった。さらにそのとき、北門の橋を徒歩で駆けわたってきた六人が二手にわかれ、二つの番所に猛然と駆け入った。

中で狼狽していた番士たちは手槍や太刀の餌食になってあっという間に息の根を止められていった。不意討ちだったため、果敢に反撃してきた番士は一人もいなかった。

十人の侵入者はたちまちのうちに三の丸の郭内に突入し、二の丸の濠の前にでた。二の丸につながる門は二の丸門、清水門、東門、北門の四つである。その四門にもそれぞれ門番所があるが、番士の数は総構えの四門のおよそ半数である。総構えを突破されることは通常の場合では、まずないと考えているからだ。事前に発見されれば早鐘が打たれ警戒態勢がとられるが、早鐘を打つ余裕はまったくなかった。

十人は二の丸の北門めがけて闇の中を殺到した。寒風の中、褌姿の男たちが先頭である。四人はいずれも弓を手にしている。北門のむこうはすでに二の丸である。二の丸の郭が欠けた月の光のなかに黒々と見えている。

四人は果敢に前進していった。そしてそれぞれが約二十間先まで近づいたとき、片手につかんでいた石を明りのついている北門番所へむかって投じた。

その音で、門番所の中から三人ほどの番士が外にでてきた。連中はよもや曲者が侵入してきているとはおもっていない。強風で何かが飛んだかとおもっているようだ。したがって戦闘の準備もこころ構えもしていない。

「何だ、何か飛んできたぞ」

「どうしたんだ。何がおこった?」

のんびりとしたそんな声が聞えてきた。

と同時に、

シュッ シュッ シュッ……

又しても不気味な弓弦の音が闇の中に鳴った。

音もなく三つ四つの人影がばたばたとたおれた。よりすぐりの腕を持つ四人の弓の達人だ。その背後からほかの六人が弓の四人を追い越して北門番所めがけて突進していった。

そのとき、あと二人の番士が何か異常を察して門番所の外にでてきた。

ほとんど出合い頭である。二人はまだ何も様子がわからぬうちに、胸と喉首を刺しつらぬかれて絶命していった。

門番所の中にはまだ三人の番士がのこっていた。

「何者？」

誰何(すいか)したと同時に飛びこんできた男が抜身を一閃(いっせん)し、血しぶきが散るとともに、生首が天井に飛び、天井板にあたって落ちた。

「曲者っ」

「うわあっ」

番士の叫び声とほとんど同時に、二人は手槍を、ぶす、ぶす、ぶす……と顔や胴体に繰り返し受けていた。

奇襲作戦は電撃的な速攻でなければ成功はしない。

すでに三の丸と二の丸の門番所をやぶった。そして十人は二の丸を疾風のごとく駆けた。めざすは本丸濠（ほんまるぼり）である。二の丸にひろがる馬場をななめに駆け抜けた。

本丸の北西隅にそそりたつ天守閣が闇の中に見えてきた。本丸濠のむこうである。しかしもう本丸濠を突破する必要はない。

十人は本丸濠の縁（へり）まですすんだ。

そして十人はそれぞれ得意の構えで、本丸濠越しに天守閣を弓矢でねらった。ゆうに射程距離内である。

「落着いて射よ」

号令しながら時之助も十分な構えをとって天を見すえ、睨（にら）みあげて、火矢を弓につがえた。

幾筋もの火矢が糸をひくように、二の丸馬場から飛んだ。すべての火矢が濠を越え天守閣の柱や板壁、庇（ひさし）、桟（さん）などにあやまたず突き刺さった。無駄矢は一本もない。

「つづけざまに射よ！」

時之助の号令がなくとも九人の侵入者はすでに第二の火矢を天守閣にむけてはなっていた。

ぽつん、ぽつん……と天守閣の柱や板壁、庇、桟などに火が燃えうつりはじめるのが見えた。北風にあおられて、火はしだいに燃えひろがっていった。

「手をやすめるな、射つづけよ」

時之助の号令で、全員は持参してきた火矢のほとんどを射つくした。

新築成ったばかりの天守閣が火につつまれ、炎を空にむかって吹きあげていった。

「うつくしい光景だな。やり甲斐のある仕事だった」

おおきな火柱になって燃えていく天守閣がうつくしく夜空にはえた。

空気は乾燥しており、風がつよいので、いったん燃えだすと火は勢いに乗って、大きな炎となった。十人はしばし美しいものでも見るように、炎上しはじめた天守閣に見とれていた。

やがて天守閣全体が炎につつまれ、闇夜を焦がす勢いで炎上をつづけた。

天守閣から炎が四方八方に飛び散って、本丸の各建物にも火がついた。

チャン、チャン、チャン
そのときけたたましく城内に早鐘の音が鳴りひびいた。吹きすさぶ寒風の中、早鐘の音は悲鳴のように聞えた。

城内全体が騒ぎたつ気配を時之助ははっきり感じた。

「燃える、燃える、天守閣が燃える。出来たばかりの天守閣だ。これほど短命だった天守閣はあるまい」

逃亡、脱出することもしばしわすれて、時之助は巨大な火柱となった天守閣に見とれていた。

「この火と風の勢いなら本丸は全焼だ。場合によっては、二の丸、三の丸も丸焼けだ」

時之助とならんで天守閣の焼亡を見まもっている褌ひとつの男が言った。

「家康はこの本丸の中にいる。家康の政権がたおれてゆくようだ」

時之助はまだ逃げることもなく見まもりつづけた。こころのうちには快哉（かいさい）のさけびがある。いつまでも見ていたかった。

逃亡の経路はきまっている。侵入した道筋を逆に駆ければよい。各門番所に番士たちはいない。したがって濠をおよぐ必要もないのだ。

しばらく見つめてから、一行は駿府城を脱出した。

日課念仏

駿府城の本丸は全焼したが、諸大名への課役でたちまち再建がおこなわれ、駿府城は元の姿に復元された。こんなところにも徳川幕府の強大さがうかがわれた。新築の天守閣が焼き打ちされても、徳川家は傷つくところが何もなかったのである。

二男秀康、四男忠吉が他界しても、家康が老齢になってから生まれた九男の五郎太丸義直（よしなお）、十男の長福丸頼宣（よりのぶ）が慶長十六年（一六一一）で十二歳と十歳になり、徳川家の若樹（わかぎ）は順調にそだっている。

その義直と頼宣が晴れて叙任したために、家康は朝廷への御礼言上に、供の兵五万人をひきいて六年ぶりに京都へのぼった。その際、家康は織田有楽（長益）を介して秀頼に上洛（じょうらく）して二条城において面会するようもとめた。かって秀忠が将軍に就任した際、家康が同様のことを豊臣家にもとめたところ、淀殿が狂気のごとく、

『母子（おやこ）自害しても……』

と拒絶したために、秀頼の上洛、面会は中止されたままになっていた。

そのため今回もどうなることやらとおもわれたが、豊臣家は旧臣加藤清正と浅野幸長の護衛を条件にして、面会を受諾した。いかな淀殿も世のうごきの厳粛な事実を知らぬ

ではなかった。徳川家の政権は微動だにしないまでに固まり、豊臣家の孤影落日ぶりは誰しものみとめるところである。それは口にはださぬまでも豊臣家中で、淀殿の身近かな周辺もわからぬではなかった。今度徳川家の要求を拒絶したならば、摂津、河内、和泉六十五万石も没収されるだろうというつよい予感があった。加藤、浅野、福島などの旧臣たちも、

「秀頼公のお命は拙者たちが身命に賭けてお守りいたしますから、豊臣家を存続させるために是が非でも上洛なさっていただきたい」

と再三嘆願した結果、ようやく淀殿は諒解したのである。豊臣の意地と面目ももうこれ以上は通りませぬとの助言も同時に旧臣たちから受けて、淀殿はなんとか折れたのである。

その間に後陽成天皇の譲位と後水尾天皇の即位があって、三月二十八日、家康、秀頼の対面はようやく実現した。上洛する秀頼にたいして、義直、頼宣は鳥羽まで出むかえ、ここから加藤清正、浅野幸長が秀頼の乗物の両脇をかたく護衛し、二条城にむかった。

家康は二条城の玄関まで秀頼をでむかえ、客殿において対面した。秀頼の側には終始、清正と幸長がぴたりと付き添っていたが、会見はなごやかにおこなわれ、最初の盃を家康が干し、それを秀頼にあたえた。会見は一刻（約二時間）ほどでおわり、秀頼は二条城を辞去し、豊国神社に参詣し、方広寺の大仏工事を見て、その日のうちに船で大坂城

にもどった。

二条城にのこった家康は、

「秀頼は立派に成長しており、なかなか賢そうに見えた。周囲にふさわしき人物がいて、秀頼の扶育にあたれば豊臣家は後世に領土と家名をのこすかもしれない」

と本多正信に微妙な言葉をつぶやいた。

「今のままでは、豊臣家は危ういということでござりますか？」

正信が問うと、

「それはその方の考えていることとおなじだ」

と家康は答えた。家康は正信がどんなことを考えているか知っていたのである。それにたいして正信は返事をすることができなかった。

しかし二条城の会見が実現したために、京都、大坂にしばしのあいだほっとした平和的な空気が生まれた。家康が正信にかたったように、豊臣家にしっかりした家老、重臣でもおれば、この会見を機に徳川家との関係を改善し、存続していく道を見いだすことができたかもしれない。けれども関ヶ原の合戦において、加藤、福島、浅野、黒田、池田らの武断派は家康側につき、石田、小西、増田、大谷らの奉行派はこれに敵対し、勝った加藤、福島、浅野らは大禄(たいろく)をあたえられて有力大名として独立し、石田、小西、増田、大谷らは処刑されるか、配流された。したがって今の豊臣家には旧来の家臣としては片桐且元くらいしかのこっていなかった。その片桐にしても豊臣家を背負っていくほどの器量を持ち合わせなかった。

豊臣家の将来をあやぶむ声はすくなくはなかった。時之助は駿府城焼打ちの成功によって、豊臣家親衛隊七手組の長の一人に推されはしたが、豊臣家の将来を憂慮する一人であった。何とかして豊臣家にすぐれた家臣をあつめたいとおもっていた。そのため人探しをおこなっていた。

時之助がまずはじめにおもいうかべたのは、石川康勝である。康勝とは少年時代を大坂城でともに過した。康勝は徳川家の人質であったが、そういう立場を越えた付き合いをつづけた。康勝は父数正が知謀の将であったと同様、その血筋をつぎ、その機略、知謀ぶりは将来の謀将を想像させるに十分だった。が、康勝は関ヶ原の合戦以降、小なりとはいえ徳川家の忠実な武将になりきっている。時之助が誘ったにしても、応ずるとはとても考えられなかった。

しかも康勝の兄の康長はすこぶるつきの徳川忠臣である。康長がかって父数正とともに徳川家を裏切って豊臣家に寝返ったことが、今でも時之助には信じられぬくらいであった。当時、一部で噂(うわさ)になっていた〈偽りの裏切り〉ではなかったのかと今にしてかんがえるときがあった。裏切ったふりをして、豊臣家の情報を徳川家へながしていたともかんがえられるのである。だが、仮に偽りの裏切りだったとしても、石川一族が秀吉や秀長らに疑われることがなかったというのも、数正の人徳というべきか、すこぶるつきの謀将だったというべきか、今となっては判断のしようもない。今更訊くすべもない。

兄の康長の勢威と羽振りのよさは大坂まで聞えている。

「あの康長が権勢の中枢にちかい所にいるそうだ」

康長も数正とともに大坂に逃亡してきて暮していた時期があるので、彼を知る者も大坂には大勢いる。

「康長の娘がとついだ大久保藤十郎の父長安がめきめき出頭し、したがって嫡男の藤十郎も羽振りがよくなったのだ」

近ごろの大久保長安の出世ぶりは、関東では誰でも知っている。幕府の代官頭であるが、譜代の臣ではない。父は甲斐武田氏の猿楽師で、大蔵太夫といった。天正十年、徳川家康につかえて財政面を担当した。いわば新参である。武蔵八王子に陣屋をかまえ、領国内の検地をおこない腕をふるった。その才腕ぶりを譜代家臣の大物大久保忠隣に目をかけられて、大久保姓をゆるされた。甲斐代官と石見銀山の奉行を命じられ、石見守となり佐渡奉行を兼任した。さらに伊豆、南部の金山をも監督し、長安は揺るぎない地位を確立していった。そして今や徳川権勢の中枢に君臨する本多正純さえ、一目おく存在に出世していた。

藤十郎の出頭はあくまでも父長安の活躍を背景にしたものである。しかし何を背景にしようと人目をひく勢いであった。嫁の父である康長も婿の出世はよろこばしいものであった。自分の父数正もかっては徳川家の双璧と称されたものだが、表むき徳川家を寝返っているので、その種を世間に明かさぬためにも、現在まではそうめざましい復権はおこなわれていない。表面上は、関ヶ原合戦に徳川家に味方して旧家に復帰したというかたちとされているのである。時とともに世代は変り、かって徳川家をささえた四天王も、昨年本多忠勝が没したのを最後にして全員死に絶えた。今幕府権力の中枢にすわるのは本多正信、正純父子と大久保忠隣の三人である。

しかしその本多父子と大久保との仲はけっしてうまくいっていなかった。俗にいう〈両雄ならび立たず〉である。

本多家、大久保家の確執が世にひろまっても、康長はかくべつ心配したり、不安をいだくことはなかった。世の中にはよくあることであり、それが大事に発展するとはおもっていなかった。それは康長の妻女とて同様であり、夫婦でそれについて深刻にかたり合ったことはなかった。それよりも藤十郎と娘加代とのあいだに子がいつ生まれるかということのほうが大事な問題であった。娘夫婦のあいだに子が生まれるかどうかということは武士にとってはまず重大な問題であった。嗣子なき場合は家の断絶という宿命が待っているからだ。いくらかって功名をたてた者でも、嗣子がいなければ無情なお家取り潰しに処せられる。否も応もない。家康の第四男で関ヶ原の合戦で大活躍した松平忠吉の家系も、それ故に絶えてしまった。

家康の好色の血がなした大勢の息子たちも、戦国時代には武将の消耗戦という意味において利点もあったが、ひとたび安定した覇者の地位についてしまうと、かえって跡目争いの原因にもなるのである。他の武将においても譜代、外様にもおなじことが言える。領土はかぎられているのだから、人数が多ければおおいほど一人の分け前はすくなくなる道理である。

そう言えば、この年四月浅野長政が、六月には真田昌幸と加藤清正、と屈指の豊臣遺臣が相ついで他界した。当初はそれについてとやかく言う者もいたが、秋風が立つころには、そうした噂もしぜんに消えていった。三人とも死因はいっさい分らない。変死といえば変死である。清正などはまだ五十歳であり、今後豊臣家のためにもっとも必要な人物であった。豊臣家にとっては大きな損失である。浅野長政はかっての五奉行の筆頭であり、秀吉の姻戚でもある。息子の幸長が健在とはいえ、長政の死も豊臣家の落日ぶりをつよく印象づけるものであった。昌幸は二度にわたって上田城を大軍をもって攻めた徳川軍をさんざんあしらい翻弄し、徳川家の天敵と言われた勇将であった。徳川家がもっとも苦手とした将であり、家康をまったく恐れぬ将である。昌幸の死によって、家康はずいぶん気が晴れたことはたしかだ。

翌年（慶長十七年）の十月下旬に入って間もない早朝。康長は誰にもつげずに城をでて、大名町の武家屋敷外を東へむかってあるいた。総濠の外へでて、女鳥羽川のほうへむかった。

すでに初冬の風が女鳥羽川を越えて吹いてきている。近習の供もついていない。が、太郎太と次郎太の二人は康長でさえ気づかなくとも、視界をはずれたところから護衛についてきているかもしれぬ。松本城の主が数正から康長に替っても、藩主護衛を自分たちの役目としているのである。

東町に入ったところで、康長はさりげなく後ろを振りかえってみた。が、二人の影は見あたらぬ。穂高岳の頂上附近がはやくも雪化粧をほどこされている。このあたりは、春から初夏にかけて、いろいろな雪形の見られるところである。康長が好きな雪形は、やはり常念岳の〈常念坊〉である。袈裟をつけた坊さんが徳利をさげている形で、いつ見ても、いかにもとうなずかされる。

川っぺりに近いところに正行寺がある。数正がもっとも好きだった寺である。住職ともよく気が合った。したがって康長も若いころから馴染んだ寺である。今は石川家の菩提寺になっている。

朝が早いので、まだ参詣人の姿は見えぬ。が、早起きの修行僧が境内を掃除しているのが見える。

山門をくぐって、参道をゆっくりすすんだ。庫裏が参道の右手にあり、正面に本堂がある。康長はまず本堂の前に立ち、手を合わせた。そして庫裏に立ち寄り、線香をもらった。

坊主が挨拶をし、同行をしようとするので、

「いや、かまわぬ」

ことわって、康長は一人、本堂の裏手へむかってあるきだした。ちいさな池があって、その脇に墓石がたっている。墓石そのものはそう立派なものではない。

箇三寺殿前伯州的翁宗善大覚位

の法名が墓石にきざまれている。数正の法名である。

今日は数正の命日なのである。

墓はきれいに清掃されている。

手水で手をきよめ、康長は墓石の前に立ち手を合わせた。瞑目し、ところしずかに父をおもい、冥福を祈った。

どこからか数正の声が聞えてくるような気がした。康長はその声を聴きとろうと、耳をすました。が、父の声は聞えなくなり、かわってしずかに足音が近づいてきた。

(和尚か、太郎太、次郎太か……)

とおもったが、康長は後をふりむかなかった。

女の足音だとわかったからである。

（誰であろう）

見当がつかなかった。康長の母まさ江はすでに他界している。

父に無言でかたりかけようとした康長のこころがわずかにみだれた。

女は康長がいるのもかまわず、父の墓に香華をそなえた。中年の、上品で容姿も物腰もうつくしい女である。

康長が父の冥福を祈りおわると、

「お久しゅうございます」

女のほうがしずかに声をかけてきた。

「千種どの。父の命日にわざわざ松本まで」

と問うと、

「毎年はまいっておりませんが、何回かはきております。大抵、払暁（ふつぎょう）のころまいりますので、人に会うことはありません」

女が落着いた声で答えた。

康長と千種は数正の生前から面識があった。が、親しい会話をかわしたことはあまりなかった。

「では、今日は何故（なぜ）」

康長は千種に視線をむけて訊いた。

「もしかしたら、康長さまにお会いできるかと」

「わたしに用事でも」

康長が訊くと、

「お耳に入れたいことがございまして」

「千種どのは今も茶屋どののお仕事の手伝いを？」

「ときどき頼まれます。わたしは当主の姉ですから頼みやすいのでしょう」

「千種どののほどの腕をもつ者は滅多におらぬから」

「さほどではありません」

「茶屋どのは代々大御所さまの側にあって閣老並みのお仕事をなさっておりますな」

「どうなのでしょう」

現在、江戸の幕府と駿府の大御所とのあいだで二元政治がおこなわれている。大御所の側近には本多正純、成瀬(なるせ)正成(まさなり)、安藤直次(あんどうなおつぐ)、竹腰正信(たけのこしまさのぶ)などがおり、そのほかに家康と個人的につよいつながりをもつ天海(てんかい)、金地院崇伝(こんちいんすうでん)、林羅山(はやしらざん)、さらに大久保長安、後藤庄三郎(しょうざぶろう)、三代目茶屋四郎次郎らがいる。

「どんな用事であろう」

康長はうながした。

「さきほど境内に二人ばかり、お人がおりましたが」

さすがに千種はただ者ではない。

「おそらく太郎太と次郎太であろう」

「そうでしたか」

千種もこの二人のことは知っているはずだった。かって千種は石川家の屋敷に侵入し、両人にとらえられたことがあった。

「場所を変えようか」

康長は気をきかして言ったが、

「かえって、ここの方が」

見通しがきくので、千種はそう言ったのかもしれない。

「この寺の中なら大丈夫だ」

康長は千種を安心させた。

「わたしがこれからお耳に入れることは余計なことかもしれません」

「ぜひ聞きたいものだが」

「今幕閣では、二つの勢力があらそっております」

「大久保忠隣さまと本多父子（おやこ）だな」

数正の墓前で二人の話がはじまった。

「双方のあらそいは端の者が知る以上のものです。今までのところは暗闘でございましたが、やがてそれだけでは済まなくなりそうです」

千種のはなしぶりは静かだが、その内容はただならぬことをあらわしている。

「岡本大八の事件か。それは茶屋どのの判断であろうか」

「そのとおりです」

千種は否定をしなかった。

「あの事件は面倒なことを引きおこしそうだが」

「大久保さまと本多父子とのあいだが決裂するかもしれません。ということは幕閣の二大勢力が激突するわけです。ただごとで済むとはおもえません。いろいろなことを巻きこんで、どちらかを仆すまで闘いはつづけられるような気がします」

「ううむ……」

康長はおもわずうなった。娘加代と婿藤十郎のことをおもったのだ。

「争いというものは存外他愛ないことからおこって、しだいに周りを巻きこんだ大きな闘争にいたるもの」

若いころから父の仕事を手伝い、乱世の闇の任務にたずさわってきただけに、千種は世の中がどううごくかを知っている。

「岡本大八一件は、もともと大久保家とはあまりかかわりのないところでおこったものだ。たまたま大久保長安どのが事件の裁決をする立場になってしまっただけのこと。岡のじゃ」

本大八が本多正純どのの与力であったがために、騒ぎがべつの方向へすすんでしまった

康長自身もこの事件が変な方向へ発展しなければよいがとおもっていたのである。

岡本大八事件というのは、切支丹であった大八が肥前の切支丹大名有馬晴信から、旧領還付の斡旋をしてやるといって、白銀六百枚を詐取したのが発端である。なかなか還付が実現しないので、晴信が直接正純にただしたことから事件が発覚し、大八は投獄された。すると大八は獄中から晴信の旧悪について暴露した。そのため家康は晴信と大八を対決させ、長安が晴信を流刑にし、大八を火刑に処断した。この事件が大きなひろがりを見せ、第一に切支丹の弾圧、第二に本多氏と大久保氏の対立、相克を表面化させたのである。

「そうか。茶屋どのがそうお考えなら、真剣に心配しておかねばならんな」

正直にいって、康長はそこまではかんがえていなかった。父だったらどうだっただろうと一瞬、康長は想像してみた。

「本多さま父子の権勢欲はなみなみならぬものです。四天王がすべて去った今は、本多父子の強敵といえば大久保忠隣さまだけです。大久保さまはほかの譜代の家臣たちの絶対的な信頼をかちえております。その大久保さまをささえていらっしゃるのが長安さまです。本多さまのねらいはまず長安さまにむかうのではないかというのが、茶屋の推量

でございます」

「さすがよい所をついてくるな。その推量には納得できる」

「康長さま、感心されている場合ではございません。長安さまのご嫡男藤十郎さまのご妻女は康長さまのご息女ではございませんか。いわばご一族です。いかなる災禍がおよんでくるかわかりません。なにしろ徹底しておこなうのが本多さまの流儀ですから。恐ろしい方でございますよ」

さすが徳川家の隠密茶屋四郎次郎の娘だけあって、かんがえる角度、深さに隙がない。すべての可能性を一瞬のうちに想像する習慣が身についているのであろう。

「言われるとおりだ。対処を考えておかねばならぬ」

「しっかりなさってくださいませ、康長さま。お父上は粋でやわらかみのある方でしたが、油断や隙は滅多に見せられませんでした。徳川家中随一の謀将と言われておられましたから」

千種は康長を数正と比較して見ているようだ。康長と千種はおなじ年齢だが、千種は康長を一人の男としても見ている。それは康長にも感じられた。康長も今日はじめて千種を一人の女として視ている自分を感じた。

「たしかに父はすぐれた謀将でした」

父の命日だけに、康長は今日目ざめたときからずっと父の資質、戦績、他人の評価などについてかんがえていた。

「お父上はすぐれた武将だっただけではなく、天下を視野に入れてかんがえ、行動された武将だったとおもいます。他人（ひと）とは視野のひろさと奥行がちがっていたために、理解しにくい面はあったでございましょう。すくなくとも秀吉と家康公を秤（はかり）にかけるくらいのご器量はあったのです。その結果、お父上は表むき豊臣家を、実際には徳川家をえらんだのだとおもいます。そしてその見方は誤っていなかったのです」

「そうかんがえてもらえれば、息子として満足だ」

康長は千種の言葉を聞いて、父に嫉妬（しっと）めいた感情さえいだいた。

「康長さま、康勝さまもけっしてお父上にひけをとる人物ではありません。ただ、資質、器量を発揮する機会（おり）を得るかどうかだとおもいます」

「機会か」

「そうです。どれほどの器量をもった人物でも、天運、機会にめぐまれなければ、どうすることもできません」

「今は世の大方さだまった時代だから、一人の武将が器量を発揮する大きな機会はなかなか得られないのではないか」

あえて康長はそう言った。

「そんなことはございません。世の中一応さだまったかに見えておりますが、まだまだ本当にかたまったとはいえないと思います。将軍は徳川家の世襲となりましたが、まだ大坂には豊臣家が存在するではありませんか。今後どうなるかわかりません」

千種の言葉は康長が期待したとおりだった。

みな徳川家の天下で世はきまったとおもっているが、摂津、河内、和泉の三ヶ国は豊臣家六十五万石の領土である。この意味をもっとかんがえなおさなければならないと康長はおもっていた。今から豊臣家が天下を奪還するなどとても考えられないが、豊臣家が存在することによって、世に何かがおこるという可能性は十分にある。福島正則、浅野幸長、池田輝政、黒田長政……らの錚々（そうそう）たる豊臣家遺臣がまだ健在である。即位して間もない気鋭の後水尾天皇は何かやりだすような雰囲気を感じさせている。

「徳川家にとって安心できる時代はまだきていないということだ」

「すくなくとも大御所様はそういうお考えでおられましょう。豊臣家にたいしけっして油断をなさってはおられません」

「拙者も同感だ」

康長がそう答えたとき、千種はそっとまわりを見まわした。

「今日は先君のご命日です。ぼつぼつお城の方も見えましょう。またお目にかかりましょう」

と言って、千種はそっと数正の墓前をはなれた。

千種は康長に、幕閣の争いにたいしてよりきびしい用心をするよう注意をうながしにきたのである。康長も十分注意をしていたが、千種がつたえてきたことはいかにももっともだった。

そして千種が本当に四郎次郎に依頼されて松本まできたのか、それとも自分の意志で康長をおとずれたのか考えた。父といい仲だった千種という女に康長は興味をひかれたのである。千種も康長に関心をいだいているような気がした。

（それにしても、岡本大八の一件だ……）

それをおもうと憂鬱な気分におちいった。たしかに岡本大八事件は場合によっては大きな事件に発展しそうな気配がある。表面は岡本大八と有馬晴信の事件であるが、その底にはどろどろとした幕閣実力者同士の権力争いがうかがえ、ことと次第によっては大きな政争に発展することがかんがえられた。自分の娘を長安の嫡男にとつがせている康長としては大いに気になることであった。若いころの長安といえば、あたらしい才能と新時代を見通す目を大久保忠隣や家康に買われ、めきめき頭角をあらわし、これからの幕閣の中心になっていく人材と見られていた。その長安がひょんなことから政争に巻きこまれ、場合によっては罪を得ようとしている。長安が罪を得れば、その嫡男の嫁の実家にも影響はないとはいえぬ。それがよかれとおもった政略結婚のおおきな穴になりかねない。

いささかの不安をかかえて、康長はその年を越した。

年あけて（慶長十八年）早々、また異常な出来事がおこった。姫路五十二万石の城主池田輝政が死んだ。享年は加藤清正とおなじく五十歳。まだはたらきざかりである。一昨年の真田昌幸、浅野長政、加藤清正の死を連想させる突発的な他界である。しかも前記の三人と同様、死因はよくわからない。病死と発表されただけである。

これで豊臣家遺臣の大物がつぎつぎに四人まで没した。偶然とは言いがたい出来事である。彼等は昌幸をのぞくと三人までが関ヶ原の合戦で徳川家についたが、こころは豊臣家にあったと言われている。この豊臣家遺臣連続死亡事件がこれでおわるとは、康長にはおもえなかった。

（つぎは誰か？）

この想像は康長一人のものではないことはたしかである。おおくの者が不吉で陰湿な想像をめぐらしているはずだ。

この謀事の発信元が、江戸であるのか駿府であるのかはっきりとはしないが、少なくとも徳川家が恥も外聞もかなぐり捨てて、豊臣家の孤立化をはかりだしたという考えが一般的になった。家康は一歩一歩豊臣家滅亡の計画を進めだしたのかもしれない。七十二歳という年齢をかんがえれば、もう遅いくらいである。

このころから駿府城における家康の日課に妙なものがくわわった。朝と夕、自室にこもって一心に写経をおこないはじめた。写経とはいっても浄土宗の〈南無阿弥陀仏〉の六字名号である。家康は六字名号をみずから墨を摺って、一日一刻（約二時間）ほど自室にこもって、そのときは誰の入室もゆるさず一心に写経に熱中しているのである。動機は誰にもわからない。

三河の小豪族からさんざん辛酸をなめつくして、ついに天下統一の大事業をなしとげたあいだには、弱肉強食、下剋上、権謀術策など戦国の生きざまを十二分に実践してきているはずである。讒訴もしたであろうし、裏切り、欺し討ちもやっている。小田原の役では同盟をむすんでいる北条氏を豊臣軍の先鋒となって攻めたてて、ついには落城に追いこんだ。これなども裏切りの一種ではあるが、時代が戦国であってみれば、やむを得ないことである。家康にはどちらかをえらばねばならぬ立場があった。

戦国の世を覇道追求の時代としてかんがえてみれば、より強大な武力をもつことが覇者としての条件であり、謀略も術策もやむを得ない武将の道である。しかし、覇者として世に君臨した今、かって自分の戦略の犠牲にした人々への供養の念が頭をもたげてきたのかもしれない。また今後も犠牲にしなければならない人々への生前供養のために写経をしているとも考えられた。いずれにしろ、以前ではかんがえられぬ家康の変りようである。

駿府に住んでいる長安の嫡子藤十郎は、

「大御所は近ごろ、まるでお人が変ったようだ。写経にご熱心なうえ、読経をおこなっておられることもしばしばだ」

と言っていると、松本の康長のもとに娘が手紙をおくってきたこともあった。

「大御所は本当に近ごろ仏ごころが身について、坊主のような心境になってしまわれたのか」

康長は逆に家康の変りようが心配だった。

「いかにお年が七十を越えたとはいえ、大御所にはご他界なさるまで権謀術数のお人でいらしてもらいたい。あくまで覇道の権化のままでいていただきたい。それでなければ三河の小豪族だったときいらい、徳川家のために身命を賭して死んでいった無数の家臣たちに申しわけがたつまい」

康長は渡辺金内と大藪十郎次に言った。

「まことにそのとおりで、今大御所さまに仏さまのようになられてしまわれては、先君数正公とて浮かばれませぬ。先君は徳川家のために徳川家を裏切ったのですから」

金内は本気で家康の変りようを心配した。

「大御所のもともとの気質は食えぬお人柄だ。人並以上のご苦労をなさって、余計にそうおなりになった。写経や読経で簡単に人間が変るものではないわ。家康公はもしかしたら、真田昌幸、加藤清正、浅野長政、池田輝政どのらを本当に密殺させたのかもしれぬ。その懺悔の念が写経や読経に結びついたのではなかろうか」

「左様かもしれませぬ」

「されど、大御所は根っから覇権の道のお人だ。懺悔をなさった上で、また邪魔者を暗殺なさる。われらも徳川家のために戦や謀略をつづけてまいったのに、今ごろころりとお人が変られては大変迷惑。しかし大丈夫じゃ。大御所がお変りになられるはずがない」

康長は自信をもって言った。

金内と大藪はそれに同感した。

「これから豊臣家をつぶすのならば、ますます覇者の権化となられねばならぬ。これはまた大変なことでござりましょう」

「つぶせるかつぶせぬかは大御所のご覚悟次第。力の差は問題にならぬのですから」

「もうお始めになっておるのではないでしょうか」

「それは真田、加藤、浅野、池田のことを言うておるのか」

康長が言うと、

「左様にござります」

金内は答えた。

「つぎは福島正則か……」

「さ、どうでございましょうか。福島さまは関ヶ原の合戦の勝利の立役者でございますから、大御所さまも手をつけにくいのでございましょう。多少ためらい気味なのでは」

「ううむ……」

康長は沈黙するのみであった。

〈大久保長安たおれる！〉

の急飛脚が駿府の加代のもとからとどいたのは、それから一ヶ月ほどたったころであった。

長安には以前からかるい中風の気があった。長安の実父大蔵太夫も卒中で亡くなったことは知られている。このころの長安は諸国の鉱山を一手に管理する立場にあり、その上東海道、東山道、北陸道の一里塚の建設、伝馬宿の設立などといった交通網整備の責任も負っており、その多忙ぶりは幕閣随一と言われていた。しかもその上家康の六男忠輝の家老までつとめていた。

康長は悲報に接して、まず唖然となった。

「多忙過ぎたことが仇となったな」

石川家二代にわたる側役大藪十郎次につぶやいた。中風の気がおありなのでご注意するようにと、康長は折あるごとに長安にたいして手紙で忠告したり、娘や藤十郎にも注意していた。しかし長安の多忙はすでに自分では制御できないところにまできていた。

これも時の勢いと言うのであろう。長安自身にも、このままでは危いという自覚があったはずだが、ここまでくると自分でも他人にも止めようがなかった。そして四月二十五日、駿府城内でたおれ、かえらぬ人となってしまった。

驚くべき第二報は、わずかその四十日後に松本城につたえられた。康長は駿府における葬儀に参列した後、幕府の閣僚や石川家、大久保家の者たちを訪問したり、挨拶をし、駿府で約一ヶ月をすごしてから松本に帰国した。その早々の第二報であった。

『大久保長安、生前おびただしい私曲をおこない、莫大な金銀を隠匿した廉により、大久保家はお家断絶。七人の子すべてに切腹の命令がくだり、家臣たちは諸大名に召し預けを命じられた』

というものである。

ふたたび康長は愕然とした。今回は自分にもかかわりのあることだ。

長安が全国の鉱山の管理をまかされていらい、石見、佐渡、伊豆などの鉱石の産出量が飛躍的に増大し、それにともなって長安の権勢もうなぎ昇りに高まっていった。しかも長安の背後には譜代の人望を一手にあつめる宿老大久保忠隣がついている。それが本多正信、正純父子の目障りになっていたことはたしかだった。本多父子は長安のめざましい出頭によって、大久保忠隣に自分たちの地位をおびやかされると恐れをいだいていたかもしれない。近くは岡本大八の事件がある。本多父子が隙あらば長安を失脚させるべく機会をねらっていたことはたしかである。

その長安が死んだ。普通ならばここで追及の手をゆるめるものだ。しかし、決してゆるめないのが本多父子の執拗さ、陰険さである。逆に本人が反論もできぬことから、嵩にかかっての攻撃を開始したのだ。

その結果、きびしい探索と調査、尋問などがおこなわれ、屋敷内におびただしい額の遺産が隠匿されていたのが発見されたという。例の〈死人に口なし〉のたとえから、何者かによって大量の金銀が調査の直前に隠匿されていた形になっていたかもしれない。

さらに長安の陰謀説までまことしやかにながれた。長安が主謀者となり、九州の切支丹とポルトガル人が力を合わせて徳川幕府をたおすため、ポルトガルの軍隊と軍艦をおくってもらうべく要請していたとの陰謀がもれてきたというのである。そして松平忠輝を日本国王とし、長安自身は関白になるという計画が発見されたという話まで噂としてながれた。およそ実務家の長安とは縁のなさそうな陰謀説だが、それも理由にくわえられて、大久保家の断絶がきまった。そして長安の遺骸を八王子にはこんで大きな葬儀をもよおすという計画も差し止められた。

「驚くべきことじゃ。長安どのが金銀を大量に隠匿し、ポルトガル、切支丹と結託し幕府を横領する計画を秘めていたとか」

康長はあまりに馬鹿馬鹿しい事柄ゆえ、その真偽をたしかめる気持もおこらなかった。

「まことに……」

　と言ったのは側役大藪である。

「とんでもないことで……」

　渡辺金内もあきれたように言った。

「しかし、これが政治、権力争いというものだ。ねらった相手をたおすには、どんな理由でもかまわぬ。たおした者の勝ちなのだ」

「長安どのはあまりに腕が冴（さ）えておりましたゆえ、疑う者があったとしても仕方がありません。金銀隠匿の疑いなど、誰しも疑ってみたくなるものです。これを信じる者は大勢いるでしょう」

　大藪が言うと、

「左様であろうな」

　にがにがしげに康長はうなずいた。

「それにしても、本多父子のえげつなさよ。恥じるということを知らぬ。武士の情などもとより知らぬ」

　金内が吐き捨てた。数正と正信は同郷同村の出身であるから、こうしたことも憎しみを倍増させるものなのかもしれなかった。

「それにしても厳しいお咎（とが）めで、七子切腹とは。このほかにも巻き添えを食う人々が大勢でてくるでしょう」

大藪はまず嫡男藤十郎の家族について心配していた。口にこそださぬが康長にしても同様である。自分の娘と孫が心配だった。

予想にたがわず石川家にも累がおよび、この年十月十九日、石川家改易が実行された。康長は妻子と十三人の家臣とともに豊後佐伯藩主毛利伊勢守高政にお預けの身となった。二男康勝は改易後、浪人となり、豊臣秀頼に召しかかえられた。少年時代を豊臣家ですごした康勝が同家に召しかかえられたのはごく自然な成り行きであるが、その仲介をおこなったのは今や豊臣家七手組の将の一人になっていた早見時之助であった。時之助の熱心な勧めをうけて康勝は家臣三人をつれて大坂城におもむいた。

三男康次は数正の没後、康長の臣下となり五千石を領したが、改易後はお預けの後、浪人となり旅にでた。召し抱えようと言ってくれる大名もいたが、丁重にことわった。

家老渡辺金内も二、三の大名から召しかかえるべく勧誘をうけたが、

「二君につかえず」

と言いつづけ、松本で帰農した。

密命隊

常念坊が長い袈裟を着て、徳利をたずさえ、常念岳の東面に姿をあらわした。春の到来をつげる合図である。

春は名のみの風の冷たさであるが、盆地周辺の山腹には一面に福寿草が雪を割って顔をだす。犀川水系で越冬したコハクチョウが、コー、コーと別れの挨拶をいうように北へむかって飛び立ってゆく。

松本の春二月は、季節の変り目である。これから野山の花々がいっせいに咲きだし、春耕もはじまる。農家では間もなくおこなわれる田おこしや種蒔きの準備をすすめている。生活のすべてに活気が感じられる季節である。

慶長十九年（一六一四）の春は、比較的おだやかに過ぎた。唯一の例外は、幕閣で本多父子と勢力を二分した宿老大久保忠隣が改易となり、小田原六万五千石から近江五千石にうつされたことである。忠隣の失脚は何といっても大久保長安の事件に由来する。長安がこれほどまでの地位に躍進できたのは、誰の目にも忠隣が巨大な背景になっていたことに起因する。長安の才能を見いだしたのは忠隣であり、長安を抜擢し、自分の姓まであたえるといった惚れこみようだった。

長安あるのは忠隣のお陰であった。しかも忠隣は裕福できこえ、家臣や旗本たちへも惜し気なく振舞った。その経済的富裕が長安の私曲とむすびつけられて世間の噂になったのは無理もないことだった。本多父子は亡き長安を罪に陥れることによって、忠隣までも葬り去ったのである。長安の切支丹、ポルトガルを巻き込んだ幕府横領計画の背後には忠隣がいると、まことしやかに噂されたり、幕府に密告されたりした。忠隣の最後はまことに呆っ気なかった。したがってこれほどの大物の改易事件であるにもかかわらず、余波はまったくおこらなかった。

家康の日課念仏はその後もつづけられ、時においては曹洞宗の法門を聴いたり、三月には京都から冷泉為満をまねいて、〈古今集〉の伝授をされたりした。まさに覇権の頂点に君臨する者としての面影は感じられなかった。

一方、二条城の会見によって上方にはだいぶ平和的な雰囲気がながれ、秀吉が創建した方広寺の再建を秀頼は一昨々年からはじめており、今は大仏殿の造営を着々とおこなっていた。徳川家とのあいだの空気が今は一時なごんだように見えても、それはいつ変るかもしれない。豊臣家が今やたよるべきものは神仏以外にないという見方もできる。

松本平にも本格的な春がきた。もう風も冷たくはない。田には水も張られている。

松本城下から奈良井川をわたって北へすすむと、豊科村という村落がある。附近を梓川もながれており、田畑が一面にひろがっている。山岳地のおおい信州においてはめずらしいゆたかな農村地帯である。しかも農地は南北に長くつづいている。田畑の東西には唐松、赤松、白樺の森や林がひろがっている。その山林は飛騨山脈の山裾になっているのだ。

梓川からひいた用水路の先の田圃に、菅笠をかぶった四十路前後の農夫が若い農夫とともにのびのびと野良仕事をしている。農具のあつかいに習熟したところがないのは、この年齢にしては妙なところである。むしろ若い男のほうがたくみに農具をあつかいこなしている。

二人はほとんど言葉をかわすこともなく、黙々と野良仕事にたずさわっている。

太陽がだいぶ高くのぼってきたころ、用水路ぞいの畦道にぽつんと人影があらわれた。よく見ると、人影は二つのようだ。やはり菅笠に野良着を着た百姓である。

二人の百姓は畦道をあるいて、しだいに近づいてきた。ややずんぐりとした背恰好が野良仕事をつづけている男と似ている。

野良仕事をしている二人は、こちらに近づいてくる農夫に気づいているようだが、気にとめる気配はまったくなかった。誰かはわからなくても、この近くに田畑をもつ百姓とおもったにちがいなかった。

双方の農夫はますます近づいた。

野良仕事をしている二人が、ようやく仕事の手をとめて、向うからやってくる二人に目を凝らした。

双方の距離はだいぶちぢまった。

「見おぼえはないか？ あの姿かたちに」

と若い農夫にたずねたのは、かつての領主の末弟康次である。

「もしやすると、康長さまでしょうか」

答えたのは康次のかつての近習三浦常太郎である。

「どうもそうらしい」

康次は不思議なものでも見るように、兄らしい人物が近づいてくるのを見まもった。

「半三郎、久しぶりだ。いかい元気そうではないか。まだ農具をあつかい慣れていないようだが」

先に声をかけてきたのは、やはり康長だった。半三郎は康次の幼名である。

「兄上ではござりませんか。お懐しゅうござります。豊後佐伯の毛利さまに兄上の消息をたずねましたところ、まったく分りませんでした。おそらく一、二年旅まわりをしてから当藩にまいるのではないか、とまるで寛大で悠長なご返事でした。わたしはこの地でずっと百姓仕事をいたしております」

康次は日焼けした顔になつかしげな微笑を浮かべて康長をむかえた。その顔に卑屈さはない。

「野良仕事はよいではないか。百姓になるとはいかにもお前らしい」

康長も微笑をもって答えた。二人の頭上を紋白蝶がとんでいる。

二人の邂逅は存外屈託がなかった。松本十万石をうしなった悔しさは、すでに二人の胸のうちから消えているようだ。

「兄上は、どこでいかがお過しでしたか。佐伯にはいつごろ行かれるのですか」

「かくべつの猶予をいただいておる。しかしお預けの身ゆえ、近々おもむかねばなるまい。このあたりでは顔をしられておるので、こんな姿をしてみた」

康長はあたりの水田を見まわしながら答えた。

「よくお似合いですよ。兄上も百姓をしてみたらどうです。世の中の見方がまったくちがってまいります。今までの自分は何だったのかと考えるまでにいたりました」

「左様か、よほど百姓が気に入ったと見えるの」

「大層気に入っておりますよ。晴耕雨読の暮しです。ほかに何も考えておりません。明日の天気くらいですかね」

「お前らしく屈託がないの。うらやましい暮しぶりだ。わしはどうもそのようにはいかぬようだ。それに猶予の期間にも限度があろう」

「それは兄上の気持ひとつですよ。過去にこだわるからそうなる」

「こだわらざるを得ぬ。わしは石川数正家の惣領だ」

「たしかにそうですね。三男のわたしと嫡男の兄上とでは立場がちがわざるを得ませぬ」

「さほど大袈裟なことではないのだが」

「と言いながら、兄上はちと大袈裟なことをお考えになっておるような気がします」

康次はずばり康長の心中を言いあてた。

「それほどではない。しかし息子が三人いながら、誰も父の遺志をつがねば、父上は浮かばれぬであろう。となれば嫡男がということになろう」

「父上の遺志とはどういうことです？　父上は徳川の家老として、いちばん損な役割をひきうけて豊臣家へはしり、それなりの任務をはたしました。そして徳川家は今天下を取ったわけではありませんか。その後石川家はお家断絶になり、父上の名誉も回復されておりませぬ。徳川家の石川家にたいする仕打ちは正当なものとは言えませぬ」

康次もこのときばかりは、ちらと感情をのぞかせた。

「そうおもうのは半三郎の考えだ」

「では、兄上は創業の宿老にして、いちばん割りの合わぬ役目をはたした石川家を断絶に処せられて、ほかに何を考えておられます」

三浦常太郎もはっとするような声音で康次は言った。康次は温厚な性格で、ふだん感情をあらわにするようなことはないからだ。

「いや、大御所の望みはまだ最後までは完成いたしておらぬ」

康長は逆にこころを鎮めて言った。

「豊臣家ですか。大御所はこの期におよんでまだ石川家を利用しようとたくらんでいるのですか」

「たくらんでおるという言い方は正しくはあるまい。当時、大御所と父上は関白家への対応について苦慮いたしておった。父上が関白家へ出奔いたした理由を大御所は心中ご存じであった。そのとき父上の心中には関白家滅亡の意図が確固としてあったとおもう。でなければ、あれほど割りに合わぬ役目をみずから買ってでるわけがない」

「その報酬が石川家断絶ではありませんか。ですから兄上は諸方を流浪し、わたしは百姓になりました。康勝兄者の身の振り方はわたしには分りませんが、責める気持はまったくありません」

「わしも康勝については何ともおもっておらぬ」

「それで兄上はわたしにどうせよと？」

康次は康長の供をしている初老の男に目をやって言った。

初老の男は太郎太である。双方はおたがいに目礼し合った。太郎太も次郎太も基本的には家中の者であっても言葉をかわさなかった。あくまでも影の男に徹していた。

「半三郎、もうひと働きいたさぬか。百姓はその後でもできる。しかし、ひょっとして命を落すかもしれぬが」

　康長はずばりと言った。

「兄上はもう一合戦あると見ておられるようですな」

「大御所はご自分の目の黒いうちに豊臣家をほろぼすおつもりだ。でなければ天下統一をなしとげたとは言えまい」

「豊臣家は騒動をおこすつもりはなさそうだし、大御所も二条城の会見いらい、豊臣家にたいし和平的ではありませんか」

「大御所が狸親爺（たぬきおやじ）といわれるゆえんはそこにあるとおもわんか」

「なるほど、兄上はすでに大御所から密命をうけておられるのですな」

「……」

　康長はだまってうなずいた。

「どうしてもっと早く言ってくれませんでした。せっかく百姓暮しが身について、野良仕事がたのしくなってきた時期に」

「贅沢（ぜいたく）を申すな。徳川家にも理由があったのであろう」

「正直なところ、こころは半々。ふたたび戦闘の場におどり出たいという気持と、しずかに晴耕雨読の暮しをたのしみたいという気持が半ばいたしております。どういたしますかな」

康次は本当に迷って困惑している表情である。

「一晩しずかに考えて見よ。父上の声が聞えてくるはずだ」

「豊臣家をどのように攻めつぶそうというおつもりですか、大軍勢をもよおして大坂城を攻めほろぼすのか、それとも隠密、刺客の類いをはなって、豊臣家母子を暗殺しようとするのか」

康次はするどい質問をはなった。

「その両方であろう。大坂城は不滅の巨城だ。十万、二十万の大軍で攻めても陥落はしまい。そのときは手練れの者十数人で大坂城の中枢に潜入いたす」

「大御所は今、日課念仏に精をおだしだとお聞きいたしておりましたが、その一方ですでにそこまで作戦をお立てですか。恐ろしき男よ」

「そのような曲者でなければ天下は取れぬ」

「左様でございましょうなあ。そこまでして天下がほしいか」

「それは当然であろう。天下をねらって戦いつづけた男の業であろうよ。父上はそれに協力を誓った」

「父上死して断絶の憂き目にあってなお、二代にわたってその誓いをまもりつづけようというのですか。兄上は大層義理堅いですな」

「どうする？　半三郎」

「考えておきますよ。兄上、しばらくわがあばら屋にお泊まりになっていてください。そのあいだに決めます。金内の世話で、家と田畑を手に入れたのです。兄上が顔を見せてやれば、金内きっと喜ぶでしょう」

「そうか、それでここに住みついたか」

「城内で暮らしていたときには気づきませんでしたが、ここは本当によいところです。百姓の暮し、満更わるくはありませんぞ」

と康次はこたえた。

「では二、三日泊ってゆくか。久方ぶりの兄弟話ができる」

「康勝兄者とも会ってみたいですな」

「それは無理だろう。康勝は、今や大坂城の一将となっておる。人の人生はそれぞれ予想しがたいもの」

「左様でございますな。わたしも最近つくづくそれをかんがえます。よもや自分がかっての領内の百姓になるとはつゆ考えておりませんでしたから。金内のお陰です」

「金内に話をもちかけてみるのもいいな」

康長はおもいついて言った。

「さあ、どうでしょうかね。かっての家老とはいえ、今や身分のかかわりは切れておるわけですから」

「そこをどうかんがえるかだ」

太郎太と三浦常太郎は一言も口をさしはさまず兄弟の話を聞いていた。

「今日、さっそく呼んでまいりますよ。大層なつかしがることでしょう」

その夕、康長、康次と渡辺金内は康次の家で三人再会の祝盃をあげ、懐旧談にふけった。金内も数正の代から二代にわたって石川家の家老をつとめたので、年は六十路に入っている。百姓では康次の先輩である。康次は家から農地、農具、種籾まで金内に世話してもらい、田畑の耕作の仕方についても親しい百姓に懇切におしえてもらったのだそうである。

金内も年は年だが、とても元気である。彼も百姓の生活が合っているようだ。今の暮しをたのしんでいる様子である。しかし康長に会うと、さすがに武家当時のことがおもいだされ、ときに涙をにじませることもあった。

「もはやお会いできるとはおもえなかった殿にはからずもお会いできて、はなはだ幸せにございます」

「金内、まだそんな年でもあるまいに。大御所より一まわり以上も下ではないか。その大御所はこれからひと戦もくろんでおるところだ。まだ老けこむな。気持ひとつで人間は変る。それに金内、口ほどには老けておらんぞ」

「いや、殿にこうしてお会いできて、以前が懐しくてたまりません。殿は以前同様、精悍、闊達でございますな」

金内はたのもしげに康長の顔に見入った。

「わしにはまだすることがあるからな。老けてなんぞおられぬ」

「目的のある人生はよきものでござりますな。こころの張りがちがいまする」

「金内とて、今は百姓仕事にいそしんでおるではないか」

「野良仕事もけっして悪くはございません。こころも穏かになります。けれども、わたしは武士の出でござりますればやはり」

「そうか、百姓にはなりきれぬか」

「やはり侍の垢はあらいながせませぬ。ときに以前をおもいおこします」

「そうか、ならば打って付けの仕事があるのだが」

と康長は話を切りだした。

その夕……。

家康は約千人の兵をしたがえ、軍陣の備えで早朝駿府城をでて、東海道蒲原のすこし先、岩淵というところを富士川ぞいに身延山道へ入っていった。足軽鉄砲隊を先頭にたて、弓隊、槍隊、騎馬隊とつづく鷹狩りの部隊である。七十三歳の家康ははつらつとしている。肥満し、腹のでた体をたくみに鞍に乗せ、見事な手綱さばきで馬をすすめている。その前後に本多正信と正純父子がしたがっている。が、正純はともかく正信は年齢も年齢であり、昔から乗馬は苦手である。

身延山道は富士川と身延山地にはさまれた狭隘な道であり、石ころのおおい悪路である。乗馬の苦手な者にはとくに厄介な道だ。

身延山の山腹から山裾で鷹狩りをたのしみ、一隊はさらに北上して、夕方には甲州街道韮崎についた。

翌日、家康は朝から、白須、小淵沢一帯で鷹狩りをおこない、昼前には一隊をはなれ、三代目茶屋四郎次郎と、成瀬正成、安藤直次、竹腰正信らの近習衆をともない、わずか百騎ほどの一行で諏訪盆地をめざし、さらに塩尻をへて、松本へむかった。

一行のうち茶屋四郎次郎以外は、成瀬、安藤、竹腰らも家康が何のために松本へ行くのか、その目的を知らなかった。

塩尻から一行は善光寺街道を北へすすんで、ゆっくりと松本城下に入っていった。そして家康一行は松本城にはむかわず、女鳥羽川をわたり、東へすすんで正行寺の山門をくぐった。

正行寺の庫裡にいったん入った一行は家康のみが異例の狩衣姿で、あとは茶屋四郎次郎と太刀持の近習と小姓をしたがえて、本堂横の書院にむかった。成瀬、安藤、竹腰は控ノ間に詰め、そのほかの兵らは寺の庭にひかえていた。

書院に入ると、すでに三人の者が下座にひかえていた。康長、康次に渡辺金内が裃姿で横一列にならんでいる。

三人が平伏してむかえるなか、家康は上座にどっしりとすわった。

「久々のお目もじにござりまする。上様には相変わりませずご健勝にて、何よりのことと存じあげます」

康長が平伏したまま代表して挨拶をおこなった。

「石川康長、康次、それに渡辺金内、父親いらいの忠勤、家康わすれはいたさぬ。徳川家のためにずいぶんはたらいてくれた。しかも人には知られざる忠誠、隠ればたらき、大層つらいことがあったであろう。想像するにあまりある」

と言った直後に、居合わせた一同があっと驚くような行動に家康はでた。狩衣姿で家康は康長、康次、金内にたいして、両手をついて深々と礼をしたのである。

「あっ、上様、何をなされます。頭をお上げになってくださりませ」

驚愕して康長が悲鳴をあげるように言った。天下の大御所が身分は浪人、百姓の三人にたいし、なすべきにあらざる礼をとったからである。

「いや、数正の代から康長にかけて、徳川家はなんら報いてやることができなかった。つねづね申し訳なくおもっておった。とてもこのようなことでは、三人とも納得はできまい」

頭をあげてから、家康は言った。

「父数正が十分にむくわれませんでしたこと、さらに石川家が断絶の処分を受けましたること、成り行き上やむを得ざることと存じております。不満は何ひとついだいてはおりませぬ」

康長は家康が言おうとしていることを先手をうって言った。

「まことに相済まぬ。申し訳なくおもうておる。数正は酒井忠次とともに徳川家の両家老といわれた人物じゃ。その男が自分の名声と地位と誇りとひきかえに、いまわしい任務をみずからひきうけてくれた。その間の事情はこの四郎次郎の父清延がよく存じておる」

と家康はとなりにすわる四郎次郎清次のほうを見て言った。

「そのお言葉で、石川家の名誉はすべて回復されました。泉下の父もよろこんでおりましょう」

康長は大きな感動と安堵をおぼえて言った。

「大久保長安事件への連座はやむを得ざる偽装じゃ。時いたらば旧領回復は当然のこと。しばしの間、辛抱いたしてもらいたい。その上に、ふたたび数正の子らに至難な大役をになってもらうのはまことにこころ苦しい」

家康はそう言って、言葉をきった。今までに見たことのない真摯で、隔てのない家康の態度であった。

「その大役、父数正がお受けいたしたお役目につながるものにござります。もしわれら兄弟がお受けいたさなければ、泉下の父はわれらに失望いたすでござりましょう。いかなる至難な役とはいえ、この任務はわが石川兄弟がはたすべきものと存じあげます」

康長はむしろ陶然たる気分でこたえた。

「そう言ってくれれば、まことに有難き次第じゃ。今の徳川幕府にこの難役をこなせる者がほかにおるとはおもえぬ。承諾いたしてくれれば感謝のきわみじゃ」

「もったいなきお言葉にござります。いかなる難役であれ、われら石川兄弟にてお引きうけたてまつります。徳川家のためにいくらかでもお役にたてれば、亡父もわたくしどもも幸せに存じます。何なりとご命令くださりませ」

「その言葉まことと痛み入る。つつしんで石川兄弟にたのみ申す。万端よろしく頼みたい」

家康はあくまでも下手にでた態度である。

「して、ご用命の内容は？」

康長はついに核心にふれる質問をした。

家康は一瞬、間をおいた。そして、

「大坂城のさる要所、中枢部に潜入いたしてもらいたい」

単刀直入に言った。

「要所、中枢部とは、秀頼、淀殿のいる場所にござりますか」

康長は訊きかえした。

「いや、そうではない」

家康は否定し、

「大坂城の火薬庫、煙硝蔵じゃ」

と答えた。

「火薬庫、でございますか」

康長の予想ははずれた。康長は秀頼に家康がとつがせた孫姫の千姫（秀忠息女）を大坂城内から奪取してくる役目かとかんがえていた。

「大坂城の本丸、二の丸、三の丸、西の丸には火薬庫が七つ八つくらいあることは知られている。そのほかに隠し火薬庫、埋煙硝蔵などもあるはず。ともかく二十万貫以上の火薬が常時たくわえられておるはずじゃ。しかしながらそれらが城内のいずれの場所にあるかすべては分らぬ。城兵たちが知っておるのはさほどの数ではあるまい。重要な火薬庫は偽装してあったり、隠し蔵になっておるだろう」

「それを探しだして爆破いたすお役目でございますか」

「豊臣家をたおすには、何といっても大坂城を大軍をもって包囲いたし、はげしい攻撃をくわえねばならぬ。しかし大坂城は名にし負う天下第一の巨城にして、守りは鉄壁だ。

その上、関ヶ原の合戦で領土をうしない、禄をはなれた大名や浪人たちが大勢入城し大戦になろう。まともにたたかってもなかなか決着はつくまい。いろいろな作戦や工夫が必要となってくる」

家康はこの年齢にして、戦の話となると目がかがやいてくる。根っからの戦好きなのであろう。

「まことにすぐれた作戦ながら、まず大坂城に潜入いたすのが大層むつかしゅうございます。濠は深いうえに幅ひろく、石垣は高く反りかえっております。諸門の番士たちは昼夜を問わずきびしい見張りをいたしており、およそ三十をかぞえる櫓からも番士たちが見張っておりましょう」

「そうであろう。ただ者では城内潜入はむつかしい。逆にとらえられて、拷問され、処刑されるがオチじゃ」

だからこそ石川兄弟に依頼したと言いたい家康の表情である。

「大変困難なお役目でございますな。運よく潜入できたとしても、どこに火薬庫があるか探さねばなりませぬ」

とても不可能とおもえる困難さだ。

「当方も潜入の方法、火薬庫の場所についてはつとめて探索いたす。ともかくたのみ申す」

と言って、家康はふたたび頭をさげた。

「上様、勿体(もったい)のうござります。お頭をあげて下さいませ。でなければ話ができませぬ」

康長が言っても、しばらく家康は頭をあげなかった。

埋火薬庫

大坂の陣の原因は、もとより家康が意図的につくりあげたもので方広寺の大仏殿の鐘銘問題に端を発する。

方広寺の再建は淀殿と秀頼の年来の宿願であり、慶長十九年四月、大仏殿の鐘が完成したところから大仏殿供養をおこなうべく、秀頼は家老片桐且元を駿府の家康のもとに派遣した。そして大仏開眼供養と堂供養を八月三日におこないたいとつげた。ところが家康は開眼と堂供養を同日におこなうのは縁起がよくないから堂供養は八月十八日にせよと命じた。これが家康の難題のきっかけである。

それならばと片桐且元は八月十八日が秀吉の十七回忌で、豊国神社の臨時大祭を予定しているから、両供養は三日にまとめておこないたいと願った。そして交渉にかかろうとした矢先、家康は今度はべつの問題で難題を吹っかけた。

家康の難題はいろいろあったが、その最大のものは、大仏の鐘銘に難癖をつけたことである。鐘銘の文字は秀吉にもちいられた清韓文英がえらんだもので、清韓は〈洛陽無双の智者〉と称せられ、名筆家の評判が高く、禅僧たちからねたまれていた。その清韓が鐘銘として書いた文字のなかに、

〈国家安康〉

〈君臣豊楽　子孫殷昌〉

の文字があった。

家康側近、林羅山は、

「国家安康の文字は家康の名を二つに切り裂くものであり、君臣豊楽は豊臣を君として子孫の殷昌をたのしむ隠し文字である」

ととんだ難癖をつけた。

そしてさらに五山の追従坊主どもに鐘銘文の感想を述べさせた。すると家康が期待したとおり五山の坊主たちはことごとく知恵をしぼってこの鐘銘文を非難中傷した。こうして家康は一日一日と豊臣方を窮地に追いつめていった。

徳川の難題にたいして、豊臣方でもっとも苦悩し、身命をすり減らし、必死の折衝をつづけたのは片桐且元である。片桐且元はかって賤ヶ岳の七本槍の一人として勇名をうたわれた秀吉子飼いの臣である。関ヶ原の合戦後加藤清正、福島正則、浅野長政、池田輝政らが独立した有力大名になったなかで、且元だけは豊臣家の家老としてとどまり、同家の所領支配や財政などの家政をおこなうようになり、かっての同志たちのような一大飛躍の機会をうしなっていた。これも実直で、不器用な且元の性格ゆえであろう。

且元は鐘銘問題と大仏供養の難問を解決すべく急遽駿府にくだったが、家康は面会せず、金地院崇伝と本多正純が鐘銘の不当なことをかさねて一方的に言い、鐘銘を摺りつぶすよう命じた。ともかく且元は家康にまったく相手にされぬまま、大坂城にもどった。

一方そのころ、淀殿の使者として大蔵卿局が駿府に着いた。大蔵卿局は淀殿、大野治長とともに大坂城における最強硬派である。家康はこの大蔵卿局にはすぐさま面会し、機嫌よくもてなした上で、

「大坂のことは何でもよく知っている。日ごろ且元とも懇意にしているので、自分としては淀殿や秀頼殿にまったく他意をもっていない。何も心配することはない」

と二枚舌をつかった。

且元は大坂城にもどるや、淀殿にたいし、
一、秀頼が大坂城を明けわたして、どこか他国を領する。
二、秀頼が江戸に詰める。
三、淀殿が江戸に詰める。
右の三ヶ条のうちのどれかをえらぶべきだと家康の内意としてつたえた。これは且元が自分でかんがえた苦しまぎれの案で、この三ヶ条のうちの一つを豊臣家が実行すれば、家康はその誠意をみとめるであろうとおもったからだ。が、これが裏目にでた。

前後して大坂城にもどってきた大蔵卿局は、淀殿から且元の言う家康の内意三ヶ条を聞いて、

「とんでもないことでございます。大御所さまにはすこぶるご機嫌よく、豊臣家のことはつゆ悪意をいだいていないと、それは懇切なおっしゃりようでした。片桐どのの申しようははなはだ奇っ怪にござります。もしや、徳川方に内通した間者かもしれませぬ」

とつげた。

これで且元の豊臣家での立場が一挙にうしなわれた。城内では強硬派を中心にして、且元暗殺の空気がつよくなったばかりでなく、淀殿は且元を不届者であるとして、その禄を取り上げた。かくて、且元は大坂城を退去せざるをえなくなり、居城茨木城にかえった。そのとき且元同様穏健派の織田常真（信雄）も大坂城をでて、京都竜安寺にひきこもった。

これで城内には大野治長を中心とする強硬派のみがのこり、家康のまったくおもう壺となった。且元の大坂城退去の日、家康は大坂城総攻撃の命令を諸大名にくだしたのである。

これにたいして秀頼と淀殿は、豊臣家にゆかりの深い諸大名に援助をもとめた。まず福島正則、ついで蜂須賀家政、池田利隆、島津家久などに使者をおくった。しかし豊臣家に応じる大名は一人もいなかった。今の彼等は豊臣家ではなく、徳川家から領土を拝領しているからである。徳川家もそれを顧慮して、福島正則、黒田長政、加藤嘉明などを江戸に留守居させて封じこめ、加藤清正の子忠広、蜂須賀家政を国元にかえした。

大坂城のおもな将は大野治長、治房、治胤の三兄弟、木村重成、薄田兼相、七手組の隊長らの豊臣家譜代、それに関ヶ原の合戦にやぶれた真田幸村、長宗我部盛親、明石全登、毛利勝永、大谷刑部の子大学、増田長盛の子盛次、黒田長政の旧臣後藤又兵衛、加藤嘉明の旧臣塙団右衛門らである。それらに多数の浪人者がくわわった。数からいえば大坂方も十数万の人数だが、歴とした大名が一人もいないのは寂しいかぎりである。しかし彼等のたてこもる大坂城は秀吉が贅をつくして年月をついやしつくりあげた天下第一をほこる難攻不落の巨城である。隙や弱点はどこにもない。しかも武器、兵糧、財力にも不足はない。籠城された場合、城を包囲して総攻撃をしたにしろ、一年や二年はびくともするものではない。決着を見るのに最悪何年もかかるかもしれぬ。

慶長十九年十月二十三日、家康は軍をひきいて二条城に到着した。おなじ日、秀忠は諸大名の大軍をひきいて江戸を進発した。大坂をめがけてぞくぞくとあつまってきた軍勢の総数は約二十万。ほぼ日本中の大名が従軍した。そして家康は十一月十五日、二条城を出陣し、奈良をへて、大坂城天守閣をのぞむ摂津住吉に着陣した。秀忠も枚方をへて十七日には平野に布陣した。

大坂方はこれより先、堺の町を攻撃し、武器、弾薬をうばって城内にはこびこんだ。そして薄田兼相のひきいる兵は平野に攻め入って、一帯を焼きはらった。

一方、徳川軍は鴫野、伯労淵、野田、福島、天満、船場、高麗橋と時を見はからって出撃してくる城兵と戦闘をまじえながら、じりじりと大坂城包囲網をちぢめていった。そして包囲軍の松平忠直、井伊直孝、前田利常らの軍は真田幸村のまもる出城真田丸の攻撃にでた。けれども高い城壁に取りつこうと空堀に押し寄せたところを城壁の上や左右から一斉射撃をうけ、おびただしい損害をこうむった。

この間に、大坂城を石もて追われるように退城した片桐且元が家臣をひきいて、茶臼山の家康本陣をおとずれた。

家康はさっそく且元に面会した。家康は自分の策謀によって且元が大坂城での立場をうしない、退城して茨木城にひきこもったとき、使者をおくって、且元に徳川軍にくわわるよう説得していた。ところが且元は、

「大御所さまならびに将軍家にたいして忠誠の気持は東軍諸将にくらべてもけっして劣るものではありませんが、昨日まで大坂城の家老をつとめていた者が、今日大坂城にむかって弓矢をむけるのは武士としていかがなものでござりまするか」

といったんは決定的な返事は延ばしのばしにしていたのである。

ところが両陣の戦端が切られるや、このままでは双方の軍から攻撃をうける恐れがあるので、ついに決断し、家康のもとに来陣したのである。家康は且元に大坂城包囲の先陣を命じ、且元はこれを承諾し、濠の深浅や諸方攻め口などを説明し、城内における火薬庫のありかについては一応こたえた。けれども、

「且元が東軍に付いたとわかるや、大量の火薬を従来のままの蔵においておくとはおもえませぬ。恐らくべつの蔵に入れかえておりましょう」

と答えた。これは戦闘の際の常識である。家康はかさねては訊かなかった。

かねて家康は大坂城攻撃のためにポルトガル、オランダなどから攻城砲、弾薬などを買い入れてこの戦にのぞんだのであるが、開戦後間もなく、大坂城の外郭防衛線がたとえ西欧式の攻城砲をもちいても、難攻不落であることを知らされた。日本式城郭の脅威となる大口径臼砲を、その射程内に進めることは不可能だ。けれどもその強みは、間断なく銃砲を撃ち放ちつづけることで発揮される。柵列に取りつく城兵たちはみな撃ちたおされていった。

家康は茶臼山に本陣をうつし、東軍に城内への大筒、その他銃砲の一斉射撃を命じた。当時の大筒、ならびに銃砲は炸裂弾ではないが、建物などに命中した場合の破壊力は想像以上のものがある。そして音響がすさまじい。敵方はその轟音に恐れおののくのである。

開戦当初、淀殿は武具にりりしく身をかため、薙刀をたずさえ、おなじく武具を身につけさせた侍女、腰元たちを何人もしたがえて、城内の各番所をいかめしく見まわっていたが、この間断のない轟音には、さすがに肝を冷した。とくに本丸奥御殿の女中衆の中には恐怖におののいて、腰を抜かしたり、悲鳴をあげ泣きだす者もいた。家康はこの攻撃を昼夜を分かたずつづけたので、籠城方はねむることもできなくなった。その音響は京都にまで鳴りひびいた。洛中洛外の人々もこれには眉をひそめたが、京都には徳川家の二条城があるので、あからさまには悪口を言う者はいなかった。

「戦は最高潮に達しておる様子ではないか。われわれはまだこんなところで悠長に酒をくらっておってよいのか」

洛北・深泥池の北、ケシ山の山腹に、かって円妙寺と言われた寺があり、今は廃寺となったくずれかかった塔頭に十三人の男たちが住み暮してもう半月以上になる。そのうちの一人豊田左馬助が言った。深泥池は洛北松ヶ崎丘陵の南麓にある古くからの池である。かっては貴族の遊猟の地であり、はるか古代にまでさかのぼる歴史をもつ池なのだ。洛北には隠れ里がおおく、政変などで敗れた者が身をかくす地として恰好な場所であり、古来おおくの者が身をひそめてきた所である。

「今はまだ早すぎる。大坂城は難攻不落の巨城だ。四方から大筒で攻められても耐えられるように築城されておる。家康公であろうと一度の戦いで落とすことはできまい」

こたえたのは十三人のうちの頭領康長である。しぶしぶうなずいたのは数正時代の近習豊田左馬助であり、岡崎城出奔当時二十代の青年だったのが、今は五十代になっている。左馬助のとなりで盃をかたむけているのは、安城松三郎であり、彼も初々しかった当時の面影は消え、人生の辛酸をなめつくした男の顔になっている。渡辺金内の嫡男金之助はまだ二十歳を過ぎたばかりで、みなの輪からすこしはなれた所に正座している。一団のなかの最年長者はかって数正の側役をつとめていた大藪十郎次である。すでに六十路をこえようかという年齢であるが、老けこんだという落ちぶれた印象はない。年齢をかさね、落ちつきはらったその態度には人生の風韻が感じられる。もう一人の年長者は伴三左衛門であり、彼のみは床に長々と身を横たえている。

忘れてはならないのが、副頭領ともいうべき半三郎康次であり、三浦常太郎のほかに近臣二人をつれている。太郎太、次郎太の兄弟もいるが、いつもどこにいるのかわからぬくらい、自分たちの存在を人に感じさせない。今やこの技は技をこえた兄弟の本性のごとくなっている。

彼等は康長、康次を中心にして、家康の密命を受け、大坂城の破壊に一役買うことを誓って、一命を投げだしているのである。一党は徳川軍からもはなれ、時機到来まで、この隠れ里に身をひそめていた。もし正体がわかれば、一党がこれからおこなおうとしている秘密行動が洩れてしまう危険があるからだ。

半月以上も廃寺の塔頭に身をひそめていることは大変に苦痛である。隠れ里でもあり、村人たちはいるが数十人に満たない。そして円妙寺には滅多に人も近づかぬため、境内を散歩したりすることはある。太郎太、次郎太は夜のうちにケシ山の円妙寺から消え、洛中にでて、京都や大坂の様子を見聞して、翌日、康長に報告したりすることもある。

彼等が指示を待つ茶屋四郎次郎は今まで二度姿をあらわしただけで、その後はまったく梨の礫である。

「こうして無為に日々をすごしているあいだに大坂は落城してしまうのではございませぬか」

金之助があせるように言いだすと、

「大坂城はそんなヤワな城ではないわ。ただ大筒で攻めても一年はゆうにもつであろう。大御所はそのようにかんがえ、段階的に大坂城をつぶしていく作戦を準備しているのだとおもう」

大藪はたしなめるように言った。

「そのために、われわれのはたらきが必要なのでしょう」

「恐らくそうであろう」

大藪は金之助に答えた。

康長、康次は両人の問答を聴きながらだまっている。兄弟も家康の作戦を全面的に信じきっているわけではなかった。戦はその局面の変化によって、策が変ることもある。それは戦の常識である。家康ではなくても同様である。

「それだったら、わしらの作戦も無駄になるかもしれないのだな」

伴三左衛門が起きあがっていった。

「万一の場合、そうなるかもしれぬ」

「ずいぶん割りに合わぬ仕事だのう」

「そういうこともあるのは覚悟の上で引き受けた仕事だ」

「石川家は徳川家のためにかって裏切りをおこなったにもかかわらず、大御所は石川家を大切におもっておらぬようだ。大御所は利用できるものは利用しつくして、用済みとなったら捨てる気ではないのか」

「大御所の心中はともかく、われわれは大御所の依頼をひきうけたのだ。ひきうけた以上は全力をつくしてまっとうするのが、武士としての筋だ」

伴三左衛門と大藪との問答はつづいた。

康長と康次の沈黙は大藪のかんがえを肯定するものであった。兄弟は大御所の命令を待つしかないとおもっているのだ。

密命隊というのは、いわば決死隊である。石川数正の息子の名において決断した以上、今さらこころは微動だにしなかった。それを作戦にどう生かすかは、家康の胸三寸にある。注文をつける気持はなかった。

数日後の昼間、豊田左馬助と安城松三郎は深泥池の岸辺にならんで釣糸をたれていた。この池には鯉や鮒、泥鰌などが棲んでおり、結構よく釣れるので、彼等は交代で釣りにゆき、肴にしていた。

季節は冬だが、昼間はあたたかい日差しが池のまわりをつつんでいる。獲物は適当なぶんだけ釣れればよい。だから二人とも一生懸命に釣っているわけではない。半分は退屈しのぎの釣りである。もうだいぶ釣れたので、左馬助は釣りを中断し、日なたぼっこをしながら身を横たえてうつらうつらと昼寝をしていた。

こうなると松三郎一人で釣りをすることになる。鯉が今かかって、松三郎は年季の入った腕でかなり大きなやつを釣りあげた。その間も左馬助は昼寝をむさぼっており、目をさますことはなかった。

そのとき、背後の小径から枯れ草を踏んで近づいてくる音がきこえた。これで左馬助も目をひらいた。昼寝はしていても警戒心はうしなっていないのだ。

「釣りはお上手と見えますね」

女の声が背後から聞え、松三郎は振りむいた。大原女のような姿をした、中年にしては美貌のうかがえる女が近づいてきた。洛北の女はその日の早朝、紺の衣に御所染の帯、白手甲、白脚絆、白足袋、草鞋ばきで、頭に薪や柴をのせて洛中に売りに行き、この時間になると、ぼつぼつもどってくる。大原女がその代表的なものだが、洛北の女たちは大体このようにして家計をたすけている。

「なんの、暇つぶしよ。禄をはなれた浪人者だ」

松三郎はそう言ったとき、昔どこかで見た女に面影が似ているとおもった。

「以前、会ったことがあるな」

と言うと、

「わたしにも見おぼえがあります。石川さまのご家来衆ではございませんか」

警戒する色もなく答えた。

「康長さまにご用か」

期待をもって訊いたところ、

「そうです」

という返事だ。

「茶屋さまのお使いだな」

今度は左馬助がおきあがって尋ねた。

女はうなずいた。千種である。

「長いあいだ待って、待ちくたびれた」

「大変お待たせして、すみません。大坂城はやはり大層なお城です。いくら攻めても、びくともしません。それで大御所さまのご命令がなかなかおりませんでした」

左馬助は待ちくたびれていただけに、返事をせかせた。

「それでようやく命令がくだったのか」

「ご返事は康長さまにいたします。ご一緒にまいりましょうか」

「むろん、まいる」

松三郎がこたえた。

深泥池から廃寺までは半里ほどある。

三人はつれだってあるきだした。千種は健脚であり、男二人にひけをとらなかった。

三人が廃寺の塔頭に着くと、男たちがむかえた。

「千種どの、ご苦労」

康長が大坂からきた千種をねぎらった。康長と千種は、数正との関係をぬきにしてどことなく気の通じ合うところがある。

「こちらこそ、長いことお待たせいたしました。大御所さまのご命令がようやくくだりました」

千種がそう言うと、男たちはみな千種のつぎの言葉を待った。

「何と？」

待ち切れぬように金之助がうながした。

「大坂方とは間もなく和睦がむすばれそうです。ただ今、徳川家と大坂方の和睦交渉がすすんでおります」

千種がそう言うと男たちはみな驚愕した。

「和睦じゃと。今におよんで大御所さまは大坂方と和睦なさるおつもりか。全国から二十万もの軍勢を動員して、何をお考えなのか」

伴三左衛門がその驚きを口にした。

「大御所さまには大御所さまのお考えがあってのことでございましょう。大坂城を包囲しおわったときから、大御所さまはすぐに和睦交渉を開始なされておりました。お得意の和戦両様の作戦でございましょう。和睦にいたったとき方々が決死の覚悟で大坂城に入ったとしても、あまり意味がございません」

「その通りだ」

「大御所さまは単なる和睦だけを目的とはなされていないはずです。それでしたら、こんな大袈裟な攻城は意味がありません。大御所さまの作戦には二段、三段の構えがあるのではないでしょうか」

千種は十三人の男たちを相手に堂々と言った。

「二段、三段の構え……？」

康長が口をはさんだ。

「左様です。大御所さまのご本心は真の和睦ではないとおもいます。はじめから和睦いたしますなら、こんな大軍勢をもよおすことはなかったとおもいます。和睦のつぎにきっと何か策略を秘めておいでなのでしょう」

「十分に考えられることです。茶屋どのもそうおかんがえか」

「弟もおなじ考えです。大御所さまは策略十分のお方です。それで天朝さま（後水尾天皇）からの勅使もおことわりになったそうです」

「ううむ、ありそうなことだ。それで今われらをお呼びになったということは？」

康長はたずねた。

「何か策がおありなのでしょう。わたしは存じません」

「参ろう」

康長はこたえた。

家康は大坂城の玉造口から大筒を城内にむかって打ちこませるとほとんど同時に、大野治長、織田有楽にたいして和睦をすすめ、秀頼をいさめて和睦させるよう本多正純をとおして、書を送らせた。この書を持参して入城したのは、江戸金座、銀座の長である後藤庄三郎光次だった。

しかし、城内では当然和睦拒否の態度にでた。これとても家康の予想どおりである。それで家康は和睦交渉と同時並行に、城中に大筒のつるべ撃ちを連続しておこなった。京橋口から撃ちこんだ大筒の巨弾の一発が淀殿のいた天守閣に命中し、二層目の大柱を粉砕し、淀殿の近くにいた腰元が吹き飛ばされて即死したり、崩れ落ちてきた梁の下敷になって圧死した。大怪我をした腰元は何人もいた。これで淀殿はすっかり怯えてしまった。そして和睦にかたむいていった。一方、秀頼は、

「あくまでも、城を枕に討ち死にを」

と主張したが、淀殿はそれを懸命に説得した。

家康は大筒攻めを継続すると同時に城櫓を破壊するために、鉱山の掘子をまねき寄せ地下道を掘りすすめ、一方では淀川の堰き止め工事をおこなった。淀川は中津川にながれ、城の外濠をなしている天満川の水位がどんどん減って浅くなっていった。家康はあらゆる手を打っていたのである。

和睦の条件としては、

『籠城の浪人衆の罪を問わないこと、また秀頼の国替えについては承諾できない』

と大坂方は言ってきた。

が、家康は一方で大筒による城攻めはきびしく続行した。すると、

『淀殿を人質とすることは承諾するが、そのかわりに浪人衆に給するために増封をねがいたい』

という条件を大坂方はつけてきた。

家康はむろんこれを拒絶した。そして、

『大坂城の濠を埋め立てるか、淀殿を人質にするか』

の二者択一をせまった。

すると大坂方は淀殿の人質のほうをのぞんだが、家康は何故かこれを呑まなかった。

つまるところ家康は大坂城を裸城にすることをのぞんでいたので、和睦は頓挫した。

しかし家康と淀殿の和睦への執着はつよく、家康は侍妾の阿茶局をまねき、常高院（淀殿の妹）を相手に和議にあたらせた。そして両者は攻城軍の京極忠高（常高院の子）の陣中で対面し、講和の条件について話した。女同士の会談は不思議とうまくはこんだ。そして翌日二度めの会談で和睦条件は一致をみ、ことは解決した。

一、大坂城は本丸だけをのこし、二の丸、三の丸は破却する。

一、淀殿は人質とせず、織田有楽、大野治長から人質をださせる。

一、城中の将士の罪は問わぬ。

以上の三ヶ条で和睦は成立した。家康ののぞみどおりとなったのである。

大坂城が本丸だけの裸城となった。家康は和睦の誓約の交換がおこなわれた翌十二月二十三日から城の壊平工事に着手し、すでに二日前から工事の奉行に松平忠明、本多忠政、本多康紀が任じられていた。破壊工事の人員は諸大名が石高に応じて狩りだされた。しかも、諸大名が相きそうばかりの昼夜を問わぬ突貫工事であった。いかに家康が大坂城の破壊工事に熱心であり、急いでいたかがわかる。しかも二の丸、三の丸の破壊は大坂方の手でおこなう取りきめになっていたものの、本多正純がさっさと諸大名の手を借りておこなってしまった。

康長、康次一行が深泥池の円妙寺をでて、二条城に入ったのは十二月末の夜である。

家康はその数日前に、大坂から二条城に帰陣していた。

二条城書院において康長、康次は家康に対面し、

「例のこと、しかとたのむ」

と言われた。

家康は自分のおもいどおりに大坂方を和睦にみちびき、大坂城を見る影もない本丸のみの裸城にしてしまい、満足この上もない有様であった。このことがわかれば家康の和睦がどのような目的をもつものであるかは、すぐにわかる。

第二次の大坂の陣がやがておこるだろうと康長もおもった。

「承知つかまつりました」

自信はあったので、康長ははっきりと答えた。

「そう簡単な役目ではないぞ。火薬庫など、城内にいくつもあるものだ。まして大坂城となると格別じゃ。二の丸、三の丸、西の丸にあったものを本丸の火薬庫にうつしてあるとおもう」

家康は確信をもって言った。

「同感にござりまする」

「まして石川家の者となると、いろいろな経緯(いきさつ)はともかく、元は徳川譜代じゃ。疑われ

るむきもあろう。身辺を見張られておると覚悟いたさねばならぬ」

家康は念を押した。

「しかと承知いたしました。父いらいの念願にござりますれば、かならず成功させたく存じます」

「たしかに数正いらいの父子二代じゃ。しかしくれぐれも油断は禁物じゃぞ。ひとまず伏見城にひそんで、状況がきびしくなるのを待つがよい」

家康は和睦の条件として、城中の将士の罪は問わないとした。ところが大坂城二の丸、三の丸を徳川方の手で破却するなどしたことを、大坂方が違約だとして責めたてると、

「大坂方に不穏のうごきがあるやに聞くので、秀頼を国替えするか、召しかかえた浪人たちをすべて放逐せよ」

とまったく逆捩をくらわすかのような恫喝にでた。これは何と言おうと家康の言いがかりであり、大坂城を裸にしてしまった以上もうこちらのもの、という心中があからさまにあらわれていた。これは鐘銘事件の難癖とかさなり合うものである。康長と康次はこれを聞いたとき、

「ふたたび戦はおこるな」

と話し合ったものだ。淀殿、秀頼にとってとても納得できぬものであるし、召しかかえられた浪人たちとしても承服できぬものだからだ。

状況がきびしくなるのを待てという家康の言葉はこのことを意味するものと康長は聴いた。家康らしいと言えば、まったく家康らしい言葉であり、策略である。これはまさしく、

〈兵は詭道(きどう)なり〉

と言った孫子の言葉に通じるものである。

康長、康次ら一行は、その機会を待つために、本多正純の案内で伏見城外郭の空屋敷に住まうことになった。伏見城は築城後間もなく地震や戦火をうけたが、諸大名などの宿泊のためにこうした屋敷がいくつもつくられた。

「また時間待ちか。いったいいつまで待てばよいのか」

「待つのはもう飽き飽きした」

「待った先に、成功はあるのか。いたずらに利用されているだけのような気がする」

伴三左衛門、渡辺金之助、豊田左馬助などは不平を言ったが、康長、康次はいっさい不満を口にしなかった。そして外郭の空屋敷でふたたび時機を待つ暮しをはじめた。

伏見城から大坂城へは船で淀川をくだれば一夜で十分だ。馬で陸(おか)をいっても一日で十分な距離である。二条城よりもさらに大坂に近い。京都にあって大坂城や大坂市中を探索させる板倉勝重(かつしげ)のもとには、逐一情報が入ってくる。

一行が空屋敷に入ってからも、大坂城内の不満、不平はつのるばかりとなった。とく

に家康が京都から駿府へ帰国してからは、城内の浪人たちに不穏な情勢があるとの雑説さえ飛びかった。浪人は禄をはなれた侍であるから、大坂城から放逐されれば、ふたたび生活上の困窮が待ちうけている。それならばもう一度戦を始めようということになる。真田幸村、長宗我部盛親、明石全登、毛利勝永など大名級の浪人は、ことここにいたらば死場所をという気持がわいてくる。

世間でもそういう目で大坂城内を見るようになる。これは家康にとってもっとも望むところであった。家康の心中にはもともと〈講和〉の二字はなかったのだ。和睦は豊臣家討滅の手段にすぎなかった。

そして家康は上方の諸大名に、大坂城から逃げでる者をとらえるよう命じ、伏見城の城代に小笠原秀政を急遽むかわせた。その三日後になる慶長二十年四月四日、家康は九男の尾張義直の婚儀にむかうと触れて、麾下の将士をひきいて駿府を発した。

その夜、三更に入ったころ（およそ十一時）……。伏見豊後橋のすこし下流岸から三十石船が一艘しずかに岸辺をはなれ、淀川をくだっていった。船の客は十三人、それに船頭二人と水夫三人が乗っている。十三人はそれぞれに弓、槍、鉄砲、弾薬を携行し、それなりに小具足をつけた武装をしている。康長、康次がおり、伴三左衛門、大藪十郎次、渡辺金内、金之助、左馬助、松三郎、三浦常太郎らの顔が船首、船尾にとりつけた龕灯と晩春もおわりのかすむがごとき朧月にうっすらと照らされている。

康長、康次は一行の大将、副将であるから泰然たる態度で胴ノ間に端座しており、三左衛門や大藪らは普段と変らぬ悠然たる様子で龕灯でかすかに照らされる岸辺の風物に目をやっている。左馬助、松三郎、常太郎らはこの船を追尾してくる船や水上の様子を警戒している。

ぎいっ　ぎいっ

と、手慣れた船頭の漕ぐ櫓の音が夜間の静寂のなかにしずかに聞える。川はくだりである。ときたま、葭切の声が聞えてくる。康長、康次一行が待ちに待った大坂城入りである。

家康は召し抱えた浪人の放逐を豊臣家に命じている。その中での入城であるから大坂城を見張る上方大名たちの見張り、警戒に見つからぬようにしなければならぬ。伏見城代小笠原秀政は承知しているが、見張りの上方大名たちは知らないのである。下手に見つかれば騒動になって、入城ができなくなるかもしれない。

しかし船頭は落着いて自信にみちた漕ぎぶりである。枚方を過ぎれば、大体半分をきたことになる。時刻はほぼ五更に入ったころ（およそ三時）である。けれども安心はまだできぬ。乗り込んでいる者たちはほとんど言葉をかわさぬ。息をつめるように時間の経過を待っている。

さらに時がたった。寝屋川岸に船がさしかかったころ、とつぜん後方から龕灯の明りが二筋、三筋こちらにむけられた。寝屋川にある船番所の警備船らしい。

「気づかれたな。かまわずいけ！」

康長は命じた。

警備船は執拗に追いすがってくる。

水夫たちも船頭にくわわって船を漕いだ。

「小うるさい船だが、止まるわけにはいかぬ。鉄砲や矢をはなつわけにもいかぬ」

康次が舌打ちをした。

川幅はひろくなり、ながれはしだいに緩くなってきている。ながれに乗って一気に引きはなすわけにはいかぬ。警備船は小型であるが船足ははやい。

「止まれっ」

「止まらぬと、撃つぞ！」

警備船からの声が聞える。

「止まれるわけがない。こちらから威しに鏑矢でも見舞ってやるか」

伴三左衛門が業をにやしたように言った。

「鏑矢を射るまでもない。やがて守口だ」

康長が落着いて制した。守口までくれば、もう大坂城の勢力範囲だ。大坂城では石川兄弟一行の大坂入城を知っている。二男康勝が大坂城の七手組の一将として入城しているからである。

しかし本当に警備船から矢がはなたれた。矢は船体に突き刺さったり、その手前で水中に没した。

(面倒なことになったら困る)

騒ぎを聞いて、守口の船番所から大坂方の警備船や見張船が出動してきて、争いになったら始末のわるいことになる。小競り合いが戦闘の緒口になる場合もある。

矢はなおもはなたれたが、三十石船は懸命に逃げた。

前方に守口の船番所の常夜灯が見えてきた。

(どうすべきか?)

一瞬、康長が困惑したとき、予想外のことがおこった。追尾してきた寝屋川の警備船がとつぜん追跡をやめて、上流へ引き返していったのだ。

「助かったぞ、幸先はよしだ」

伴三左衛門がほっとしたように言った。磊落そうに見える三左衛門も相当心配していたようだ。ほかのみなも安堵した様子を見せている。もし双方の番所の警備船が争いをおこせば、一行の三十石船は大坂入城ができなくなる恐れがあった。

守口を通り過ぎてしばらくすすむと、東の空からしらじらと明るくなってきた。

「ここまでくれば、もう大丈夫」

康次が言ったとき、

「あっ」

「あれは何だ！」

驚愕するように、金之助、左馬助、松三郎、常太郎らは声をあげた。一難去って、また一難だ。

前方の河口方面を見ると、数十石から百石級と見える軍船が数隻、一行の船を待ちかまえているではないか。これでは前にすすめない。

康長も一瞬はっとしたが、すぐに、

「安心しろ。あれはわれらをむかえる大坂城の船だ」

とわかった。警備船が引きあげていったのは、このためだった。

軍船に乗っている人影もやがて見えてきた。なかにはこちらに手を振っている者も見えた。

金之助、左馬助、松三郎らも手を振った。

こうした中、三十石船は淀川から大坂城への水路に入っていった。ここまでくればもう安全だ。

「よくおいで下さいましたな、兄上、康次。淀殿、秀頼さまも大喜びです。城内の士気もこれでもりあがるでありましょう」

康勝は長いあいだ待っていたと見え、ほっとしたように一行を歓迎した。

康勝は今や大坂城七手組の一将だ。少年期を大坂城ですごしたためもあるが、早見甲斐守（かいのかみ）時之助の推挙もあってのことである。

時之助もでてきて、康長一行を歓迎してくれた。

「大坂城も尾羽をもがれた鳥のようなみじめな姿になったな」

康長が慨嘆するように言うと、

「家康のきたない策にしてやられた。家康はおのれの武名をおもんじぬ武将か」

早見が憎悪（ぞうお）をにじませた。

「今は武名よりも、豊臣家の滅亡であろう」

「やはりそうであったか、豊臣家は武士の約束を信じすぎた」

「兵は詭道（きどう）なり、と唐（から）の有名な兵学者も言っておったではないか。武士の嘘（うそ）を兵略と言う、とも言うではないか」

康長が言うと早見はだまった。

本丸だけの大坂城は本当にみじめだ。天下第一をほこった鉄壁の巨城だけに、今の姿は見るにたえない。人の世の栄枯盛衰をまざまざと見せつけられたようだ。

「もう籠城（ろうじょう）には耐えられぬ城となった。今度戦になったら野戦あるのみだ」

早見の言葉には悲痛さがにじんでいた。

「野戦となったらどれほどもつか。敵は二十万もの兵であろう。全国から押し寄せてくる」

「だから石川どのにも入城をねがった。故太閤の旧縁をたよって、援軍をもとめているが、なかなかはかばかしくない。金にあかせて浪人を雇っている」

「二の丸、三の丸をこわされて、堀を埋められたのが痛いな。言葉の詐術にしてやられた」

康長が言ったが、早見はもう返事をしなかった。

康長と康次は早見と康勝にともなわれて、本丸書院にみちびかれて行き、秀頼と淀殿の面謁を受けた。

秀頼と淀殿はたのもしげに石川兄弟を見て、

「これで石川家の三兄弟が大坂城につどうたわけじゃ。三人力を合わせて、豊臣家の力になってたもれ」

と言葉をかけた。

「最善の力をつくす覚悟で入城いたしました」

康長、康次は平伏して秀頼、淀殿に忠誠を誓うかたちをとった。

「徳川の狡猾な罠にかかった。もう一度戦があるであろう。何といたしても、家康、秀忠にひと泡ふかしてやりたい。こちらも簡単には負けぬ」

と秀頼、淀殿はなお意気軒昂なところを見せ、康長、康次に期待をかけた。豊後佐伯にお預けがきまっているとはいえ、大名級の大将の入城に大坂城はおおきな力を得た。さらに先に入城している康勝は、冬の陣において八丁目口で四千人の部下をひきいてたたかった。その事実があるだけに、早見や秀頼、淀殿は毫も康長、康次の来援について疑っていない。しかも石川家の御家断絶の事実がある。そこにつけ入った康長、康次の策戦は成功したのだ。

徳川と豊臣方の再戦はもはや避けられぬ情勢にせまられていた。大野治長の使者が駿府をおとずれ、

「秀頼さま、淀殿の国替えはお断り申し上げたい」

とつげると、

「その儀においては、是非におよばず」

と家康は答え、こうなっては問答無用と、大坂方に再挙させて、これを討滅する覚悟をしめした。

家康は諸大名に出陣の準備を命じ、尾張での義直婚儀の二日前、秀忠も軍をひきいて江戸を出陣した。家康、秀忠のうごきに応じ、大坂方も戦準備に着手し、大勢の浪人衆に金銀をあたえ、武器、武具をくばった。そして破壊された二の丸、三の丸の塀や石垣、濠などを急遽、復旧にかかった。

大坂方のあからさまな戦備の報に接し、家康は公然と豊臣家討滅の軍をすすめさせた。そして婚儀をおえた家康も、また秀忠軍も京都二条城に到着した。ここにおいて家康は、「淀殿、秀頼の母子は大和郡山にうつり、大坂城がかかえる浪人たちを追いだせ」と最後通告をおこなった。

これを受けた大坂方は籠城するだけの防備力もなく、もはや押し寄せる徳川の大軍と野戦するしかなかった。そして先制攻撃をかけるべく大野治房、治胤が大和郡山城をおとし、さらに紀州浅野勢を攻めたが、先鋒の塙団右衛門らが討死にし敗退した。

大坂方の敗色は日に日に濃厚となった。これで大坂方は最後の決戦にでるしかなくなった。五月五日、後藤又兵衛、真田幸村、毛利勝永は平野の宿営に会し、河内の道明寺に軍を集結させ、夜明け前に狭隘の地国分において徳川軍と決戦すべく決議した。しかし翌日未明、後藤又兵衛が平野を発し道明寺に到着してみると、薄田兼相、明石全登らの前隊も、真田幸村、毛利勝永らの後隊もいまだ到着していなかった。それどころかすでに国分に雲霞のごとき徳川軍が集結していた。ここにおいて又兵衛は敗北を察し、死を決し、二千八百の軍勢で二万の徳川軍に壮絶な決戦をいどんで激烈な戦死をとげた。薄田兼相も討死にした。この作戦における大坂方の痛手は大きかった。その敗報はまもなく大坂城にとどいた。

おなじ日、大坂城の主将木村重成と長宗我部盛親は京都から河内口へむかった家康、秀忠の軍をむかえ討つべく出陣し、今福（いまふく）方面へすすんだ。しかし途中作戦を変え、重成は若江へむかい、長宗我部は八尾方面へ進出した。これは徳川家の先鋒井伊直孝と藤堂高虎（たかとら）の軍にはばまれ、重成は大敗北して戦死し、長宗我部は大坂城に逃げかえった。

この敗報が大坂城内にもたらされると、淀殿、秀頼らは声もなかった。これで大坂方の敗北は決定的になったと言っても過言ではなかった。たのむ武将は大野治長、真田幸村、明石全登、長宗我部盛親、毛利勝永、石川康長がのこる程度となった。

「明日は文字どおり、大坂城の存亡を賭（か）けた戦（いくさ）となろう。大坂城はまだおおくの浪人を擁しておる上、莫大（ばくだい）な量の火薬が貯蔵されておると聞く。窮鼠（きゅうそ）、猫を嚙（か）む場面があるやもしれぬ。徳川方もそれを心配いたしておろう。大坂城は太閤が贅（ぜい）をつくしてつくった城と言われておるが、知恵も知謀も十分につくされておる。いかなる秘密がもうけられておるやもしれぬ」

康長は本丸奥御殿の守護にあたっていた康勝がでてきたのを見つけて、土蔵の陰にまねき、言葉をかけた。康勝は秀頼、淀殿の警固についているのだ。早見時之助も同様である。康長は康勝と会う機会を待ちあぐねていたのだ。

「秘密とは大坂城の抜け道のことですか」

康勝はたずねた。

大坂城には築城のときより、城内から城外へ抜ける秘密の抜け道が何本もつくられ、その道を掘った人夫たちはみな殺されたという言い伝えが今にのこっている。

「抜け道のこともさりながら、いちばん大量に火薬をたくわえている蔵がどこにあるかまだわからぬ」

康長は入城いらい、配下を使ってずっとそれらをさぐっていた。

「わたしもそれとなくさぐってはおりますが、こちらも一度は徳川家の臣になった身。七手組の将士たちも、全員がわたしを信じきっているわけではありません。それに、大量の火薬を前回の戦（冬の陣）の際に入れ換えたことも考えられます。大勢の浪人たちが入城いたしてくるのですから」

康勝でさえ城中でまったくは信じられてはいないのだと言う。そういうこともあろうかと康長はおもった。

「いくらかでも予想はつかぬか」

康長は食いさがった。

「本丸内だとはおもいますが、わたしのさぐったかぎりでは突き止められませんでした」

「本丸には、山里郭（やまざとぐるわ）をくわえて少くとも四つか五つの火薬庫があるな。わしもさぐってみたが、どの蔵も大量の火薬をたくわえていることはなかった」

康長は言った。

「埋火薬庫(うずみかやくこ)があるのかもしれません。これほどの城ですから、あってしかるべきです」

「手掛りはつかめぬか」

「それがなかなか……」

康勝は残念そうに言った。

「わしはみながおもっておるほど簡単には大坂城は落ちぬとおもう。太閤がつくった城だ」

「それは同感です」

「それを落すのは大坂城自身の大量火薬庫の爆破しかないとおもう。天守閣の近くにそれらしいものはないか」

「埋火薬庫にしろ土中に隠れておりますから、地上からは見えぬ仕懸けになっておりましょう」

「それもそうだが、何か見分ける工夫はあろう」

「本丸だけとはいえ、とても広うございます。今は夏草が伸び放題にのびており、なかなか分りませぬ。人目もあって、あまり捜しまわるわけにはまいりません」

康勝も相当捜してみたようだ。康勝が入城したのも康長、康次とおなじ目的である。

「明日からは徳川軍は城攻めにでてこようから、最後の激戦となろうやもしれぬ。それまでに見つかればよいが」

「父上の霊が案内してくれるやもしれません」

二人はそう言ってわかれた。

その夕、大坂城内の軍議によって城の攻防戦における城方の配置がきまった。

大坂城は周囲を徳川軍に包囲されていたが、とくに天王寺、岡山、茶臼山にいたる南口が決戦の地となるべく予測され、主力の陣はかっての三の丸の南口である平野口、八丁目口、谷町口、松屋口に配備された。

その宵、八丁目口に露営する康長、康次隊で、

ブッポー　ブッポー

仏法僧の鳴き声が聞え、ひそかに人の近づいてくる気配がした。

康長はその気配ですぐに何者か予測がついた。

「太郎太、次郎太だな」

押しころした声で問うと、

「左様でございます。本丸天守閣の背後に巨大な埋火薬庫が見つかりました。大量の火薬がたくわえられております。終日撃ち合っても、十日や二十日は十分もつ量の火薬でございましょう」

太郎太のしっかりした声が宵闇の中からつたわってきた。

「よく見つけたな。さすが、おぬしら兄弟じゃ」

康長は日限ぎりぎりで何とか見つけだした両人のはたらきに感じ入った。

「本丸天守閣の裏に夏草の踏みたおされた一筋の跡があり、それをたどっていきました空堀に埋火薬庫の入口がみつかりました。奥の深いおおきな地中の火薬庫です」

太郎太は喜びの感情をころして言った。

「いずれにしろ、でかした。一日おくれていたら、役にたたぬところだった。一緒に入城してもらった甲斐があった」

石川兄弟にとってはまことに大きな喜びだった。

「ご案内いたしましょう」

太郎太にすすめられて、康長はひそかに陣営を抜けだした。

天守閣のあたりは暗い。月もでているが、まだ細い月だ。しかし太郎太、次郎太は夜目がきくので、まようことなくすすんだ。たしかに夏草の踏みたおされた一筋の道がのびている。

その道をたどってゆくと空堀にいたる。太郎太について空堀におりていった。すると、やはり樹木や夏草におおわれたところに隠し土蔵の扉のようなものがあるのがわかった。

「これでございます。中にはびっしりと大量の火薬箱が積みこまれております。昼間、扉をあけて中をたしかめておきました。数万貫はゆうにありましょう」

「太郎太、次郎太の仕事はソツがない。この中の火薬がおおいに役立つであろう」

康長は両人の仕事を称賛して、その場からひきかえし、三の丸の八丁目口にもどった。

翌朝五月七日の合戦は、暁時、茶臼山、天王寺に野陣を張る真田幸村、毛利勝永らのもとに城中から大野治長がやってきて軍議をひらき、天王寺付近を主戦場とすることにさだめたのがはじまりである。ここに徳川軍をさそいこんで決戦をいどむ作戦がきまった。

最前線は〈赤備え〉の真田隊三千五百騎がさながら紅蓮の炎の燃えたつように、真っ赤な陣幕をめぐらせた陣営を茶臼山に敷いた。旗差物も将兵たちの具足も深紅ならば、幸村も緋威の鎧に身をかためている。毛利勝永は天王寺の南門側に布陣し、その後方に大野治長が陣をおいた。大坂城七手組の将たちは、天王寺と旧外濠とのあいだに遊軍として陣をおいた。さらに岡山口には徳川軍を天王寺にさそいこむべく大野治房が二段がまえの布陣をおこなった。

暁の薄ら闇が晴れていったとき、大手の櫓からはるかにのぞむと、東は若江、八尾、南は平野にかかる東西約三里のあいだを徳川軍の諸隊が雲霞のごとく群れせまってくるのが望見された。この中でもうもうたる土煙をあげて天王寺口に押し寄せてくるのが家康の大軍であった。その先鋒が本多忠朝（忠勝の二男）である。

秀忠の軍は平野から岡山口へ移動していた。その先鋒は前田利常である。いずれにしろ徳川軍と豊臣軍の兵力には雲泥の差があった。それを豊臣軍は決死の闘志と勇猛心でおぎなう覚悟で陣をすすめた。

決戦は本多忠朝の鉄砲隊と毛利勝永隊が、わずか一町の距離をおいて相まみえた正午ごろにはじまった。初夏の真昼の暑さをついて、本多隊と毛利隊との銃撃戦が展開された。ほとんど時をおなじくして、徳川軍の小笠原秀政隊と豊臣方の大野治長の鉄砲隊も戦いがはじまった。

豊臣方の絶対的不利な状況のなかからはじまった戦であるが、絶望的な立場からはかり知れない勇猛さを発揮した。不利な豊臣方が圧倒的に有利な徳川軍をひしひしと追い立て追いつめ、追いまくった。一時は徳川の大軍が随所で押され、敗走していった。

しかし時がたつにしたがい、諸方面から徳川の援軍がつぎつぎに到着し、徳川軍は勢いを盛りかえし、豊臣方は疲労して、押され、各所で崩れていった。こうした展開のなかで、真田幸村は文字どおり死中に活をもとめた。

（めざすは家康の首！）

総大将の首を奪って、一気に戦局を逆転する作戦にでた。この場ではもうその作戦しかなかった。幸村は息子大助を城中にはしらせ、総大将秀頼の出馬を要請し、家康の本隊めざして一直線に突きすすんでいった。その家康本隊の前面に布陣していたのは、この日の最強部隊、松平忠直のひきいる越前隊だ。越前隊は真田隊の前に敢然とたちふさがった。

真田隊は真っ赤に燃える火の玉のようになって、その越前隊を蹴散らし、家康本隊に猛然と突入していった。本陣はたちまち切りくずされ、ちりぢりになって敗走した。家康本隊は各方面に援軍をもとめた。が、真田隊はその援軍をもふくめて追い散らし、三里先まで敗走させた。幸村は三度、家康本隊に突入し、切りくずし、追いつめた。が、三度めにはさすがに真田隊も疲労の極にあって、幸村自身も満身創痍となり、自軍の兵もなかば以上は討たれ、少数部隊になっていた。そこに徳川軍の援軍も駆けつけ、幸村も相たたかったが、最後にはとうとう討ち取られた。

〈真田日本一の兵……〉

との評はここからくる。

幸村の戦死から天王寺口の豊臣方の諸将の戦死が相ついだ。

康長、康次の部隊も遊軍として、八丁目口において怒濤のようにせまってくる徳川軍をむかえて勇敢にたたかった。康長、康次がひきいたのは七千の部隊である。康長、康次はともに石川家伝来の鎧兜を身につけ、丸に笹龍胆の旗印を初夏の風になびかせて、殺到してくる徳川軍と勇敢に、たたかった。相手は当初岡山口にあった井伊直孝、藤堂高虎隊である。両隊が天王寺口に転進してきたためである。石川隊は大野治房隊の援軍にでたが、天王寺口の豊臣方は時間がたつにしたがい押しまくられて、ちりぢりになっていった。

「散るなっ、かたまれ！」

康長は何度も号令をくだしたが、しだいにその号令もとどかなくなった。

大野治房隊はよく押し返したが、やがて豊臣方は未の下刻（午後三時）ごろ、玉造方面に敗退していった。豊臣方の残兵が城中に退却するのを追って徳川軍が濠をうしなった三の丸にせまって、急ごしらえの塀や柵、竹矢来をやぶって乱入しはじめた。

それを見て、康長は、

「太郎太、次郎太」

と乱戦のなかで呼びまねいた。

両人が間もなく側に寄ってきた。

「康勝のもとに行け！　そして本丸に徳川方が迫ったら決行せよとつたえよ」

と命じた。

太郎太、次郎太はただちに城中へはしった。

徳川方が三の丸、二の丸に乱入したとしても、本丸は旧来どおりの鉄壁をほこる城である。簡単に落ちるわけがない。

康勝は七手組として本丸奥御殿にいる淀殿、秀頼を警固していた。

徳川方の兵たちによってにわか造りの三の丸に火の手があがったのは申の刻（午後四時）ごろである。そして薄暮がせまるころ、二の丸も燃えだし、紅蓮の炎につつまれていった。およそ半刻（約一時間）くらい後には二の丸も黒煙をあげて焼け落ちた。ほとんどの大坂方の将兵は死んだか、逃亡した。

それでも本丸はまだのこっている。戦にはやぶれても親衛隊七手組の将兵らが、秀頼、淀殿らをまもって本丸にのこっていた。

そして夕闇がせまってきたころ、とつぜん落雷がいくつも同時におきたような大音響が本丸内でつづけておこった。と同時に本丸御殿や天守閣が巨大な炎と煙を吹きあげて吹き飛び、桃山時代を代表し、秀吉を象徴した大坂城が劫火につつまれ、一刻（約二時間）以上ものあいだ燃えつづけ、大坂城は落ちた。

大坂落城の翌朝においても、秀頼、淀殿、大蔵卿局、腰元、大野治長、七手組の一部は本丸の一画の物倉のなかで生きのびていた。治長は千姫を城外にだし、父秀忠の陣する岡山におもむかせ、秀頼と淀殿の命乞いをさせ、その返事を翌朝まで待っていたのである。けれどもこの願いは聞きとどけられず、千姫以外の者たちはことごとく切腹を命じられた。豊臣一族はこれにてほぼ全滅した。家康の望みは最晩年の七十四歳にして達せられたのである。数正の望みも同時に息子たちの代にとげられた。

康勝と康次は本丸で最期をとげた。が、康長は奇跡的に生きのこった。大坂落城の翌日の暁ごろ、康長は八丁目口の戦場跡で眠りからさめた。はげしい戦闘による疲労のなかで精も根も尽きはて、意識をうしない、そのまま昏睡状態に入っていた世界から生還したのである。

しかし康長は体に何ヶ所もの疵を負い、すぐにはうごくことができなかった。その場に体を横たえたまま、身じろぎもしないで半刻ちかくを過した。そのあいだに昨日の戦闘の有様をしっかりと思いおこし、父子二代の大望がなったことの喜びにひたった。天正十三年いらい三十年間におよぶ謀略の実現であった。そのあいだに父や弟たち、大勢の家来たちが死んでいった。みな自分たちの生涯を謀略の実現のためについやした。犠牲も大きかったのである。しかし昨日の戦闘でついにその大望はとげられた。康長は夢かとばかりにおもった。

(徳川家の天下統一の宿願はなった)

康長はその感激を泉下の父にこころでつたえた。

最後までたたかいぬいた十二人はみな昨日の戦いで死んだだろうとおもい、ともかく戦の終結の有様を知ろうと身をおこしかけた。

そのとき、

「殿、お気づきになられましたか」

康長のすぐ近くで声がした。

「十郎次か」

払暁の薄明りに浮かびあがる死屍累々たる戦場の光景のなかに、戦闘で傷ついた一人の老兵がよろよろと近づいてくるのが見えた。

「殿、よく生きのびられましたな。拙者、側役なれば、殿のご最期にお供いたそうと……」

大藪はかれはてた声でかたりかけてきた。

「そうか、昨日、最後までわしの側をはなれずにいたな」

康長は父子二代につかえてきた大藪が生きのこっていたことに喜びをおぼえた。

「太郎太と次郎太がやってくれました。大坂城は埋火薬庫とともに粉々に飛び散りました」

大藪は康長の前にへたりこむようにして言った。

「ほかの者どももよくやってくれた」

「殿と拙者のほかはみな最期をとげたようにおもわれます」

大藪は最後までたたかった仲間たちの遺体のいくつかを確認していたようだ。

「左様であろう、あの戦いならば……」

康長も納得することができた。

「これにて先君数正さま裏切りの汚名はそそがれるのでありましょうか」

大藪は側役だっただけに、まずそのことが気になるようだ。

「それは殿のおこころのうちにあること。わしには分らん」

今は康長のこころの中に十分な満足感があるので、先のことはかんがえていなかった。

翌々日の五月十日、家康は二条城本丸大広間において、戦に参加した諸大名を引見し、みなと勝利の喜びをわかち合った。その中に康長の姿もあった。

引見後、康長は一人家康に召されて、小書院（こしょいん）にむかった。

小書院において待つことしばし、家康が近習（きんじゅう）もつれずに姿をあらわした。家康は上座近くに康長をまねき寄せ、

「数正、康長二代にわたる勲功まことに筆舌につくしがたいものがある。家康つつしんでここに礼を言う」

物音ひとつしない静寂のなかでかたりかけた。

「有難きお言葉に存じあげます。亡（な）き父も満足いたしておろうかと存じまする」

康長は家康のこの一言が聞きたいがために、二条城まで足をはこんだのである。

「恩賞として、康長に十万石をあたえる。領地は後日、つたえよう」

ついで家康が言った言葉を、康長は万感胸にせまる思いで聞いた。が、康長は十万石の領地にこだわったわけではなかった。数正がおこなった謀略を今自分たちが完成させたことをこころから喜んだのである。

（十万石は拝領すべき）

という思いも胸中にはあったが、父と自分二代にわたるあいだの家臣たちのあまりにおおきな犠牲や苦しみをおもうと、今自分が十万石を得て、悠々とこれからの人生をすごす気持にはなれなかった。

「まこと有難きことにござります」

康長は深々と平伏してそう答えた。

けれどその翌日、康長は一人で家康に面会し、十万石拝領の件を固く辞退する旨を申しのべた。当初家康はそれをいぶかしんだが、

「父は自分一身と家族、家来たちを犠牲にして、徳川家につくすことをえらびました。弟や家来たちを大勢死なせた今わたくしのみが、栄華に浴することを父はけっして喜ぶことはないでしょう」

康長がこたえると、家康も後に納得した。

そして康長は大藪十郎次とともに、京都からいったん東山道をとって松本にむかい、石川家の菩提寺正行寺をおとずれ、父の墓に詣でて、すべての報告をおこなった。その後、二人は九州豊後におもむいた。

そして佐伯城主毛利高政をたずね、自分と大藪の身を高政にゆだねた。康長は家康から佐伯領内に屋敷をたまわっていたのである。この屋敷で康長はしずかな暮しをおくりながら、朝夕勤行につとめ、父や弟、家来たちの菩提をとむらい、余暇には遠乗りにで

かけたり、佐伯城内の高政をおとずれ、囲碁や将棋をたのしんだり、茶の湯にしたしんだりした。その間に、生きのこった家来八人がこの屋敷をたずねてきたのを引き取った。康長は佐伯の地で二十余年をすごし、この屋敷で逝去した。

（完）

〈参考資料〉

『徳川実紀』成島司直撰述　吉川弘文館
『信長公記』太田牛一著　角川書店
『三河物語』大久保彦左衛門原著　小林賢章訳　教育社
『松本市史』松本市
『家康の臣僚　武将篇』中村孝也著　人物往来社
『日本の合戦7　徳川家康』桑田忠親監修　新人物往来社
『日本の歴史12　天下一統』林屋辰三郎著　中央公論社
他

解説

縄田一男

南原幹雄の〈謀将〉シリーズを読んでいると、時としてその大胆かつ意表を突いた小説作法に驚かされることがある。

今でも忘れられないのが、『謀将 山本勘助』――ふつう、勘助を主人公にした作品であるならば、誰もが作品のクライマックスは川中島の合戦であると思うであろう。ところがこの作品、ちょうど物語の中盤が川中島の合戦なのである。勘助が、この合戦で策を誤った責任を取って戦死していることはあまりにも有名。では、物語はここで終わってしまうのか。いやいや、ここからが南原幹雄作品の腕の見せどころ。作者は、一筋縄ではいかないストーリーテリングによって、今まで誰も見たことのない勘助の像を完成させていくのである。

本書『謀将 石川数正』に関しても、そうした驚きの小説作法は健在で、そのことについては後述するが、この長篇は、平成十五年三月、新潮社より〈謀将〉シリーズの掉尾を飾るべく刊行された会心の一巻なのである。

さて、石川数正といえば、徳川家臣団の中では、酒井忠次と並ぶ双璧。しかしながら、大阪城天守閣元館長・渡辺武の「秀吉に賭けた異色の武将・石川数正」によれば、「家康の重臣として長年活躍した、一廉の武将であるにもかかわらず、その生年さえ定かではない。『寛政重修諸家譜』巻第百二十にはかなりくわしい事歴をのせ、『文禄二年卒す』としてあるが、それさえ心許ない印象を与える。大体、秀吉の家臣団については生没年不明とくに生年不明というのはかなり多い。秀吉自身がそうであり、一族の出自はほとんど何もわからない。しかし、数正の場合、典型的な譜代の三河武士で名だたる名家の重要人物でありながら、年齢さえも不明というのは、それだけ謎めいた人物ということなのであろう」ということになる。

いかにも、史実の間隙をぬって物語を紡ぎ出す南原幹雄が触手をのばしそうな人物というべきであろうか。

そして再び、数正に関して記せば、彼は武勇ばかりか、〝頑固者の物知らず〟といわれる三河衆の中にあって抜群の外交感覚を持っていたことでも知られている。しかしながら、その数正は、突如として長年住み慣れた岡崎城を脱出、豊臣秀吉のもとへと奔ったのである。

裏切り――この悪評に関しては、前述の渡辺武が、今日、私たちが、そう捉えてしまっているのは、「後世の身動きならぬ幕藩体制の儒教的な武家モラルに照らして、新井白石が『藩翰譜（はんかんぷ）』の中で述べているような石川数正に対する評価」が影響を及ぼしてしまっているのではないのか、と記している。

すなわち、

> 石川が家、忠を尽し功を顕（あら）はせし事、代代に絶えず。数正が身に至りても、勇材武略の逞（たくま）しきのみにあらず。徳川殿の御為に、身を顧みず命を軽んぜしこと、幾度ということを知らず。されば忠も功もなしとは如何（いか）で云（い）ふべき。其の晩節に及んで忽ちに年頃の志を変じ、累代の君に背き参らせ、一生の功を空しくし、上は父祖の名を穢し、下は子孫の家を滅ぼせしこと、誠に惜しむべき人なり。（傍点引用者）

この裏切りに関しては、これまでにも、傷だらけの心を内に抱えつつも、人間的な弱さを持たぬ家康から、家臣に対して裸の愛情を注ぐ秀吉へと数正が越境していった、と捉えたものや、家康と数正がソリが合わない仲だった――すなわち、両者の性格悲劇として捉えた作例がある。

が、先に記したように本書は、『謀将 直江兼続』や『謀将 山本勘助』等、南原幹雄が長年、心血を注いで来た〈謀将〉シリーズの掉尾を飾るべく書下された作品である。そんな通りいっぺんの解釈で書かれているはずがない。

では、数正の叛心（はんしん）は、豊臣、徳川のクサビとなるため？――いいや、まだまだ、作者の構想はもっと大胆なもので、もうここからは是非とも本文の方を先に読んでいただきたいのだが、その真意とは、徳川家が現在の難局を切り抜け、最後に覇者の地位につくために、敢えて裏切り者の汚名を着て家康の下を離脱、秀吉の内懐に飛び込んだというものだったのである。

数正はいう。

いわく「余の者はともかく、主君家康だけはかならず自分の真意をわかってくれるだろう。そうする以外に徳川家と石川家をまもっていく道はないと確信するにいたったのだ。こころを徳川に残しながら、身は秀吉に臣従するといったきわめて至難な手段をとることを決断したのだ」「家中でこのような放れ技のできそうな者がいないかぎり、数正がみずから裏切者の汚名を着て、この賭けに挑む以外はなかった」と。

そして秀吉の下に仕えて五年——。今では家中に揺るぎない存在となった数正は「(なにしろ、相手は天下人秀吉だ)/文字どおり天下の権を掌中にし、この世のすべてをおのれのおもいどおりに左右する人物である。機略縦横、才知も申し分がない。人心収攬の術にこの上なく長けている。謀略にたいするにはその上の謀略をもってする。何といっても、いかなる面からしても当代随一の人物である。その人物を相手にして四つに組んだ駆け引きを今後はやっていかなければならぬことになった」と、ますます、己がほぞを固めなくてはならなくなる。

この間にも作者は、北条の動きや九州の風雲といった、戦国の動向を抜かりなく描く一方、数正をめぐる二人の対照的なヒロイン——徳川の隠密・茶屋四郎次郎の娘で、妖艶極まりない女忍び千種と、可憐な腰元あずさを登場させているが、こうした数正をめぐる色模様が単なる読者サービスではなく、必然性をもって物語に結びついているのはさすがである。

そして数正は、秀吉に後継ぎがいないことをついて女色にはしらせ、更に朝鮮出兵をそそのかし、「(太閤が渡海すれば、ふたたび日本の地を踏めぬかもしれぬだろう)」とうそぶく。正に悪魔のささやき、恐るべし、石川数正！ 豊臣政権を内部から崩壊に導こうという作戦は着々と進みつつある。まさにストーリーテリングの雄、南原幹雄ならではの筆の冴えというべきであろう。

が、ここからが、驚きの小説作法のはじまりなのである。数正が、その知謀をふるう経緯の面白さもさることながら、この一巻が一筋縄ではいかないのは、物語の三分の二ほどで、数正がある人物によって毒殺され、その後、作品は、彼の三人の息子、康長、康勝、康次によって、父の汚名を晴らす物語として機能しはじめるのである。その年月、何と二十二年——。大坂落城までスリリングなストーリーが間断なく続いていくのである。

史実を手玉に取った、作者の柔軟な小説作法が痛快な一篇といえよう。

さて、私は本書が南原幹雄の〈謀将〉シリーズの最後の作品である旨を記して来たが、心配御無用――作者は、違ったかたちで〈戦国武将〉シリーズの執筆に着手。近々、最新刊、『名将　佐竹義重』が刊行されるという。今度はどんなストーリーが展開されるのか。今から待ち遠しいことではある。

（二〇〇六年四月、文芸評論家）

この作品は二〇〇三年三月新潮社より刊行された。

謀将 石川数正

新潮文庫 な－20－18

平成十八年七月一日 発行

著者 南原幹雄

発行者 佐藤隆信

発行所 株式会社 新潮社

郵便番号 一六二―八七一一
東京都新宿区矢来町七一
電話 編集部(〇三)三二六六―五四四〇
読者係(〇三)三二六六―五一一一
http://www.shinchosha.co.jp

価格はカバーに表示してあります。

乱丁・落丁本は、ご面倒ですが小社読者係宛ご送付ください。送料小社負担にてお取替えいたします。

印刷・大日本印刷株式会社 製本・憲専堂製本株式会社

ISBN4-10-110028-4 C0193